IM PRESS

Татьяна Успенская (Ошанина)

Я виноват?

Бостон · 2025 · Boston

Татьяна Успенская (Ошанина)
Я виноват? *Роман*
Публикуется в авторской редакции

Tatiana Uspenskaya (Oshanina)
Am I to Blame? *A Novel*
Published in the Author's Edition

ISBN 978-1-960533739

Published by M•Graphics | Boston, MA

✉ mgraphics.books@gmail.com
🖥 www.mgraphics-books.com

Cover Design by Larisa Studinskaya © 2025
Book Design by M•Graphics © 2025

Printed in the United States of America

Содержание

Глава первая

ВСТУПЛЕНИЕ

Он, как первоклашка, под её взглядом. Лично ему говорит Кира Софроновна:

— Кто залез в мастерскую, выбил, вытащил ножи из фуганков с шерхебелями, вынул свёрла из коловоротов и дрелей?!

Углы губ скорбно опущены, детский подбородок воинственно вздёрнут.

Бояться вроде нечего, справедливый завуч, нравоучений не читает, голоса не повышает. Да и его группа — лучшая в спецшколе, никаких нарушений: ребята уже два месяца заняты по горло — выпиливают, вырезают, паяют детали самолёта. А вот приходится признать: боится он Киру, ёжится под её взглядом, трусит отпроситься. А отпроситься нужно — помочь ребятам. Да ещё сегодня встреча с одноклассниками.

— Всякое бывало за десять лет, что скрывать, — говорит ему Кира Софроновна. — И с крыш кидали в нас камнями, и мебель разбивали.

— Про резню забыли! — вставляет Регина.

Теперь Кира «сцепилась» взглядом с Региной, не разорвёшь.

Через верхнюю губу Регины — шрам. Прыгала с парашюта, напоролась на ветку. Когда на Регину смотрят, она розовеет, как под солнцем, а шрам белеет.

— Вы ещё вспомните об извращениях, Регина Фёдоровна! С преступниками работаем, не с тепличными детьми. А неожиданность это для меня потому, что ребята любят мастерскую, раз, заказчики довольны их мебелью, два. Украли бы инструменты, ясно, зачем: продали, пропили, обменяли на сигареты. А здесь, Регина Фёдоровна, похоже на бунт!

— Вот и надо действовать методом исключения. Многие группы не работают в этой мастерской вовсе, зачем им бунтовать?

Ничего словами не сказано, а ведь между ними — вражда. Ни та, ни другая не упускают случая куснуть друг друга.

Как же ему сбежать с педсовета, внезапного и порушившего планы?

Ребята на дверь поглядывают, когда он придёт? Сегодня торжественный момент — окончание сборки! Самолётище три метра в длину! Скорее бы доделать и запустить его! А тут сиди, слушай всякую ахинею, к которой и отношения-то никакого не имеешь. И Павел не выдерживает:

— Кира Софроновна, ну, зачем моим ребятам хулиганить в столярке, если они там не работают? Отпустите меня, пожалуйста.

— И меня!

— И мои не работают в столярке.

Регина Фёдоровна засмеялась.

— Видите, Кира Софроновна, если сузим круг предполагаемых...

— Вы бы помолчали! Вы хоть раз просидели в школе до вечера? Дали свой урок, и скорее домой! А ведь для нас, воспитателей, только после занятий и начинается работа, все беды в это время. Ума не приложу, кто, как и когда мог проникнуть в мастерскую?!

Мастер Шар, так зовут ребята и взрослые заведующего столярной мастерской, чувствует себя именинником: улыбается, крутит большой, круглой головой с ёжиком волос, поглядывает на всех с победной радостью.

— Если бы вы, Регина Фёдоровна, больше общались с ребятами и разбирались в их психологии, сразу поняли бы: тот, кто работает в мастерской, не станет безобразничать.

Словно в фокусе, люди собраны в одно целое. Валя, его напарница, с прозрачными, испуганными глазами, невозмутимый директор Семён Трофимович, похожий на испанца (глаза — угли, чёрные волосы шапкой), упрямо удерживающая их всех на месте Кира, старший воспитатель, Василий Петрович, готовый исполнить любое её приказание.

— Зато вы, Кира Софроновна, прекрасно разбираетесь в психологии, используя подручные средства...

О чём они? Чего воюют? Обе красивы, умны.

Честно говоря, Павлу вообще все женщины кажутся красавицами и умными. Но самая красивая и умная, конечно, Анка.

С Анкой познакомился на пляже.

Слепят река и небо, орут транзисторы, сталкиваются несогласованные мелодии. Волейбол, песни, акробатика — пляжная жизнь. И вдруг Анка. До колен окутанная волосами. Отжимает их, сушит на лёгком ветру.

Сам от себя такого не ожидал: пошёл к ней через разморённые тела и транзисторы, взял за руку, потянул в воду. Они плыли. А за ними следом плыли Анкины волосы, не успевшие просушиться.

— Повторяю, это не воровство, — тревожно говорит Кира Софроновна, — это бунт против Вениамина Авивовича, так я понимаю дело.

— Сразу бунт?! — ехидный голос Регины Фёдоровны. — Обыкновенное баловство. Интересно же! И не просто, наверное, выбивать железки. Спорт!

— Я бы вам, Регина Фёдоровна, посоветовала, прежде чем что-либо утверждать, проанализировать ситуацию. Представьте себе, вы объявляете сочинение, а ребята, все до одного, вынимают стержни, не будут, значит, писать. Как вы расцените подобный акт? Баловство или бунт против вас?

— Это невозможно! — усмехается Регина Фёдоровна, и вдруг — скрежет, будто по стеклу ножом проводит: — Они не могут мне устроить такое, вы это знаете великолепно!

— Времени нет, — снова не выдерживает Павел. — Отпустите тех, кто не при чём, и выясняйте отношения!

Может, потому Кира, одинокая женщина строгих правил, невзлюбила Регину, что у Регины с директором, по слухам, роман?

— Ага, поняли, это бунт! Изощрённый протест, — не услышала Павла Кира. Говорит она спокойно, но тонкие ноздри её красивого носа подрагивают.

Семён Трофимович похож на артиста. Он не встаёт, а легко воспаряет над ними и каждому в глаза заглядывает и, молчальник, выдаёт целую речь:

— Призываю вас серьёзно отнестись к создавшейся ситуации! Каждый час мы теряем большие деньги, срываем срок сдачи мебели. Пока закупим новые инструменты... Прислушайтесь, пожалуйста, к соображениям Киры Софроновны, это наши общие соображения, и помогите ей.

Да, волынка надолго, ребята закончат без него. А как ему хотелось ввинтить последнюю гайку вместе с ними и увидеть наконец самолёт во всём его великолепии! С детства мечтал сделать такой. Только детство было сибирское, лесное, отрезанное от центров и магазинов, в которых можно было бы купить детали самолёта. Делали из бумаги, из фанеры, но ни один их самодельный планер не полетел. Руки зудят, сам бы сейчас приладил крылья, вложил бы в брюхо самолёта мотор.

Не самолёт нужен ему, ребячьи лица, расплывшиеся в глупых улыбках.

Васюк бьёт ладонями по столу, как заяц по барабану, оркестр изображает; командир группы, Эдик Солнцев, делает вид, что к нему самолёт отношения не имеет, но загнать самодовольство внутрь не получается: своими руками смастерили!

— То, что обсуждается здесь, к сожалению, касается всех. Уйти нельзя никому, — Кира поворачивается к Шару. — Вспомните, пожалуйста, Вениамин Авивович, не возникало ли у вас конфликтов с ребятами?

Говорят, Шар прошёл войну. Говорят, у него орден есть. Но не верится, уж очень он тучен, рыхл и медлителен.

Шар добродушно улыбается. А не встаёт, наверное, тяжело поднять свои сто килограммов, отвечает с места:

— По-обыкновенному всё. Завсегда работаем так. Они делают дело, я проверяю.

Шар — человек новый, в школе совсем недавно, года не будет. Всегда улыбается, никого не задевает.

— Подумайте хорошенько, — настаивает Кира Софроновна. — Может, всё-таки было что-то, а вы просто забыли?

— Чего мне думать? Они делают своё дело, я проверяю.

— Я не собирала бы вас так экстренно и сама постепенно всё распутала бы, но детский дом ждёт мебель. Дело, конечно, не только в мебели, чувствую, здесь есть обиженные.

— Ты, Кира Софроновна, раньше времени не паникуй! — У Василия Петровича щека обожжена, одно плечо вздёрнуто, вот кто войну прошёл, сразу видно. — Я с тобой пережил трёх директоров и двух завучей по воспитательной работе, так? Сама говорила, и похуже бывало у нас с тобой. Помнишь, громили школу! И справились ведь мы, так? Если ножи в школе, найдём. Помнишь, во время «Зарницы» у Семёна Трофимовича украли часы. Нашли же! Ты, Кира Софроновна, успокойся и не спеши. Я знаю пару тайников. В стене мастерской вынимаются кирпичи, это один, а второй — в углу сада, под малиной, в глубокой яме. Сейчас она снегом завалена, значит, отпадает.

Павел не выдержал:

— При чём здесь тайники? Регина Фёдоровна верно говорила, те, кто в столярке не занимаются, автоматически отпадают, чего им бунтовать, откуда взяться конфликту с преподавателем, если они там не бывают?

— В том-то и дело, Павел, речь не о конфликте. Если бы был какой конфликт, я бы первая знала.

— Уж это конечно! — крикнула Регина.

— Вот и я говорю, какой со мной конфликт? — улыбается Шар. — Они работают, я смотрю, всё чин по чину. У меня порядок, как положено, никакой самодеятельности. — Интерес к происходящему сияет на лице Шара, всем своим тучным телом он разворачивается к говорящему, широкой рукой приглаживает лысину, словно у него волосы растрепались.

Крылья уже, наверное, приделали, осталось вложить мотор.

Звенит звонок. Кончилось свободное время. Сколько же они прозаседали? Через несколько минут зал запрут и до завтрашнего дня Павел не увидит, что ребята успели сделать сегодня.

— Прошу вас, товарищи, поговорить с командирами, с ребятами, разобраться в их настроении. О своих наблюдениях, о своих предположениях сразу же ставьте меня в известность. Ведите группы на ужин. Уж простите меня те, кого пришлось вызвать в свободный день. Поверьте, случившееся имеет отношение к каждому из вас.

Все заспешили к выходу, а Павел не вскочил и не побежал, продолжал сидеть.

Пока учился в педагогическом, пока после института несколько лет работал в журнале «Школа», был доволен собой. И вдруг сорвался из тихого журнала сюда — захотел работать с трудными подростками.

Не вдруг. Почему сорвался? Это всё из-за того сна. Сон повторялся, один и тот же. Сначала был не сон.

Сначала была Женя. Она совсем не похожа на Анку. Льняная, с белыми ресницами, коротко стриженная, высокая, как он. Глаза светло-зелёные, цвета молодой травы. Ни у кого больше не видел таких глаз.

Женя жила в Павловой памяти всегда с книжкой в руках, строгая, в тёмном платье с высоким воротником. Из-за Жени он прыгнул с моста в самом опасном месте.

Он стоял на мосту и смотрел, как бурлит вода, переваливаясь через искусственную плотину, как она небольшим водопадом срывается в глубину и дальше уходит от Павла, медленная, широкая. Боковым зрением Павел увидел, на мост ступила Женя, перемахнул через невысокие перила, ощущая каждую мышцу, и полетел в воду. За ним кинулся Женин отчаянный крик.

Павел не мог утонуть в ту минуту. Резким рывком вырвал себя из ледяной глубины, отплёвываясь водой и воздухом, брасом рванул к берегу, к началу моста.

Женя стояла в солнечном свете, прижав руки к груди, белая, как её волосы.

— Дурак! — встретила она его. Но её «дурак» прозвучало необидно.

— Полюби меня! — сказал он ей, не думая о том, как он нелеп сейчас, в прилипшем к телу костюме. С него текла вода, тянула вниз.

Очень серьёзно Женя ответила:

— Никак не могу. Я люблю Кирилла. Если бы не Кирилл, честное слово, я полюбила бы тебя. Пойдём сохнуть ко мне, — предложила она. — У нас печка горячая.

По какой-то причине Женя встречаться с Кириллом перестала. Павел никогда не спросил ни того, ни другого, почему. И Женя пришла к нему сама. Они читали вместе книжки, слушали музыку, бродили ночью по городу.

В одну из душных июльских ночей никак не могли расстаться, плутали по улицам, будто кто водил их. Слова толклись смелые, а на язык не попадали.

Откуда взялись те трое? Вынырнули из-под земли.

— Эй, кавалер, дай закурить!

— Дамочка, не отворачивайся. Мы не хуже твоего кавалера, сейчас докажем тебе.

Сон. Сначала наяву. Но так наяву быть не можете.

Лица не разглядел. В светлеющее пятно, ухмыляющееся, вспыхивающее сигаретой, двинул со всей силы кулаком, ногой саданул в мягкий живот, а потом уже слепо замолотил куда попало. Бил, пока не рухнул без сознания.

Чудо спасло. Такие же, как они с Женей, гулёны шли, не побоялись, кинулись на помощь, одного из трёх схватили.

Больница, суд. Они уже сидели, эти трое, которые сломали в одну минуту ему жизнь, повернули в другое русло.

Он не дотронулся до Жени ни разу, а они... озверев из-за того, что она стала драться, пытаясь защитить Павла, топтали её, повредили позвоночник.

Они оба выжили: чудо спасло их.

Но та драка словно стену возвела между ним и Женей — ни перелезть, ни сжечь, ни дверь пробить. Выздоровела Женя, а встречаться с ним не захотела, хотя он не представлял себе жизни без неё, объяснялся ей в любви, просил её выйти за него замуж. Почему порвала с ним? Ни понять, ни объяснить.

Сон повторяется. Глаза цвета молодой травы. Лица убийц их любви на суде.

Завсектором ГОРОНО — человек немолодой, а смотрит на тебя мальчишка.

— Садитесь, — пригласил Павла к столу. — Хоть знаете, что такое спецшкола для малолетних преступников? — спросил. — Вижу, не знаете. Конечно, это не спец ГПТУ, где собраны убийцы, садисты, но от спецшколы до спец ГПТУ один шаг, и здесь дети — потенциальные убийцы, ну, и, конечно, бродяги, воры. Допустим, наладите дисциплину, они будут перед вами тихие. А ведь притворятся! Они — народ ушлый, знают, где, с кем, как вести себя, ещё и такими овечками прикинутся, чтобы вы пожалели их! Вы должны преодолеть в них их родителей, как правило, пьяниц, преступников, их приятелей, как правило, старших воров и убийц, должны изменить в них их представления о жизни, — завсектором закурил, протянул сигареты Павлу.

— Спасибо, не курю.

— Это хорошо, с чистой совестью будете бороться против курения, пацаны-то все курят!

— Вы меня вроде как отговариваете? — спросил Павел.

— Ни в коем разе. Хочу, чтобы шли на передний край с открытыми глазами. Дело-то, Павел Ефимович, серьёзное. Вы один отвечаете за Ваших ребят. Режимники, охраняющие порядок, — люди наёмные, случайные, не обучались ни в каких институтах, не изучали психологий и педагогик, могут и напортить, не жди от них помощи. Ну что будете делать, если ребята порасшибают друг другу башки или, например, уворуют у вас ваши часы и пропьют? А если они сбегут? Может, лучше сначала поработаете в обычной школе, поднаберётесь опыта?

И вдруг Павел понял, завсектором нарочно сгущает краски, дразнит его, заводит.

— Не к чему об этом, — сказал обиженно. — Что ж, они не понимают русского языка, что ли? Что ж, не люди они? Если я с ними по-хорошему, что же они?..

— Ишь, храбрый! — завсектором рассмеялся. — Давай, иди, приветствую.

Школа большая, пять этажей. Пятый — спальни на шесть-восемь человек, двери сняты, в коридоре свет и всю ночь ходят режимники. Четвёртый этаж — домашние комнаты для самоподготовки и отдыха. Второй, третий — классы, первый — столовая, залы, спортивный и актовый. Есть ещё здание административное. В школе чисто. Кормят вкусно.

Павлу передали группу, в которой год проработал Василий Петрович. Ребята как ребята, баскетбол с футболом любят, вопросы задавать любят, в них Павел узнал себя-мальчишку, ничего патологического. Ясное дело, дразнил его зав. сектором. Ну, угрюмы немного. Будешь угрюмым, игрушек сроду не видели, праздников семейных не видели, не любил их никто, почти ни у кого нет отцов, матери — пьяницы. А он будет любить их! Он научит их книжки читать.

С первым новеньким встретился в саду, ребята делали грядки. Высокий, крепкий парень на Павла не смотрел, ногой поддавал песок.

— Как тебя зовут? — спросил Павел.

— Я — таракан.

— Как «таракан»?

— Таракан, — угрюмо повторил парень.

— Сколько тебе лет?

— Скоро пятнадцать. Одиннадцать раз уходил из интерната и от вас убегу, — зло сказал, словно Павел — его первейший враг. — Я сам сделал бомбу, хотел взорвать школу, — парень сплюнул сквозь зубы длинным кручёным плевком. — Не получилось, загорелся всего один стол. Ненавижу вас всех.

— Ненавидишь всех взрослых? — уточнил Павел. — Или только учителей?

— Их. Забыли сами, какие были, отшибло память. — У парня по щеке ходят желваки.

— Не дёргайся! Чего дёргаешься? Я думаю, тебе просто сильно не повезло. Ты сказал «таракан». Какой же ты «таракан»? Тараканьих усов у тебя нет, ходишь на двух ногах, говорить умеешь. У тебя есть имя-фамилия?

— Ну, — зло буркнул парень.

— Что «ну»? Как тебя зовут?

— Эдик Солнцев.

— Красивое имя, красивая фамилия. Ты чего любишь делать?

— Бегать.

Павел не понял.

— Чего?

— Чего, чего... наперегонки бегать, вот чего. Кто проиграет, рупь.

— На рупь — нет, а просто так побежишь? Кто первый до забора, хочешь, Эдик Солнцев? — Надо же, какое детское развлечение у пятнадцатилетнего парня! — Я всего несколько дней назад пришёл сюда работать, так же, как ты, ничего здесь не знаю, ни одного человека пока не обидел. За что же ты меня ненавидишь? Я с тобой, как со взрослым, разговариваю. Может, ты наврал, что бегать умеешь? — Парень дёрнулся. — Умеешь, понятно. С приятелем побежал бы?

Парень сплёвывает сквозь зубы.

— Ладно.

Они встают рядом, примеривают нога к ноге. На одной черте, плечо к плечу.

— Старт!

Эдик сразу вырывается вперёд. Бежит сначала стремительно, а через несколько метров как бы спотыкается, замедляет бег, чуть теряет скорость, снова бросок вперёд, снова — потеря скорости. Значит, нужно набрать темп и на мгновение оказаться рядом с Эдиком.

Эдик чуть впереди, но до забора ещё далеко, спешить некуда, пусть парень поверит в свою победу.

В одно из Эдикиных торможений Павел поравнялся с ним. И сразу вырвался вперёд.

Забор. Пиками ёлки.

— Силён! — уважительно сказал Эдик. — Меня ещё никто не обставлял. — Эдик почти не запыхался, стоял перед Павлом боком, искоса поглядывая на него.

— Ты в глаза-то умеешь смотреть?

Эдик не ответил.

— Книжки любишь читать?

Зевнуть Эдик не зевнул, но физиономия такая, сейчас зевнёт.

— А что ты, кроме «бегать», любишь?

— Мало ли.

— Чего валяешь дурака? Я спрашиваю, какие у тебя интересы? Я волшебник, исполняю желания.

Эдик вдруг повернулся к Павлу, прищёлкнул языком, потёр руки одна о другую.

— Не врёшь? — спросил недоверчиво. — Достань гитару. Хочу научиться играть на гитаре.

Обзвонил школьных, институтских приятелей, гитару достал. И самоучитель достал. Вручил Эдику, а вечером, в тот же день, Эдик подошёл.

— На, — сказал.

— Что это?

— Бычки, — сказал Эдик.

— Зачем мне «бычки»?

— Не нужны? — удивился Эдик.

— Я не курю.

Эдик, недоумённый, отошёл.

Павел принёс Эдику «Овода».

Уроков в этот день Эдик учить не стал, читал, ночью перелёг головой к дверному проёму и читал. На зарядку не вышел — дочитывал.

Сплошные нарушения режима, но Павел не заметил их. После завтрака Эдик принёс книгу. Глаза — красные.

— Ну? — спросил Павел.

— Ну, ну! — закричал Эдик. — Чего «ну»? Чего пристал? «Ну», «ну»! — повернулся и пошёл.

Несколько дней был угрюм, ни с кем не разговаривал. Уроки делал, на зарядку ходил, полы мыл — всё, как полагается. Подошёл, когда Павел не ждал, перед сном. Павел спешил на последний автобус.

— Ещё дай! — сказал Эдик.

— Что? — не понял Павел.

— Ещё раз буду читать. Запомнил не всё, — и взглянул прямо, взгляд во взгляд. Светло-коричневые детские глаза.

В новом году ребята избрали Эдика командиром. И большую часть работы с группой Эдик взял на себя. «Я проведу уборку, идите!», «Я уложу ребят, делайте свои дела!» Словно подзаводили теперь Эдика: с утра до вечера не присядет. В нём проснулась инициатива: «Давайте устроим соревнования», «Давайте выпустим юмористическую газету, я умею рисовать крокодила».

— Почему именно крокодила? — удивился Павел.

— Я видел в киоске журнал «Крокодил». Там юмор.

В этой группе Павел первые стихи прочитал — про майора Деева. Читал громко, рубил слова, точно шашкой размахивал: «Такая уж поговорка у майора была…»

В другой раз принёс «Сына полка».

Прочитал им «Ваньку» Чехова.

Рассказ за рассказом, поэма за поэмой.

С лиц сходила угрюмость, как грязь, слоями. Под угрюмостью жили нормальные человеческие чувства — любопытство, сочувствие героям.

Павел так и думал, заведующий зря пугал: малолетние преступники — обыкновенные мальчишки. Им нравится лазить по шведской лестнице и бороться, нравится устраивать «огоньки», нравится петь песни под Эдикину гитару, нравится читать книжки и жечь костёр.

— Эдик, надо поговорить.

Ребята снова в саду, собирают помидоры. Эдик выпрямляется, отряхивает руки, идёт к Павлу. Садятся в беседке. Лавки кругом, стол, на столе — «Мурзилка», шашки, домино.

— Ты знаешь устройство человека? — спрашивает Павел.

— Ну?

— Опять «ну». Мы дышим лёгкими. Тот, кто курит, убивает свои лёгкие и умирает гораздо раньше, чем тот, кто не курит.

Чего молчишь? Будешь помогать? Надо, чтобы все бросили курить.

— Не буду, — твёрдо говорит Эдик. — Не проживу без курева.

— А как же воля? Ты мужик или тряпка? «Не проживу»! Ишь! Ты с куревом мало проживёшь. Ладно. Это один вопрос. Второй. Учёба началась, я проверил каждого, многие не умеют читать. Нужно учить.

— Буду! Я читаю бегло.

— Ты один не справишься. Сначала нужно узнать, что кому интересно, и подсунуть хорошую книжку.

Эдик — бессменный командир их группы. Сомнения, вопросы — прежде всего к Эдику. Без Эдика тяжёлый штурм целины — с учёбой, с курением, с чтением Павел не провёл бы. Группа стала лучшей в школе. Полтора года Павел был очень доволен собой.

Почему же сейчас, после этого педсовета, так неспокойно? Словно бежал, бежал и остановился: отодвинулись далеко и вечер встречи с одноклассниками и самолёт. Сидит один в полутёмной учительской. А правда, кому понадобилось портить инструменты? Что происходит в школе?

— Ты уснул? Мне к ребятам пора, но сначала хочу спросить...

Валя на педсоветах молчит, а с ребятами, с каждым, у неё свой секрет. Знает, кто о ком скучает, какие кто видит сны. Валя смотрит Павлу в рот: что Павел скажет, то она и сделает. Длинная, тонкая, подвижная, в баскетбол и в волейбол играет почти так же хорошо, как он. Бегает легко, быстро.

— Ты уверен, что наши не при чём? — спрашивает. — Вчера, мне уходить, а ребята возбуждены. Солнцева спросила, что с ними, рассказал историю про какого-то папуаса. Домой пришла, принялась стирать Андрюшины вещи, только тогда подумала: при чём тут папуас? Заговаривал мне зубы, не иначе. Ты, Паша, думай скорее, если это наши, что тогда будет? Я боюсь.

Павел мягко повернул Валю к окну.

— Смотри, сколько нападало снега, а мы ни одной фигуры в этом году, ни одного зверя не слепили. Давай завтра воздвигнем богатыря у входа в школу. А может, пусть каждый лепит, что захочет, за лучшую «скульптуру» приз! Представляешь, вдоль забора — богатыри! Или слоны. Или медведи. Правда, здорово?

— Подожди, Паша, ребята — одни, мне надо идти. Ты уверен, что они не при чём?

— Абсолютно. Им осталось здесь жить несколько месяцев. Какой дурак захочет продлить свой срок? И нас они не станут подводить. Успокойся, беги в группу. Мало ли почему возбудились? Скоро «Огонёк» с девушками из педучилища! Разве не причина? «Республику Шкид» завтра крутят в кино, разве не причина? — Павел вышел из учительской вместе с Валей. — Самолёт сделали — причина! Ну, до завтра, опаздываю, у меня сегодня встреча с одноклассниками.

В раздевалке уже никого. Павел оделся, застегнул все пуговицы, нахлобучил шапку, двинулся к выходу. Но, не дойдя, вернулся, разделся, аккуратно повесил пальто.

«Абсолютно», — передразнил себя.

Коридор, лестница на второй этаж. Кабинет Киры Софроновны. Павел приоткрыл дверь.

— Можно?

— Ты что вернулся? Ты же спешил!

Из Москвы, из Сибири, с Севера — отовсюду собрались в этой школе учителя. На краю леса незаметная точка земного шара — школа, возвращающая детям детство. Яркие лампочки зажжены в классах, в коридорах, в столовой. Двор освещают сильные прожектора, и ночью светло, как днём. Этот свет заливает кабинет, под светом — золотистая голова Киры Софроновны.

— Я посижу, можно?

В первый раз Павел пришёл сюда.

Кира Софроновна всех по сто раз вызывает к себе: то не так, это не так, почти никогда не бывает довольна. А его не вызывает, уму-разуму не учит, замечаний не делает, в его дела не лезет. Почему? До сегодняшнего педсовета был уверен — потому, что хорошо работает.

Зачем сюда пришёл, сам не знает. Что-то случилось, он чего-то не может понять.

— Будешь мешать. Я должна разобраться, для этого нужно оставаться с дитёнком наедине, иначе не доверится. — Но тут же перебила себя: — Ладно, сиди, вот тебе книга.

В кабинет вошёл тощий невысокий мальчик. Короткий ёжик волос, нездоровая бледная кожа, бледные губы.

— Здравствуй, Петя Кузьмин. Ты давно у нас?

Кузьмин не смотрит на Киру Софроновну.

— Два месяца.

— Из дому тебе пишут? Почему молчишь? Кто у тебя остался дома?

— Некому. Бабушка неграмотная.

— А родители есть?

Снова долгая тишина. Снова тихий выдох:

— Мать сидит.

— Я была в отпуске, — поспешно говорит Кира Софронова, — не успела познакомиться с тобой. Знаю про тебя немного: тебе двенадцать лет, ты не хотел учиться, ты не спросил разрешения войти в кабинет и не поздоровался, — Кира Софроновна улыбается. — Тебе нравится в школе?

— Сыт, — угрюмо буркнул мальчик.

Ни звука не донесётся из-за окна, похоже, снег погрёб под собой всё живое.

Тайна живёт в кабинете. Кира Софроновна знает то, чего не знает ещё он, Павел. Нарочно молчит, чтобы и Петя Кузьмин и он послушали тишину?

Чего он не понимает?

Полтора года всё удавалось. Ребята наперегонки выполняли его просьбы. Первое место по учёбе. Первое место по работе в зеленхозе и в мастерских. Первое место в самодеятельности. У него есть жена Анка и дочка Корюшка, трёх лет. В тёплом доме с голубыми занавесками ждут его. Проклятый педсовет, выбил из благодушия и самодовольства, как из-под тёплого душа на мороз.

— Тебя обижают в школе? — тихий вопрос.

— Нет, — тихий ответ.

— С уроками справляешься?

— Справляюсь.

Мальчик смотрит в пол.

Яркий свет со двора. Павел не понимает, что здесь происходит.

— Это ты вытащил свёрла, железки из инструментов и взял себе, Петя Кузьмин?! — вдруг жёсткий голос.

Дёрнул неуклюже острым плечом мальчик, вскинул светлые кустики бровей.

— Не взял! — крикнул тонким голосом. — Нет.

— Взял, — уверенно говорит Кира Софроновна. Павел удивлённо переводит взгляд с одного на другого — значит, она с самого начала знала?! — Только не пойму, зачем? Говоришь, сыт. Не обижал тебя никто. Разве они нужны тебе? Расскажи. Чем выбивал железки? Как додумался до такого? — После долгой паузы: — А ну, подойди поближе.

Словно на ходулях, неопытным шагом, подошёл, голову втянул в себя, как улитка, точно ударят его сейчас.

— Били?!

Снова неуклюже дёрнулось плечо.

— Били. — От Киры Софроновны остался только голос, и он раздражает Павла, будто водят по стеклу ножом. — Заставили тебя.

Ты не хотел, но ты привык подчиняться. — Внезапно её голос из жёсткого превратился в Анкин, когда Анка говорит с Корюшкой. — Я знаю, ты хочешь справедливости. Хочешь жить в чистоте. Ты соскучился по дому, по бабушке. Говори, кто бил?

Мальчик сначала тихо, потом всё громче начинает всхлипывать.

— Смотри, какой ты красивый, — нежно говорит Кира Софроновна, — какой симпатичный, — и даже Павел верит в её искренность, в её любовь к Пете Кузьмину. — Глаза у тебя честные. Я знаю, ты хочешь стать человеком. Ты самый честный из новеньких. Говори, кто бил?

— Тишко, — сквозь слёзы тихо произносит мальчик.

— Ещё?

— Квитко.

— Ещё?

— Пигулевский.

Павел ёжится, по спине ползёт ледяная струя.

— Петя, бабушка приезжала уже к тебе?

Мальчик согнулся (шея из ворота рубашки выглядывает тощая, грязная). Отчаянно, на одном вздохе говорит:

— Старая, не принесёт воды.

— Выпрямись, Петя. Нужно уважать себя, понимаешь? — Кира Софроновна гладит мальчика по спине, приподнимает его голову, говорит ласково: — Если кто обидит, приходи ко мне. Защищу. Становись поскорее человеком и поедешь к бабушке, помогать. Пишешь ей? — Мальчик кивнул. — Молодец. Нужно жалеть бабушку. Напиши соседям, попроси приносить ей воду. А ты поможешь им, когда вернёшься. Так и напиши. — Крупные слёзы капают на пол. — Ну, успокойся, хватит, это совсем не годится. Сильно побили тебя? — Он кивнул. — Не знаешь, зачем они сделали это?

— Не знаю, — сквозь зубы пробормотал мальчик.

— Где спрятаны, знаешь?

Петя замотал головой.

— Ну, иди в группу. Если что нужно, придёшь.

Яркий свет слепит. Волосы Киры Софроновны светятся под ним золотые. Кира Софроновна поворачивается к Павлу, а он опускает глаза.

— Видишь, каковы? Используют слабого, забитого. — Она листает бумаги. — Послушай его личное дело. «Мать пьёт с компаниями, её пьяные любовники дерутся, избивают до потери сознания Петю и бабку. Бабка часто болеет. Дома антисанитарные условия, мальчик в школу приходит голодный, грязный, в кровоподтёках».

Спросить бы Киру Софроновну, почему именно Петю вызвала, откуда взяла, что именно Петя расскажет? Но Павел нем.

— Теперь остаётся выяснить, куда дели? — Она поднимает трубку. — Пригласите, пожалуйста, Тишко.

Выдержать ещё один подобный разговор Павел не может, но и уйти не может, он точно прилип к стулу.

Павел не любит ябедничества.

Совсем ещё был пацан, прибежал к отцу жаловаться на приятеля, зачем приятель отнял у него тушку птицы, которую Павел набил опилками. Отец болезненно сморщился. «А ты, оказывается, ябеда, — сказал. — Сам не можешь разобраться? Не по-мужски. Никогда никого нельзя предавать. Лучше перестрадать лишнее». Павел ни слова не понял из того, о чём говорил отец, понял только то, что отец не доволен им, а слово отца с детства для Павла было самым главным. И на химкомбинате, и соседи уважали отца, говорили, что страдает он незаслуженно, шли к нему за советом и «поплакаться в жилетку». Поэтому Павел бросился от отца стремглав и бежал до тех пор, пока не очутился над обрывом. Под ним гудит Сосьва, неспокойный, красивый приток Иртыша. Вода вспенивается, поднимается высоко, ближе, ближе к Павлу, рушится вниз, снова поднимается. Это тает снег на Уральских горах. Завтра затопит их посёлок: улицы, огороды, дворы, садики, к баракам вода подберётся, зальёт погреба.

И чего отец так расстроился? Подумаешь, пожаловался!

Но у истока половодья, на краю большой воды, понял, отец прав, нельзя свои дела ни на кого перекладывать.

— Первый этап: возвратить ножи и не сорвать сдачу мебели детдому, — говорит ему Кира Софроновна. — Второй: выяснить причину бунта.

Как будто так и надо, Кира Софроновна спокойна. Может, вовсе и не ябедничал Петя Кузьмин? Кому ещё ему выплакать обиду, у кого просить защиты? Разве такой справится с большими ребятами? Или всю жизнь должен быть бит и терпеть?

И зачем тогда взрослые? А самый чуткий взрослый никогда не догадается о том, что происходит в душе ребёнка. Единственный путь — заставить ребёнка заговорить.

— Здравствуйте! — Рослый парень уверенно прошёл сразу к столу Киры Софроновны. Руки в карманах. Чуть щурится. Широченные плечи, тёмные глаза, светлые волосы.

Кира Софроновна склонилась над книгой.

— Здравствуйте! — повторяет парень чуть тише, чем в первый раз. Улыбка сменяется удивлением. В глубоком молчании вынимает руки из карманов, выпрямляется. — Ну, пошёл. — Тишко сделал шаг назад, к двери, шагнул вперёд, отошёл в сторону, снова к двери и застыл, сбитый с толку.

Кира Софроновна листает книгу. Павлу неловко, будто это ему не отвечают. Какая сила в молчании! А он так с ребятами не умеет.

Тишко оглянулся за помощью к Павлу, переступил ногами.

— Где спрятал ножи от фуганков и рубанков, свёрла из дрелей? — врасплох ухватила его взглядом Кира Софроновна.

Тишко заморгал.

— Не я. Я не при чём.

Может, секундное замешательство, в другой раз и не заметил бы, а тут заметил: была пауза, никуда не деться!

— Я тебя не тянула за язык, верно? Ты сам говорил, хочешь быть человеком, жалеешь о потерянных годах учёбы. Говорил? А что такое быть человеком? Первая заповедь: не лги. Если не ты, кто?

— Откуда я знаю? — вернулся в уверенность Тишко. — Я не брал. И ничего не слышал… Как могу знать, кто взял?

— Я думала, ты серьёзный человек, Тишко. Я думала, тебе можно верить, говорю, как со взрослым, а ты играешь в детсад. Попробую объяснить. Делаем сиротам столы и стулья. Пропали инструменты — сорваны сроки. А ещё это твой первый собственный труд. Уходя из школы, получишь честные деньги. Ты сам у себя украл инструмент и теперь не сумеешь заработать. Понимаешь, о чём толкую, или не понимаешь?

Тишко отвернулся и зевнул.

Чего Кира Софроновна так волнуется? Почему парень нарочито равнодушен? Виноват, нет?

— Помоги мне, Валера, — Кира Софроновна словно не заметила его демонстративного зевка, встала, подошла к нему. — Ну-ка, посмотри мне в глаза. Молодец. Допустим, ты не знаешь, кто это сделал, но ребята скорее скажут тебе, чем мне. Попроси их подбросить то, что они вытащили. Мы не запрём сегодня мастерскую. Очень прошу, помоги. Если бы ты знал, какое большое дело сделаешь для всей школы! И лично для себя. Я очень надеюсь на тебя.

Валера улыбнулся.

— Почему не помочь? Не обещаю, но попробую. — Он снова сунул руки в карманы, пошёл из кабинета, весело крикнул: — До свидания.

Сейчас засвистит!

Без сил опустилась Кира Софроновна на стул, утёрла платком лицо.

Восхищаться или негодовать? В том, что ножи и свёрла сегодня вернутся в мастерскую, сомнения нет. Только почему так скверно на душе?

— Чего вскочил? Бежать собрался? Хочешь понюхать настоящего пороху? Здесь не будет курорта. У Тишко крепкие зубы, видал виды. Пока он только принюхивается. Фуганки — разминка. Всего тринадцать лет, а дашь все шестнадцать, любого ровесника прибьёт одной левой. Возьми ребят себе, Павел!

— Кого? Этих? А моя группа? Я же скоро выпускаю их!

— Не хочешь, не надо! — Она зевнула совсем как Тишко, отвернулась к залитому молочным светом окну. — Я думала, ты хочешь, чтобы интересно... Среди новеньких есть ещё занятный экземпляр. Пигулевский и Тишко освоятся окончательно и возьмутся разносить школу. Интересно же, кто кого: мы их или они нас? А твой «курорт» попросим выпустить Василия Петровича. Зачем тебе «курорт»?

— Между прочим, — перебил её Павел, — я своими руками создал этот «курорт». Столько сил...

Кира Софроновна захохотала.

— Что вы? Не понимаю.

— Наивный ты человек! Ну, ладно, пора домой, уже начало десятого. Как хочешь, Паша, я думала, ты любишь преодолевать трудности. А к своей группе ходил бы в гости.

— Не хочу в гости. С Солнцевым расставаться не хочу. Тишко мне не нравится. Кузьмин не нравится. И ваш Пигулевский наверняка не понравится. Без Вали не хочу работать.

— Зачем без Вали? С Валей перейдёшь. Зачем без Солнцева? Созову совет командиров, он направит твоего Солнцева в новую группу. Себя узнаешь, на что ты способен, Солнцева узнаешь, на что он способен. Конечно, с хорошими ребятами работать легко, а кто будет возиться с трудными? — Какие синие у неё глаза! — Не хочешь, не надо. Я не принуждаю тебя, дело добровольное.

Павел

Самолёт полетел! Такого праздника в школе ещё не было: высыпали ребята всех групп, кричали, свистели, приставали к своим воспитателям — делать такой же!

Не стыдно выйти на городские соревнования.

— Не буду командиром ни у себя, ни у мелюзги! — Сужены Эдикины глаза, на щеках пятна.

— Разве тебе не хочется понять, кто ты есть? Это будет первое твоё серьёзное дело в жизни! «Не буду» не аргумент. Может, поделишься со мной своими соображениями, почему?

Крутая и высокая гора срывалась к Сосьве.

Санки сделали сами. С Кирюхой и дядей Васей. Полозья оковали железом. Таких санок не купишь нигде ни за какие деньги: на них спокойно усаживались вчетвером!

Ледяным ветром заткнут рот, без дыхания, без мыслей, без жизни вокруг.

Отвесная гора детства — главный учитель. На дикой скорости Павел несётся вниз!

Сейчас тоже рот заткнут ветром.

Может, в самом деле не так всё хорошо в его группе, и он вовсе не знает ребят? Прищурены глаза, жёстки губы. Что скрывает Эдик, почему не откровенен с ним? А Кузьмин и Тишко откровенны с Кирой Софроновной в первую же встречу!

— Папа, идём гулять! — встречает его дочь.

Через несколько минут они — в парке. Карина едет на санках, обнимает куклу, для февральского мороза одетую легкомысленно — в белое, летнее платье, и поёт:

Раз иголка,
Два иголка,
Будет ёлочка...

Анка идёт медленно. Живот у неё совсем не такой, как с Корюшкой, гораздо больше. Ребёнок в нём неспокойный — ни спать, ни есть Анке не даёт. Единственное, что любит, это гулять, успокаивается, лежит тихо, лишь тяжестью давит Анке на ноги.

— Паша, расскажи о своём детстве, — просит Анка.

— Ты чего это вдруг? Я же рассказывал!

— Не представляю тебя мальчишкой.

— Не знаю, о чём, — а сам уже не в Весногорском парке — в Сибири, в городке при химкомбинате для ссыльных.

Павел любит пристроиться между матерью и отцом и слушать разговоры ссыльных.

Мужчины — большие, бородатые, их речи мудрёны: о больной совести, о вере в идеалы, о человеческом достоинстве, о мужестве. Но постепенно их идеалы въедаются в плоть.

— Я не рассказал тебе, как стал охотником, — перебивает Павел голоса отца и его друзей. — Район у нас промысловый, половина населения — охотники. Наверное, поэтому каждый парень, только начинает соображать, умеет стрелять и мечтает о ружье. Отношение к ружью сызмальства ответственное. Даже пятилетний не направит его на человека, знает: это всё равно что при людях оправиться или снять штаны.

Почему Тишко явился в парк? Целится в них из ружья.

— Какая-то чушь лезет в голову, — передёрнул Павел плечами.

— Ты о чём?

— Да ерунда!

За спиной Корюшка рассказывает кукле сказку:

— Зайчик с белкой побежали за Иванушкой, чтобы спасти его от бабы Яги.

— Мы с Кирюхой тоже не рыжие. Выстругали ложе, один конец трубки заплющили, в другой засыпали порох. Сбоку сделали прорезь. Поджигаешь порох, происходит выстрел. Только ружьё стреляет точно, а самопал куда попало. Может попасть и в того, кто стреляет. Сделали мы самопал...

— Тебя могло убить?

— Тогда я об этом не думал. С самопалом отправился в болото. Знаешь, сколько там диких уток?! Бессчётно. Плавают среди вербовых кустов. Но из самопала можно попасть в них лишь с десяти шагов, а подобраться к ним можно лишь с одной стороны, оттуда, где кочки. Я почти подобрался. — Словно не с ним, с другим пацаном, в великоватом пальто и старой вытертой отцовской шапке, происходит такое важное событие, как первая охота. — И вдруг у самого скрадка перерезал мне путь дядя Толя. Дядя Толя — муж маминой сестры. Ну, думаю, сейчас отберёт самопал! Испугался, а виду не подал, говорю: «Уйди, Анатолий. Не отдам самопал!» Дядя Толя вдруг шепчет: «Не бойся, не заберу». — Павел с поздней благодарностью вздохнул. — Он, хоть и самодур был, а ко мне относился хорошо. «С девяти шагов попадёшь в дерево?» — спрашивает. Я аж задрожал от радости, про уток позабыл. Дядя Толя сделал белые затёсы на сосне, чтобы мне было хорошо видно, протянул своё ружьё. Я выстрелил, три дробины попало. И вдруг он говорит: «Ну, ладно, давай меняться. Что смотришь? Бери моё ружьё, а мне дай твой самопал. Я ведь не промысловик, не охотник».

— Может, у него ещё ружьё было?

— Баба Яга отобрала у Иванушки волшебный перстень... — рассказывает Корюшка кукле.

Павел покачал головой.

— Нет, единственное. Ты не представляешь себе, с каким чувством я шёл домой, как нёс ружьё. Мне казалось, в одну минуту я стал взрослым. Мать увидела, сразу в крик. Попыталась даже отнять. Я вырвался, убежал от неё, ружьё спрятал на чердаке. Мать кинулась к Анатолию. Я, конечно, за ней. Неужели Анатолий отберёт? А у Анатолия мужики сидели. Пили они. Все принялись убеждать мать: пусть лучше он с ружьём будет, чем с самопалом, не так опасно.

— Убедили?

— Убедили. С тех пор я стал самостоятельным охотником. — Павел оглянулся на Корюшку. — Не замёрзла? Хочешь, бегом?

— Хотим! — в восторге закричала Карина, крепко прижала к себе куклу. — Очень даже хотим.

Что-то произошло, что оскорбило Эдика, порушило человеческое достоинство?

Как он когда-то, смешным пацаном, вышел на бой за свою взрослость, может, и Эдик вышел на бой? За что? Против кого?

Приснились Павлу дикие утки. Хотят взлететь и снова падают в скрадок, в вербные кусты. Они с Кирюхой мчатся на санках с горы, к их лицам взлетают утки, машут крыльями, много уток, бессчётное число уток, утки бьют его крыльями по лицу, не дают дышать, останавливают полёт с горы. Вдруг вместо уток — Эдик. Это он остановил санки. «Не буду командиром ни у себя, ни у мелюзги».

Павел очень любит летние утра. Проснулся — умытое, свежее солнце в окне. Солнце есть, значит, можно начинать день.

Зимой же вставать трудно. Лёг спать — за окном темно, проснулся — за окном темно. В темноте рождается новый трудовой день.

Сегодня, как и всегда, в школу он бежит, а не едет на автобусе. Но сегодня бежать не получается. За одну ночь из кроткого и мягкого февраль превратился в убийцу. Натянул ледяным звоном провода, прибил намертво тугие комочки к ним и к веткам деревьев — только растопыренные от холода перья жалобно торчат над проводами и ветками. Мгновенно стал бесчувственным нос, свело челюсти, сбилось дыхание.

Твёрдо решил новую группу не брать. К Эдику больше не приставать, сделать вид, что ничего не происходит. Всё тайное рано или поздно становится явным. Нужно заняться неотложными делами. Например, подготовиться к поездке в Москву, директор обещал отправить лучшую группу.

Так что, нечего ломать голову над ребусами, дел по горло.

Бежать сегодня невозможно: не удаётся вздохнуть глубоко, ледяной воздух затыкает глотку, не идёт в лёгкие. Через две минуты был на остановке. Продышался только в тёплом автобусе.

Со своей группой начнёт всё сначала: будет смотреть, слушать. Может, ребята во всём врут ему, например, не трое курят, а тринадцать?!

Около спален его ждал Солнцев.

— Разговор есть...

В этот момент зазвонил звонок, и Эдик побежал поднимать ребят.

Умывание, зарядка, уборка спален, завтрак, уроки — всё на юру, не поговоришь.

На большой перемене Эдик подошёл.

— Я испортил инструменты, — сказал без предисловия. — Не сам, конечно. Приказал Тишко и Пигулевскому.

Павел рассмеялся.

— Врёшь ты всё! Этого не может быть! — но последние слова произнёс неуверенно. Эдик назвал Тишко. Кузьмин назвал Тишко. Инструменты наверняка уже лежат в мастерской.

Снег широкими, сверкающими от холодного солнца ступенями поднимается по ёлкам вверх, и, кажется, отсюда, со второго этажа, можно легко, как по лестнице, взобраться на самую высокую ёлку.

Павел видит себя со стороны — точка, затерянная среди других таких же точек. Сверху видит большие города, в которых побывал и которые ничему не научили его, видит свой городок, в котором родился, и Весногорск, в котором живёт сейчас, с фабриками и садами, речкой и этой спецшколой. Он мал и ничего не знает о жизни.

Отец часто повторял: «Научись на себя смотреть со стороны», а он не понимал этого, лишь сейчас понял, что это значит.

Смотреть на себя со стороны — перестать воспринимать себя пупом земли, увидеть себя в ряду других людей, а людей и явления — такими, какие они есть на самом деле.

Он же слеп, глух, глуп. Он не знает своих детей. Он совершил какую-то ошибку и теперь должен исправить её.

— Что не по нему, трах по башке! — говорит Эдик. — Ладно бы, по рукам, по плечам, так нет, по шее и по башке. Помните, Корнеева с головной болью поволокли в изолятор? Врач сказал, сотрясение мозга. Так это Вениамин Авивович трахнул его. Ой, стукнул, — Эдик говорит скороговоркой. — А тут как вышло? Тишко науськал Пигулевского, и тот стал бить об пол Кузьмина, а тут я вошёл, вы меня послали взять дрель. Не сдержался, конечно (малого бьют!), оттащил Пигулевского от Кузьмина. Вдруг сзади Вениамин Авивович «Не лезь в чужие дела!» И по шее — трах! У меня аж почернело перед глазами. Не сразу очухался. До сих пор болит голова. Какие ж дела — чужие! Все дела общие. Так?

— Почему раньше молчал? Его отстранят от работы! Это же уголовное дело! Не может, не должно быть такого безобразия в школе!

— Он учит здорово! — сердито сказал Эдик. — Сразу получается. Скажет одно слово, а ты уже умеешь!

— Ты пойдёшь к Кире Софроновне и расскажешь, как было дело.

— Убегу! Я не фискал. Пусть мотают сроки, пусть отправляют в спец ГПТУ, убегу, и всё.

Снежные ступени поднимаются по ёлкам верх. Затерялись они с Эдиком в снегу, внизу, никак не выбраться к небу.

— Давай я скажу от себя, будто сам увидел?

— Убегу!

В этот день Павел отпустил Валю отдыхать, остался в школе на вторую смену и на ночь.

Что делать с Шаром? Самому выяснить с ним отношения? Или всё-таки сказать Кире?

Ничего особенного не происходило, всё шло своим чередом: ребята учили уроки, читали, болтали о самолёте.

Почему Эдик, откровенный с ним, сразу ничего не сказал ему о Шаре?

Отец учил разбираться самостоятельно. Эдик и разобрался — отомстил Шару, как сумел.

Нужно или нельзя жаловаться? Чем отличается жажда восстановить справедливость, вопль о помощи от ябедничества?

В свободный час отправился к Кире Софроновне. Из кабинета, как ему показалось, ни звука. Стукнул в дверь, не дождавшись разрешения, вошёл. Напротив Киры Софроновны — Шар.

— Немедленно пишите заявление об уходе, — едва слышно говорит Кира Софроновна. Губы сини, лицо бледно и перекошено бешенством. — По шее! Беззащитных детей! Если бы они, в ответ, ударили вас, их упекли бы в спец ГПТУ или в колонию. Это вам не воровство и не бегство из интерната, за которые они попадают к нам. Вы бы первый потрясали кулаками, взывая о справедливости. Устроили бурсу! Я надеялась, вы пересмотрите своё поведение после нашего разговора. Ты что? — сердито спросила она у Павла. Шар поднялся, ни слова не сказав, вышел из кабинета. — Ты что? — повторила Кира Софроновна.

— Зачем тогда комедия с педсоветом, если вы все знали и так, без педсовета?

А Кира Софроновна отвернулась к окну, залитому ярким светом прожектора.

Распахнулась дверь. Не вошёл, ворвался Семён Трофимович.

— Ты с ума сошла! — накинулся он на Киру Софроновну. — Разве можно увольнять такого прекрасного мастера?! Мы же не найдём никого в середине года! Нарушителей в штрафную, мастер пусть исполняет свои обязанности.

— Прав ты. — После громкого голоса директора Павел едва расслышал слова Киры. — Ребята совершили хулиганский поступок, их надо наказать. Но, если копнуть глубоко, они защищались, отстаивали себя. Они отомстили. И так они несчастны, биты-перебиты, унижены-переунижены прошлой жизнью, лишены в своём детстве самых естественных детских радостей — развлечений, нормальной еды, родительской ласки.

Ни шороха, ни звука. Единственное, едва уловимое движение в комнате — наступление на них света с улицы. Как ярок он по сравнению с тусклым светом настольной лампы, как похож на солнечный!

— Неужели накажете ребят, Семён Трофимович?

Тот искренне удивился.

— А как же, Павел? Нельзя не наказать. Не накажешь, решат: так и надо. До чего ещё додумаются?! В уставе школы записано: «Совершил ребёнок проступок, должен понести наказание».

— Вот то-то и оно, — Кира смотрит в окно, и лицо её залито белым светом. — Шутка ли, два дня простоя. И придётся раскошеливаться: сумели восстановить не все инструменты. Только несправедливо это: накажем ребят, а виноват взрослый человек, мастер. Нужно думать.

Директор молчит. То ли не согласен с Кирой Софроновной, то ли, наоборот, согласился, и ему неловко за предложение наказать ребят.

Перед отбоем Павел подошёл к Эдику.

— О каких человеческих отношениях может идти речь, если главные свои неприятности и ты, и все вы скрываете от меня? Не понимаю.

Эдик отвернулся. Выжать из него хоть слово не удалось.

Спал в эту ночь Павел чутко, как при грудной Корюшке, всё ему казалось: что-то должно случиться. И, когда утром шёл домой, не покидало его чувство потери и беспокойства.

Корюшка гуляла с бабушкой, а Анка лежала поперёк тахты, неловко, боком, спрятав лицо в подушку, и горько плакала. Ходуном ходили лопатки.

— Что с тобой? Кто тебя обидел? Плохо себя чувствуешь? На работе неприятности? Ты сегодня собиралась оформить декрет.

Анка в первый раз плачет при нём.

— Что ты? Скажи! — Павел гладит её волосы, спину, пытается заглянуть в лицо, но Анка уткнулась в подушку.

Анка тихо живёт рядом. Помощи у него не просит. Платьев модных, модных туфель не просит. Он даже не знает, что у неё есть, чего нет.

— Какие у тебя тёплые, пушистые волосы, Анка!

Что он о ней знает? Хороший инженер, приносит с работы похвальные грамоты и премию за каждый квартал. Все вечера дома. Никогда голоса не повысит. В квартире чисто, красиво.

Поженились они, когда он учился на последнем курсе ПЕДа. Чтобы подработать, устроился в котельной при общежитии. Со стипендией вместе получалось сто двадцать рублей. Торжественно дважды в месяц вручал Анке деньги и считал: долг свой выполняет. Ничего не изменилось и тогда, когда пошёл работать.

— Анка, родная, что с тобой? — гладит он выпирающие лопатки. — Тебе вредно плакать, отразится на ребёнке. — И понимает: она плачет из-за него, из-за того, что он всё время с ребятами, часто даже ночами. Гулять с ней и Корюшкой ходит редко, а когда водил Анку в кино, и не помнит: до рождения Корюшки. — Хочешь, пойдём погуляем? Может, тебе платье нужно или сапоги, ты купи, лежат же деньги, те, что я летом подработал! — Тут же вспоминает, Анка говорила, эти деньги на маленького. — Не обижайся, прости меня, я постараюсь быть внимательнее.

Ещё горше заплакала Анка, подтверждая: причину её боли он угадал верно.

Глава вторая

Серёжа

— Шевелись давай! Иди! — Милиционер вытолкал его из автобуса. — Мог воровать, мог бить стёкла, а как отвечать, остолбенел.

Первое, что увидел Серёжа: под ярким светом забор. Конечно, вокруг каждой школы, каждого интерната забор был, но этот… Не забор — непробиваемая стена.

— Шевелись давай! Ну?! — подтолкнул его милиционер.

Серёжа очутился в проходной.

Толстый дядька, с пегими волосами, пегими бровями и пегими глазами, пил чай.

— Привёл тебе бегуна. Из интерната бегает, из школы бегает. Шибко ловкий. Ест то, что слямзит. Надевает тоже. Принимай его и его «личное дело».

Серёжа втянул голову в плечи — сейчас начнут бить?

Бить не начали.

— Ладно наговаривать на парня. Садись, пацан, не бойся. И здравствуй. Хочешь чаю?

Милиционер, который только и делал, что толкал Серёжу, подгонял, как гуся, тут же исчез, будто его и не было.

Не очень поверив в дружелюбие Пегого, Серёжа стоял, прижавшись к двери, ждал, что будет дальше. А Пегий позвонил по телефону.

— Кира Софроновна, привезли новенького! Хорошо. — Положил трубку, повернулся к Серёже. — Идём мыться.

Баня понравилась. Чистая одежда понравилась: штаны, носки, байковая рубашка — всё целое, без дыр, тёплое. Понравилась еда в пустой столовой. Большой кусок мяса.

Пегий шутил с поварихой. Серёжа не прислушивался, жадно ел. За два дня скитаний удалось стащить только варёное яйцо на вокзале и ломоть хлеба — чей-то завтрак. Насытился быстро, но страх перед голодом заставлял его снова и снова пихать в себя хлеб. Один кусок незаметно сунул в карман. И теперь огляделся, что бы ещё стащить. Но столы, тщательно вымытые после обеда, пусты. «Здорово здесь дежурить, всегда сыт», — подумал Серёжа.

— Готов, что ли? Идём к Кире Софроновне.

На фиг ему сдалась какая-то Кира Софроновна! Завалиться бы сейчас спать, всю ночь и полдня мотали, не давали спать, ноги чугунные, не поднимешь на ступеньку.

Наконец коридор. Пегий распахнул перед Серёжей дверь.

На большом столе сверкает под лампой остроугольный камень. Гор удавился бы за него! У Гора камни живые, мигают, могут порассказать такое! Гора бы сюда! С ним нестрашно. Не продаст, морду набьёт любому, кто сунется к Серёже.

— Тебя не учили здороваться? — весело спрашивают его.

С трудом оторвался от камня.

Ласковая тётка.

— Учили. Здрасьте.

Жёлтый, чистый пол блестит от света.

— Идите, Федя, спасибо, я сама провожу его в группу. — Тётка листает страницы его «дела». — «Кириенко Сергей совместно с братом Олегом и одноклассником Игорем, по прозвищу «Гор», совершил кражу вина, водки, денег на сумму сто рублей восемьдесят три копейки из магазина вино-водочных изделий 26 мая 19... года. 31 мая в том же составе похитили у гр-на Кривонос три килограмма апельсинов. В июне проникли в помещение ветеринарной станции, уворовали два медицинских шприца. 24–27 июня через разбитое стекло проникли в цех и склад пищекомбината и совершили кражу трёх двухлитровых банок берёзового сока и шесть пол литровых банок томатного, причинив материальный ущерб пищекомбинату на сумму шесть рублей пятнадцать копеек».

«Началось!» — он еле стоит, так хочется спать.

— «В ночь с третьего на четвёртое июля 19... года Кириенко Сергей и Олег выставили оконное стекло, проникли в кухню детсада номер один, откуда похитили десять килограммов печенья, трёхлитровую банку яблочного сока, также три игрушечные машины, причинив материальный ущерб на двадцать два рубля тридцать восемь копеек. В вечернее время несовершеннолетние Кириенко играли во дворе дет. комбината при промкомбинате, а затем через форточку проникли в помещение детского сада и уворовали детские игрушки, а также медикаменты на общую сумму девяносто восемь рублей девять копеек. 9 августа Олег и Сергей совместно с Долгих Игорем проникли в столовую номер 24 Бобруйского ЛПХ, откуда похитили продукты питания на сумму двадцать один рубль двадцать одну копейку. 18 августа вновь совершили кражу конфет, сигарет и денег на сумму сорок четыре рубля двадцать восемь копеек из магазина номер

3 города П. и магазина дер. Дмитриевка». Зачем тебе понадобились шприцы?

От неожиданного вопроса Серёжа поднял голову. Тётка по-прежнему смотрит ласково.

«Чего притворяется?» — удивился Сергей. Сам от себя не ожидая, сказал:

— Я вор, воров сын, чего ещё надо?

— Ты не ответил на мой вопрос. Я знаю, что ты сделал с соком, конфетами, сигаретами, игрушками и прочим, а вот зачем тебе понадобились шприцы, не понимаю.

— Брызгаться, — буркнул Серёжа. Скорее бы кончилась эта пытка! Скорее отправили бы его куда-нибудь!

— Ты знаешь, что у нас за школа?

— Перевоспитываете хулиганов и шпану. Меня будут здесь исправлять, — поспешил отвязаться от тётки Серёжа.

— Я знаю, почему ты воровал. Ты хотел есть.

Сон слетел, как шапка в сильный ветер!

— Давай забудем обо всём твоём прошлом, нет его у тебя. Ты никогда ничего не воровал и не бродяжничал. Ты начинаешь жить заново. Появятся друзья. Полюбишь учиться. Выберешь профессию.

— А Гор?

— Что «Гор»?

— У меня Гор на всю жизнь. Зачем мне друзья? Я стал тонуть, он вытащил. Он всегда спасает меня.

— Никто у тебя и не отнимает твоего Игоря, — улыбнулась тётка. — Выйдешь отсюда и дружи с ним. Я говорю о другом. У тебя не было воровства. Забудь! У нас организуется новая группа. Все будут новенькие. Старайся, веди себя хорошо, и тогда я отпущу тебя домой досрочно. Хочешь домой?

— Нет.

Тётка долго молчит.

— Почему?

Что сказать? Что он боится Марину Петровну? Или что хочет всё время жрать?

— Ну, ладно, не говори. Не хочешь, не говори. Если кто обидит тебя, если ты захочешь рассказать что-нибудь мне, заходи смело. Договорились?

Покосился на камень, от камня разлетаются блестящие лучи. Гор собирает камни.

На ночь мамка чесала затылок и за ухом, читала стихи.

— На самоподготовку ты опоздал уже. Сейчас будет свободное время. Пойдём, я провожу тебя в актовый зал. Сегодня, вот сейчас, вы все встретитесь в первый раз.

ПАВЕЛ

За две минуты до звонка проснулся. Потянулся. Надавил пальцем кнопку, чтобы будильник не разбудил Анку с Корюшкой, пусть поспят, держал, пока не раздался лёгкий щелчок. Шесть утра — секунда его ежедневного пробуждения. Ещё раз потянулся. Зима. Лишь на часах утро, за окном ночь, и в комнате ночь. Светятся только зелёные стрелки и цифры будильника.

Он родился сегодня, как однодневка-бабочка, для целого дня жизни. Каждое утро — начало новой жизни, новое рождение. Ощутишь, используешь, проживёшь каждую секунду — случится день. Окажутся секунды пустыми, день умрёт, и всё.

Ощупью найти тапочки, на цыпочках — к двери. И бегом — марш! К ребятам. Им подарить целый день жизни. Не потерять ни секунды.

Угрюмые, равнодушные, недобрые, сидят новые ребята перед Павлом. Одни прячут глаза, другие уставились на него, «едят» взглядами. Тишко развалился, как в кресле.

От первого слова многое зависит.

Павел молчит. Смотрит на Тишко. Тишко неохотно «вползает» на стул. Павел ждёт Эдика.

Слишком долго стоит тишина.

— Кто читал сказку про Мальчиша-Кибальчиша? — спрашивает.

Руку поднимает рыжий мальчик, с золотистыми глазами.

— Как тебя зовут?

— Меня зовут Виталием Пигулевским, 19... года рождения, попал в спецшколу за то, что не хотел учиться, бродяжничал, воровал... — мальчик рапортует добросовестно, но в его глазах — насмешка, и Павел останавливает его.

— Я не просил тебя рассказывать автобиографию, в этом необходимости нет. Даже если ты хорошо помнишь сказку, думаю, тебе небезынтересно будет послушать её ещё раз.

Кузьмин подался вперёд. Другой мальчик встал, подошёл к столу. Глаза у него шоколадного цвета, сильно разбавленного молоком. На макушке каштановый гребешок.

«...Вдруг он слышит на улице шаги, у окошка шорох. Глянул Мальчиш...» — старается Павел нарисовать перед ребятами картинку за картинкой.

Эдик появился в ту минуту, когда Мальчиш-Кибальчиш закричал: «Эй, живые, мальчиши-малыши, или нам, мальчишам, только в палки играть да в скакалки скакать?» и поднял своих ровесников на бой, в подмогу отцам и старшим братьям. Как Эдик открыл дверь, как шёл к сцене через весь зал, Павел не слышал, увидел сразу около себя. С гитарой через плечо, мрачный, Эдик постоял у сцены, сел на свободный стул. Тишко присвистнул, Пигулевский подмигнул Тишко, остальные ребята не заметили Эдика.

«Что это за страна? — воскликнул тогда удивлённый главный Буржуин. — Что же это за непонятная страна, в которой даже такие малыши знают военную тайну и так крепко держат своё твёрдое слово?..»

Сказка досказана до конца.

— Кто скажет, о чём сказка? — спрашивает Павел.

Ребята молчат.

— Ещё расскажите! — Мальчик с каштановым гребешком — уже на своём месте, подпёр кулачком подбородок, на щеках два красных пятна.

Этот-то за что попал? Неужели человек с таким лицом может обворовать или обидеть кого-нибудь?

— Обязательно расскажу, — говорит Павел мальчику. — Я буду много вам читать и рассказывать. А сейчас хочу познакомить вас с вашим командиром. Эдик Солнцев скоро уходит из школы, но захотел помочь вам.

Только что взрослые искусственно соединили ребят — посадили вместе в актовом зале. Сумеет ли он, Павел, соединить их естественно, сделать нужными друг другу, обществу, самим себе? Не успевает ни о чём больше спросить ребят, как Эдик ударяет по струнам.

Если друг оказался вдруг
И не друг и не враг, а так...

Тишко с Пигулевским встают, подходят к Эдику. Остальные разворачиваются к Эдику.

— Эту песню написал Высоцкий, у него много хороших песен. Очень хорошие песни у Окуджавы, — снова Павел встречается взглядом с тощим мальчишкой, у которого на голове каштановый гребешок. Как мог такой очутиться здесь?

А вот этот, видно, курит безбожно, на зубах грязно-жёлтый налёт. С первой минуты — война курению! И тот курит. Маленький, хитрый. Кто ты, худоба ребристая?

— Как тебя звать? — спрашивает Павел.

Зыркнули, стрельнули в Павла злые глазки.

— Кулёма.

— Это твоя фамилия? Или имя? Как тебя зовут?

— Кулёмов я. Виктор.

Привык подчиняться, а развязность от страха. Лжив.

Пигулевский ковыряет спинку стоящего впереди стула. Тишко что-то говорит Эдику.

Как расположить их к себе? Будут ведь врать, юлить, заискивать, запутывать!

Сидит перед Павлом его «работа». От него зависит судьба всех этих парней.

— Обязательно спою, только перед сном, — Эдик откладывает гитару. — Сейчас давайте поиграем в слова! — Тишко снова развалился, смотрит насмешливо на Павла: кто кого? — Чего молчите? Не хотите в слова? А во что хотите? — Эдик предлагает игру за игрой.

Сколько книжек перетаскал Павел ребятам! Сколько собственных денег поистратил на пластинки, пинг-понговые шарики, ракетки! Сколько времени и сил вложил в соревнования, в «огоньки», в конференции! Анку с Корюшкой забросил совсем. Но мучился не зря: за полтора года ребята полюбили книжки, стихи, друг друга, научились работать, его понимают.

У Эдика плечи приподняты, напряжены — похоже, и ему новенькие не нравятся.

— Хотите в «крокодильчика»? — спрашивает Павел.

— Может, для начала в «корабли», а Пал Фимыч? Значит, так, разделимся на две команды.

— Я — в одной команде, Эдик — в другой, — поддерживает Эдика Павел. — Условия игры простые. Нужно придумывать слова на одну букву — какой груз грузится на корабль? Проигрывает та команда, которая не сможет загрузить следующий «груз». — Апельсины!

Эдик шепчется со своими, и Пигулевский говорит:

— Арбузы.

Сначала тихо, потом громче ребята произносят:

— Авторучки.

— Автобусы!

— Как это ты загрузишь автобусы на корабль?!

— Ещё как загрузишь!

— Апельсины!

— Было.

— Ты чего лезешь, рожа? — В одну секунду Тишко оказался около шоколадноглазого, со всего маха ударил его в грудь кулаком.

Павел оттащил Тишко от мальчика.

— Прекратить игру. Минута молчания у нас. Встаньте все и молчите. — После удивлённой похоронной тишины спрашивает: — За что ты ударил его?

— Из-за него... проиграли!

— Ты играешь, чтобы выиграть?

— Вот это да! А для чего ещё играют? Все всегда играют для того, чтобы выиграть!

Павел гладит мальчика по каштановому гребешку.

— Тебя как звать?

Длинными ресницами прикрыл мальчик глаза, словно спрятался от Павла.

— Кириенко Сергей.

— Видишь, он — Серёжа, — говорит Павел Тишко.

— Ну и что?

— Как «что»? Он — Серёжа.

— А мне что?

— Серёжа, посмотри, а это Тишко Валера. Красивое имя — Валера. А это, Валера, Эдик Солнцев. Представь себе, Валера, что в противоположной команде оказался твой самый близкий друг. Ты хочешь, чтобы он выиграл или проиграл? — Тишко угрюмо молчит. — Игра нужна не только для того, чтобы выиграть, но и для того, чтобы порадоваться игре, друг другу доставить радость. Ты, Валера, не увидел Серёжу, Серёжа на твоём пути к победе помеха, Серёжа не услышал меня, когда я сказал «апельсины».

Серёжа заплакал. Узкие плечи дёргаются, дёргается гребешок на макушке. И непонятно, как может рождаться столько горьких слёз, всхлипов в таком худом, маленьком теле!

— Ты что? — растерялся Павел. У Корюшки слёзы — лёгкие, на сердце не ложатся, а от плача Анки, от плача этого мальчика глаза режет, как от света.

— Не хочу играть, — сквозь захлёбывающийся плач тоненький голос. — Не хочу здесь жить!

В зал заглядывает дежурный режимник Федя-Звонок. Человек он вежливый, уважительный: всех преподавателей, даже совсем молоденьких, величает по имени-отчеству.

— Вас вызывают на проходную, Павел Ефимович.

Не вовремя. Всё в жизни делается не вовремя. Именно эта, первая, минута, когда лопнуло равнодушие, нужна. С неё начинаются человеческие отношения.

Нехотя Павел идёт к выходу.

— Якоря.

— Яды, — голоса не такие стремительные, как при нём, спотыкающиеся, на тон пониже. — Ялики…

Скорым шагом под мелким колючим снегом Павел перебегает двор.

Привалившись к стене проходной, стоит невысокая, очень худая женщина. Корона из кос поднялась над высоким лбом. Где он видел её глаза? Совсем недавно видел. Знакомые глаза.

— Это вы меня ждёте?

Женщина бессмысленно моргает, губами издаёт хлюпающие звуки, словно втягивает воду. Увидела Павла, замахала руками и, потеряв равновесие, стала сползать по стене. Павел едва успел подхватить её. Федя Звонок пододвинул стул.

— Она пьяная! — сказал тихо.

Но женщина услышала, встрепенулась, встала.

— Врёшь! Не пьяная! Горе у меня. А ты — «пьяная»! Не уйду без сына. — Из её рта брызжет слюна, глаза полны слёз. Она еле удерживается на ногах, машет руками, как на катке, сейчас упадёт, зыбок под ней пол, Павел снова едва успевает подхватить её под мышки и усадить.

— Чья вы мать?

— Кириенки я мать. Серёжи.

«Не хочу здесь жить!»

— Отдайте мне сына! Зачем вы его отняли у меня? Все воруют еду. Все в школу не хотят ходить. Все бегают из интерната. Он не может никому никакого зла… — Она не договаривает, кричит: — У вас нет детей, иначе вы бы знали!

У Павла есть ребёнок — Карина. Смородины глаза, быстрые ножки, секунда — в одном конце комнаты, секунда — в другом. Летят на пол чашка, тарелка — Карина любит ухватиться ручонками за скатерть и тянуть на себя.

У Павла скоро будет ещё ребёнок. В этом месяце. Или в начале следующего. На стыке зимы и весны. Может, поэтому Анка плакала? Стала слабая — тяжело носить под сердцем ребёнка?!

— Вот что, — говорит Павел Феде Звонку. — Сергея я, конечно, сейчас не приведу. Нечего сыну видеть, какая она… Уложи её спать, принеси матрас, одеяло, подушку, всё, что полагается. Утром, как только проснётся, вызови меня.

— Так, вы ж завтра во вторую смену!

Павел пожимает плечами. Набирает свой номер. Анкин спокойный голосок, детский, совсем как у Карины.

— Как ты себя чувствуешь? — спрашивает Павел. — Это точно? Прошу, не расстраивайся, всё будет хорошо. Тяжестей не поднимай. Береги себя. Анка… у меня новая группа, я хотел бы… остаться. Можно? Ты завтра собиралась к маме пелёнки шить? Поедешь? Осторожно поезжай. Ложись пораньше. Если что-нибудь, звони Феде Звонку. Уж извини меня.

Павел идёт к выходу, а когда он уже у дверей, женщина, поняв, наконец, что сына ей не дадут, тонким, пронзительным голосом кричит на всю проходную, на весь двор, на всю школу, на весь Весногорск:

— Серёжа! Серёжа! Серёжа! — И уже тише: — Я здесь, слышишь?

Федя берёт женщину под руку, уводит, вернее, почти уносит её в гостевую комнату. Когда он вернётся с постелью и с ужином, она будет спать, громко и тревожно дыша во сне, точно ей нестерпимо больно. Федя сядет рядом с ней, начнёт читать.

Он читает, как только выдаётся свободная минута, всё подряд.

Тёмным зверьком метнулась к забору маленькая худая фигурка, Павел кинулся наперерез, подхватил мальчишку на руки. Под ярким лучом прожектора злые, испуганные глаза.

— Ты куда? Ты как проскочил через дежурного? Почему бежишь?

Кулёма дрожит. Он без пальто, а ночь февральская! Павел прижимает мальчика к себе, вносит в школу, в учительской раздевалке ставит на пол, надевает на него своё пальто.

— Грейся! Согреешься, говори, что случилось?

В его пальто, волочащемся по полу, Кулёма совсем жалок. Не переставая дрожит.

— Ты пойми, мы не враги тебе, мы хотим, чтобы тебе хорошо было, понимаешь, Витя?

Мальчик уткнулся лицом в воротник пальто.

— Затосковал о доме или избил тебя кто? Не накажу, обещаю, не бойся. Не скажу никому, ни одному человеку. Виду не покажу. Говори, почему хотел убежать?

Кулёма, точно давясь, всё-таки выдавливает из себя одно слово:

— Заклял!

— Кто «заклял»? — изумлённо спрашивает Павел. — Когда это могло случиться? Вы же играли в зале, все вместе! С Эдиком.

— Я пошёл в уборную. — Разом исчезает жалкость Кулёмы, острым взглядом он пронзает Павла, говорит быстро, чётко выговаривая слова: — Только снял штаны, один входит, меня стащил с «очка» и заклял, говорит: «Клянусь зубом, сделаю из тебя парашу! Будешь служить мне. Для начала я тебя посажу...» и стал меня тыркать в очко.

— А дальше?

— Я его укусил, подхватил штаны и драпать!

— Ты, когда был на воле, на шухере стоял!

— Откуда знаете? Стоял. Я никого не пропущу. Я такой! — хвастается Кулёма. — Когда я на шухере, всегда пожива...

— Кто тебя заклял?

Кулёма снова зыркнул глазами.

— Не... Выдам, убьёт! Он такой!

— Я сказал тебе, вида не покажу.

— Пигуля, вот кто!

— Какая ещё «Пигуля»?

— Пигулевский, кто ж ещё?!

Кулёма согрелся, снял пальто.

— Идём в группу.

— Не! — замотал головой. — Сперва я один. Он прыткий, сразу схватится.

Павел зашёл в уборную, словно Пигулевский дожидался его там. Пигулевского не было, а в самом дальнем углу стоял Кириенко и жадно всасывал в себя дым бычка. Увидев Павла, заморгал, завёл руку с бычком назад.

— Брось! — попросил Павел.

Серёжа послушно бросил.

— Тебе в школе понравится, вот увидишь!

Серёжа отвернулся.

Уложив ребят, Павел спустился в учительскую. Кира Софроновна листает журналы. Услышав шаги, повернулась к Павлу.

— Ты что не уехал? — Он не успел ответить, она рассмеялась. — Понятно. Если скажу «Передай группу другому», ведь не передашь, так? — И снова не дала ему ответить. — У тебя сборище трудных и несчастных. Кулёмова цепью привязывал отец к кровати, избивал так, что приходилось отливать водой. Ты почитал бы личные дела!

Павел покачал головой.

— Не-ет, ничего ни про кого знать не хочу, чтоб не мешало мне их прошлое, не заставляло излишне жалеть, излишне баловать. С чистого листа начинается жизнь. Новая. Пацан и я лицом к лицу.

— Какие глупости! Как раз необходимо знать, кто генетически преступник, от преступников-родителей, а кто попал в шайку или просто на улицу случайно, от одиночества и голода. Будешь знать про них всё, работать будет много легче.

— Почему вы-то домой не ушли? Я понятно, у меня новая группа, проблемы сразу появились...

— Некуда мне спешить... — И тут же переводит разговор: — Завтра заберу нарушителей в штрафную!

— Как?! Вы же сами защищали их! Кузьмина избили, силой заставили испортить инструменты, он вообще ни в чём не виноват. И Тишко заставили, а он ещё и помог: вернул исчезнувшее. Как можно их наказывать? Заварил кашу Эдик, но Эдик защищал ребят и себя от Шара. Эдика тоже не за что наказывать. И вообще нельзя человека наказывать. Если объяснить, поймёт...

— Они, Паша, не поймут нашего благородства. Сделают свой вывод: ага, сошло с рук, можно и дальше продолжать в том же духе! Много лет подряд эти ребята одурачивали взрослых. Не накажем, поплатимся за своё мягкосердечие.

Пустота и полуосвещённость большой учительской, мирный свет от прожекторов с улицы, грустный голос Киры...

— Семён Трофимович не захотел уволить Вениамина Авивовича. Как я теперь могу воздействовать на Шара, если моё слово ничего не значит?

— Наказать ребят — разрушить их личность, озлобить их, вы же должны это понимать! — преодолев безобидность и уют обстановки, сказал Павел и вышел из учительской.

За несколько дней всё полетело вверх тормашками. Есть законы чести, благородства, а есть законы воровской шайки, психология преступника. «Стыдно ябедничать» — просто красивые слова. Как же работать с преступниками, если не знать, что Кузьмина избили, что Кулёмова хотят сделать «парашей»? Разрешить убийство, унижение?

Может, в самом деле не накажешь, он тебя не поймёт?

Как поступить по совести?

Тяжела ночь не дома. Пол ночи сторожи ребят, ходи маятником по коридору, лови случайные слова, матерную ругань, злой бред, беги сломя голову на стон, на тяжкий вздох, вздрагивай от вскрика и в себя вбирай плач, не контролируемый сознанием, жалобное «мама!», запах пота, мочи, жёсткое дыхание, кашель, а потом лежи без сна, от жалости изнывай. Можешь или не можешь сделать сон пацанов спокойным, можешь или не можешь вернуть им детство?

Тянется неуютная, безразмерная ночь.

И всё-таки приходит новое утро.

— Здравствуйте, ребята! — говорит, вкладывая в слово «здравствуйте» радость новой встречи. — С новым днём! Сегодня вечером у нас с вами замечательная книжка — «Сын полка». А сейчас бегом, под снегом, марш! Витя Кулёмов, беги! Тебе нужно научиться бежать. Валера Тишко, беги! Пигулевский, беги!

Все давно бегут. Цыплёнком сжался Кириенко, спиной припал к школьной двери. Холодно в одной рубашке! Мокро.

— Серёжа, новый день сегодня. Единственный. Пожалуйста, преодолей себя. Надо же закаляться!

Серёжа отрывается от двери, бежит. Один круг. Половина второго. Останавливается, охватывает себя ладонями за плечи, смотрит мокрыми глазами на Павла, на длинных ресницах повисла большая снежинка.

— Молодец, Серёжа, хорошо бежал! — Павел растирает его спину, повторяет: — Молодец! А ну, ещё круг. И на сегодня хватит.

Серёжа бежит. И падает.

Зарядка окончена. Павел помогает Серёже подняться, ведёт в тёплый медкабинет, чтобы врач послушал сердце. Сердце хорошее, без сбоев.

— Я попросил преподавателя отпустить тебя с пения, после завтрака спускайся вниз. Мне нужно поговорить с тобой.

И вот они идут рядом по снежной тропинке сада.

— Хочу с тобой дружить, а друзья должны знать друг про друга всё, правда? Когда-нибудь и я расскажу тебе о своей жизни. За что ты попал сюда?

Павел приготовился уговаривать Серёжу, а Серёжа доверчиво сказал:

— Это потому, что мамка выгнала отца. У меня был отец! Настоящий! Я его сам видел! А мамка выгнала.

Одно ухо Серёжиной шапки приподнято, как ухо у пса-дворняжки, вот-вот упадёт. Мальчик старается шагать так же широко, как Павел. А Павел пытается представить себя Серёжей. Это у него мамка пьёт. Это у него разваливаются ботинки. Это он — Серёжа Кириенко.

Глава третья

СЕРЁЖА

В субботу и воскресенье, когда не шёл в детсад, спал в одной кровати с братом. Брат ещё мелкота, три года, и каждую ночь мочится. К утру Серёжа замерзает. Тянет на себя одеяло, да одеяло — старое, комками, греет мало. Комок ваты — пустота, ещё комок — ещё пустота. Из братниной лужи вылезет, передвинется на край кровати, но спать на острой боковине железки не может, снова скатывается к брату, в холодную лужу. Серёжа ненавидит их тюфяк, всегда мокрый и вонючий.

Дошкольное детство так и осталось — с полуголодными субботами-воскресеньями, с мокрым матрасом, с ожиданием мамки.

Когда в первый раз взял чужое? Суббота была. Он проснулся рано. Утро вползло ярким лучом сквозь их крошечное окно, осветило пустую материну кровать со смятым одеялом. Наконец солнце! Оно не являлось долго, всю холодную зиму, словно его вообще не существовало. Серёжа совсем забыл, какое оно. И вот вернулось. Пол обжёг холодом. Стуча зубами, вышел во двор. Здесь не один луч, здесь солнца много, и оно въедливо буравит промёрзшие помои, кучу навоза, всю зиму снежной глыбой прожившую у них под окном, вздёрнутые плечи неровных грядок. Ледяная земля заставила плясать, подпрыгивать. Вернулся в дом, стал искать, что бы съесть, но ни на столе, ни на печке ничего съестного нет. Натянул штаны, рубаху, надел драное пальтишко, сунул ноги в ботинки. Из валенок вырос, отдал Олегу, а ботинки «просят каши». В них не побежишь, обязательно споткнёшься о первый камень и брякнешься. Снова шагнул к солнцу. Спина и бок, не попадающие под ослепительный поток тепла, мёрзнут. Мёрзнут ноги в разодранных ботинках. Отогревшись одной стороной, пошёл задом наперёд, развернувшись к солнцу замёрзшей стороной.

Окраина их города Светоча проснулась. Куры сердито долбят землю, как и он, хотят есть. Снег уже стаял, но земля ещё мёрзлая.

Воют голодные собаки, бессильно звякая цепями.

Зимой под снегом кусточки вдоль улицы были маленькие, а сейчас поднялись чуть не в Серёжин рост. Освещённые солнцем, кажутся обглоданными и мёртвыми.

Проскочил мимо них, мимо просыпающихся домов на задворки к помойкам — может, кто выбросил какие объедки собакам? Их улица — аккуратная, с чистыми, голубыми, зелёными, жёлтыми одноэтажными домами, а здесь изнанка: сараи с рухлядью, верёвки с сохнущим бельём, лавки с зимними тулупами, ржавые вёдра и клоки бумаги — разноцветное, ветхое и богатое нутро жизни.

Солнце медленно ползёт вверх, непривычное, первое после затянувшейся зимы, становится всё теплее и теплее.

Сначала Серёжа увидел птиц. Сизых, больших. Они тучей укрыли землю. Он разглядел: они едят кашу. Жёлтые, крупные, разваренные зёрна мелкими солнцами слепят с земли. Птицы не спешат, уверенные, что никто не отнимет у них эти сладкие, разбухшие крупинки. Они не взлетели при появлении Серёжи, продолжали клевать, только чуть чаще закивали головками, вверх-вниз.

Через них Серёжа протянул руку к еде. Тут же последовал острый удар и выступила кровь. Птицы защищают свою еду. Всё-таки Серёжа подхватил кашу. Горько-солёная, вкусная до сладости, каша мгновенно проскочила внутрь.

Заболела, заныла рана. Стал сосать кровь, а пока сосал, исчезли возле него золотистые зёрна, осталась голая земля.

— Кыш, кыш! — крикнул птицам, склонился к земле.

Птицы продолжают клевать чуть дальше. Серёжа подкрался, обеими руками схватил одну из них за тощее туловище, ему показалось, ту, что долбанула его, отшвырнул, изловчился, ухватил горсть каши. Не жуя, проглотил.

Теперь птицы спешат, не хотят делиться кашей с Серёжей. Всего одну горсть ещё сумел отнять у них Серёжа. А через мгновение уже ни их, ни золотой пышной каши нет, птицы, шумя крыльями, улетают прочь.

Серёжа подхватил камень, со всего маху кинул им вслед, камень тяжело ударился о мёрзлую землю.

Понуро побрёл дальше, как собака, склонившись к земле, выискивая съестное. Пока дождёшься мамки с обедом, сдохнешь совсем. Ему мерещатся картошка в мундире, каша, в которой вязнет ложка, щи с большими листами капусты, котлеты.

Мамка носит почту. По окраине их города Светоча и ещё по трём близлежащим деревням. «Сейчас любят читать», — говорит мамка. Серёжа иной раз увязывается с ней, сам кладёт газеты в ящик, встаёт на цыпочки. Только сильно устаёт: идёшь, идёшь... много часов.

Мамка не устаёт. Она любит ходить. Ноги у неё быстрые. Идёт и горланит песни во всё горло. Или читает стихи. Любит стихи про птиц.

Летят, летят, куда хотят...

Ещё он запомнил про журавлей. Большие птицы, у них всё устроено правильно, и про жизнь, и про смерть они всё понимают хорошо. Так говорит мамка.

Мамка любит плакать. Чуть что, льёт слёзы. То журавлей жалко, то его жалко, то Олега.

А то начнёт рассказывать про папу, как он обижал её, как он испортил ей всю жизнь. Серёжа слушает о папе плохо. Одно думает: у всех есть, а у него «был да сплыл», как говорит мамка. Разве важно, кто виноват? Нету, и всё тут!

Сначала не понимал, думал, папа плавает в морях, а может, ещё где путешествует, ждал его: вот вернётся скоро. А теперь уразумел наконец: «сплыл» — значит, не вернётся никогда.

Мамка говорит, денег от него ждать нечего. И добра ждать нечего. Хорошо, не прибил напоследок.

Так и сказала.

Машинально идёт Серёжа к магазину. Магазин — на самой границе их окраины и города. Чего тут только нету! Крупа лежит и белая, и жёлтая. Рыба. Сахар. Всего много. А самое главное — печенья. Красивые, с рисунками.

Бабки покивали на Серёжу:

— Машин-то парень подрос.

— Бедолага.

— Тощий.

— Безотцовщина.

Пожалели его и стали говорить о каких-то разгульных выпивохах, о ворах.

А ему хорошо, что забыли про него. Печенье прямо над головой, пахнет сладко.

Мамка брала один раз и сразу, как вышли тогда из магазина, дала ему печенину. Он сосал долго. Потом съел ещё целую штуку. И ещё третью. Ел и никак не мог наесться.

Потекла слюна. Серёжа позабыл обо всём: о бабках, о каше, только печенье, хрупчатое, много печенья.

Рука сама вскинулась. Рука с запёкшейся ранкой. Целых три штуки схватил, как в тот раз, и бежать!

— Ах ты, сосунок, весь в отца!

— Машка-то не дерёт, испортила парня, — разноголосый, пронзительный кнут из воплей и злых окриков стегал его, гнал без оглядки.

За магазином, около деревянного, широкого туалета, споткнулся о камень развалившимся ботинком, упал. Печенье рассыпалось на кусочки. Лёжа, поднимал с земли крошки, засовывал поскорее в рот, боялся: налетят птицы, склюют! Печенье таяло, и Серёжа спешил проглотить сладкую слюну. А одну половинку зажал в руке — Олегу.

Солнце уже было горячее, словно пришло наконец лето. Теперь он отогреется от зимы, перестанет дрожать на прогулках в детском саду и сидеть по субботам-воскресеньям дома.

Мамка пришла вечером. Весёлая. Принесла в газете варёной вермишели и тефтели.

Мамка у них красивая. Косы вокруг головы.

— Не дависъ, жуй, — приказывает им с Олегом. Вынула шпильки, косы упали на плечи. — Я вам приготовила концерт! Первая песня цыганская. Эх, — пошла по кругу, — слушайте, пацаньё!

Скатерть белая

залита вином.

Все цыгане спят непробудным сном...

Серёжа глотает вермишель и глотает, поскорее, чтобы окончательно потушить голод. А песня перебивает еду, беспокоит, зовёт туда, где «скатерть белая», где пьют шампанское и пляшут — где весело.

— Мамка, ты откуда пришла? — спрашивает Серёжа, доглатывая последнюю вермишелину.

Мама кружится по комнате, задевая за кровать, за стол.

— Чай будем пить, — кричит она. Хочет зажечь керогаз, а руки сильно дрожат, коробок выпадает из них. — Сейчас я обману тебя, — она берёт спичку в рот, зажигает, зажжённую перехватывает рукой, вспыхивает огонь. — Вот, перехитрила, — смеётся. — Мало воды. Ну, ничего. Переживём. Ничего.

— «На поле цвет поднялся голубой», — начинает громко читать стихотворение. Серёжа следом повторяет, шевелит губами. — «На поле цвет поднялся голубой».

А через несколько лет пришёл день, переломивший жизнь окончательно. Он писал упражнение, высунув от напряжения язык и про себя повторяя каждую букву, когда к нему на тетрадь легла записка. Не сразу развернул её, дописал фразу до конца.

«Есть дело. Гор». Три слова. В этих словах начало.

По их республике катилась весна — в тот год Серёжа кончил четвёртый класс.

Игорь шёл первым. Длинный, тощий, засунул руки в карманы, посвистывал — словно не воровать шёл, а просто прогуливался.

Сергей всё время спотыкался. Если бы не Олег сзади, наверное, сиганул бы домой. Слезились глаза, то ли от того, что хотел спать, то ли от дыма сигареты, которую дал ему Гор, то ли от резкого запаха сирени, заполнившего город в тот май.

Их Светоч — зелёный, больше похож не на город, а на разросшуюся деревню: двухэтажные дома, сады обсыпаны сиренью. От окраины до центральной улицы, где школа, кинотеатр, идти полчаса.

Ни прохожего, ни милиционера, ни даже собаки. Лишь Игорева спина и запах сирени, от которого тошнит.

Игорь оставался на второй год и в третьем, и в четвёртом классах, он взрослый — позвал, с ним не поспоришь, надо идти. Только хорошо бы идти до самого утра, до самого того мига, когда свет разгонит ночь и выйдут на улицу люди. Тогда он сможет удрать домой — спать.

— Вот, — Гор остановился, остановился и Серёжа, выплюнул затухшую сигарету.

Игорь постоял, прислушался.

Всё так же тихо. Магазин изнутри освещён. Это не их деревенский маленький магазинчик, в котором когда-то Серёжа стащил печенье, а настоящий — «стекляшка», на центральной улице, в два высоких этажа: на втором — универмаг, на первом — продмаг! Вино продают отдельно, особый вход.

Серёжа прилип к асфальту, разом разучившись ходить.

— Чего встал? Идёшь? — Гор ухватился за пуговицу его пиджака, потащил, пуговица оторвалась, Гор едва удержался на ногах, зашипел сердито: — Сука трусливая, двигай!

И Серёжа «двинул».

На тяжёлой, обитой железом двери служебного, непарадного входа три замка.

Олег подошёл к другой двери, за которой, по сведениям Гора, спал сторож. Если сторож выйдет, Олег разыграет целый спектакль: потерял маму, потерял дом, не знает адреса. И всё прочее. Рыдать в голос, хныкать, выжимать слезу из прохожих… — это он умеет. Не раз пробовал. Как иначе полакомишься мороженым?!

Долго Гор орудовал ключами.

Наконец замок жёстко щёлкнул. Дверь не заскрипела. Гор сплюнул, из карманов вытащил авоськи.

— Держи, салага, и смотри мне, пойдёшь лениво, как царица персидская, завтра живым не проснёшься.

Первое, что сделал Гор: потушил свет. Бутылки с вином брал ощупью, каждую сам совал в авоську. Из длинного ящика вытащил все деньги, в карманы ссыпал мелочь: ни копейкой не побрезговал. Шумно вздохнул, хихикнул довольно, взял ещё бутылку, лёгким движением по днищу вышиб из неё пробку, протянул Сергею.

— Пей! Заслужил.

Ожог, и через несколько мгновений — ни страха, ни слабости.

Сторож спал. А может, и не было никакого сторожа.

Тяжести сеток с бутылками Серёжа не почувствовал: готов был взвалить на себя ещё больше, все бутылки всего города.

Он не помнит, куда они с Игорем их сгрузили, петляли по дворам, по незнакомым улицам, запомнил, как они, обнявшись, уже освобождённые от бутылок, шли мимо школы и горланили во всю глотку:

Скатерть белая

залита вином...

Горело лицо. От сирени кружилась голова.

На другой день в середине урока истории, когда Жирафа по обыкновению громким голосом рассказывала новый материал, распахнулась дверь. В класс сразу, одновременно, шагнули два милиционера. И с ними женщина в сером костюме. Директриса, толстая, с рыхлыми щеками, зашла последней. Её бледное лицо — мокрый страх, и глазки бегают.

Словно ночное вино всё ещё кружило Серёжу, весёлая дерзость заставила его громко хрюкнуть.

Женщина в сером костюме сразу поглядела именно на него.

— Садитесь, — сказала Жирафа.

Жирафой её прозвали за то, что она — длинная, сутулая, голова выдвинута вперёд, а одевается так, словно знает своё прозвище, — в пятнистые платья и костюмы.

Весна в распахнутые окна класса засылала запахи цветущей сирени, беспорядочные радостные птичьи разговоры, шуршание машин и автобусов, пронзительное жиканье весенних мотоциклов.

— Что случилось? — Жирафа испуганно вертит головой от милиционера к милиционеру.

Милиционеры застыли в одинаковых позах по обе стороны «серой» женщины, одинаково длинные, с одинаковыми, ничего не выражающими лицами.

Две-три минуты только весна в окнах.

Серёжа заскучал. Зевнул громко, руша тишину, развалился. Чтобы отвлечься, уставился в затылок беленькой Иры, сидящей на первой парте. Её ровный пробор разделяет волосы на две тугие косицы. Ира — отличница, с ним не знается, сроду не повернётся к галёрке, но Серёжа не раз на переменах тянул её за косы и заставлял посмотреть на себя.

«Серая» женщина тоже села, к учительскому столу. Жирафа обиделась, что ей ничего не объясняют, поджала губы, точно собирается заплакать.

— Случилось ЧП, ребята, — наконец «обрадовала» Жирафу серая женщина, — на сто один рубль восемьдесят три копейки совершена кража водки и вина в вино-водочном магазине. Не скрою, ребята, и в голову не пришло бы подозревать вас, если бы… вот, смотрите, — женщина раскрыла руку, на ладони лежала пуговица. — Видите, от школьной формы! Ведь ваши пуговицы — особые. Школа у нас одна, пуговицу нашли у магазина. Может, она и не имеет отношения к краже, но эту версию проверить надо. Придётся осмотреть каждого из вас. Мы прошли почти все классы, у трёх человек оторвана пуговица… — Женщина улыбнулась. — Вы, конечно, простите, прервали урок…

Его пуговица — на ладони у женщины. Отвинтить бы другие, хотя бы одну, а он ватными руками вцепился в колени.

— История — предмет, пожалуй самый важный из всех, — говорит женщина. Она смотрит на Иру. Серёжа знает, сейчас Ира наморщила лоб, удивляется. — Прошлая история — о настоящем, — внушает Ире женщина. — Сейчас наша политика направлена на то, чтобы никогда больше не было войны. Вы не пережили войну, а знаете, как наша страна пережила её? Более двадцати миллионов… вдумайтесь… погибло живых жизней. Сколько детей! Таких, как вы! Их расстреливали точно так же, как взрослых. Почему начинается война? Одно государство хочет у другого отнять то, что ему не принадлежит. Это вы понимаете, правда? Разве воровство — не война? Хитростью, силой отнять у другого то, что не принадлежит ему. Вот какие дела.

Ровный голос тётки долбит.

Милиционеры идут по рядам. Мимо девочек проходят, парней поднимают всех.

Серёжа очнулся. Стал крутить пуговицу. Скорее! Успеть!

Белёсый, веснушчатый, длинный милиционер быстро приближался.

Ну же, отрывайся! Вчера отлетела в одну секунду, сегодня намертво впилась в материю.

Милиционер силой приподнял его.

— Он! — толкнул Серёжу к столу.

А Серёжа смотрит на беленькую Иру. Она губу закусила, в глазах — ужас. Серёжа заревел.

Подошла директриса.

— Доигрался? Мало тебе двоек? Мало тебе булочек в буфете?

От директрисы пахнет одеколоном.

— Подождите, — сердито вмешалась серая женщина. — Разве так можно? Не только же у него нет пуговицы! Иди сюда, мальчик. Как тебя зовут? Серёжа? Хорошее имя. Не надо плакать. Разве мы обвиним невиноватого? Никогда не будет обижен ни один невиновный. Ты не бойся. Я понимаю, бывают совпадения. Мы всё выясним. Расскажи спокойно, где ты потерял пуговицу?

— Вот! — крикнул Серёжа. — Висит, — он показал другую пуговицу, болтающуюся на длинной тонкой нитке. — Шёл я, — он замолчал, он вдруг забыл название улицы. Шёл я... Сейчас... ну, такая длинная... стоит рядом... большой дом.

— Стоит... — тихо сказала женщина. — Рядом с магазином стоит голубой дом. Это ты заметил верно. Совсем рядом.

— Строителей! — вспомнил наконец Серёжа. — Шёл я по улице Строителей, мимо этого дома, значит, голубого. Может, и был там магазин, я не знаю, я шёл в кино.

— Это случилось в котором часу?

Серёжа утёр слёзы.

— Темнело уже.

— Магазин открыт или закрыт? — спросила женщина.

— Наверное, был закрыт.

Женщина кивнула.

— Может быть, мы пойдём в другое место? — тонким голосом крикнула Жирафа. — Здесь дети. Я считаю непедагогично обсуждать при детях.

— Именно потому, что здесь дети, мы договорим здесь. Так, я слушаю тебя, Серёжа. Магазин был открыт.

Серёжа кивнул.

Директриса охнула, женщина строго посмотрела на неё.

— Ко мне подошли два пацана.

— Ты говорил «три».

Серёжа кивнул. Потом вскинулся:

— Я не говорил «три», я ничего не говорил, два пацана! Два. А не три. «Дай двадцать копеек», — сказал один.

— Какой? Чёрные у него волосы? Светлые? Какие глаза?

— Я не успел его разглядеть. Я им только сказал «У меня нету». Один вот так потянул меня к себе, за пуговицу. А потом как даст под дых. Я и не помню, что было дальше.

Женщина встала. Проследила его взгляд — беленькой Ире с тугими косицами он рассказывал свою историю.

— Пожалуй, садись. — Повернулась к Жирафе. — Извините, что прервали ваш урок. Продолжайте, будьте добры. Это не он, — сказала строго ребятам. — Не он.

Ира смотрела на него восхищёнными глазами, ребята — как на героя. Даже Жирафа подошла к нему и сказала:

— Видишь, во всём можно разобраться. Пуговицу нужно было подобрать и пришить.

После уроков он спрятался в подвале. Ждал, когда все разойдутся. Особенно хотел, чтобы поскорее ушла Ира. С нижней ступеньки подвала видно, кто выходит из раздевалки. Ждать пришлось недолго: ребята из школы разбегаются в одно мгновение. Даже Игорь умчался, размахивая портфелем.

Серёжа постоял на крыльце, не зная, куда деваться. Ему очень хотелось спать. Он решил идти домой. Не успел и шага шагнуть, как около него очутился незнакомый верзила лет семнадцати.

— Хочешь посмотреть?

Серёжа даже обомлел: у парня в руках четырьмя разными лезвиями блестит ножичек. Аккуратный, перламутровый, новый.

— Покажь! — Серёжа взял нож, стал разглядывать. — Мне бы такой!

Верзила странно ведёт себя: медленно движется в противоположную от Серёжиного дома сторону, но Серёжа, не замечая этого, послушно следует за ним.

— Нашёл, — объясняет парень. — Иду, а он валяется.

— Где нашёл? Такое разве найдёшь! — машинально, следом за парнем, Серёжа поднялся на невысокое крыльцо.

— А, это ты! — Серёжа поднял глаза и увидел «серую» женщину, стоящую в дверях милиции. — Заходи, раз пришёл.

— Поиграл, и хватит, — верзила взял из Серёжиных рук ножик, быстро пошёл от него прочь по улице.

Серёжа хотел было сбежать, но женщина ласково обняла его за плечи.

— Идём, не бойся.

Они прошли по узкому коридору, поднялись на второй этаж.

— Ты любишь песни? — спросила женщина. — Понимаешь, сижу я поздно вечером у окна и вдруг слышу: «Скатерть белая залита вином!» Я очень любопытная, выглянула. Ты с приятелем идёшь и распеваешь. Было? Было. Дело не в пуговице, я узнала тебя. Время как раз то, когда ограбили магазин. И пьяный ты был...

Серёжа вжался в плечи. Но женщина говорит ласково:

— Садись, Серёжа. Меня зовут Марина Петровна.

В эту минуту в кабинет вошёл белёсый милиционер, сунул в рот Серёже трубку.

— Дыхни! — Обернулся к Марине Петровне. — Ну, что я говорил? Пил он. Вчера ночью.

— Идите, Карнаухов, — сердито сказала Марина Петровна, — я сама разберусь с несовершеннолетним Кириенко.

— Как знаете, — пробурчал милиционер, вышел, громко стуча сапогами.

— Расскажи, Серёжа, подробно, как было дело. При ребятах и учителях я не захотела тебя позорить. Пусть они не знают, у нас с тобой свои отношения, правда?

Больше всего на свете он хотел сейчас спать. Всё равно что будет потом, лишь бы сейчас дали поспать. Слипались глаза, косило зевотой рот, ватными были руки-ноги. Ночь забылась. Никуда он не ходил. Ничего он не воровал. Ни с кем бутылку не распивал. Никаких тяжёлых сеток не тащил.

— Вот видишь, Серёжа, как ты хочешь спать.

Он вскинул голову, а получилось, не вскинул, приоткрыл глаза и снова закрыл.

— Иди спать, Серёжа, завтра придёшь ко мне, сразу после уроков. Не придёшь сам, придётся мне за тобой прийти в школу и разговаривать при ребятах.

Он спал всю дорогу: брёл, едва волоча тяжёлый портфель.

Мешали запахи, напоминали о чём-то, звали куда-то, чего-то от него хотели — запахи сирени, травы. Зелёный их городок Светоч плёл ему свои петли: никак не подводил к дому.

Проснулся от мамкиного голоса:

— Убирайся, откуда явился! Никто тебя не звал. Нечего тебе здесь вонять. Пошёл, пошёл!

Серёжа сел в кровати.

Посередине комнаты стоял мужчина. Раньше Серёжа его не видел. Плотный, широкий, с рассыпанными по плечам густыми волосами.

Мамка кинула в него стаканом, он увернулся, стакан разбился.

— Убирайся. Не звали. Иди прочь, иначе убью тебя. — Мамка плачет.

Всегда весёлая. Чего реветь вздумала из-за чужого дядьки?

— Погоди, Маша, успеешь выгнать. Сам знаю, виноватый я перед тобой. Пришёл повиниться, а ты убивать!

Мамка кинулась в кухню, вернулась с длинной щёткой. Красная, в слезах, она кричала неразборчиво, зло и махала щёткой, стараясь попасть в мужчину. Но то ли нарочно била мимо, боясь в самом деле убить, то ли была слишком пьяна, и руки не слушались, то ли мужчина оказался ловким — умел увернуться, только палка не достигала его, достигала одна мамкина ругань.

— Опять мне болеть и мучиться через тебя? Опять пузатую вытолкаешь на мороз! Опять будешь душить. Под колёса кинешь. Ворюга.

Что с пьяного бреду, что с правды, не разберёшь у мамки, только Серёжа вдруг завопил:

— Папа!

Он вспомнил. Мамка говорила «был да сплыл». Куда ж сплыл, когда вот он! Есть у него отец, как у всех. Думал, не было никогда, мамка придумала, стыдился перед ребятами, дрался до крови и синевы с теми, кто дразнил его безотцовщиной, а отец есть! Вот он. Самый красивый. Трезвый. Культурный.

— Папа! — Мимо матери Серёжа кинулся к отцу, обхватил за шею, повис.

От мужчины мужской, отцовский запах. Незнакомый. Знакомый. С другой стороны повис Олег.

— Я и говорю, пришёл к сыновьям! Любишь удить рыбу? Пойдём на рыбалку. Мотоцикл у меня есть, хочешь, покатаю?

Отцовская рука крепко держит спину. По-мужски.

— Паразиты! Предатели! — Мать оторвала Серёжу от отца, отшвырнула. Оторвала Олега, отшвырнула. Вцепилась в лицо отца. — Убирайся! — задыхалась мамка, драла в кровь лицо отца. — Прочь!

Отец пытался защититься, оторвать мамкины руки, пятился к двери.

Серёжа хотел было побежать за отцом, когда отец выскочил из дома, но мамка ухватила Серёжу за плечи, стала трясти.

— Предатель! Рыбки захотел! Предатель! — Отпустила плечи, молотила куда попало кулаками. Серёжа от неё залез под кровать.

Раз, два пнула мать ногой, не попала. Уселась на кровать.

Наступила тишина.

Олег затаился мышонком в углу комнаты. Серёжа прижался к прохладному полу щекой — отходила боль от мамкиных кулаков.

Заскрипела узкая железная кровать, несильно, едва-едва, жалобно.

Мамка сидит неловко, боком, одной ногой повёрнутая к Серёже, нога вздрагивает.

Сейчас он подкрадётся к этой ноге и вцепится в неё зубами. Пусть визжит мамка.

ПАВЕЛ

Он усыновит Серёжу! В выходной пойдёт с ним на лыжах, летом вместе станут рыбу удить. У большинства ребят, живущих здесь, родители пьют, почему же их не лишают родительских прав? Во многих семьях нет детей, а люди — хорошие, вот пусть бы и брали! И себя вывели бы из одиночества, и несчастным ребятам детство вернули бы.

Пение кончилось. Серёжа ушёл на алгебру, а Павел стоит перед административным корпусом, словно убеждая себя, повторяет одно и то же, что он скажет сейчас матери Серёжи: «Вы соглашайтесь, ему будет у меня хорошо. Ребёнку нужна нормальная жизнь, ребёнок должен смеяться, а не плакать».

Опухшая, с обвислыми мешками под глазами, опустив плечи, сидит женщина в проходной. Терпеливая, тихая, жалкая. Она взглянула на Павла по-собачьи, солнечными глазами.

— Идёмте, — сказал Павел.

Встала, пошла было за ним к выходу, тут же вернулась, снова села возле стола.

— Не уйду без Серёжи.

— Не в таком же виде вы покажетесь Серёже? Пух на волосах, платье помято. Вы грязны. Серёжа должен верить, что у него самая красивая мама. Вам нужно вымыться, поесть. Единственное, что я могу предложить, мы съездим ко мне домой, вы отдохнёте, и я привезу вас к Серёже.

Собачьи глаза. Собачья кротость. Наверное, никто никогда не помогал ей. Павел сглотнул горькую слюну.

Только в его доме такие запахи. Анка вырастила два лимонных деревца. Каждое утро, каждый вечер она растирает несколько листочков, и по дому расходится запах лимона. Пол Анка моет с мылом, как руки, он пахнет свежестью. Бельё сушит на улице, бельё пахнет морозом. Корюшка пахнет молоком.

Все эти запахи — лимона, мороза, детского молока — его дом.

У них нету ковров и хрусталя, у них есть Карина с игрушками, лимонные деревца, много вкусной еды — Анка любит кормить его.

Его девочки уехали к матери шить пелёнки.

Тёплая гречневая каша. Тёплое молоко. Тонко нарезанный сыр, творог. Анка знала, что он придёт завтракать.

А он знал, что женщина, благодаря вкусному Анкиному завтраку, заговорит.

Вымытая, с распущенными волосами, от сытости и покоя порозовевшая, Мария Кириенко сидит на кухне против него на Анкином месте. Широко распахнуты светло-карие глаза, густы веера ресниц. Стынет чай, горит позабытая конфорка. Павел смотрит на тонкую синюю жилку, бьющуюся на виске женщины, вчера ещё не знакомой, сегодня породнившейся с ним запахами его дома, Серёжиным бегом под снежной крупой, Серёжиным рассказом.

— Вы только не перебивайте меня. Когда Серёжу увезли, я лишилась сна. Хотела наложить на себя руки. Пропала моя жизнь, мне не выбраться.

— Как это «не выбраться»? Вы молодая, красивая. Бросьте пить. Всё зависит только от вас, ни от кого больше.

— Я, знаете, какая была? Все пятёрки!

Встречи с родителями в проходной или гостевой — стремительные, формальные. «Как мой сын?» «Учится плохо, запущен материал!» «Вы уж помогите!» И слёзы. Иногда слёзы, иногда ругательства: «Что же вы здесь делаете, если не можете заставить?! А вы его ремешком! Он привычный!» Разные матери, и со всеми на бегу, по касательной. Первый раз вот так — лицом к лицу.

— Всё у меня начиналось, как у людей. Родители любили меня. Были друзья. Хотела поступать в институт.

Когда Эдик в первую их встречу сказал ему «Я — таракан», Павел решил понять, кто виноват в том, что ребята несчастны? А потом забыл: увлёкся походами, викторинами, спортивными соревнованиями. Интересовали его только отношения с самими ребятами. Даже когда вёз Марию Сергеевну к себе домой, не о причинах, думал лишь о Серёже: как заговорить с женщиной о том, что он, Павел, хочет Серёжу у неё отнять.

И только сейчас, глядя, как Мария Сергеевна нервозно крутит обеими руками свои длинные роскошные волосы, словно выжимая, удивлённо понял: причина вот она, сидит перед ним. Эта женщина — причина того, что Серёжа худ, что плохо учится, что смотрит исподлобья, что морщины гармошкой сжимают лоб, и нельзя увидеть, большой он или маленький. Она, мать, — причина того, что Серёжа попал в спецшколу.

— Хотела в учительницы пойти или в артистки. В самодеятельности пела, плясала, играла Женю в «Тимуре и его команде».

— Значит, это из-за вас Серёжа попал к нам, из-за того, что вы пьёте?! — сказал, что понял.

Мария Сергеевна удивлённо подняла светлые пушистые брови, на лбу появилась та же гармошка, что у Серёжи.

— Извините! — мягко сказал Павел. — Я не хотел... просто мне очень жалко Серёжу. И вообще всех таких ребят. Вот в прошлом году наш мальчик вышел из школы, устроился на завод и целый месяц хорошо работал. Начислили ему восемьдесят рублей. Мать пошла с ним получать его зарплату — мол, обманут тебя, а я тебе куплю брюки и рубашку. Все деньги унесла, а мальчик остался на заводе заканчивать смену. Возвращается вечером домой, думает, ждут его новые брюки с рубашкой, а мать с отчимом — вдрызг пьяные. Выгнали его из дома, чтобы не попросил денег. Пришлось идти к брату. Всё бы ничего, жил у брата, работал на заводе так хорошо, что выписали ему сорок рублей премии. Брат отобрал все деньги. Правда, брюки мальчику купил — за пятнадцать рублей, но в руки не дал ни рубля: ни на обеды, ни на рубашку. Мальчик стал просить денег. Брат избил его. И тоже выгнал из дома. Только через сутки мальчик пришёл немного в себя, залез к матери в дом и украл у неё тридцать пять рублей, всё, что нашёл. Тогда мать отдала его под суд — мол, обокрал её! И потребовала, чтобы его поместили в спец ГПТУ. Это преддверие колонии. Режим строгий, и ребята — настоящие преступники. — Павел замолчал было, но тут же резко сказал: — Это всё из-за вас, родителей, страдают дети. Вы бьёте их, не кормите как положено, не одеваете как положено, что им остаётся?

По рыхлым бледным щекам женщины катились слёзы, губы дрожали.

— Простите, — испугался Павел, встал, долил чайник, поставил на огонь. — Я впервые представил себе, что переживает пацан. В детстве обиды острые...

К чуть приоткрытой форточке подлетела синица — «Пусти погреться!»

— А каково пацану, которого в такой мороз выгнали из дома? Куда идти? Где выспаться? Поесть? С кем сказать слово? Не полезешь же, как синица, в чужое окно?

— А я из-за кого погибла? — вдруг тихо спросила Мария Сергеевна. — Разве я хотела пить? Разве я думала, что буду так бедствовать? Сдала предпоследний экзамен, вышла из школы, яблони цветут. Мы сами их посадили, когда ещё в первом классе учились. Легко, помню, мне было: думала, получу аттестат, поеду поступать в институт, в столицу. Тут ко мне и подошёл парень. Волосы, как шапка на голове, глаза жгут. «Я, говорит, сделаю тебя счастливой. Слышал, как ты поёшь и читаешь стихи и давно влюблён в тебя. Сделаю из тебя артистку». А какая же дура в юном возрасте не хочет быть артисткой и не верит словам? Не стала я сдавать последний экзамен, не стала никуда поступать, удрала с ним в город Светоч, в артистки.

Ничего не видящими глазами Мария Сергеевна смотрит за окно, с прибившимися к нему снежинками и синицей. Шея у неё, как у тощей общипанной курицы, все хрящи можно пересчитать!

— Привёл он меня к сморщенной старухе, сказал: мать! Ну и всё, кончилась жизнь. Какая артистка? Он оказался вором, пьяницей, развратником. Издевался надо мной. Таких, как я, у него много. Узнал, что беременная, выгнал на мороз. Я потеряла сознание. Очнулась, лежу в доме на полу, надо мной старуха. Тут я только узнала, что никакая она ему не мать. Таких матерей у него столько, сколько «жён». Долго я болела. Выздоровела, пошла искать работу. Стала почтальоном. Серёжа родился слабый, его надо было как следует подкармливать. А попробуй прокорми себя, ребёнка, старуху на семьдесят рублей! Хотела к родителям... да с какими глазами? Через год Саша заявился снова. Пожил со мной полгода и опять исчез. Родила я ещё и Олега. Не дом — развалюха, с тысячью дыр. Заливает дождь, ветер продувает насквозь, печка угарная, тяги нет, за водой идти далеко. Старуха скоро померла. Я сперва билась — боролась с нуждой. Посмотрела бы я на того, кто не запил бы. Жалости во мне не осталось ни к детям, ни к себе. Родители — старые. Мать первая не выдержала, не пережила обиды, горя, моего позора, померла. Следом отец. Осталась я навсегда без помощи. Саша сидел. Вышел, опять принялся за свои дела. С отчаяния сунулась я в исполком, хотела пожаловаться, попросить алиментов, да меня на порог не пустили — пьяная! Спасибо, не загребли на пятнадцать суток. А того не поняли, что трезвая-то я сроду бы не пришла. Так и осталась без алиментов. Вот она вам причина. Нос вытащу — воздуха глотнуть, ноги в говне и в грязи увязнут. Туловище вытащу, носом зароюсь. Так и живу на четвереньках. Какие у человека могут быть желания? Нажраться да согреться. Видели моё пальто, в котором я пришла? Летнее! А сейчас на улице? Тридцать пять градусов мороза. И у парней то же! Где я возьму? Воровать не могу. Знаете, почему я открылась вам? Накормили вы меня, дали вымыться. Я, как сбежала от родителей, ни разу не помылась по-людски. Легко по-человечески жить, когда условия человеческие. Один раз споткнёшься, всё: жизнь погибла. Ни учиться, ни отдохнуть. Сидеть с детьми некому, кормить их надо. Думала, дотяну Серёгу до техникума, вздохнём — свой кусок хлеба у него. Тогда и я буду искать себе специальность получше. Старший выведет в люди младшего. А он, видишь, как, пошёл по той же дорожке, что папаша. Не проживу без Серёги. А вы не отдаёте его мне.

Оживлённая в начале рассказа, к концу Мария Сергеевна поникла. Лицо — в розовых пятнах, судорога свела губы, перекосила щёки, съёжила глаза. Пока сохла на батарее в ванной её кофтёнка, Мария Сергеевна сидела в Анкином лёгком халате, и в привычном Павлу, голубом, халатике. Непривычными углами подняты и дрожат плечи — Марию Сергеевну треплет лихорадка. Плавная речь исчезла, Мария Сергеевна перескакивает с одного на другое, забывает, о чём только что говорила.

— Саша бил всегда по животу. Прятала живот, руки перебил мне. Мы с ребятами живём весело, любим петь песни. Родители один раз приехали, Саша выгнал их, закричал: «Я — муж, нечего!». Серёжа наизусть стихи... Я была отличница... лучше всех училась в школе... — Зуб на зуб не попадает.

— Что с вами? Замёрзли?

Синица перепрыгнула на раму в комнате, сжалась в комок, как хитрая собака, боящаяся, что её заметят и выгонят на мороз.

— Серёжа наносит воды. Мы с ним помоем пол. Олег сбежал из интерната, я свела его к тёте Гане! Тётя Ганя воевала. Работает в столовой. Это она керогаз подарила. Это она кормит нас... У неё все погибли в войну. Мы любим погулять с ней. Серёжа начнёт читать стихи, не остановится. Хотели купить радио. Не скопим никак. Хватит сидеть, пойдём к Серёже! К Серёже!! — И наконец: — Дайте выпить! Я задохнусь. — Собачий взгляд. — Видите? Смотрите! Вот мой заколдованный круг. Учитель физики говорил: «Иди на физмат». Литератор говорил: «Иди на филфак». Химичка велела быть химиком. А я... Дайте выпить! Поверьте, я не обманываю вас, мне срочно нужно выпить. У меня может лопнуть сердце. Я знаю. Вы не знаете.

— Если я дам вам выпить, вы не увидитесь с Серёжей! — Павел словно от неё заразился лихорадкой.

Кто виноват? Кого схватить за руку? А если бы он, сильный мужик, оказался без специальности? Сумел бы один вырастить двух пацанов?

— Вы поняли? Хоть один глоток, и Серёжу не увидите. Решайте! — Павел пришёл в себя. — У меня есть друг Кирилл. Мы с ним вместе выросли. Он работает в клинике, вылечил многих алкоголиков. Хотите, вас устрою?

Мария Сергеевна встала, глядя перед собой невидящими глазами, пошла к двери. Вернулась, села. Прижала руки к тощему горлу.

— Я сейчас сдохну! Один глоток! — Дрожат руки, губы кривятся в неестественной улыбке, взгляд бессмыслен.

Павел налил ей рюмку.

— Выпьете и сразу уезжайте к себе.

В одно мгновение женщина проглотила водку, и почти сразу прояснились глаза.

— Хотите, буду читать вам стихи? — звонко спросила. — Я знаю очень много стихов!

Марию Сергеевну он выпроводил с трудом.

В школу пошёл пешком через лес. Лес тянется на много километров. Смешанный, густой. Со стороны деревни деревьев нет — обугленные стволы. Когда-то здесь была берёзовая роща. От загоревшегося дома в засуху вспыхнули измученные жаждой деревья — горели свечками. Так и осталось в памяти: сухой треск, запах горелого дерева, горелой земли. Часто перед глазами всполошенная ночь, бегущий, летящий, ползущий огонь — зарево пожара на многие километры. Тушить пытались, но слишком долго не было дождей, слишком долго и беспощадно палило солнце, вода оказалась менее могущественной, чем огонь. Берёзы сгорели и сейчас стоят неровными, обугленными, снизу серыми, вверху чёрными столбиками.

«Пройдёт и моя жизнь. Что оставлю я?»

Подошёл к чёрному столбу, дотронулся. Так давно был пожар и так обуглилось дерево, что сделалось каменным, словно никогда не раскидывало ветвей, не одевалось листьями.

Стал падать снег. Крупный, густой. Небо захотело согреть скованную холодом землю — щедро обрушило на неё всё своё богатство.

Павел медленно побрёл к школе. Снег залепляет лицо, быстро засыпает робкую тропинку, и скоро Павел теряет её, приходится преодолевать целину. Стрелка часов стремительно приближается к двум.

Он — часть Вселенной, часть леса, снега, неба, и его назначение, так же как назначение неба, снега, леса, — находиться в связи с тем, что его окружает. Дети — это как земля, которую греет и сохраняет снег. Он должен всего себя, как снег отдаёт себя земле, отдать детям. Ничто не существует по одиночке, всё в связи, всё переплетено, питает друг друга, и без этой связи, без этого переплетения нет жизни на земле.

Школу, сад с яблонями и каштанами, смородиновыми кустами и клубнику засыпало снегом. И дорожку между административным корпусом и школой засыпало.

— Здрасьте!

— Здрасьте, Пал Фимыч!

Так это ж его новые ребята, чистят дорожку.

— Пал Фимыч, а Тишко в штрафной! И Кузя в штрафной! — радостно сообщают ему.

Киры Софроновны в кабинете нет. И в учительской нет. Нашёл её в зале. Репетиция концерта самодеятельности.

Кроха-сын пришёл к отцу,
И спросила кроха:
— Что такое хорошо?
И что такое — плохо?

— Кира Софроновна, вы предали!
«Посмотри на себя со стороны», — голос отца.
И Павел зажимает в себе злобу, как из раны кровь, терпеливо ждёт, когда мальчик дочитает.
Не успевает замолкнуть последнее слово, говорит:
— Моя группа, я отвечаю. Отдайте ребят под мою ответственность.

У дороги — чибис, у дороги — чибис,
Он кричит, волнуется чудака... —

поют теперь на сцене. И это мальчишечье пение сбивает пафос с его слов.
— Давай выйдем, Павел. — И — в коридоре: — Какое право ты имеешь выговаривать мне? Ты уверен, что справишься сам, без помощи администрации? Группа — твоя, но группа находится в школе.
— Выпустите ребят из штрафной, прошу вас. Ребята ещё не знают, что хорошо, что плохо, я объясню им.
— Я тебе уже говорила, тебя не поймут наши дети. То, что для тебя хорошо, для них плохо, и наоборот. Они привыкли решать все проблемы насилием. Я выполню твою просьбу, но ты не прав. Как бы потом не попасть в беду!

— Лафа! — первые слова Тишко на воле. — Гуляй, паря! — он нагло ухмыляется, и звучит голос Киры Софроновны: «Как бы потом не попасть в беду!»
А Кузьмин ничего не сказал, исподлобья взглянул на Павла. Благодарно?
— Я хочу, чтобы вы поняли, наказать себя может только сам человек, для этого он должен понять, что такое хорошо, что такое плохо. Идём снег чистить!

— А компот нам дадут? — спросил Тишко.

— Дадут. У нас сегодня серьёзное дело — подготовка к походу.

— Это что, пойдём за забор?

— Ты любишь кататься на лыжах? — словно не заметил Павел, как Тишко нехорошо осклабился.

— Не пробовал, — пожал плечами Тишко. — Может, и люблю.

— Дайте мне лопату, — попросил Кузьмин.

Пигулевский делает вид, что подхватывает снег, сам же пристроился за Эдиком, а за Эдиком какой снег остаётся — чистая тропа.

— Дай мне лопату, — говорит Пигулевскому Павел.

Скинув пальто, подходит к лестнице, около которой ещё высятся холмы снега, широким движением, со всего плеча, вонзает лопату в снег, откидывает верхний слой под деревья, ещё, ещё — холм снега быстро уменьшается.

— Я хочу, — услышал то, что так хотел услышать от Пигулевского. — Отдайте мне лопату.

— Ты не сумеешь! — небрежно говорит Павел, с новым рвением вонзается в снег. — Это трудно.

— Сумею, честное слово, сумею! Вот увидите! — Пигулевский буквально выхватывает у него из рук лопату, со всей силы всаживает её в сугроб. Кидает снег с удовольствием.

Павел постоял, посмотрел и пошёл в школу.

У дверей обернулся. Кузьмин, как ванька-встанька, кидает без передышки, Тишко кинет, постоит опершись на лопату, снова кинет, снова постоит.

— Пал Фимыч, почему вы бросили нас? — На пути Васюк и Корнеев. — И Эдьку забрали! Это нечестно. Разве мы обидели вас? Делали что не так?

Васюк, тощий, узколицый, длинный, как всегда, улыбается, Корнеев смотрит голубыми озёрами-глазищами.

— Простите меня, ребята, я сам не хотел, сопротивлялся. Я сам… скучаю.

— Серёжа! Я здесь. Се-рё-жа! — пронзительный крик обрывает лепет Павла.

Серёжа сегодня дежурит в столовой. Это по другую сторону от ворот. Услышал или не услышал?

Павел идёт в учительскую, набирает номер Кирилла. Рассказывает Кириллу про Серёжу, про Олега, про судьбу их матери, про развалившийся домишко.

— Серёжа, я здесь! — хриплый, пьяный голос.

Мария Сергеевна стоит перед проходной и кричит безостановочно:

— Серёжа! Иди скорее ко мне! Серёжа! — Платок съехал с головы, повис на плечах, лицо смазано.

— Идёмте со мной! — резко говорит Павел.

— Иду! — обрадовалась Мария Сергеевна его появлению и, словно не она сейчас истошно кричала, мирным голосом начинает рассказывать: — Серёжа с малолетства любил класть письма и газеты в почтовые ящики. Поднимется на носки, тянется к этому ящику изо всех сил и обязательно потом хлопнет крышкой. «Чтоб никто чужой не взял!»

Говорит Мария Сергеевна довольно складными фразами, и лишь интонация выдаёт, что она пьяна.

Лишь бы довезти её скорее до Кирилла. Кирилл найдёт к ней подход, Кирилл уговорит её лечиться. Это хорошо, что она без умолку болтает, виснет на нём — доверчиво позволяет везти себя на такси в клинику.

— Я понимаю травку. Поутру, часов в пять-шесть, мы с родителями шли собирать её. От всех болезней... Жалко родителей... из-за меня померли так рано.

Расслабленный голос подгоняет Павла: «Скорее, скорее!» — торопит он шофёра.

Глава четвёртая

СЕРЁЖА

Серёжа не всё рассказал Павлу Ефимовичу. Не рассказал, как снятся корабли. Видел он корабль в кино. Забраться бы на мачту! А потом на небо. Лучше прямо на корабле поплыть по небу. Моря Серёжа не видел, даже в кино. Он хочет плыть по воздуху, как по воде!

Не всё рассказал он Павлу Ефимовичу. Какие дела делал с Гором, не рассказал.

На линейке оказался за широкой спиной Тишко. Не видать, кто болтает там. Поддаёт Серёжа носком пол. Рядом Кузя, тянет шею, лезет между Тишко и насупленным всегда Тихоновым — интересно ему. Чего болтают? Сколько баллов получили за санитарию, за учёбу, за поведение, какие были нарушения... Скукота. Эдик плюёт на него. Всё с Тишко играет песенки, диктует ему слова. Ну и чёрт с ним, с Эдиком! Это Кузя, как прилипала, таскается везде за Эдиком и Павлом Ефимовичем. А он не хочет лизать зад никому. Сейчас Гора бы сюда! Он обязательно придумал бы что-нибудь такое... чтобы кончилась скукота. Гор утроил бы!

— ...все разом бросили курить! — услышал Серёжа. — Мы поставили эксперимент. До сих пор многие выпускники не курят. — Кира Софроновна говорит громко, хочешь не хочешь, услышишь.

Этого ещё не хватало: не курить! Вчера мужик сжалился, перекинул через забор пачку «Примы» и спички. «Валяй, плотва, приобщайся!» — крикнул и зашагал бодрым шагом прочь.

— Смотрите, на этом плакате лёгкие здоровые, — громко, так же, как Кира Софроновна, заговорила биологичка. Странное имя у неё — Саша Андревна. Есть имя Саша, так зовут его отца, а полное имя Александр. И у него отчество — Александрович, не Сашевич же! Почему «Саша»? — А здесь, на этом плакате, лёгкие умирающего от рака, — зудит голос. — Чаще всего рак бывает у того, кто курит. Видите затемнения? Это лёгкие курящего человека.

Серёжа выглянул из-за спины Тишко. Розовый цвет, чёрный цвет. Какой ещё рак?! Ерунда. Нарисовать можно всё, что угодно.

Слово «умирающий» не потревожило Серёжу и сразу отошло от него.

— Вам кажется, курить — безобидное занятие, демонстрирует вашу взрослость, — говорит Саша Андреевна, — а на самом деле с каждым глотком дыма лёгкие чернеют и в конечном счёте гибнут. Чем будете дышать?

Саша Андреевна свернула плакаты.

— Мы, конечно, понимаем, — снова травит Кира, — как трудно перестроиться, вы привыкли курить, но, я думаю, воля у вас сильная, вы умеете добиваться того, чего хотите, и, если решите, я верю, победите эту нехорошую привычку. А победите её, станете здоровыми, неуязвимыми для болезней.

Серёжа перестал слушать. Пусть говорит. Всё врёт. Гор курит, как паровоз, а здоровый и сильный: не боится ни мороза, ни драки! Всегда всех побеждает.

Неожиданно кто-то со всей силы двинул его в бок — Серёжа присел от боли.

— Ты что стоя дрыхнешь? — Квитко доволен, что Серёжа скорчился перед ним.

— Рожа, — прошептал Кузя, но так, чтобы Квитко не услышал. — Ты того, Серый, потри, — сказал сочувственно. — Я всегда потру и легче.

Кончилась линейка. Серёжа плёлся сзади всех, преодолевал боль.

Настроение испортилось окончательно, когда Павел Ефимович объявил, что будет собрание, опять начнёт травить жалкими словами. И Эдик проходит, как корабль, мимо, не замечая, завёл секреты с Тишко и Пигулевским.

— Ребята, в жизни есть главное и неглавное...

Ну, началось... Конечно, есть. Пожрать — главное, а уроки учить — к чёрту!

Глянь, Кузя чуть не в рот лезет к Павлу Ефимовичу, встал и торчит перед ним столбом.

— Можно прожить жизнь серенькую, можно провести жизнь в тюрьме, а можно сделать жизнь яркой.

Заладил! Жить надо рисково. Весело! И точка. Как Гор. Это и значит — яркая!

— Валерий, ты как представляешь себе своё будущее?

Тишко присвистнул.

— Я, что ли? Я люблю нестись на скорости. Ветер свистит! А ещё люблю смотреть телик, футбол и детективы.

— Это, значит, для тебя яркая жизнь?

— Ну!

— А для тебя, Виталий?

Пигулевский встал, усмехнулся.

— И ещё кой-чего! — сказал громко.

Серёжа засмеялся. И все засмеялись.

— Неужели вы не понимаете, что вы не о яркой жизни говорите? Прокатиться с ветерком, согласен, здорово. И нестись на ворованном мопеде, конечно, риск, щекочет нервы, только не будешь же каждый день, с утра до ночи, нестись и нестись. И телик не будешь с утра до ночи всю жизнь смотреть. Соскучишься. Не главное...

Заладил нуду! Отец звал удить рыбу. Здоровско — усесться на берегу, закинуть удочку и смотреть в воду. Гладкая, ровная, и вдруг заметался поплавок, запрыгал вверх-вниз. Дёрни, и рыбина. Хочешь, жарь, хочешь, вари, хочешь, засаливай.

Это всё мать виновата.

Под кроватью сыро, холодно, он уже задыхается и от холода, и от злости. Выгнала отца! Ишь, расселась! Материна нога близко. Сейчас он вонзится в неё, прокусит насквозь. Подполз, а мать заплакала.

— Сынок, помоги, сынок, гибну я! Плохо мне.

И он заревел от её жалостного воя. Подвывал. Не в силах выдержать того, что в нём набралось, крикнул:

— Насовсем выгнала отца?! Ещё жалится! — Обогнул мамкины ноги, вылез из-под кровати, вскочил и, дрожа от холода, — на улицу! Хватит ему бабьих слёз. У него есть отец. Настоящий. Он с отцом станет ловить рыбу. Пойдёт с отцом в лес за грибами. Лес от них близко, грибов сколько хочешь.

Куда пошёл отец?

Три часа болтался по городу, заходил в кафе и столовые, отец, как сквозь землю, провалился. Из кинотеатра после последнего сеанса повалили люди. Чуть не каждому в лицо заглянул, отца не было.

Сиренью пахли улицы, щами и селёдкой пахли спящие столовые. Под ложечкой сосало от усталости и голода, голова в сонной одури валилась на грудь — ночь гнала спать.

— Тебя послал мне чёрт! Айда! Есть дело, — в самое ухо гаркнул Гор, вынырнувший неизвестно из какого двора, какого подъезда. Гор, во всей своей мощной силе, длинный, с бицепсами, разогнал сонливость, Серёжа встряхнулся, стёр слёзы с лица, двинулся за Гором.

И узаконилась вольная, полная риска жизнь, с любопытством и преодолением страха.

Сухая духота пищекомбината, приторный запах конфетного цеха, разбитые хрустальные стёкла под ногами... Первая проба сил. С открытыми глазами. А потом снова липы с сиренью. Пусть дрыхнет тот, кто любит дрыхнуть. Зато у них с Гором три двухлитровые банки берёзового сока, в липкой патоке конфеты, рассыпчатое печенье сколько хочешь! Теперь каждый вечер и половину ночи он проводит с Гором. Школу бросил совсем.

Он сам чувствовал, что сильно изменился. Даже походка стала другая — руки в карманах, зад вихляется, ноги Серёжа ставит широко, как моряк, поплёвывает сквозь зубы — «Лучше не задевай, я хозяин надо всем этим!» Но в любой миг, может, придётся сигануть в кусты или в подъезд, поэтому напряжён, готов к броску, глаза зыркают по сторонам, уши ловят каждый звук улицы.

Спать стал плохо. Будили звуки — казалось, это шаги сторожа, милиционера. Снились кули с крупами и сахаром, а из-за кулей выглядывает Карнаухов с веснушками, осыпавшими даже уши, требует: «Дыхни!» Снились запахи пива и протухшей рыбы. Снилась Марина Петровна. Даже во сне зудела: «Живи по-человечески». Несколько раз вызывала и наяву. «Смотри, Серёжа, идёшь по плохой дорожке. Возьмись за ум! Учись, не болтайся по улицам, не дружи с плохими мальчиками, — уговаривала, — не доведут до добра!» Он клялся, божился, что не делает ничего плохого. Она, видно, не верила, вызывала. А летом вдруг перестала вызывать. Серёжа решил: ничего не знает про их с Гором дела. Загордился. А дел-то не пересчитать: из детского сада утащили десять килограммов печенья, набил пузо досыта. Спёрли котлеты из столовой номер 24. Тоже никто не хватился. Самое сытое лето во всей его жизни. И весёлое. Засунули порох в пломбу с замком, взорвали дверь в районо, утянули десять коробок со значками ГТО, грампластинки и три коробки с кинофильмами. Хорошо разжились!

Заберёт из тайника заводные машины, шашки-шпаги, покличет Олега и давай возить с ним машины наперегонки или махать шашками — сражаться. Никогда так весело не жили! Досыта наигрались за лето.

Двадцать пятого августа на рассвете, когда Серёжа ещё спал, а мать уходила на работу, раздался на весь дом сильный голос Марины Петровны:

— Здравствуйте!

Зачесалось тело, будто сто клопов впились в него одновременно.

— Здравствуйте! — испуганно ответила мамка.

Марина Петровна, круглоглазая и курносая, была в милицейской форме с блестящими погонами и пуговицами.

— Вот путёвка. Мы забираем ваших детей в интернат на полный пансион. И вы разгрузитесь, и дети не будут болтаться без дела. Распишитесь, Мария Сергеевна! Надо бы прийти к вам раньше, да летом не было меня, ездила на курсы, а сейчас некогда уже разговаривать разговоры, подходит зима.

На щёку Марины Петровны села муха. Поползла. Марина Петровна смотрит на Серёжу в упор, не мигает.

«Я не хочу в интернат», — хочет крикнуть Серёжа, а вместо этого равнодушно зевает.

— Садитесь, — мамка придвигает Марине Петровне стул. Больше не говорит ничего. Щёки у мамки точно ватные, опухли, веки тоже опухли, она мигает с трудом и, похоже, разглядеть Марину Петровну хорошенько не может.

Марина Петровна согнала муху с лица, села, повторила:

— Вы рузгрузитесь, и дети не будут болтаться без дела.

Мать, видно, пыталась понять, чего от неё хотят, Марина Петровна смотрела на Серёжу.

Круглый стол посередине комнаты, узкая железная кровать, на ней спит Олег, ещё кровать, провалена посередине, это теперь его кровать, а всё вместе его дом.

Машины живут под кроватью, в самом углу, завалены старым тряпьём. Заяц, без уха, уткнулся носом в шприц. Зайцу делали уколы. От них заяц распух и отсырел, но зато он теперь здоровый, не кашляет и не чихает ночами.

Это его дом: заяц с машинами под кроватью.

Его дом — мамка. Пусть всегда пьяная, но она его ласкает на ночь: чешет за ухом и затылок чешет. Читает ему стихи, рассказывает про травы, какие от каких болезней. Слова у неё заскакивают одно за другое, а он всё равно понимает её хорошо. И тоже знает травы: тысячелистник, череду, одуванчик. Знает, какие они лечат болезни. Мамка никогда не бьёт его, как бьют дома Гора. У Гора мать — великан, бьёт до крови. Мамка ни разу не ударила ни его, ни Олега.

По губе Марины Петровны ползёт муха. Марина Петровна согнала муху. Липучка она, вот кто, к ней липнут мухи.

— Вы дома живёте! — крикнул Серёжа. — Я тоже хочу дома. — Он соскочил с кровати, натянул штаны. — Не хочу в ваш интернат.

— Хочешь в колонию? — тихо спросила Марина Петровна. — «Три банки берёзового сока, продукты питания из столовой номер 24 на сумму 21 рубль, три килограмма апельсинов у гражданина Кривоноса». Свидетели есть. Помнишь ножичек? Его хозяин всё лето за тобой ходил следом — по моему заданию.

— Чего, чего? — встряла мамка.

Марина Петровна сухо спросила:

— Едешь?

Серёжа еле выдавил:

— Еду.

Мамка стояла в дверях интерната и плакала. Ей бы давно уехать обратно, в свой дом на границе города Светоча и деревни, а она торчит в дверях, всем мешает входить-выходить. Замотаны волосы на затылке, узел больше всей головы, юбка, блузка, парусиновые тапочки. Его мамка — его дом.

— Мамка, иди, — просит он. — Я хочу, чтобы ты ехала домой. — Он врёт, он не хочет, чтобы она уезжала, он хочет, чтобы она почесала ему затылок, спела песню, чтобы заплетающимся языком рассказывала про братьев, ушедших из дома искать солнце. Братья шли к горизонту, шли, а горизонт всё отодвигался от них. Зато они увидели много стран и людей, увидели горы, моря и реки. Они поплыли по реке, уходящей вверх, прямо к солнцу. Мамка умеет так придумать, что аж дух захватывает.

На улице шёл дождь, и мамка в раме открытой двери была уже под дождём.

В ужин дали солянку. Крупные куски сала пахли душным погребом. После ужина хотелось есть так же сильно, как до.

Он сбежал из интерната в первую же ночь. Удалось разбить стекло в ларьке на вокзале, до отвала наелся варёными яйцами и булками. Увязал то, что не съел, в куртку — мамке в подарок.

Взяли его дома, когда он уже почти засыпал, обхватив мамку за шею, слушал её новую сказку.

— Кириенко, теперь ты нам скажи, чего ты больше всего хочешь в жизни?

Серёжа вздрогнул, вскочил. Дослушав вопрос, сильно удивился. Хотел жрать, брал еду. Хотел играть, добывал игрушки. А больше он ничего не хочет.

Оглянулся на Эдика. Эдик подзуживает взглядом — ну-ка, скажи! Чего уставились? Какое им всем дело до того, чего он хочет, а чего не хочет? Эдик, небось, не говорит, чего хочет. Он отца, может, хочет. Чтоб мамка не пила, хочет.

— Есть у тебя какое-нибудь желание, Серёжа?

— Давай, Серый! — Кузя развернулся к Серёже, нос поднял кверху — совсем не похож Кузя на себя. — Давай, Серый, давай!

Небось, каждого допрашивал Пал Фимыч, а он, лопух, всё прослушал. Слышал бы, кто чего сказал, отговорился бы. Чего это с Кузей?

— Ну, говори! — Эдик туда же.

Ему-то чего надо?

— Не знаю, — буркнул Сергей. — Сбежать хочу отсюда.

— Тебе у нас не нравится?

Под голосом Пал Фимыча, под взглядами понял: он врёт, вовсе не плохо ему тут. Кузя вчера показал Тишко язык. Не забоялся. Саша Андреевна, как мамка, знает травы. Регина Фёдоровна читала им книжку: один мальчик мечтал стать капитаном, нашёл старые письма и карты настоящего капитана. Он тоже хочет быть капитаном. Эдик играет красивые песни: «Корабли постоят и ложатся на курс». Сколько песен он знает! Хоть разочек бы дотронуться до гитары!

Сергей опустил голову, бьёт ногой пол. Ноет бок. Ну, чего пристали? Чего?

— Может, тебя обидел кто? Давай разберёмся, почему хочешь сбежать?

— Хочу удить рыбу. Хочу ухи.

Павел Ефимович весело рассмеялся.

— Прямо сейчас? Ну-ка, выгляни в окно. Наступит лето, достанем байдарки, поплывём по Друти, и на привале будешь ловить рыбу. Сколько наловишь, столько и съешь. Мне кажется, — сказал ни с того, ни с сего, — кто-то бил Кириенко. Мне кажется, кто-то обидел и Кулёмова. Ну-ка, признавайтесь, кто поиздевался над ними? Может, проснётся в вас совесть? Совесть — такая вещь, у каждого есть, как сердце. Зря вы не признаётесь и не называете обидчиков. Когда прямо в лицо — это не ябеда. Гласность — единственно честный способ существования. Назовите, и никто больше обижать никого не посмеет.

Враньё. Тишко всегда будет Королём, а Квитко с Пигулой всегда по его приказанию будут драться. Да и ему трудно, что ли, поохотиться за режимниками: куда запулят окурки?! Так уж есть: кому развлекаться — с горы съезжать на лыжах и ледянках, а кому — работать! Он уже привык.

Когда Сергей почти засыпал, к нему на кровать сел Эдик.

— Хочешь, помогу тебе учить уроки?

Сам Эдик заговорил с ним!

А он язык проглотил.

ПАВЕЛ

— Пал Фимыч! — заглядывают в класс Корнеев и Васюк, манят. — Пойдёмте с нами в лыжный поход? — чуть не хором просят: — В ваш выходной?! Вы обещали! Мы всё подготовим сами!

Васюк осунулся, хотя пытается улыбаться, у Корнеева бегают глаза, и голубизна пропала.

— Как у тебя с русским? — спрашивает Павел. Корнеев опускает голову. — Пары? — Корнеев не отвечает. — Ты что читаешь сейчас? — Корнеев молчит. — Ничего?

А ведь он предал их! У него с ребятами получились особые отношения. И даже Василий Петрович, свой человек, не заменит его. Почему ради одних нужно жертвовать другими?

— Спасибо, ребята, что пришли, что простили. Я очень о вас соскучился, но у меня сейчас нет ни одного выходного, — говорит виновато. — Знаете что, пойдёмте в поход с новой группой, все вместе.

— Не-е, не хотим, — Васюк мотает головой, — только с нами.

— Чего мы с ними не видели? — Корнеев зло щурится.

— Вы должны понять, — оправдывается Павел, — трудные, несчастные дети, приходится даже ночевать с ними, вы же видите! Каждую минуту следи!

— А мы, значит, лёгкие? А мы, значит, счастливые?! — Васюк поворачивается, уходит по коридору.

— Васька, погодь! — кричит Корнеев и — Павлу: — С нами, значит, не надо?! Мы, значит, не нужны? Стой, Васька! — бежит за Васюком, со всего маха бьёт Васюка по тощей спине. Тот не даёт сдачи, даже не оборачивается.

Вот что сделала Кира Софроновна — по-живому разрубила.

На самоподготовке подзывает к себе ребят по очереди, проверяет уроки. Болото — равнодушие. Нужно взорвать его, иначе зачем бросил прежнюю группу?

— Кто из вас любит рисовать?

Сонное молчание.

— Серёжа, хочу попросить тебя... я слышал, ты хорошо рисуешь. Иди-ка сюда! — Серёжа разинул от удивления рот, сроду не рисовал, но послушно встаёт, подходит. — Видишь, медицинская энциклопедия, этот рисунок надо перерисовать на плакат. Вот раковая клетка, она сжирает здоровую, ещё одну, ещё... и уже, видишь, весь участок ткани поражён. Видишь, как ты сокращаешь себе жизнь? — всё-таки не удержался Павел от нравоучения.

— Хочу... я раковые краски раскрашу чёрным!

Павел подзывает Валерия.

— Давай проведём вечер — «Что значит быть сильным и здоровым?» Пары подбери по весу, будете бороться.

— Я им покажу! — радуется Тишко.

— Зачем?

— Я сильнее всех! — Он выбрасывает к Павлу кулак. — Одним ударом... всех!

— Это же будет побоище. Между борьбой по правилам и дракой — огромная разница. И сила заключается вовсе не в том... — оборвал себя: Тишко не понимает его, всё потом.

Каждого подозвал к себе, каждому дал задание: трое наломают в лесу сосновых веток и украсят зал, трое расставят столы и накроют чай, «певцы» разучат песни, чтецы — стихи.

Настроение в классе изменилось. Вроде, как и в начале самоподготовки, ребята учат уроки, а атмосфера — другая.

— Через неделю пойдём в поход...

Распахивается дверь, входит Шар, говорит с порога:

— Я люблю порядок. В библиотеке некуда ставить книги. Объявлен конкурс на лучшую полку. Выигравший получит премию. Ну, и все не останутся в накладе.

— У нас нет столярного дела, — обрывает его Эдик.

Шар идёт к нему, к последней парте.

— В свободное время. Так будет. Каждому выгода. И премия.

— Какая премия? — наглый взгляд Тишко.

— Денежная, Эдик, так будет, — повторяет Шар, с любопытством взглядывает на Тишко, тяжело идёт к двери. — Работа с сегодняшнего дня.

Не успела захлопнуться дверь, начался галдёж:

— Держи карман шире! Вкалывать!

— Нанялись ему!

— Нашёл дураков!

Ребята повскакали с мест. Поорать хотят или не желают работать в свободное время?

Кузьмин губу закусил. Серёжа, Кулёмов склонились к столу, словно им дела нет ни до чего.

Непонятно, откуда взялся, пылью в воздухе — страх.

Кричат-то кричат Пигулевский и Тишко, но в мыслях у них что-то другое.

А может, он придумал им сложные чувства, может, просто не хотят работать, и всё?

Рвануть бы сейчас вместе с Эдиком к своим ребятам!

Вопреки неприязни к Шару, говорит:

— Вам Регина Фёдоровна читала «Белый пудель», «Два капитана», я читал вам повести Гайдара. А ведь все эти интересные книжки валяются, портятся. Сделаете полки, поставите их. Сделаете лучшую полку, получите деньги, купите мячи, пинг-понг, веселее будет жить!

— А кто сказал, что мы сделаем лучшую полку?

— А велик сможем купить?

— Где же кататься?

— А он опять драться будет!

Ребята не пошли делать полки. Павел вызвал Эдика после отбоя, спросил, почему не пошли и почему у Кулёмова под глазом синяк.

Тускло светит лампочка, Эдик молчит.

— Что опять скрываешь? Или чего боишься?

— Ещё не хватает — бояться!

— Ребята ускользают из рук, как рыбы. Почему в твоей группе сразу возник контакт?

— У нас не было Тишко. Не вы, Король ведёт группу, как скажет, так и будет. — Эдик пошёл от Павла, ничего больше не добавив.

Наконец удалось выкроить время и поехать к Марии Сергеевне в больницу.

Февраль лют. Немеет не только лицо, всё тело, несмотря на тёплую одежду.

Павел впервые в подобной больнице. Хмуры громилы-санитары. Стены сплющивают, превращают в ничто, дышать нечем — вжимаешься в плечи, чтобы стать незаметнее.

Его долго допрашивают, к кому он, кем приходится ему больная, всё-таки выдают халат и ведут.

Скрежещет ключ в двери, дверь приоткрывается, пропуская его, снова скрежещет ключ.

Палата на четырёх. Мария Сергеевна лежит лицом к стене, до носа натянув одеяло. Услышав своё имя, резко поворачивается. Резко садится.

Большеглазое лицо — враждебно. «Ты виноват в моих мучениях!» — написано на нём.

— Мясо, яблоки, курица, — спешит Павел хоть чем-то порадовать её, но она даже не смотрит на его подношения. — Врач говорит, лечение идёт нормально. Если так будет продолжаться, вы скоро сможете выписаться. И вам спокойнее, что Серёжа пока у нас, а Олег в интернате! Хотите, и Олега возьмём? Похлопотать?

Чем больше слов говорит, тем неуютнее становится — ворвался в чужую жизнь и навязал человеку, ни о чём не просившему его, свою волю. Под взглядами больных не знает, куда деться.

Заглядывают то сестра, то санитар, готовые потушить буйную вспышку, и Павел каждый раз вздрагивает от резкого скрежета запираемой и отпираемой двери.

— Может, белья принести вам? Или шерстяные носки? Что передать Серёже?

Мария Сергеевна будто оглохла и онемела. Глаза покрыты пеленой, как у спящей птицы.

— Извините, я должен идти, дежурство. Мне удалось в тур. клубе договориться насчёт байдарок, перевезём их в школу, починим, а летом поплывём по Друти. Серёжа хочет ловить рыбу. Забыл вам сказать, я звонил в интернат, Олег ведёт себя нормально.

Медленно идёт Павел по своему маленькому городку. Скрипит солнечный снег, далёкое солнце высвечивает неубранные заледеневшие помойки, следы собак под столбиками и деревьями, строй одинаковых панельных, в трещинах и подтёках, пятиэтажек.

Не стала говорить с ним Мария Сергеевна. И Кирилл жалуется: молчит, как рыба.

Смел он или не смел вторгаться в чужую жизнь и менять чужую судьбу?

Он наврал, что у него дежурство, бежал от плёнок на глазах, худых щёк, острых ключиц.

До школы всё-таки дошёл. На сегодня назначена репетиция вечера, сразу после самоподготовки.

— Пал Фимыч! — кинулся к нему Серёжа, едва он переступил порог класса. — Я сделал плакат! — метнулся к своему месту, подхватил свёрнутый в трубку лист ватмана и бегом под Валину жалобу «Не учит уроков!» к нему!

— Сейчас всё выучит, — сказал Павел. Чувствуя облегчение при виде возбуждённого Серёжи — правильно он поступил!, улыбнулся ребятам: — Здравствуйте!

Чёрным раковым клеткам Серёжа приделал головы и хвосты — клетки вгрызаются в человека. С точки зрения медицинской, всё здесь неправильно, но эффект необыкновенный, даже ему стало не по себе.

— А это что?

У Серёжи под мышкой зажат ещё лист.

— Это... — Серёжа замялся, но всё-таки развернул. — Корабль. Регина Фёдоровна читала... я искал в истории картинку, не нашёл.

— Ишь, выслуживается! — угрожающий шёпот. — Лижет задницу.

Павел поднял голову, но лица безмятежны, определить, кто шептал, невозможно.

— Ты очень хорошо нарисовал, Серёжа, — неуверенно сказал и прикусил язык: ребятам явно не нравится его особое внимание к Серёже. — Корабль на катер немного похож, — добавил холодно и поспешил обрадовать ребят: — О байдарках я договорился, на днях поедем за ними. А сегодня у нас репетиция вечера.

Серёжа смотрит на него не мигая и не идёт на место — чего-то ждёт от него ещё.

— Здорово у тебя получилось! — помогает Эдик.

Павел тоже хочет сказать Серёже что-нибудь доброе, да вдруг навредит?

— Иди, Серёжа, делай уроки! — говорит стандартное и выходит из класса.

До репетиции полчаса. Листает в учительской журнал. Двойка на двойке. Особенно плохо с русским и с математикой. Как научить ребят учиться? Может, придумать интересный математический вечер или игры по русскому языку?

— Хулиганы! — Валя врывается в учительскую, не сразу выговаривает: — Исчеркали, разодрали.

— Что?! Серёжины рисунки?

— Нет, их я заперла в шкаф, все Эдикины тетрадки, по всем предметам. Я боюсь, Паша, — прошептала сквозь слёзы. — Полгода работы! Когда же успеет переписать?

— Это похоже на месть. — Валя непонимающе смотрит. — За то, что Эдик с нами, против них.

Первые недели прожил сгоряча, был занят новыми ребятами, об Эдике не думал. А ведь Эдику хуже всех, он оторвался от своих, и ребята не простили ему, что бросил их, а в этой группе нет и не может быть товарищей. Как помочь?

— Иди в группу, мне нужно срочно позвонить Кириллу насчёт матери Кириенко. Я скоро приду на репетицию.

Но репетиции в этот день не получилось. Не успел подняться на второй этаж, как увидел согнувшегося до пола Серёжу — Валя ведёт его к врачу.

— Что случилось?

— Бандиты! — сквозь слёзы крикнула Валя.

Павел ворвался в класс.

«Кто?» — хотел крикнуть и не крикнул. Безмятежная тишина. Перед ним — образцово-показательные пай-детки. Тишко ерошит себе волосы левой рукой, правой листает учебник. Пигулевский что-то пишет. Квитко читает. Насупленный Тихонов листает учебник. Кто из них?

Именно бандиты. А ты один — против бандитов.

Накричать, встряхнуть каждого, снова начать сюсюкать? Какой метод годится сейчас? Кира Софроновна права, он не понимает психологии этих детей. Что бы сейчас ни сделал, кинулся бы с кулаками на каждого, поволок бы каждого в штрафную, ни слова не выжал бы — виноватого не найти!

— Вы покалечили Кириенко! — говорит беспомощное.

Непонимающие глаза.

— Чуть не убили человека. При всех сказать вслух — честно. Слабо назвать подлеца? Репетиции не будет.

Поздним вечером он идёт домой. Дышать больно, словно это ему дали под дых. Его красивые слова лопаются мыльными пузырями, не достигая адресатов. Кого швырнуть в штрафную? Разве самая страшная штрафная спасёт Серёжу от боли и обиды? Серёжа — в изоляторе. Один. Плачет, наверное.

Проваливается в сон, выныривает из него, чтобы глотнуть воздуха, снова попадает в кошмар: один схватился за живот, второй, третий — невидимые удары крушат одного за другим.

— Ты что? — Яркий свет. Испуганная Анка.

Он непонимающе смотрит на неё.

Снова задремал, и снова во сне сторожит невидимка, наносящий смертельные удары.

С тяжёлым сердцем явился на свою вторую смену. Нарочно опоздал — хотел застать ребят врасплох. Но его встретила тишина: снова пай-мальчики сидят над учебниками и тетрадками. И Серёжа — в классе.

Не поздоровался, сел к столу, раскрыл книгу. Он не знал, что сказать, о чём спросить. Привычный принцип — встать на точку зрения другого человека, будто ты это он, здесь не работает. Если ты набедокурил, а тебя простили, ты из кожи вон полезешь, чтобы сделать что-нибудь хорошее! А в их представлении — простили, значит, всё позволено. Или, если при тебе похвалили кого-то, ты будешь из кожи вон лезть, чтобы сделать что-то такое, чтобы и тебя похвалили. А эти убить готовы того, кого похвалили. Всё шиворот-навыворот. Бандиты и есть. Сколько недель потратил на них зря!

Делает вид, что читает. Прав был зав. сектором: кроме желания, должно быть умение работать с такими ребятами.

— Говори! — подлетел к нему шёпот. Шепелявый — Кузьмина. — Говори, Тишко!

С большим трудом удержался, чтобы не посмотреть, перевернул страницу книги, напрягся.

— Что я тебе сказал, говори! — Не шёпот, приказ.

— Иди к чёрту!

— Не скажешь сам, я скажу. Пал Фимыч! — У Пети лицо — бледное, несмотря на возбуждение, только оттопыренные уши и кончик носа — красные. — Все боятся, а я не хочу больше бояться. Вы хотите, чтобы мы говорили обо всём при всех, тогда, может, они испугаются? Посмотрим. Меня бьют каждый день. Пусть убивают. Чёрт с ними! Не хочу больше бояться, — повторяет. — И так жить не хочу. Куришь, кури, все курят. А он заставляет убирать за себя кровать, отдавать ему компот, мясо, дежурить за него. Служи ему! Заставляет своих прислужников бить нас. Кириенку избили по его приказу, Эдику испортили тетради по его приказу, сам не станет пачкать руки.

В одно мгновение, в которое ни Павел, ни Эдик не успели даже моргнуть, Тишко оказался около Кузьмина и со всей силы резко ударил его в солнечное сплетение.

— Врёшь, падло!

Павел подскочил, схватил Тишко за шиворот, встряхнул. Тишко не испугался, зашипел из Павловых рук:

— Клевета, Пал Фимыч! От слова до слова клевета.

Кузьмин пытается вздохнуть, разогнуться. Павел замахнулся — обрушить на Тишко ночной кошмар, жалость к Серёже, но сквозь мельтешащие красные мухи увидел ослепительную улыбку Тишко и осадил себя: отпустил Тишко, спрятал руки за спину, растёр живот Кузьмину.

— Встаньте все, — приказал. — Минута молчания!

Но минута не отсчитала своих шестидесяти секунд, вскочил Квитко.

— Он врёт, Пал Фимыч, чеслово. Он хочет выслужиться перед вами. Тишко не приказывает никому, сами волокут и компот, и бычки. От страха. И никто не бил Кириенко, сам налетел на угол. — Квитко смотрит так ясно своими красивыми, точно нарисованными, глазами, что Павел на какой-то миг допускает: а может, и правда, ребята выслуживаются — от извечного желания иметь сильное заступничество? Квитко тонко чувствует перемену в настроении Павла. — Да, да! — восклицает он. — Как из других групп к ним лезут, так они — к Тишко: «Дай им! Защити!»

Пигулевский ехидно осклабился, доволен, что Кузьмину больно.

— Я собственными глазами видел сейчас, Кузьмин сам себя двинул в солнечное сплетение! И тетрадки Солнцева сами себя исчеркали и разорвались. И Кириенко именно об угол стукнулся! Если ты, Тишко, при всех осмелился ударить человека, что же ты делаешь с жертвой наедине? Это по-вашему значит «Король»? Это жёсткая диктатура, культ личности, власть насилия.

Тишко кротко смотрит на Павла, кротко говорит:

— Я понял. Я не буду больше.

— Врёт Квитка, Пал Фимыч, — Петя с трудом встал, выпрямился, вздёрнул голову. — Никто не просит Тишко защищать нас. Нас защищают ребята из вашей бывшей группы и Эдик, а Тишко такое требует... такое... у Кулёмы. Вы спросите сами. Кулёма не хочет жить. — Глаза у Кузьмина красные, как у кролика. Уши и кончик носа — красные.

— Ты так? — Тишко снова кинулся к Кузьмину. Павел преградил ему путь. Тонкие ноздри Тишко ходят, глаза сузились, щёки пошли пятнами. — Врёт он. Сука он.

— Кузьмин не за твоей спиной, при всех сказал. Сначала он просил тебя самого сказать. — Павел готов, как Кира Софроновна, волочить Тишко в штрафную, повод есть, но в тот же миг — картинки, одна за другой: голодный Серёжа бредёт в драных башмаках, ищет еду, Кулёмова родной отец цепями привязывает к кровати, избивает. Может, и Валере жестокий отец искалечил психику, перевернул с ног на голову все представления о жизни? Засадишь в штрафную, вызовешь ответное зло, а не вернёшь совесть.

И в классе, и за окном — мёртвая тишина.

Павел вернулся к своему столу, сел.

— Возьми стул, иди сюда, Тишко. Посмотрим, кто из нас с тобой сильнее. Рост у нас с тобой одинаковый, плечи тоже. Ставь руку.

— Не буду, — хмуро сказал Тишко.

Ребята подались вперёд.

— Ставь руку, — жёстко повторил Павел.

Тишко спрятал обе руки за спину.

— Вы сильнее! Нечего!

— Думаю, ты прав, я сильнее. Значит, чтобы заставить тебя подчиниться мне, я должен тебя избивать? Сила определит твою покорность мне? Но ведь за те недели, что ты в моей группе, ни тебя, ни кого другого я не только не бил, но даже не наказывал, хотя должен был, так? Ты задумался, почему? Тебя били когда-нибудь?

— Ну? — Тишко отвернулся.

— Сильно?

— До смерти. Лежал в больнице, — говорит нехотя.

— Тебе хотелось. чтобы кто-нибудь пожалел тебя. Посочувствовал тебе? Помог? Молчишь. А ведь слаще помочь кому-нибудь другому, чем испытать помощь самому. Поможешь человеку, над людьми поднимешься. Вспомни ту боль, которую ты испытал. И Пете больно. И Серёже больно. Не смотришь в глаза. Я не хочу наказывать тебя, Валера, не потому, что не могу, не потому, что мне нравится выглядеть перед тобой дураком, я не хочу, Валера, тебе больно делать, я, Валера, в тебе человека вижу. Другого, не сегодняшнего, такого, какого ты ещё в себе не знаешь. Доброго. Я хочу, чтобы ты в ребятах тоже людей увидел. Пигулевский, скажи, ты из страха передо мной снег чистил? Помнишь, около крыльца.

— Не... — нерешительно протянул Пигулевский.

— Что «не»? Из страха или не из страха?

— Не из страха.

— А почему?

— Захотел покидать и покидал.

— Предатель! — крикнул Квитко.

Пигулевский зло сощурился, хотел было что-то сказать, не сказал, сказал Кузьмин:

— Сам признался, ага? Они решили не работать. Работает скот. Работают слабаки, лошади. За них. А они будут жить.

— Я не договорил, Валерий. Пигулевский разгребал снег не из страха передо мной, просто так, захотелось ему. Есть просто человеческие желания, есть просто человеческие отношения: когда никто не главный, никто не стоит над тобой, а ты делаешь, что нужно. Из интереса. Из желания сделать хорошее. Из хорошего отношения к другому...

— Пал Фимыч, — прервал его Эдик, — он не слушает, он показывает кулак. Не тратьте на него порох. Мы тоже поняли вас не сразу.

— А я, Эдик, всё-таки попробую объяснить. — Павел склонился к самому лицу Тишко. — Ты не виноват в том, что родился позже меня и ещё не успел стать таким сильным, как я. Это ты понимаешь? Пигулевский не виноват в том, что на голову ниже тебя. Верно? Таким сделала его природа. А Кулёмов ниже Пигулевского. А у Квитко — веснушки. Веснушки, цвет глаз, рост — разве мы можем влиять на природу? Важно, не кто какой внешне, важно, ты — человек, и я — человек, и Кулёмов — человек, и Пигулевский. И Кузьмин — человек. У всех у нас есть руки, ноги, голова, сердце. Этим мы уже родные. По какому праву один человек может бить другого человека, унижать, силой держать в подчинении?

— Не всех можно уважать, — громко сказал Тишко.

— Я не знаю, кто виноват в твоей жестокости и неумности, иди на место. Эдик прав, ты ещё не можешь услышать и понять меня. Давайте учить уроки. Я схожу за журналом.

Эдик догнал его.

— Зря ты их оставил! — испугался Павел.

— Всё равно от Тишко нет защиты. Вы пол дня с ребятами, он и ночью. Вы над ребятами, а он... ходит с ними в одно очко. Небось, у него над ними власти побольше. Я тоже не могу быть сразу везде. Вы совершили ошибку — с Тишко нельзя было при всех, озлился! Вы не понимаете его. — Эдик торопится, говорит скороговоркой: — Ни Кузьмину, ни вам не простит унижения. Самое первое для него — гордость. Он перед ребятами набивает себе цену, а вы его... мордой об стол! Он теперь ещё больше развернётся! — Эдик побежал в класс.

Когда Павел вернулся в класс, Кузьмин, неловко вывернув голову, полулежал на столе, Эдик пытался приподнять его. Тишко невозмутимо писал в тетради.

Павел встретился с испуганным Серёжиным взглядом. Приподнял голову Кузьмина — медленно стала приливать кровь к безжизненному лицу.

— Можешь встать? Эдик отведёт тебя к врачу. Врач облегчит боль, исследует нанесённые увечья, составит акт. Обопрись на Эдика. — Когда Петя был у выхода, спросил: — Кто тебя?

Кузьмин не ответил.

Хлопнула дверь.

На Павла испуганно смотрит Серёжа. И в глазах Кулёмы — страх.

Точно от Тишко Павел заразился злобой, незнакомая прежде, неуправляемая, она подогнала к Тишко, вырвалась:

— По тебе плачет спец ГПТУ!

Кира Софроновна тысячу раз права, есть ребёнок, а есть бандит, и не важно, кто виноват в том, что он стал бандитом, только наказание подействует на него. Бандита нужно изолировать от общества, задавить страхом, как всех давит страхом он! Никакая болтовня такому не поможет. Жалкие, красивые слова! Нельзя жертвовать другими ребятами. Избить бы сейчас Тишко, чтобы ему стало так же плохо, как Кузьмину. Макаренко бил за подлость и помогало, ещё как!

И всё-таки Павел сцепил руки сзади.

— Встань, когда с тобой разговаривают! И отвечай как положено. Что ты сделал с Кузьминым?

— Я ничего не делал с Кузьминым. Я делал русский, — разделяя каждое слово, сказал Тишко.

Серёжин взгляд метнулся от Тишко к Квитко, от Квитко к Пигулевскому, с надеждой вернулся к Павлу.

— Допустим, не сам, так, кто же?

— Я не фискал, как некоторые. не доносчик, не лизоблюд, не прихлебала. Я знаю одно, я не бил. За это отвечаю.

Павел приблизил своё лицо к лицу Тишко.

— Ты не доносчик, не лизоблюд, не фискал, ты — преступник.

— Конечно, а то не торчал бы тут, а гулял на свободе, — перебил его Тишко. — Но я здесь, а не в спец ГПТУ, потому что ни разу не вмазался, мне не пришьёшь мокрого дела. Не-ет, меня не схватишь за руку. И сейчас я не при чём.

— Я не договорил, ты не личность, не Король, не…

Павел оборвал себя — обыкновенную склоку устроил, как баба на кухне. Нечего теперь ругаться, признай честно: гласность провалилась, победил Тишко, теперь надолго скуёт ребят страх. Не скоро теперь Кузьмин рот откроет.

Почувствовал Павел эту минуту победы Тишко — с неё начнётся террор: слабого, мелкорослого подчинят полностью! И, если раньше Тишко хоть изредка проявлял добродушие, то теперь будет безжалостен и ещё более осторожен. Они с Эдиком ничего не углядят, даже если перестанут спать ночами.

Тишко и сейчас не бил. Били Квитко с Пигулевским. Но как доказать это? Нет доказательств. Кого же поволочешь в штрафную, если захочешь использовать методы Киры Софроновны?

За окном, в природе — глубокая тишина. Спят деревья и земля под снегом, и кажется, снег теперь навсегда улёгся, навсегда погрёб под собой землю и всю живую жизнь. На карнизах, проводах и деревьях, под ярким светом дремлют птицы, словно и они, как снег, как земля, тоже спят вечным сном. Только люди бунтуют, дерутся, обижают друг друга — не хотят покоя хотя бы на время, не чувствуют зимы и лета.

Что делать? Продолжать дон-кихотские «упражнения» — искать способ спасти душу Тишко? Или посадить его в штрафную за то, что при всех ударил Кузьмина в первый раз? Но тем самым он признает свою беспомощность перед Кирой. Неужели единственная возможность знать, что происходит: научить людей доносить?

Отец учил: «Ходишь по тайге, не бери зря птицу, только если голоден, птица душу имеет. Лиса душу имеет, не бери зря лису, только если нечего надеть, чтобы согреться. С людьми будь осторожен, человека обидеть легко, исправить обиду трудно. Здоровье порушишь обидой, злобой, здоровье не вернёшь. Прежде всего ищи в человеке хорошее».

Может, Тишко хорошо учится? И можно попросить его помочь отстающим?

Павел взял в руки его тетрадь.

Задание: «Вставить в слова пропущенные буквы».

«В цвитущим саду ликко дышеца. Взерать на цвиты радасна».

Преодолевая нежелание разговаривать с Тишко, подозвал его к себе.

— Что такое «роза»? — спросил.

На лице Тишко недоумение.

— Цветок.

— Ты знаешь, есть красные, есть белые, есть жёлтые розы. Значит, чем они друг от друга отличаются?

— Цветом.

— Как пишется «цветок»?

— «Цве…»

Тишко, Квитко, Пигулевский чуть не убили Петю, а он с ними должен по-человечески?

— Сядь и придумай, пожалуйста, все, какие вспомнишь, слова с этим корнем. — Павел положил тетрадь перед Тишко, подошёл к Квитко.

— Покажи, как выполнил задание?

«Человека обидеть легко», — звучат в ушах слова отца. Ты боишься обидеть Тишко и Квитко, а они тебя и ребят обидеть не боятся. Ты выбираешь слова, какие можно сказать им, а они ни слов, ни ударов не выбирают: под дых, в солнечное сплетение! В штрафную нужно посадить Тишко.

Рано или поздно он из штрафной выйдет, и в тот же день совершит новое преступление.

Репетицию отменил. Воспитатель! Вместо того, чтобы занять их мозги делом, опять предоставил самим себе.

— Иди ко мне, Пигулевский, покажи, как ты решил задачу.

Распахнулась дверь, вошёл Шар. Вошёл и стал буравить ребят взглядом. Один поднял голову, другой.

— Здравствуйте, Вениамин Авивович! — говорит Павел.

Шар смотрит на ребят. Его лысина красна, и щёки красны, как при апоплексическом ударе.

— Я зол. Я не доволен. Я, можно сказать, удивлён. Вы не любите работать, пусть, но ведь денежки-то вы любите? Из-за денежек вы здесь, потому что любите их. Я бы подбросил за работу. Что захотите, купите. Выгоду не понимаете свою.

— А «велик» сможем?

— И «велик», конечно.

Что он такое говорит? О каких «денежках»? Что значит — «купите», не понял Павел, решил, ослышался. Шар обещал премию. Ну, премия — мелочь, это понятно. О каком «велике» речь? Велик стоит больших денег! Где Шар возьмёт их? И зачем он вообще явился сюда? Разве в школе мало устоявшихся, спокойных групп, которые могут и хотят делать полки? Шар мешает Павлу, вносит что-то не то в отношения с ребятами, в ребятах вызывает не те чувства и мысли, которые нужны сейчас Павлу.

— Без вас соревнование не состоится. Должны участвовать все группы.

— Вы говорили, по желанию.

Тишко зло зыркнул на Тихонова.

— Придём, — произнёс лениво. — Ждите.

Шар давно ушёл. Пигулевский стоит рядом, ждёт, когда Павел посмотрит его тетрадь. А Павел не может оторвать взгляда от Тишко, от самодовольного его, красивого лица.

«Не будет сегодня никакого Шара!» — неожиданно решает Павел.

Тихо отворилась дверь, вошёл Кузьмин. Постоял, постоял в дверях и двинулся к своему месту.

Глава пятая

СЕРЁЖА

В первый раз так получилось — он рисовал для всех! Сначала попробовал карандашами, не понравилось — бледно. На карандаш положил краску. Высунув язык, рисовал — забыл про уроки, и про гулянье забыл.

Показать бы Эдику! А Эдик всё занят: то в туалете ловит курцов, то в свою бывшую группу зачем-то идёт, то занимается с Кулёмой.

Сильно тянет курить, но он не хочет, чтобы Эдик поймал его. Два дня терпел. Не выдержал. Забился в самый дальний угол туалета, за перегородку: войдёшь, сразу не увидишь, достал замусоленный бычок и наконец вдохнул в себя сладкий дым. А Эдик тут как тут, словно по следу шёл.

— Зачем тебе это? Я думал, ты уже завязал.

Проскользнул Серёжа мимо Эдика и дунул из туалета — невтерпёж ему слушать Эдикины выговоры.

Так и не показал Эдику плакат и корабль.

Ждал Пал Фимыча. А понёс ему плакат, на ровном полу спотыкался. Никого, кроме Пал Фимыча, не видел.

— Ты очень хорошо нарисовал, Серёжа! — сказал Пал Фимыч.

Никто никогда не говорил ему, что он сделал что-то очень хорошо. Совсем большой стал Серёжа от этих слов.

— Здорово у тебя получилось! — сказал Эдик.

И захотелось первый раз в жизни сделать уроки.

Сел на место, открыл задачник и тетрадь. Задача про лошадей и автомобили, про расстояние, которое они должны пройти, про время, в которое уложится каждый из них. Три раза подряд прочитал, а задача не решается. То, что автомобиль придёт в пункт назначения быстрее, это понятно, а вот как доказать это буквами и цифрами, хоть убей, не знает.

— Ну, что киснешь? Двигайся! — Эдик сел рядом, прочитал задачу, на листочке нарисовал дорогу, обозначил город, в который спешат лошадь и автомобиль. — Что у нас есть? Расстояние, скорость и время, так? Формулу помнишь?

Серёжа легко понял задачу. Радости прибавилось — Эдик сам подошёл к нему!

Упражнение сделал быстро. Историю выучил быстро. И, словно звонок специально ждал, когда он выучит уроки, сразу зазвонил.

Медленно шёл в пионерскую комнату — взять краски. Всё изменилось за один час. Раздвинулись стены коридора — он идёт не по школе, а по большому красивому городу, и этот город — лично его, собственный, самый лучший. Вспыхивал и гас яркий свет, непривычно звенело в ушах: никогда не чувствовал себя так хорошо! В тёмном закутке, там перегорела лампочка, он помедлил и двинулся к лестнице.

— Попался, падла! — узнал Серёжа голос Квитко. — Нравится ж... лизать? — со всего маха Квитко толкнул Серёжу кулаком в лицо. Но Серёжа не упал, сзади он получил такой удар, что снова мотнулся вперёд, к Квитко. Теперь Квитко со всей силы ударил его по животу. — Я «королевские» кулаки! — прошипел он. — Я — мститель.

Серёже не давали упасть. Он валился то вперёд, то назад, пока не раздался крик:

— Звери! — Валентина Аристарховна подхватила падающего Серёжу. — Стойте! — крикнула бегущим с поля боя «мстителям».

Ни боли, ни страха Серёжа не чувствовал, только обиду, она гнула к земле голову: от Тишко не спрятаться. А после того, как врач остановила кровь из носа, прижгла йодом ссадины на щеке, растёрла грудь, захотелось спать. Только спать, ничего больше не важно.

В изолятор пришёл Павел Ефимович, сел рядом, положил руку на лоб.

— Ты узнал, кто бил?

Серёжа не ответил. Павел Ефимович посидел, посидел и ушёл.

Так и нужно теперь жить: одному. Куда ему дружбу водить с Эдиком и с Павлом Ефимовичем?! Их, небось, ни один не посмеет избить, они всегда всех сильнее.

Скорее спать, но, лишь закрыл глаза, разом заболели все те места, по которым били: грудь, спина, затылок, живот. Это обида болит, её так много, что Серёжа не выдерживает. Не плакал с тех пор, как мамка выгнала отца, а сейчас слёзы заливают его, уже всю комнату погрузили в себя, и саднят, саднят лицо и тело.

Биология — второй урок, перед большой переменой.

Кто-то что-то говорит, кто-то с кем-то шушукается, его не касается. Всё равно он сбежит. Ему нужен только Гор. Гор входит в класс, подходит к Квитко, хватает его своими лапищами и — головой о пол! Своей широкой походкой идёт к Пигулевскому и бах, Пигулевский червяком на полу вьётся. «Гор, они «кулаки» Тишко!» И Гор идёт к Тишко. Поверженные Гором, брошены к его, Серёжиным, ногам его враги. Не бойся, Кузя, они больше не тронут тебя. И Кулёму не будут насиловать ночью. Айда, Гор, отсюда прочь!

Большую часть добычи отдавал Гор им с Олегом. Песни любит петь Гор. Семечки грызть. На животе плавать, и на спине, и даже стоя.

Он тоже захотел научиться плавать, как Гор. Из самолюбия не попросил научить его, стал повторять Горовы движения. Не заметил, как выплыл на самое глубокое место. Увидел, что берег далеко, и — ко дну, забыл про руки и ноги. Если бы не Гор, кормил бы рыб!

Однажды забрались в чужую баню.

Осень выдалась холодная. Не переставая лил дождь, одежда и ноги не просыхали. А баня, кирпичная, просторная, не успела остыть, и осталась горячая вода. Тряпьём, валявшимся в предбаннике, заткнули окно, через которое пролезли, чтобы осень не влезла к ним, скинули одежду.

— Кириенко? Ты спишь? Ответь нам, какой животный мир наблюдается в нашей средней полосе?

Сразу заболели избитые места. Опустил голову — извечное спасение от настырных взглядов учителей. Главное: не встретиться ни с кем глазами, тогда не будет ничьей власти над тобой!

— Иди-ка сюда! Смотри!

Нехотя поднял голову и зажмурился. По ярко зелёной траве прыгают зайцы, бегут лисы, настороженно крутят головами волки... — звери смотрят на Серёжу заговорщицки: поиграй с нами!

Шерсть у лисы ярко рыжая, такую краску и взять негде! Зайцы есть серые, есть белые, а вот заяц — рыжеватый.

— Как ты думаешь, Кириенко, почему сокращается численность животных, почему они гибнут? — Какие грустные волки! А олень — весёлый! — Ребята, может, кто из вас скажет? Что вы молчите, словно набрали в рот воды? — Саша Андреевна говорит весело, вовлекая их в какую-то, не понятную им игру. — Ну, ладно, слушайте. Во-первых, химические отходы попадают в водоёмы, испаряются, оседают на лес, вот пища и отравляется. С ростом городов, с ростом цивилизации химические отходы увеличиваются. Кроме того, очень много браконьеров. И, хотя закон оберегает животных, браконьеры проникают в заповедники и безжалостно уничтожают животных без нужды, только потому, что хотят пострелять. В-третьих...

Серёжа трогает тёплую мордочку белки — тушка белки рядом с плакатом. Их тоже бьют, как и его...

— Сейчас, ребята, я запущу пластинку с голосами птиц и зверей, а вы угадайте, кто это?

После урока Серёжа дождался, когда ребята уйдут, подошёл к Саше Андреевне.

— Ты что? — тут же вскинула она голову от журнала.

— Я хочу... Давайте, я вам их перерисую, сделаю большие плакаты, я сумею, честное слово! Вы спросите у Пал Фимыча, я про рак ему нарисовал.

— Кто тебя так разукрасил? — склонилась к нему Саша Андреевна. — Ну, что ты сник? Прости, знаю, не скажешь. У меня к тебе сначала другое дело. Сейчас конец февраля, скоро лето. Ты любишь цветы?

— Не знаю, — удивился Серёжа.

— Когда цветут цветы, красиво и в комнате, и на улице. Так ведь?

— Не знаю.

— Давай мы с тобой прямо сегодня посадим в ящики семена, а к весне из семян вырастет рассада. Представляешь себе, у всех в садах ещё только расточки будут, а у нас с тобой цветы!

— Хочу!

— Приходи на большой перемене. А насчёт плакатов... что ж, я договорюсь с Павлом Ефимовичем, что ты будешь моим лаборантом. Рисуй в удовольствие.

После самоподготовки к нему подошёл Тихонов. Волосы гладко зачёсаны, глаза в тёмных ободах, как у больного, губы узкие.

— Слушай сюда, телок, пойдёшь к Шару, будешь вкалывать на совесть, приказ Короля. За ослушание, знаешь, что бывает?

То не смей ходить к Шару, то иди, да ещё и «вкалывай на совесть!»?!

Но к Шару в этот день идти не пришлось.

Павел Ефимович устроил вечер.

— Быстрее в зал!

— Сосну не приделали ещё.

— Двигайся шибче. Печенье выдали, конфеты! — со всех сторон неслось по школе.

— Жрать, что ли? Это завсегда!

— Сначала бороться, потом жрать!

Нет, бороться он не пойдёт. Хватит с него! Грудь ломит, дышать невозможно.

Засунул книжки с тетрадками в стол, вышел из класса вместе со всеми, а двинул в пионерскую. Лично ему доверила ключ Саша Андреевна, договорилась и с Кирой Софроновной, и с вожатым. Ему нравится быть одному в пустой комнате. Тихо. И думай, что хочешь.

Стол громадный, улягутся четыре плаката.

Заяц получается больше размером, чем на рисунке у Саши Андреевны. И усы сделал ему Серёжа подлиннее. Придёт он к этому зайцу на полянку, подхватит за передние лапы. Давай, заяц, шевели усами, рассказывай, в каком огороде воруешь морковку, сколько у тебя деток, пьёшь ты водку или не пьёшь, если не пьёшь, то отчего, заяц, ты такой весёлый?

— Вот ты где! — Серёжа вздрогнул, так стремительно ворвался Эдик. — Сворачивай своих зайцев, шагай в спортзал! Знаю, чего скажешь, бит, не будешь бороться. Тебя и не заставят, а смотреть надо. Ну?!

Когда к нему подходит Эдик, он каждый раз встаёт на цыпочки, чтобы оказаться с Эдиком вровень, чтобы тот посчитал его за человека. Но Эдик к нему, как ко всем…

— Смотри-ка, похожи! — говорит Эдик про зайцев. — Здорово умеешь!

Вспыхнул от похвалы. И не признался: рисовать-то он не умеет вовсе, в школе не получалось.

— Не бойся, я ещё рассчитаюсь за тебя!

Вот это да, вот это сказанул!

В одну минуту зайцы заброшены за шкаф, а Серёжа собачонкой бежит за Эдиком.

Что творится! Спортивный зал вовсе не похож на зал. Тут и столовая, и выставка, и зал! Одни прибивают плакат к стене, другие расставляют чашки на столах, раскладывают яблоки с печеньем, третьи матами устилают площадку, шестые пробуют магнитофон.

Исподтишка Серёжа разглядывает свой плакат. Хвостатые, мордатые, с челюстями, раковые клетки жрут здоровые. Здорово получилось! Но никакого страха заболеть самому не возникает. Засосало под ложечкой — хоть раз затянуться бы! Серёжа ткнул в бок Кулёму.

— Есть бычок?

В общей сутолоке выскочили незамеченными из зала. Серёжа затянулся, раз, другой.

— Хва!

Отдал окурок Кулёме.

Чего с ним творится такое? Вроде руки, ноги, туловище его, а он вовсе не он. Раздвоился. Один Серёжа Кириенко хочет удрать отсюда, от Тишко, от Квитко с Пигулевским. Другой хочет ходить следом за Эдиком, Пал Фимычем, Сашей Андреевной — только бы его отсюда не выперли!

Кулёма докурил, и они вернулись в зал. Вернулись как раз вовремя: ребята рассаживались на скамьях перед матами.

Тишко зло поглядел на Серёжу, Серёжа вжался в скамейку.

А Пал Фимыч весёлый, улыбается.

— Ребята, сегодня мы будем бороться! Результаты засчитываются по весовым категориям, во всём мире соблюдается такое правило. Партнёром может быть только человек, равный тебе по силе, иначе получается не борьба, а избиение, убийство. Лишь плохой человек смеет позволить себе поднять руку на слабого. Это не человек, это подлец! Ну, вперёд! Первыми на ковёр выходят Кулёмов и Кузьмин. Ты, Петя, как себя чувствуешь? Способен показать себя?

Петя постоял-постоял, махнул рукой.

— Чего там, я всё могу.

Кузьмин и Кулёмов встали друг против друга, а что делать, не знают.

— Начинайте, ребята.

— Ты, Кузя, вспомни, как Кулёма заложил тебя!

— Дай ему, Кулёма, чтоб не фискалил! — подначивают ребята.

— Зачем вы их растравляете? Я же сказал, это соревнование!

«Когда нет злости, попробуй подерись!» — подумал Серёжа. И, словно подслушав его, Тишко сказал:

— Какая же драка без злости?

— Кто сказал «драка»? Борьба! Дружественная. Бегаете вы наперегонки? Бегаете! Два близких друга могут соревноваться, кто быстрее? Играете в шашки? Нет же злости! Спортивный интерес есть! Так и борьба. Берите друг друга под мышки.

Серёжа согласен с Тишко: когда не злишься, обязательно побьют тебя. И, словно в подтверждение, и лицо Кузи, и лицо Кулёмы перекосилось.

— А ты так, ты щипаться? — взревел Кузя, обхватил Кулёму, стал трясти.

Кулёма замолотил по Кузиной башке кулаками.

— Нельзя! — закричал Пал Фимыч.

Но ребята не услышали, Кузя вырвался из-под Кулёминых кулаков и принялся трепать Кулёму, а потом приподнял, уложил его на спину и поставил ногу ему на живот. Самый слабый в группе определён.

— Это не борьба, это драка. Ещё и куражишься. Самому не нравится унижение! Не хотите понять, что рядом с вами человек.

Ладно, посмотрим дальше. Выходите Квитко и Пигулевский. Приготовиться Тишко и Солнцеву.

Это его каждый раз вызывают. И каждый раз бит он. Это всё Павел Фимыч. «Встань на место другого!» Он — Кулёма. Самый слабый из всех. Он и роста такого же, может, чуть выше. И тощ так же, как Кулёма. И глаза, небось, так же потерянно бегают.

Квитко с Пигулевским схватились сразу, стали молотить друг друга. Пигулевский прикусил губу, чуть не рычит. Квитко подсёк его. Пигулевский рухнул на колени, но тут же зубами впился в ногу Квитко. Квитко взвыл, попытался отбросить Пигулевского, но не смог, Пигулевский вцепился в шею Квитко, стал душить его. Из последних сил Квитко замолотил Пигулевского по голове.

Всё это произошло в одно мгновение. Павел Ефимович попытался оттащить Квитко от Пигулевского, перехватить руки Квитко не удалось. Тогда со всей силы рванул на себя Пигулевского, оторвал.

— Это зверство! Это злая драка, — сказал. — Вы не умеете бороться. Сядьте на место. Солнцев, Тишко!

— Я не буду с ним, он сильнее, — отказался Тишко.

— Нет, рост у вас и вес равные. И сила, думаю, равная. Ты себя записал с Квитко, вот Квитко как раз намного слабее тебя. Выходи, померяйся силами с Эдиком.

— Нет!

— Никак испугался? — усмехнулся Павел Ефимович. — Ты ж не трус, ты ж никого не боишься. Давай выходи!

И Тишко пошёл.

Серёжа даже встал. Только бы Эдик победил!

Король с Эдиком обхватили друг друга, как близкие друзья, но тут же Эдик стал клонить Тишко к мату. Тишко упирался, а сил сопротивляться Эдику, видно, не хватало, и он, так же как Пигулевский, неожиданно укусил Эдика.

Серёжа судорожно глотнул.

Эдик, казалось, не заметил, резко приподнял Тишко, поставил на ноги и снова стал гнуть к полу.

— Ну, Эдик! — вырвалось у Серёжи. Он тут же прикусил язык. Теперь Тишко даст ему!

Тишко рванулся, выпрямился на мгновение, но спокойная жёсткая сила Эдика снова пригнула его к полу. Ещё секунда, ещё, Тишко неестественно дёрнулся и оказался на спине.

Ни хлопка, ни вздоха, ни движения, глухая тишина. Только злое дыхание Тишко.

Раздалась громкая музыка. Павел Ефимович включил проигрыватель.

— Смотрите, ребята, какое у нас угощение! И чай вскипел. Ну же, идите!

Все сидят, как сидели. И Серёжа стоит, как стоял, неподвижен, опустив руки по швам. Все ждут, когда встанет Тишко. И, поверженный, Тишко для Серёжи страшнее всех на свете. Теперь тем более.

Тишко раскинул руки, точно загорает на берегу речки, и явно не спешит вставать. Он похож на сильного, крупного зверя, греющегося под солнцем. Внешне никто не признал бы в нём побеждённого, он даже улыбается.

К нему подошёл Павел Ефимович.

— Вставай, Валера, чай стынет. Тебе помочь?

Броском Тишко встал. Лениво пошёл к столам, небрежным видом показывая полное презрение ко всем. Двинулись к столам и ребята.

Серёжа тоже пошёл, медленно, осторожно, оставив между собой и Тишко довольно большое расстояние.

Если бы не музыка, стояла бы в зале тишина.

«Встань на место другого», — говорит Павел Ефимович.

Почему так, на место Кулёмы встать можно. На место Кузи запросто. А Эдиком представить себя никак нельзя. Это он, Серёжа, победил Тишко! Нет, не получается.

Павел Ефимович разлил чай, каждому по очереди придвинул тарелки с яблоками, печеньями, конфетами. Хватило всем, кроме него самого. Эдик протянул ему своё яблоко.

— Давайте пополам.

— Ешь, я не люблю, — Павел Ефимович выключил музыку, весело спросил: — Витя, хочешь стать самым сильным? — Кулёмов опустил голову. — Я не шучу. Говорю как никогда серьёзно. Ни твой рост, ни твоя слабость не помеха, они не навечно. И я долго был маленького роста, и Эдик. Думаешь, Эдик, так, всех и побеждал? Ну, говори, хочешь быть сильным? От тебя зависит! Никто тебе в морду не даст.

— Ну?! — изумился Кулёма.

И Серёжа привстал.

— Ну?!

— Тогда слушайте, что нужно делать. Утром обливайтесь холодной водой. Раз. Подтягивайтесь на перекладине. Два. Когда бегаете, научитесь держать дыхание. Это начало.

Так просто?!

Серёжа стал грызть яблоко и нарочно грыз его громко, чтобы заглушить голос Павла Ефимовича. Чего врёт? Выше Тишко и Эдика не стать ни за что. Сильнее Тишко и Эдика тоже не стать.

«Если хочешь быть здоров, закаляйся!», — загремел проигрыватель.

Чушь. Он всю зиму ходит в дырявом пальто. Какая ещё нужна закалка? А всё равно не привыкнет к морозам, дрожит, как заяц. При чём тут «закаляйся», когда тебя дерут? Люди делятся на тех, кто бьёт, и на тех, кого бьют. И он, и Кулёма, и Кузя — слабаки, их били, бьют и будут бить. Тишко теперь будет злиться ещё больше и отыграется на них. Потому их удел: сидеть тихо, знать своё место.

Заболели грудь и спина, будто только сейчас его избили, боль слышнее стихов и разглагольствований Пал Фимыча.

На ужин шёл — заплетались ноги.

— Ты что не заходишь ко мне? — остановила его Кира Софроновна, стала ласково гладить по голове. От её руки ещё больше разболелись кости. — Ну, как тебе живётся? Ты что такой унылый? Не нравится у нас?

— Нравится.

— Если кто обидит тебя, приди скажи. Не таи в себе. Самое страшное — молчать. Искалечат, будет поздно. Погоди-ка, да никак уже разукрасили тебя? Да тебя изуродовали! Кто? Скажи, я не выдам тебя. Тишко? Пигулевский?

— Я хочу в туалет, — Серёжа бросился от Киры Софроновны прочь. Чего пристала? Чего?

Из столовой вышел последним.

— А я жду тебя! — Тишко очутился перед ним, словно спрыгнул с неба. — Теперь берегись! — оскалился в улыбке, прыгнул в сторону и исчез.

ПАВЕЛ

Ему поможет Макаренко. В этот свой выходной Павел решил идти в библиотеку. Неужели до него никто не попадал в такое беспомощное положение?

— Хочешь кашу или картошку? — спросила Анка.

— Кашу, — машинально отвечает он. — Картошку.

— А я не кашу и не картошку, мама сделала мне омлет, смотри, какой! — Корюшка провела ладошкой над столом. — Хочешь, дам? Бери, папа, ложку и лопай!

— Анка, я должен уйти. — Вина перед Анкой поселилась в нём в тот час, когда Анка плакала. Но что делать, если всё всегда в жизни совпадает?! Тут Анке нужен, как никогда, там Тишко в любую минуту убьёт кого-нибудь.

— В свободный день?

— Прости. Я виноват перед тобой, но есть у меня один тип, калечит пацанов. Я не знаю, как с ним надо. Чихал он на меня и на мои слова. Может, вычитаю чего? Выработали же люди средства воздействия на подобных!

— Папа, что такое «средства воздействия»? — перебивает его Корюшка.

— Дожил! Моя дочка задаёт взрослые вопросы! Помнишь, в детском саду тебя как-то поставили в угол за то, что ты не собрала игрушек?

— Ты своих мальчиков тоже ставишь в угол?

— Нет, Корюшка, в том-то и дело, что не ставлю и не хочу ставить.

— А они убирают за собой игрушки?

— Обязательно. — Павел залпом выпил чай, встал.

— Может, всё-таки не уйдёшь? Может, всё-таки погуляешь с нами? — спрашивает Анка.

— Обязательно. Постараюсь вернуться пораньше и пойдём в парк. — Павел обнял её. Волосы пахнут горьковато, летом. Постоял, прижавшись лицом к ним. — Прости меня. И пойми. Как сейчас установится, так и будет до выпуска. Или я, или Тишко. Проще всего спровадить его в спец. ГПТУ, но тогда на чёрта я пошёл в педагоги? А тут ещё Шар. Не пойму, что ему нужно от моей группы, лезет. Чувствую, приберёт он к рукам именно Тишко. Тогда как?

Не сразу в библиотеку. Плюнет он на самолюбие, обрисует Кире ситуацию, попросит совета. Уж у Киры-то, наверняка, таких, как Тишко, перебывало немало.

— Ну и что он сказал? — перед Кирой мальчик, неуловимо похожий на Кулёму.

— «Сделаю тебя парашей».

— Ну, а Слепов что? Не бойся, никто ничего не узнает. Какой же ты молодец, что рассказал мне всё! Говоришь, Слепов отдаёт Вальковскому мясо, компот, сыр, масло?

— Всё отдаёт. Жрёт только кашу.

— Нужно говорить «ест». Слушай, а Бондарь как, перестал воровать? Ну, что молчишь? Не переживай, последим и за ним. В столовой посадим Вальковского рядом с командиром, спать положим рядом с командиром, будет Слепов в безопасности.

Павел встал и, не простившись с Кирой, вышел из её кабинета. По боковой, не по центральной лестнице, боясь встретиться с ребятами и остаться на целый день в школе, спустился вниз, почти пробежал до административного корпуса, буркнул режимнику «до свидания» и выскочил на улицу.

Улица тонет в снегу. Каждая ветка, каждый изгиб дерева пушисты, стволы и ветки зацвели белым цветом.

Февраль ещё не кончился, но мороз уже отпустил. Неуловимо, издалека, едва-едва, сладко тянет весной. Ни одного признака весны нет, а вот — запах. Свежести, солнца.

Нет, то, что происходит в кабинете Киры, — противоестественно. Бедный мальчик! Всю жизнь прислушиваться, оглядываться, принюхиваться, копить в себе информацию и, наконец, нести по назначению к высшему начальству? Тоже работа. На всю жизнь хватит. А если его донос субъективен? А если ему показалось? Или он хочет кому-нибудь отомстить? По злобе погубит жизнь человеку!

Может, и в его группе были стукачи, только он об этом не знал? Может, потому и не трогала его Кира, что была осведомлена о каждом его шаге и считала положение в группе благополучным? Кто же был стукачом?

Остановился, словно на препятствие налетел. Лапоть же он! И сейчас наверняка она кого-нибудь из его группы обрабатывает! Кого? Кузьмина? Пигулевского? Кириенко?

Идут мимо люди с лыжами к лесу. Едут к лесу машины. Суббота — выходной день. Заскользила девочка по ледяной дорожке, на серой спине бьётся малиновый бант.

Вот если бы он знал, кто бил Кириенко, если бы знал, кто бил Кулёмова... Слепой. А ведь положение почти военное. В любую минуту может случиться непоправимое несчастье. И лишь сейчас, через полтора года после начала работы, навалилась на него тяжесть ответственности за жизнь человека.

В библиотеке полистал методики, педагогики, ни в одной нет такого раздела: о насилии, о садизме, о ябедничестве и тайнах проникновения воспитателя в глубь ребячьего коллектива. Открыл «Педагогическую поэму».

И словно в свою группу попал. Неизвестно, откуда ждать удара. И неизвестно, что делать.

Никто ничего не доносит «Антону». Он и ребята. Наедине. И дело. Большое дело, которое нужно самим ребятам, которое им интересно делать. И полное самоуправление. И доверие к ребятам. И пробуждение сознания: то, к чему интуитивно стремится он.

Дети Макаренко — жертвы революции и гражданской войны. Сироты. Сдохли бы, если бы не боролись за жизнь доступными им в то время средствами. Никаких интернатов тогда не было. Что же им оставалось делать: лечь и подыхать от голода и холода? Их поведение понятно.

Его дети — дети пьяниц, преступников. Тоже жертвы. Но их хоть как-то накормят и оденут даже в плохих интернатах, хоть чему-нибудь да выучат! Почему же они так ведут себя?

Только из-за денег Тишко захотел делать полки? Или у него виды на Шара?

Макаренко круглосуточно был с ребятами, у него же — семья, ночью он должен быть с семьёй. А всё самое дурное случается как раз ночью, даже несмотря на бессонное бдение режимников! Если бы он мог сейчас, в эти первые недели и месяцы, пожить с ребятами! Нет, вряд ли это помогло бы. Да и не смог бы он совсем не спать!

Весь день просидел, а усталости нет.

Обещал Анке погулять с ней. Сейчас вечера светлые, идёт весна. Надо скорее домой. Додумает потом — ночь впереди.

Получается, Макаренко никакого совета не дал. Ну, придёт Павел завтра в группу, что сделает? Снова проведёт душещипательную беседу? Макаренко не очень-то любил болтать. Пока он, Павел, будет болтать, Тишко, или Квитко, или Пигулевский искалечат мелкорослых. Где он возьмёт большое интересное дело, которое увлечёт ребят и изменит их психологию?

Когда выбрался наконец из библиотеки, города не узнал. Запад осветился уходящим солнцем. И, хотя зимний день остался зимним днём, ворвавшееся в него солнце коснулось всех ветвей и карнизов своими лучами и растревожило своим теплом снег, подтопило — нет-нет да срывались на землю капли. Воздух дрожал чистый, прозрачный. К ним в самом деле пришла весна!

Павел пошёл быстрее.

Он сам оденет Корюшку, и оденет Анку, поведёт их в лес. Не в парк. Подумаешь, проехать двадцать минут! Он покажет им первые капли весны. Посадит Корюшку на санки, привезёт на гору, подтолкнёт с горы — катись, Корюшка, как я катался в детстве. Анка просила не уходить сегодня, она обрадуется, что они идут гулять, ямочки засияют на щеках.

Павел пошёл ещё быстрее, а подходя к дому, побежал.

Вместо Анки с Корюшкой встретила его записка, воткнутая в дверную щель: «Анку отвезли в роддом, Карина у меня».

Мамин почерк: дрожащими линиями выведенные буквы.

Почему в роддом? Ещё две недели до родов. Павел заколотил кулаками по стене. Бедная Анка. Опять одна. Даже в роддом вынуждена ехать без него.

Может, роды начались потому, что она снова плакала?!

До роддома добирался долго.

— Два парня! Во, как я постарался! Уметь надо! Сразу отстрелялись! — громко хвастался толстый розовощёкий мужик, всем и каждому входящему повторял одно и то же: — Это я постарался, уж я знаю. Два парня! Уметь надо!

В углу громко плачет женщина.

А вдруг с Анкой случилось что-нибудь плохое?

— Уметь надо! — вертится перед Павлом мужик. Ему бы давно за цветами для жены дунуть!

Павел подошёл к регистратуре.

Анка ещё не родила. Она мучается сейчас.

Просила сегодня остаться с ней. Может, чувствовала? Скорым шагом ходит Павел по большому холлу.

Быстро сереют окна. Сгущаются сумерки.

Горько плачет женщина. Немолода, худа. Съехал платок с головы, гладко зачёсаны волосы.

— Может, я помогу вам? — подошёл Павел к женщине.

— Не доносила двух недель. От испуга. На её глазах ребёнок попал под машину. Она побежала спасти. И начались роды. Мёртвый. Ей сорок. Последняя надежда. Сын. Ничего не осталось у нас с ней.

Анка тоже попала сюда раньше на две недели. Может, и её что-нибудь испугало? Или это из-за того, что несколько дней назад она так горько плакала? А может, сегодня плакала опять, безутешно, как эта женщина?

Павел кинулся к окошку.

— Девушка, пожалуйста, узнайте, как там Крупейко? Скажите, муж здесь. Я очень прошу, скажите ей.

Девушка засмеялась.

— Весёлый вы человек! Один бы раз мужику какому родить! Вы думаете, ей сейчас до вас? Вы думаете, она сейчас соображает что-нибудь? Не хватит всего вашего воображения представить, каково ей сейчас.

— Ей больно?

Девушка снова звонко рассмеялась.

— Что же вы смеётесь? Ей больно, а вам весело!

— Плакать мне, что ли, каждый раз? Вас вон сколько! Положено, чтобы больно было. Я родила двоих. Отмучилась своё. Можно и посмеяться.

Только теперь Павел разглядел: перед ним вовсе не девушка, как ему показалось сначала, а женщина за тридцать.

— Я нарочно устроилась в роддом. Самое весёлое место. С детства хотела работать в цирке, да походила за кулисы и расхотела. Грустное место. Работают много, калечатся много, зверушек обижают много. А здесь человек родится.

Павел оглянулся на плачущую женщину.

Весёлая регистраторша проследила его взгляд.

— Если упорная дочка, попробует ещё раз, — сказала тихо. — Я нагляделась. Бывает, по десять-пятнадцать лет не вылезают из клиник, делают всякие операции, да не получается. А тут женщина здоровая, крепкая, родила хорошего ребёнка. На месяц бы раньше, спасли бы. Непонятно мне, почему в семь месяцев жить будет, а в восемь нет?

— И всё-таки я вас прошу, проверьте ещё раз.

— Что проверять? Вот они все, родившие. Как только родится человек, мне звонят. Значит, ещё мучается.

И снова большими шагами Павел ходит из угла в угол.

Женщина так отчаянно плачет, сотрясаясь всем телом, что Павел опять не выдерживает.

— Я, конечно, не колдун, но я вам предсказываю, через год вы будете сидеть здесь весёлая. Не плачьте. Дочка-то жива. — Павел говорит громко, и все оглядываются на него: такие, как он, пока не дождавшиеся ребёнка, и сияющий дядька, неизвестно почему всё ещё околачивающийся здесь. Павлу хочется бежать против ветра, чтобы рвалось дыхание, хочется есть, хочется делать что-нибудь очень тяжёлое — лёд колоть, деревья валить, рубить дрова. Руки висят тяжёлые, ненужные.

— Шли бы домой! — крикнула ему регистраторша. — Ей всё равно не поможете, а себя изведёте.

Из роддома ушёл глубокой ночью. Анка ещё не родила. Людей в холле осталось мало. В углу спал подвыпивший мужичок, да пожилая женщина с несчастным лицом всё ещё сидела привалившись к стенке боком — не могла, видно, вернуться в свой пустой дом.

Не к себе поехал, к матери, мать жила ближе к роддому, чем они с Викой.

И Корюшка, и мама спали. Вошёл и сразу набрал номер роддома:

— Девушка, ещё нет?

— Нет ещё, — терпеливо ответил тонкий голосок. — Ложитесь. У нас рожают и по трое суток. Особенно если посуху.

— А что такое «посуху»?

Девушка засмеялась.

— Курс лекций, если захотите, прочту завтра, после работы. А сейчас диктуйте ваш телефон. Обещаю, как родит, позвоню.

Сменяюсь в девять. Можете явиться к этому времени, если решите получить специальное медицинское образование.

Её смех успокоил Павла. Он пошёл на кухню, прямо из сковороды, стоя, съел всю холодную картошку и две котлеты, лёг, поставил телефон рядом с собой и сразу уснул. Ему приснился большой дом. Узкий, длинный, уходит далеко вверх, состоит из железных пластин, качается из стороны в сторону под ветром, качается и звенит, резко, безостановочно. Долго Павел не мог проснуться и осознать, что звенит не во сне. Звенел дом, звенело в ушах, в голове. Павел вскочил, заметался, зажёг свет. И только тогда вспомнил о телефоне.

— Сын! — смеялась в трубку девушка. — Три восемьсот. Все удивляются, как мог он поместиться в вашей жене, она такая малогабаритная и тощая. Можете привезти жене покушать, лучше вываренное мясо. Не забудьте купить цветов. Чтобы в девять утра были как штык.

— Вы?! — Павел наконец понял, о чём толкует ему девушка. — Сын?! — заорал он. — Сын! Димка! Вы... Спасибо вам! Скажите Анке, я сейчас. А где я возьму цветы ночью? Рынок с каких работает? С семи? А сейчас сколько? Спасибо. Димка! Мама! Карина! — побежал он в комнату к матери. — У нас сын родился, три восемьсот. Как только он поместился в Анке? Все удивляются. Мама, цветы, вываренное мясо! Мама, ну, проснись же! Я жду. Мама! Карина!

Записка от Анки пришла нескоро. Почерк не её, буквы лежат. Наверное, писать было неудобно. «Спасибо за еду. Съела всё. Если можно, принеси, пожалуйста, творогу. А ещё семечек».

В школу Павел пришёл сразу после того, как сбегал на рынок и принёс Анке творогу и семечек.

— В группе ЧП нет, — встретил его Эдик. — Валентина Аристарховна нами довольна.

Серёжа словно ждал его, подбежал, неловко, вроде случайно задел плечом.

— И Вениамин Авивович доволен, вчера мы заготовили доски сразу для шести полок.

Зазвенел звонок, пронзительный, как телефон ночью.

Возбуждение, возникшее от необыкновенного известия, не проходило, нужно было куда-то деть себя, чем-то немедленно заняться. Остаться на целый час одному казалось невозможным.

— Знаешь, что, — сказал Эдику. — Какой у тебя сейчас урок?

— Черчение.

— Ладно. Будем с тобой лыжи готовить. Хочу сводить вас напоследок в поход. Последнее свободное воскресенье. Буду жене помогать.

Серёжа ни о чём не попросил, медленно, под звон второго звонка, пошёл на урок. А они с Эдиком спустились в подвал.

Двести с лишним пар лыж — столько, сколько ребят и воспитателей в школе.

Подкручивать шурупы не трудно, а Павлу хочется работы тяжёлой. Каждую пару лыж осматривает подолгу, отбирает лучшие.

— Возьмём сухой паёк, чайники и кружки. Пройдём десять-пятнадцать километров, разожжём костёр. — И чего разболтался? А говорить хочется. — Ты-то хорошо понимаешь, что я потерпел поражение? — спрашивает наконец о главном для себя. — Гласность провалилась. Чего молчишь? Тебе не нравится, что я делаю?

— Не нравится.

Движения у Эдика неторопливы, уверенны, лишнего не сделает. Никто никогда не сказал бы, что Эдик — бывший вор, глаза — честные, лицо — ясное, трудиться любит. Пусть бы Димка оказался похожим на Эдика.

— Продолжай!

— Вы виноваты, — говорит Эдик индифферентным голосом. — Вы считаете, со всеми надо добром. А не со всеми. Таким, как Тишко, нужно бить морду. Попробуйте. Он это понимает. Он не простит ребятам своего позора. И мне не простит. — С каждым словом таяла индифферентность, будто от слова зажигалось слово, голос зло вибрировал: — Докажет, что сила его, а не моя. Если Тишко близко, никто не подходит ко мне, даже Кузя. Один Пигула лезет. Но он опаснее Тишко. Тишко тот виден, а этот вьётся, хитрит, лжёт, хвастается. Внешне вроде весь твой, а продаст любого, купит любого. Не добьёшься правды. Тишко уговорил Шара выдать деньги на руки. Затевает большое дело, всех прижмёт! А вы никого не прошибёте. Они давят силой, а вы «не наказывать»! Без наказания никто ничего не...

— Себя вспомни, — перебил Эдика Павел. — Тебя прошиб! Каким ты сюда пришёл? Озлобленный был, не говорил, рычал. И, если бы я с тобой той же злобой, что в тебе жила, наказанием, честно скажи, стронулась бы душа? Молчишь? Я хорошо помню тебя того. Ты был не виноват. И он не виноват, что такой. Он сам себе сейчас враг, как ты был для себя врагом. Это сейчас всё от тебя самого зависит, а тогда...

— Что же делать? Как надо? — Эдик смотрит на него детским взглядом.

Звенит звонок. В подвале он слышен глухо.

— Вот видишь, жизнь — одно мгновение! Урок проскочил, ни о чём не успели договорить. У меня, Эдик, сын родился!

— Ну? — удивился Эдик. — Когда это?

— Сегодня ночью. Я вот рвусь, Эдик, между домом и вами. Не помогаю. Жена обижается.

Эдик смотрит удивлённо. Наверное, ему чудно, что вот есть дома жена, но Эдик вдруг говорит:

— Хотите, я вам что-то скажу? — в самое ухо Павла скороговоркой бормочет:

Любить — отдавать,
Быть любимым — награда:
От тоски целовать
Нелюбимых не надо!

— Что это?

— Мои. Вот. — Он вытащил из-за пазухи тетрадь. — Я буду поэтом. Буду ездить по всему Союзу и каждому помогать. А сейчас... я задумал... моя Уля любит музыку. Хочу сделать ей подарок — приёмник. Сам. Такой сделать, какого ни у кого нет. Будем с ней ловить весь мир. Только бы детали...

— С деталями помогу. Ты напиши, что нужно.

Макаренко дал своим ребятам в руки инструмент и цель: строим жильё, своё, собственное. Каждый для всех и для себя. Единственный дом.

Вот с чего начать.

«Здравствуйте!» — доброе слово. К нему приучить.

— Не для меня, не для школы, для себя, ребята, и учёба, и работа.

Он знает, это ложь. «Для себя» — мост, чтобы потом — для людей, и только тогда — «для себя». Эдик открыл это в прошлом году. Сделал шкафчик для детского дома. Спросил: «Как вы думаете, понравится ребятам?» «А ты поезжай, когда повезут мебель, сам вручи свой шкафчик и спросишь прямо у ребят, понравился или нет?» Из детского дома Эдик приехал злой. «У них игрушки все ломаные. Книжек нет. Эх, что бы придумать?» А что придумаешь?! Где взять игрушки и книжки на целый детдом? Ну, отошлёт он Корюшкины книжки и игрушки! Капля в море!

— Это твоя жизнь, Валера. Это твоя жизнь, Витя. Как заявите её, так она и пойдёт. Или по тюрьмам разбазарите, или проживёте свою жизнь. Давайте на пальцах. Полки в библиотеку для кого? Для себя. Чтобы книги не портились. А вот что купить, если получите премию... — Поймал взгляд Тишко, не отпускал. Есть такая игра: кто кого пересмотрит, главное не моргнуть. — Можно напиться, побалдеть. А можно купить игры, модели самолётов, кораблей. Мало ли что?

Тишко вывернулся из-под взгляда, уполз в раковину, золотистые волосы, вот и всё, что осталось от человека.

— А учиться? Не для меня же. Я выучился. Ты когда-нибудь, Володя, — захватил в свою сеть Квитко, — был в Африке? А в Португалии? А в Испании? А я был. Чего рты разинули? Книги про них прочитал, на карте их нашёл. Стоит захотеть, и увидишь, как живые. Или интересно жить, или скукота. — Стоп. Опять переборщил, через край льётся, развёл патетику. — Открывайте учебники, будем учиться делать уроки. Иди-ка сюда, Валера. Твои близкие друзья поссорились друг с другом. Ты решил их...

— Помирить, — понимает Тишко.

— Очень хорошо. Или примирить. А теперь совсем из иной области. Ты решил купить костюм, пошёл в магазин, выбрал тот, что тебе понравился, и стал...

— ...примерять!

— Правильно. Прислушайся. Слышишь, корни вроде звучат одинаково. Так? Назови-ка, какой корень в «примирять друзей», а какой — в «примерять костюм»?

— «Мир» и «мерить», — нерешительно отвечает Тишко. — Значит, в первом слове «и», а во втором «е».

— Легко? Придумай-ка небольшой рассказ, чтобы в одних случаях писалось «и», в других «е».

Всю неделю, что Анка лежит в роддоме, Павел проводит с ребятами, работает обе смены, и за себя, и за Валю. Пусть Валя отдохнёт. Мать готовит дом к возвращению Анки: стирает занавески, пылесосит кровати и все углы, марганцем промывает коляску и кроватку, перешедшие им по наследству от соседей.

Пока идут уроки и Павел не нужен ребятам, он мчится к матери за едой для Анки и оттуда в роддом.

Через окно Анка кажется не похожей на себя. Волосы незнакомо подобраны под косынку, губы большие, глаза — большие, лицо — маленькое.

— Спасибо! — кричит ей Павел. Это первое слово. И второе. И третье. Больше он не знает, что сказать. Жалость к ней, чувство вины, благодарность...

А уже через полчаса он читает ребятам «Каштанку».

«Такая же голодная, как вы, гонимая. Пожалейте!» — хочет сказать, не говорит, Чехов заставит их почувствовать это.

Прежде всего надо — чтобы пожалели кого-то, не себя.

Тишко спрятал лицо. Пигулевский играет ластиком. У Серёжи в глазах слёзы.

Звучит последнее слово рассказа, наступает тишина. Не та, когда нашкодили, когда избили кого-нибудь, а та, когда вошло в жизнь непривычное, такое, что нужно обязательно понять.

— Объявляется конкурс на лучший рисунок. Тема: «Я и живое существо, которое я могу защитить».

— Ребя, поход!

— Ура, за забор!

— На волю!

Нет ли в этом «на волю» желания бежать? «Тот, кто захочет бежать, тот орать не будет, — успокаивает себя Павел. — Тот молчком побежит».

Тишко трёт лыжи, как научил его Павел. Ни на кого не смотрит, ни с кем не разговаривает. Может, он-то и сиганёт?

Мягкий, почти весенний снег.

— Ты на одной лыже сначала поезжай! Смотри! — Павел показывает Кулёмову, как надо согнуть ногу, как присесть, как корпус пригнуть.

— Я первый раз, — бурчит Кулёмов.

— Кто ещё в первый раз?

— Я.

— Я.

Почти все. Зачем он задал этот дурацкий вопрос?

— Привал! — говорит Павел много раньше назначенного времени, не после пятнадцати, а после пяти километров. Большинство как на ходулях: ноги прямые, туловище прямое, напряжённое, сколько ни показывал каждому. Только Эдик да Пигулевский умеют. — Давайте нарубим сухих веток. Эдик, достань топоры.

Топоров два. Из-за них сразу свара.

— Дай, я!

— Нет, я!

— Я хочу!

— Мне!

Тишко не хватается за топор. Никого не задевает, ни к кому не подходит.

— Чего это с ним? — спрашивает Эдик. — Пристукнутый какой!

Когда вспыхнул огонь, ребята сбились к нему.

— Обожжётесь, осторожно! — предупредил Павел.

Тишко уселся прямо в снег, в стороне. Чай пил в одиночестве. Бутерброд не доел, сунул в карман куртки.

— Чего с ним? — опять спросил Эдик у Павла.

Павел пожал плечами.

В самом деле мирный Тишко непонятен и опасен. Павел глаз не спускает с него — вдруг сиганёт в чащобу леса?

Правда, по целине далеко не уйдёшь.

Эдику Павел не говорит о своих опасениях.

По долинам и по взгорьям, — заорал Эдик, как маленький.

Как ни странно, подхватили.

— А я не слышал такую, — пожаловался Павлу Серёжа и начал повторять за ребятами.

Песня потухла, как свечка, слов не знали.

— Валера! — подъехал Павел к Тишко. — Ты раньше часто катался на лыжах?

— Не люблю.

— Почему?

— Я с гор люблю. А тут пилишь, как дурак.

— До гор сегодня не доедем. В следующий раз. Слушай, Валера, ты что хочешь купить на заработанные деньги?

— Вам скажи! — крикнул со злостью Тишко и замолчал.

Павел побежал назад, в хвост. Ребята растянулись, бредут еле-еле.

Вот он, первый поход. Удался — не удался? Песен не знают. На лыжах ходить не умеют. Костёр жечь не умеют. Разговаривать на привале не о чем. А лица просветлели. Пусть у неумелого костра, а стояли рядом, прижавшись друг к другу: и те, кто повелевает, и те, кто подчиняется.

— Регина Фёдоровна не дочитала вам «Два капитана».

В детстве самая любимая книжка.

— У меня брат — моряк, он не капитан ещё, но будет, его зовут Гена, — говорит Пигулевский.

Если нет общего дела, как у Макаренко, нужна игра. Небось, каждый хочет забраться на капитанский мостик или раскрыть какую-нибудь тайну.

Перед сном Павел подходит к каждому, садится на край постели.

— Что в сегодняшнем дне тебе понравилось? А что было скучно? В какую игру ты хотел бы играть?

— А что сделает Ромашка? А Саня победит? — спрашивают ребята.

В одной спальне Павел рассказывает про Дон Кихота, в другой — об Александре Матросове, а в третьей — о Суворове. Только вот подробности, детали позабыл. Ребятам же не общие слова нужны, им распиши снежную целину, и острую скалу, и скользящие ноги, и лошадиную морду. Завтра надо взять в библиотеке книжки. Подробности, детали пол дела решают.

Дольше всех Павел задерживается около Серёжи. И самому себе-то не объяснит, что так притягивает его к этому тощему мальчишке?

— Закрой глаза, Серёжа. Пусть корабль поплывёт. Ты на корабле плывёшь, — шепчет Павел.

Серёжа ходит за ним хвостом. «Дайте я прибью стенд! Ну, что, жалко? — просит. — Сумею!» — И Павел отдаёт ему молоток с гвоздями. Потом поправит, если получится криво. «Дайте я подежурю!» — предлагает, когда нужно вне очереди помыть туалет или зал. «Проверьте, я выучил ещё одно стихотворение!»

Услышав о том, что Павел собирается ехать за байдарками, Серёжа взмолился:

— Возьмите меня с собой! — Заморгал, точно в глаза попал сор. — Я могу таскать любую тяжесть.

— Прости, Серёжа, я уже просил помочь Тишко.

В автобусе Валерий неожиданно стал помогать пассажирам.

— Вам оторвать билетик? Возьмите, пожалуйста, пять копеек. Давайте, я передам, — учтиво воркует Тишко и вертится из стороны в сторону.

— Ты что, кондуктором работал? — спрашивает его Павел.

— Половину сознательной жизни. А где, вы думаете, я брал себе на харчишки? Хотите, преподам урок ловкости рук? — спросил нагло. — Не пугайтесь, я шучу. Завязал. Хочу свободы, а потому ничего другого не хочу.

Они долго перетаскивают из складов тур. общества тяжёлые байдарки, с трудом взваливают на грузовик. В холодный, раннего марта день оба взмокли.

Обратно едут сидя рядом на днище одной из лодок, прижавшись спинами к кабине, плечами друг к другу. Они защищены от ветра, но ветер свистит по бокам, проносится мимо, назад, в город.

— Ты здорово помог мне!

— Да ладно... — Тишко отворачивается.

— Знаешь, чего хочу? — говорит Павел доверительно. — Чтобы ты нашёл свою профессию. Делать любимое дело... — оборвал патетику. — Хочу, чтобы научился любить кого-нибудь больше себя, — снова заткнулся.

— А зачем? Главное жить.

— Что ты подразумеваешь под этим?

Тишко смотрел на проносившиеся дома и столбы, глаза его перебегали с предмета на предмет, убегали от Павла.

Пошёл тёплый крупный снег. Он садился на одежду и сразу таял.

— Всё-таки помоги мне. Неделю меня не будет, ты уж последи, чтобы всё было спокойно.

Наконец привёз Анку домой и понёсся в школу. Сегодня последний его рабочий день перед отпуском. В свободный час дочитал ребятам «Два капитана» и велел написать свои впечатления.

Пигулевский пишет. Кулёмов нет. Смотрит в окно, ковыряет в носу. Серёжа пишет. Тишко пишет. Квитко откинулся, развалился.

Не может быть, чтобы сегодня кто-нибудь из них обидел слабого!

А что он сам написал бы о «Двух капитанах», если бы его заставили писать?

— Сдавайте, ребята, время ужинать, — говорит Павел, а сам не торопится, пусть этот вечер растянется на подольше, долго он ребят не увидит. Признаться честно, он доволен этой неделей, ребята смотрят ему в глаза.

Пора домой. Все в постелях. По лестнице запрыгал, как мальчишка, скорее к Анке, но вдруг остановился. Какая-то сила, нехорошие предчувствия погнали обратно, к спальням.

В закутке, за туалетом, Эдик злобно выговаривает Тишко:

— Пачка сигарет — улов, три рубля — улов, а чем ещё разжился? Выкладывай!

Тишко нагло уставился через голову Эдика на Павла. Эдик обернулся.

— Не понимаю, когда же ты успел? — не рассердился, скорее удивился Павел.

— В автобусе, где ж ещё?! — Тишко потянулся, зевнул. — Спать хочу. Притомился. Вот это и есть — жить. Риск, удовольствие. Уметь надо! Вы не сумеете ни за что! На кой чёрт, кому нужна ваша профессия, ваши любви, ваши книги?!

— Я говорил, зря тратите порох, — Эдик сплюнул, пошёл прочь. Следом пошёл Тишко, развязной походочкой, виляя задом.

Вот тебе и неделя удач! Опять провал. Опять ложь. Есть то, что он выдумывает, то, что ему кажется, и есть то, что существует на самом деле, чего он не знал и не знает, и это реальное никакого отношения не имеет к тому, что ему кажется.

С неспокойной душой вышел на улицу.

Яркие звёзды, яркий узкий серпик, тёмное полотно неба.

Из века в век небо над головой и беспомощный человек под ним, не способный ни понять неба и себя, ни изменить что-нибудь в жизни, в которую попал случайно и из которой уйдёт обязательно, как из гостей, потому что он — гость под этим тёмным небом, под яркими звёздами и узким ярким серпиком, нагло развалившимся в ночи.

Мир затих, притаился, выжидает, но обязательно грянет буря и снесёт всё: деревья, людей.

Уткнувшись в душистые волосы Анки, сжимая её худенькие детские плечи, наслаждаясь её запахами, благодарный, под тихое посапывание сына, шепчет: «Спасибо».

А Анка отвернулась от него, не дала губ. И заплакала. Тихо, жалобно.

— Ты не рада, что сын? Ты не рада, что дома?

Долго не отвечала, плакала. А потом оглушила тихими словами:

— Я думала, ты побудешь с Кариной. Я думала, мы тебе нужны. Я думала, первые годы в школе — случайность, становление, ты набираешь опыт. А теперь знаю, ты чужих детей любишь больше нас. И Дима не будет видеть тебя.

Павел обнял её, стал гладить волосы.

— Я не мог ещё и на эту неделю бросить детей, нарочно с утра до ночи болтался там, чтобы теперь быть с тобой. Я буду тебе помогать. Я так люблю тебя! Так соскучился! Ты ведь сразу знала, что я буду много занят. Когда я уходил из журнала, спрашивал тебя, согласна ли ты быть женой педагога. Ты сказала: «Согласна». Теперь терпи. Поставь себя на их место. Я уверен, они стали преступниками именно потому, что никому на свете не нужны. Взрослые виноваты. Взрослые и помочь должны. Что мне делать? Это моя профессия. Ты ведь тоже много работаешь, уходишь в восемь утра, возвращаешься порой глубокой ночью.

— А если твои дети без отцовского внимания вырастут преступниками? Ты не допускаешь этого? Не будешь уделять им время, они, как и твои воспитанники, могут оказаться на улице.

Он засмеялся.

— Мои дети преступниками не вырастут. Во-первых, у них есть ты, ты не даёшь им стать преступниками. Во-вторых, я найду для них время. Постарайся понять меня, Анка, если ты не поймёшь, кто поймёт?

Заплакал Димка. Не отпуская Анкиных плеч, не освобождая лица от Анкиных волос, слушал с наслаждением захлёбывающийся нестрашный Димкин плач.

— Мужик родился. Слышишь? Голос мужика.

Павел был счастлив.

Глава шестая

Серёжа

Пал Фимыч исчез, будто его совсем нет. В первое же утро без Павла Ефимовича, в воскресенье, к Серёже подошёл Тишко, хлопнул по плечу.

— Будешь приносить десять бычков в день. Раз. К Солнцеву ни ногой. Два. Не отвалишь от него, пойдёт серьёзный разговор.

Тишко вразвалочку пошёл по коридору.

И тут же с другой стороны появился Эдик, он волочил байдарку в пионерскую комнату.

— Айда со мной! Умеешь шить? — спросил громко.

Тишко уже нет, а Серёжа онемел.

— Ты что остолбенел? Берись-ка с другого боку.

Серёжа подхватил край байдарки, чтобы не волоком тащить, а побыстрее пронести в пионерскую.

— Зашьём их все, поплывём по Друти. Ты плавал когда-нибудь?

— Не.

— А на лодке катался?

— Не.

— «Не» да «не», ты знаешь другие слова?

— Не.

Эдик рассмеялся. Тишко поблизости нет, и Серёжа наконец вздохнул. И наконец до него дошло, какое важное дело предлагают ему. Все просто так бегут по коридору, будут убираться, писать письма, работать в мастерских по желанию, а он с самим Эдиком несёт байдарку! Эдик для Серёжи всё равно что Пал Фимыч. Оба говорят такое, чего раньше не слыхал. О книжках много понимают. А он ничего не понимает, чего они говорят. Эдик играет на гитаре — захватывает дух.

— Я, понимаешь, бунтую. Не хочу идти к Шару. Ты, если хочешь, иди, конечно.

— Не, — сказал Серёжа. — Я с тобой бунтую.

— Ладно. Бунтуй.

В пионерской задвинули стол и стулья в угол.

— Смотри, какие дырищи! Сейчас ликвидируем. Держи катушку с иголкой, вдевай двойную нитку, чтобы получилось сразу в четыре слоя, для крепости. Понял?

Серёжа складывает нитки вдвое, суёт в ушко, не лезет. Эдик уже сшивает разорванные клочья с другой стороны. Серёжа слюнявит нитку, нитка сплющивается, толстая блямба не лезет. Его окатывает потом: сейчас Эдик погонит прочь.

— Чего копаешься? — Эдик подходит к нему, берёт из рук иголку. — Смотри, — крепко скручивает нить, острый конец легко просовывается в ушко. — А чего она такая короткая? Этак тебе придётся каждую минуту вдевать новую, а перед этим закреплять шов. — Эдик отматывает в четыре раза длиннее, скручивает, вдевает, завязывает узелок. — На!

Серёжа от себя тычет иглой, точно пикой, в тугую ткань, Эдик отбирает иглу, левой рукой придерживая материю, правой ловко поддевает, схватывает иглой два края дыры.

— Понял?

Серёжа повторяет движения Эдикиных рук. Не так, как Эдик, а всё-таки притягивает один к другому концы брезента.

— Видишь, получается! — хвалит Эдик, идёт к носу байдарки. — Старьё, конечно, но нам ещё послужит. Где ж возьмёшь новые? Сейчас произведём лёгкий ремонт, а потом нарежем парусины, понаделаем заплат. Кто ж так постарался-раздраконил?

Серёжа язык прикусил до боли, затягивает каждый шов намертво, так, что вместо дыр остаётся угластая гармошка. С непривычки устал, пот льёт с него, пальцы онемели.

— Нам Пал Фимыч говорил о джунглях. В прошлом году сплавлялись по Друти, попали на остров. Джунгли. Мы с одним парнем чистили картошку. Переговорили все разговоры, молчим. Прямо на нас выскочила лисица. И уселась. Не знает, что делать: драпать от нас или продолжать свои дела. Мы, конечно, забыли про картошку. Тоже не знаем, чего делать. Ловить? Спугнём, убежит до возвращения ребят с озера. Разинули рты, глазеем. Как костёр, вспыхивает под солнцем. Раньше я думал, лисица — зверь крупный, а у неё хвост больше, чем вся сама. Глаза чёрные, похожи на собачьи, только без собачьей поволоки, дикие. Посидели мы так, посидели, посмотрели друг на друга, и она пошла. Пошла лениво, без страха. Непуганая. Хвостом метёт, точно недовольная кошка, заметает за собой след. Тут мы и очнулись, побежали за ней. Да разве догонишь?

— Готово, — говорит Серёжа. Эдик подходит, разглядывает. — Плохо, да? — со страхом спрашивает Серёжа.

— Почему плохо? — Эдик отворачивается, Серёжа успевает заметить: он смеётся. — Ну-ка, здесь попробуй! Только не стягивай так. Погоди, да ты ж не закрепил. Нитка уйдёт, пропадёт твой труд. — Эдик снова показывает, как закрепить, перекусывает нитку. — На, действуй! — отдаёт Серёже иглу.

Серёжа смотрит Эдикин шов. У него сроду так не получится! Деревянными пальцами зажимает иглу, иглой прихватывает края дыры.

— Дело! — хвалит его Эдик. — Совсем ровно, не сморщил.

Лёг спать, а сна нет, дырки и дырки, какие нужно зашить.

Байдарка не корабль, а всё плыть по воде. Как раз то, что нужно ему. Сплавает по Друти, потом ещё по какой реке, может, попадёт в море. А там поступит в капитаны. Санька Григорьев смог? А ему, что, слабо? Закалится. Позовёт с собой в капитаны Эдика. Эдик с ним как со своим. Не похоже, что командир. Кроме Гора, друга у него не было. А теперь Эдик — его друг. Иначе зачем позвал шить вместе? С Эдиком вместе в капитаны! Как Санька. С этим «Санька» уснул и спал крепко, ещё ни разу не спал так крепко. Даже мамку не вспомнил, как мамка чешет за ухом.

Три дня подряд они с Эдиком в свободное время вместо работы у Шара чинили байдарки. Три дня подряд Эдик рассказывал о реке Друти, о рыбе, которую жарили на рожках, о селе Чечевичи, в котором покупали конфеты, о вечерах прошлого года. Три дня прошли как один час. Серёжа забыл, что он в спецшколе. У него теперь есть Эдик. Если что, Эдик защитит его. И, значит, плевать ему на Тишко.

И вдруг Тишко подошёл к нему. Прямо при всех.

До обеда ещё полчаса. Ребята выпросили у Валентины Аристарховны разрешение хоть по разику скатиться с горы. Что там летом, Серёжа не знает, летом он не жил здесь, но гора у них прямо посреди участка, высокая, крутая. Здорово кататься с неё на листе железа! Прямо до забора.

Валентина Аристарховна смотрит с крыльца школы, как они катятся, как взбираются на гору, как толкаются. И вдруг Пал Фимыч машет им. Серёжа дёрнулся было бежать к нему, скорее рассказать, как они с Эдиком зашивали байдарки, но лист слегка сполз и понёс Серёжу с вершины вниз, оставив за спиной, за горой крыльцо вместе с Пал Фимычем. Тут и подступил Тишко, прижал к забору, надавил руками на грудь.

Ребята летят с горы на лыжах и санках, раскатывают по льду на коньках, Пал Фимыч загородился горой, а Тишко допрашивает:

— Стучишь? Околачиваешься с командиром? Сачкуешь? Почему не ходишь к Шару? Последнее предупреждение. Нужны денежки. Сечёшь? — Тишко так надавил на грудь, что не вздохнуть. —

Бычки собрал? Гони. Нет? Ладно. Запомним. — И вдруг спросил весело, будто и не грозился: — Хочешь шоколадку? Хочешь дружить со мной?

От удивления, от страха, что Тишко сейчас убьёт и никто не успеет спасти, зажмурился, прошептал:

— Хочу.

Во рту вкус шоколада!

— Слушай сюда, солёный трус! В пятой группе посылка. Апельсины и шоколад. В семнадцать ноль-ноль группа пойдёт на полдник и сразу после полдника в мастерские. Вот тебе ключ от их комнаты, а вот от пятого этажа, сложишь в тайник. За рубаху, в карманы сунь, захвати, сколько утянешь. Слышь? Апельсины не жрать, апельсины все до одного мне. Себе отхватишь шоколадку. Действуй, — жёстко притянул к себе и снова толкнул к забору. — Только держи язык за зубами, если не хочешь стать «парашей».

Звонок на обед, а ноги не идут и жрать неохота. Не хочет он в своё прошлое, но, помимо воли, к рукам вернулась многолетняя привычка воровать: пальцы зазудели, точно им срочно понадобилась работа. И засосало под ложечкой. Да ещё как нарочно — Пал Фимыч! Сказал «неделю не приду», а сам тут: уставился. Куда делась Валентина Аристарховна?

Борщ обжёг губы. Серёжа положил ложку.

— Что, невкусный? По-моему, отменный. Ну, как ты тут без меня? Никто тебя не обижает? Настроение как? Над ошибками работаешь? А что читаешь? Ты ешь, ешь! Ещё будет время, наговоримся. Ты хотел «Два капитана» ещё раз прочитать, я принёс. Почему не ешь? Что с тобой?

Самоподготовка. Кто что делает: читают, пишут, вслух считают. Серёжа, как на раскалённой сковородке, под взглядом Тишко. Пал Фимыч подозвал его.

— У меня к тебе просьба. Новенького привезли. Вон, видишь, Саша Тадеуш. Мне кажется, он очень поддаётся влиянию. Помоги мне с ним, подружись. Помнишь, небось, в первые дни человеку не по себе?! Физически он слаб, Тишко быстро его к рукам приберёт.

— Я сейчас, — Серёжа схватился за живот. Под взглядом Тишко побежал к двери.

Живот в самом деле заболел. От страха.

В этот день Серёжа не сделал уроков. Ни одного. То ему холодно, то жарко, то покрывается липким потом. Пал Фимычу сказал — голова болит, пообещал сделать уроки в свободный час.

Кто откажется от дармового шоколада? Никто. И дело-то тьфу! Без риска. По пустому коридору подойди к двери, открой ключом, подхвати посылку. Ещё один пролёт и пожалуйста — пятый, пустой этаж. Избавься от апельсинов. И свободный, без улик и мильтонов, дуй пить молоко. Минута! По старой жизни ерунда. Да и не узнает никто. Апельсиновые корки с конфетными обёртками можно покидать за забор, который в лесу, а можно проще: зарыть в снег.

Чем подробнее проходит свой путь за шоколадом, чем безопаснее кажется этот путь, тем страшнее. Только стал спать спокойно, уроки учить понравилось. Теперь всему хана.

Дежурный запер за группой дверь. Серёжа снова бросился в туалет. А когда вышел, коридор был пуст: гомонящие толпы уносились к молоку с булками.

Пал Фимыч не попросит больше: «Помоги, а?», отвернётся. Эдик больше не позовёт: «Айда шить байдарки!»

На этаже никого: и ребята, и воспитатели полдничают. Засунув руки в карманы, Серёжа идёт к классу шестой группы. Идёт небрежно, откинув голову назад, словно всё ещё в порядке. Ну и пусть. К чёрту. Ему на всё, на всех наплевать.

А что особенного? Подумаешь, делов-то: стибрил шоколадку!

Ещё не стибрил.

Легко повернулся ключ.

Всего минута прошла, а шоколадки с апельсинами уже перекочевали со стола в карманы и за рубаху, класс уже заперт, сам же Серёжа снова один в коридоре, потом на лестнице, словно старик, буквально втаскивает себя со ступеньки на ступеньку на пятый этаж.

Где Тишко достал ключи? Тишко может всё. Без мыла пролезет в любую щель.

Тайник — в туалете, в углу приподнимаются две кафелины и доска. Яма — глубокая, докопали чуть не до четвёртого этажа. Серёжа складывает в неё апельсины с конфетами. Сюда ещё сколько хочешь влезет.

Спешить некуда, Тишко выпьет его молоко, сожрёт булку, никаких улик, никто не заметит, что он не приходил полдничать.

Наконец кафелины на месте, для верности Серёжа попрыгал на них. Развернул шоколадку. Широкая, со множеством узких валиков. Откусил, стал жевать, как хлеб, смаковал горько-сладкую жижу, снова откусил и жевал, позабывшись.

И вдруг лишь серебряная бумажка в руках, словно шоколада не было вовсе. Почему так быстро всё проходит?

Серёжа развернул конфету. Она тоже растаяла мгновенно.

Ел бы и ел. Да больше конфет нету. За ними нужно снова лезть под кафель, а по Серёжиным расчётам, полдник уже кончается, ребята расходятся по мастерским, он не успеет.

Последнее дело: куда девать обёртку от шоколада и серебро?

В туалет не спустишь, всплывёт, в урну не выбросишь. Оставить при себе — улика. Вдруг начнут обыскивать, как обыскивали в интернате, когда у воспитательницы пропали деньги?

Сложив во много слоёв тонкое серебро и обёртки, засунул их за батарею.

Через минуту спрыгнул с последней ступеньки лестницы и подскочил к ребятам, идущим в мастерские.

Снег — серый, снег уходящей зимы и уходящего дня.

Серёжа не любит сумерек. Лучше ночь. В сумерки хочется к маме. Мама читает, закрыв глаза, стихи. Поёт. Голос — зыбкий, вот-вот оборвётся. Вдруг заплачет. Пригубит полный стакан, выпьет залпом. И снова завоет стих или запоёт песню. Только голос рвётся ещё больше «Сергуша!» — подзовёт к себе, обовьёт узкими руками, положит ему голову на грудь, станет жаловаться на саму себя. Не сварила им с Олегом обеда. Не купила ботинок. В игры с ними не играет. Разве мать? Плачет. А когда она плачет, получается много слёз, рубашка мокнет, и становится холодно. «Не плачь, мама, не плачь!» А сам уже тоже плачет, так жалко ему себя и Олега, всё правильно говорит мамка.

В сумерки видит маму.

Серый снег вёл Серёжу в мастерскую. Кусты в сером снегу. Заборов не видно, они слились с наступающей ночью. В сумерки у него болит живот. Зубы болят. На груди мокрое пятно от маминых слёз.

— Порядок? — Тишко хлопнул его ладонью по голове. — Вижу, порядок. Молоток. Давай ключи. Запомни, чтоб у Шара землю рыл носом. Не придёшь, убью.

Сегодня делали папки. В соседнем углу гудели, жужжали машины. Одна режет бумагу, другая подравнивает картон, третья сцепляет скрепками стены коробки для обуви и замков.

Серёже досталась мраморная бумага. Гладкая, плотная, она неуловимо напоминала серебро от шоколада. Серёже нравилось наклеивать её на готовую папку.

— Что с тобой случилось? — подошёл к нему Пал Фимыч. — Ты глаз не поднимаешь.

Раньше бы про все дела рассказал: как Эдик учит его играть на гитаре, как зашивали байдарки, сейчас отхватил от мраморной бумаги лишний кусок.

— О маме вспомнил? Не беспокойся, мама лечится, чувствует себя хорошо. Тебе передавала привет. Может, ты не наелся или живот болит? Или расстроился, что уроки не сделал? Хочешь, в свободный час помогу?

Его макушку буравит Тишко, а Пал Фимыч торчит, как назло, рядом.

Ловкими руками соединяет Пал Фимыч картон, сажает на клей клеёнчатое «сцепление» двух створок папки, быстро припечатывает мраморной бумагой обложку.

— Ты подумал о моей просьбе? Саше нужна защита и помощь.

— Я сам плохо учусь, — буркнул Серёжа.

— Ты уже немного научился учиться. Но дело не в учёбе, ты помнишь, что чувствует новенький?

Не успел отойти Пал Фимыч, подошёл Эдик.

— Сегодня будешь со мной шить?

Да что они все привязались?! Лезут.

Эдик постоял, посмотрел на него, заговорил с новеньким.

Ужин прошёл тихо. А когда началось свободное время и группы разбрелись по своим комнатам читать, писать письма, рисовать, играть в шашки, а их группа направилась к Шару, вопль из одного конца коридора прикатился в другой:

— Пропала! Пропала!

Топот ног, перепутавшись с воплем, пролетел мимо их комнаты, к кабинету завуча.

— Пропа-а-алаа!

На линейке Кира Софроновна метёт взглядом от лица к лицу.

— Что же получается — у своих тащим? Предательство!

Слово хлестнуло по лицу, лицо вспыхнуло.

В молчании детский плач.

— Мама привезла. Я два года не ел апельсинов!

— Выйди сюда, перед всеми, если человек, скажи: я взял, я виноват.

«Я виноват». Нестрашно.

Ноги нетерпеливо переступили.

Тишко положил сзади руку на плечо, жёстко прижал пальцами ключицу.

Чтобы отвлечься от боли, стал думать о мраморной бумаге. Обклеить стены мраморной бумагой. И будет как в море. Он на корабле, рыбы под ним играют. Он видел рыб в кино. Оранжевые, красные, рыбы плавали в мраморном аквариуме. Рыб он нарисует или вырежет из бумаги. Пал Фимыч говорит, мама скоро поправится. Тогда приедет к нему, и он покажет ей свой аквариум. Смотри, мама. И не плачь.

Тишковская рука исчезла, ключица ноет. Вместо голоса Киры Софронны плывёт вода, позванивает от солнца.

Покорно идёт Серёжа в класс за всеми. Из-за внеочередной линейки к Шару их сегодня не пустили. От свободного времени остался пшик, но он успеет: нарисует аквариум с мраморными стенками. И маму.

А Пал Фимыч запер дверь скрежещущим поворотом ключа, ходит перед ними взад и вперёд и молчит.

Эдик стоит около учительского стола с негнущейся шеей.

Тишко перелистнул книгу. Ребята оглянулись на него. Пигулевский громко зевнул и тоже громко стал листать книгу.

— У каждого есть люди дорогие, родные, друзья, без которых ему жить трудно. Но человек связан и с остальными, совершенно ему не знакомыми людьми. Пекарь печёт хлеб всем, и незнакомым тоже, без пекаря останемся голодными. Без портного погибнем в холод. Без строителей будем мокнуть под открытым небом, мёрзнуть в мороз.

Серёжа не знает никакого портного, никакого пекаря. Зачем они ему? Он знает маму, Олега, Гора. Не хочет он ничего такого слушать, но слова Пал Фимыча — настырные:

— Закрой глаза и представь, это к тебе приехала мама. Долго, месяц, два, три откладывала по копейке, чтобы купить конфеты и апельсины. Ты с трудом дожидаешься момента: вот сейчас попробуешь то, что мама привезла. И вдруг у тебя ничего нет. У тебя, не у того мальчика, украли.

Серёжа полез в стол, достал книгу. Нечего ерунду слушать. Но, помимо желания, увидел: приехала мама, привезла апельсины и шоколадку с узкими длинными валиками. Хочет откусить от маминой шоколадки, а её стянули.

— Это так же, как сломают построенный тобой дом, оторвут рукав у пальто, сшитого тобой, обольют керосином тобой испечённый хлеб, разорвут твой рисунок.

Слова, как железки, скребут нутро. Проклятый Тишко.

— Главное: сам перед собой. Спать ложишься, учишь уроки, на лыжах идёшь, самому в себе плохо: я — вор! Честный умеет про себя сказать: «Я виноват». — Пал Фимыч подошёл, повернул ключ, распахнул дверь. — Идите, кто хочет, играйте, ваш час.

Никто не вышел.

— Сердце подсказывает мне, среди вас не может быть вора.

В эту минуту распахнулась дверь и вошёл Шар.

— Солнцев, я тебе принёс детали. Кончай играть обиду, морду воротишь от меня. — Говорил Эдику, а шёл к Тишко. — А ты что сачкуешь? Почему группа не явилась?

— Фрукту свистнули! — откликнулся Тишко. — Чистят мозги!

Серёжа с надеждой уставился на Пал Фимыча, что он скажет на это Тишко, а Пал Фимыч сказал Шару:

— Выйдем, пожалуйста.

Не успела закрыться дверь за ними, как Серёжа в одну секунду очутился около Тишко и замолотил по нему, не ожидавшему нападения, кулаками: по шее, по голове, по плечам.

Тишко взревел, вскочил, подхватил Серёжу под мышки, швырнул на пол. Чугунные ботинки подкидывали Серёжу, как мяч, топтали его. Резкая боль пронзила ногу. Подскочил Эдик, отпихнул Короля от Серёжи, Король саданул Эдика по голове. Кинулся на помощь Эдику Кузьмин. Тишко отшвырнул Кузьмина к двери.

Вернулся Пал Фимыч, помог встать. Серёжа вскрикнул от боли и не смог наступить на ногу. В полуобъятии, вдвоём с Пал Фимычем, пропрыгал через дорогу — к областной больнице.

Перелом со смещением.

Обожгла ледяная клеёнка лежака, руки у хирурга ледяные, сразу поползли мурашки по всему телу. Серёжа отвлёкся на мурашки, и вдруг резкая боль, прошиб пот. Почти сразу холод — раздражающая мокрота гипса. Долгий, тяжёлый путь с костылями к школе — вместо ноги неподъёмная тумба.

Наконец изолятор, чистые простыни.

Пал Фимыч укрыл, уселся в ногах.

— Пройдёт, Серёжа, хирург сделал всё, как надо.

Режет глаза, как от яркого света, саднит в горле.

— Я украл посылку, — сказал.

Пал Фимыч рассмеялся, погладил по руке.

— Не ты. Успокойся. И спи. Тебе нужно отоспаться. Поживёшь здесь, в тишине, здесь будешь уроки учить. Я к тебе завтра приду.

Просторный, ярко освещённый изолятор, три пустые кровати, Пал Фимыч рядом. Наверное, так сидят рядом отцы, когда заболеваешь. У него был отец. Звал удить рыбу. Пал Фимыч похож на отца. Серёжа заплакал.

— Ну, поплачь, полегчает. Ещё как будешь прыгать и бегать! Весной в поход пойдём. Мне Эдик сказал, ты очень хорошо зашивал байдарки. Пусть списанные, но ведь байдарки, правда? Отремонтируем ещё как! И поплывём на них далеко. Спи, Серёжа.

Серёжа хочет сказать, что хорошо зашил не все дырки, хочет сказать, что станет капитаном, но горячая рука тяжелеет на его лице, рассыпаются разноцветные стёкла, блестят рисунком, небо — мраморное, берег — мраморный, мраморная рыба плывёт рядом, бьёт его по лицу хвостом, вода блестит, он с отцом плывёт по реке. «Не дёргайся так, спокойнее работай вёслами!» — говорит ему отец. Вокруг лодки выстроились рыбы лицами к Серёже. «Меня лови», «Лучше меня». Рыбы блестят в солнце — мраморные. Пал Фимыч — отец, положил свою руку на его голову, улыбается.

ПАВЕЛ

Ладонями нараспашку, как маленький Димка, спит.

Давно нужно идти к ребятам, а Павел сидит, ссутулившись, около уснувшего Серёжи.

Он хотел назвать сына Серёжа. Анка не спорила, не просила ни о чём, но её отца звали Дмитрий, он погиб во время испытания самолёта, отца любила больше всех на свете.

И, когда сын родился, Павел назвал его Дмитрием, в честь Анкиного отца.

Сыну две недели, он величиной с самую маленькую Каринину куклу. Взять его на руки Павел боится, вдруг сломает что-нибудь? Сын спит, ест, и больше ничего. Глядя на его бессмысленное личико, совершенно невозможно представить себе, что когда-нибудь он научится думать, разговаривать.

Наконец вышел из изолятора, тихо прикрыл за собой дверь. В школу идти сегодня было не нужно, а пришлось, у Вали заболел ребёнок. Анка не попросила остаться, только глаза у неё потухли, как тухнет в комнате свет.

Из проходной Павел позвонил домой.

Он любил говорить с Анкой не торопясь. Но какой разговор, когда на тебя смотрят сторож и режимник?!

— Спит? — спросил Павел.

— Спит, — ответила Анка.

— Как ты? — спросил он.

Пауза долгая, много слов можно сказать за это время, пока она тянется.

— Нормально, — сказала наконец Анка.

— Не купала?

— Купала. Мама приходила.

— Я заночую здесь, — сказал наконец он.

Анка не спросила, почему, Павел не сказал при режимнике, что у него снова ЧП, не хотел включать в случившееся Киру, сам разберётся. Положил трубку. Снова он виноват перед Викой, бросил одну с двумя детьми. Анка смеялась, пела, бегала легко те дни, что он провёл дома, словно и не сидела бессонно ночами у кровати Димки.

ЧП снова из-за Шара. Явился незваный, пришлось выставить его.

Выставить выставил, а Шар принялся «мозги чистить». «Ты что ставишь мне палки в колёса? Выпускные группы не могу взять, у младших вытирать сопли не хочу, а директор велел! — Шар улыбался, а слова выходили злые. — Должен я выполнять приказ директора или не должен? Ты что имеешь против меня?»

За дверью ребята, из которых ничего он не умеет вытянуть, а этот подчинил их.

И Павел выдал всё, что слышал: «Покупаете ребят? Велик обещали? «Денежки» обещали? А задумались, как они их потратят? Напьются! То, от чего мы их спасаем, от денег, от выпивки, от корысти, вы им даёте!» Шар добродушно улыбается. «Я люблю порядок, — талдычит своё привычное. — Сделал работу, получи вознаграждение. Нельзя работать за просто так. И нельзя бросить работу на середине, нужно закончить её, — сказал примиряюще. — Напрасно ставишь палки в колёса».

Как увести ребят от Шара?

— Ты, гляжу, с лица спал. Собачья, гляжу, у тебя работа, спишь хоть сколько? — оторвался от книжки Федя Звонок.

— Много спать, жизнь проспишь, Федя! — усмехнулся Павел, встал. — Вам благополучной ночи.

Ребята умываются, укладываются.

Из Эдикиной спальни несутся последние дневные звуки:

Раз иголка, два иголка —
будет ёлочка!
Раз дощечка, два дощечка —
будет лесенка!
Раз словечко, два словечко —
будет песенка!

Вызвал Эдика.

— Ну, что ты думаешь обо всём об этом?

— Нечего думать, у Кириенко не было выбора. Или стянуть апельсины, или стать «парашей». С Тишко шутки плохи.

— А может, это не Тишко? Он как бы не при чём. Доказательств нет.

— Как нет доказательств? — буквально взвился Эдик. — А то, что Кириенко после вашего «вливания» именно на него с кулаками попёр, разве не доказательство?

— Не прямое. Сам Тишко никогда не признается.

Эдик перекрутил концы полотенца.

— Ещё днём видел, с Кириенко творится что-то. Не умею лезть в чужую душу. Говорил, не ставьте меня командиром.

На лбу, на щеке Эдика блестит вода, точно он вспотел. Павел концом Эдикиного полотенца стёр воду.

— Лезть в душу тебя никто и не просит. Повлиять на человека можно и не влезая в душу, вроде ты и знать ничего не знаешь. Я хотел спросить, сколько ещё времени вы будете работать у Вениамина Авивовича?

— Вчера пришёл в первый раз. Детали обещал. Понравилось. Не работал нигде никогда так, как у него. Всё получается само. Подскажет, и получается. Пахнет деревом. Стружка...

— Я тебя спросил, долго ли будете делать эти полки? — прервал Эдика Павел.

— Только начали. Шар хочет навесить на все стены, а сделали только десять штук.

— Сколько же их надо всего?

— Сто-двести, откуда я знаю, — пожал плечами Эдик.

— И только наша группа делает?

— Зачем? Ещё три. По очереди. Наша идёт впереди. И по качеству, и по количеству. Мы, как львы, без роздыха. Он достал мне сопротивление, платы из гетенакса, сказал, достанет всё, что нужно.

— Извини, я совсем зашился, не принёс тебе, сын ночами плачет, а днём дела без передышки. Напиши, что надо, я постараюсь достать.

— Не дадите десять рублей? Мама привезёт. Я хочу отдать ему за детали. Не хочу быть должным.

У Павла с собой оказалось шесть рублей.

— Завтра ещё принесу! — пообещал он.

Тишко только лёг, сразу закрыл глаза. Кузьмин с Тадеушем сидят раздетые на кровати Тадеуша, листают «Четвёртую высоту».

— Замёрзнете, — говорит Павел.

— Пал Фимыч, а вы были маленький? — спрашивает Кузьмин. Нехотя идёт к своей кровати, ложится на живот, подпирает лицо руками, не мигая смотрит.

Павел садится в ноги Тишко. Саша никак не уляжется, всё поправляет-поглаживает постель. Сопит.

— Давай, Саш, скорее! — торопит Кузьмин. — Расскажите, как вы были маленький.

Жадное любопытство в глазах. Один Тишко будто спит.

— Сосьва — речка рыбная. Мне было три года. В нашем бараке жил дядя Вася с женой и сыном Кириллом. Нам был как родной. Однажды дядя Вася принёс домой язя. У нас считался рыбак тот, кто эту рыбу хоть раз поймал. Я только и думал, что про язя. Так и вижу целый день — переливается, слепит глаза. Решил сделать удочку. Обломил длинный прут, привязал верёвку, у дяди Васи выпросил крючок, кое-как приладил к пруту, закинул «удочку» в воду, как дядя Вася закидывал, а прут сломался. На другой день я взял другой прут. И он сломался. Пристал я к дяде Васе: «Сделай настоящую удочку», и всё тут. Отсмеивался дядя Вася, отсмеивался, но однажды взял да сделал. Ещё утренние сумерки, солнце ещё далеко от нас, а я уже иду на речку. Болото затягивает ноги, шиповник не даёт подобраться к реке, густо переплетён, стеной стоит. Всё-таки продрался. Царапины кровоточат. Утки только проснулись, суют головы в воду, умываются, плывут лениво, а крякают громко. Берег у нас крутой, после дождя глина скользкая, как по льду съезжаю. Удочка — настоящая, крючок у меня острый, как жало. Чуть сильнее нажмёшь, и он проткнёт палец. Ну, теперь не улизнёт от меня самая большая рыбина! Дядя Вася перед тем, как закинуть удочку, откидывается назад. И я тоже... откидываюсь назад, но леска с крючком не в воду летит, как у дяди Васи, а обвивается вокруг меня и крючок вцепляется в ухо. Я кричу что есть мочи, прыгаю на одной ноге, склонив ухо к земле, так отец учил меня выливать воду из уха. Сейчас из уха льётся кровь. По сырой глине съезжает ко мне дядя Вася, шумно дышит на меня перегаром, выдирает крючок из уха. Кровь горячо течёт по щеке и шее. «Рано тебе ещё язя! Потерпишь!» — ругается. Отец вернулся с работы, отхватил кусачками остриё крючка. «Лови теперь на здоровье», — сказал. Я был упрямый. С пяти утра сижу на берегу, жду своего язя. День жду, неделю, всё лето жду, до холодов. Удочка дёргается, поплавок прыгает по воде. Вытащу лёску, а рыбы нет. Тогда я так и не понял, что отец сделал. Разве рыба глупая? Полакомится моим червяком и уплывает восвояси, крючок её не задевает. В один из таких вечеров особенно сильно клевала. Мама позвала меня ужинать. Вернулся на берег, вижу: лёска равномерно подёргивается. Делаю рывок в сторону, это значит — подсечку, как учил дядя Вася, вытаскиваю лёску, и на берег летит довольно крупная рыбина. «Язь, язь», — визжу я, бросаюсь на неё животом, хватаю под жабры, как учил дядя Вася. Но рыбина кажется мне странной: не тугая вовсе и не блестит, как всякая рыба, которую вылавливает дядя Вася. Подношу ко рту, лижу языком. «Мама! — кричу во всю глотку, карабкаюсь вверх, одной рукой цепляюсь за берег, другой прижимаю к себе рыбину. — Мама! Я селёдку поймал. Настоящую селёдку!» Мама, закинув голову, смеётся. Рядом с ней стоит дядя Вася и тоже смеётся. Смеётся отец. Даже Кирилл смеётся. А я никак не пойму, чего они? Не знаю, обижаться, плакать или тоже взять и засмеяться? И вдруг догадываюсь: это они прицепили селёдку на крючок! Бросаю её на землю, бегу обратно на берег. Реву в голос, ничего не вижу из-за слёз, спотыкаюсь о корягу, падаю. Меня зовёт мать. Зовёт отец. Зовёт дядя Вася. Кирилл бежит за мной. От смеха бежать не может, отстаёт, садится на корточки и хохочет. Опять продираюсь сквозь шиповник, в кровь царапаю руки, скатываюсь по обрыву вниз, хватаю удочку. Я им докажу, поймаю, сам! Но в ту минуту, как я хочу закинуть удочку, солнце заходит. От него узкий серп и бело-серые облака, снизу розовые. Первый раз я так увидел солнце. Отец рассказывал сказки про богатыря, мама про серого волка и «красную шапочку». И вдруг я увидел: да это не солнце и не облака, это волк жрёт «красную шапочку». Нет, это богатырь. Нет, это большой медведь, с седой головой и розовым брюхом. Уже не медведь, пушистая рыбина с раскрытой пастью хочет заглотнуть меня. С тех пор я люблю играть в облака. А теперь спать, — обрывает себя Павел. — Все спать.

— Вы поймали язя? — спрашивает Кузьмин.

Павел укрывает Кузьмина, подтыкает одеяло ему под ноги, как подтыкает каждый вечер Корюшке.

— Всё сразу тебе подай! А разве в жизни всё сразу? Спи. Когда-нибудь расскажу.

А сам сидит. Слушает сонное дыхание.

Теперь, когда ребята спят, — посылка и Тишко. Павел просит режимников не ходить по коридору, а поиграть в карты или в домино, пусть обманет ребят тишина. А сам снимает ботинки и прячется за выступом туалета.

Может, и зря он тратит время? Сколько придётся проторчать тут? Но, если тайник есть, не в спальнях же, он в туалете!

Обрывок разговора. Режуще скрипнула кровать. Нужно сказать Кире: заменить скорее.

Топот ног по коридору. Один пацан, третий бегут в туалет. Режимник не может запретить ребёнку сходить в туалет.

Туалет — дело опасное. Все насилия, драки вот после такого, ночного, похода в туалет. Режимники не запомнят, кто в какую спальню вернулся. И хищник настигает свою жертву. На глухой крик, стон прибежит режимник, часто поздно: уже избит ребёнок или изнасилован. А сколько тёмных дел совершается в глубокой тишине!

Но вот сон вроде угомонил всех. Глубокое дыхание, всхлип, выкрик во сне — школа наконец спит. Проходит довольно много времени, прежде чем раздаётся шорох. Кто-то едва слышно движется по коридору.

Тишко! Значит, опять Тишко.

Тишко оглянулся на режимников, но идёт спокойно. Независимый, важный, по самому серьёзному делу. Негромко, на пружине хлопнула дверь туалета.

Павел выждал ещё минуту, бесшумно зашёл в туалет, прижался к острому углу умывальника. Тайник в углу, Тишко прекрасно виден. Поднял кафелины, достал апельсин, разрывает тугую кожицу, жадно глотает вырывающийся сок, кусает мякоть, не жуя глотает. Ребёнок.

Вместо злобы жалость.

Шумит вода в неисправном бочке, блестит под ярким светом кафель. Голое сильное тело Тишко покрывается гусиной кожей. Тишко достаёт второй апельсин. Точно с такой же жадностью, так же быстро высасывает сок, глотает мякоть. Конфеты он рассматривает, не ест, кладёт обратно в тайник. Аккуратно прикрывает тайник кафелинами, разгибается, идёт к выходу.

— Здравствуй.

Тишко приседает от неожиданности, вскидывает к Павлу бледное лицо.

Павел молчит и смотрит на Тишко.

Тишко медленно выпрямляется. Обхватывает себя руками за плечи, растирает — греется. Постепенно розовеет лицо.

— Это не я. Я не брал. Честное слово.

Павел молчит. Тишко оборачивается, точно сзади может прийти спасение, но никого нет, они вдвоём в туалете. Всё так же шумит вода в неисправном бачке.

— Вы нарочно шпионите за мной! Вы меня терпеть не можете! Вы меня во всём подозреваете! Я избил! Я украл! Я разбил стекло. Что же, я один везде успеваю, да?

— Иди сюда, — Павел подходит к подоконнику, к батарее. Снимает с себя пиджак, накидывает на Тишко. — Ты любил кого-нибудь сильно-сильно? Что ты так ошалело смотришь на меня? Родителей? Друга? Девушку?

Глаза у Тишко карие, а волосы пшеничные. Верхняя губа в резком изломе, нижняя — полная, добрая.

— Родителей любишь?

Тишко опускает голову. Пушистая макушка.

— Ненавижу, — говорит очень тихо. — Я из-за них...

Павел тоже молчит. Ничего про Тишко не знает: бродяга он, вор, садист, кто его родители? Пьяницы, судимые? Личных дел не читает! Ах, какой молодец!

— Они у меня глухонемые, — с натугой говорит Тишко. — Понял ещё в детсаду, я не как все. Придут за мной, начнут друг с другом «говорить», ребята со смеху покатывается. Над ними смеются. И надо мной. Сколько раз били меня всем классом! Я маленький был хлипкий. Думаете, сладко, когда в доме всегда тишина?! А я люблю шум, музыку. Мне домой идти не к чему, у нас даже радио нет. Ещё в детсаду был, а в пятницу, после пятидневки, я до дома с ними дойду, пожру, отпрошусь гулять, и нету меня до воскресного вечера. Ненавидел я их.

Только шум воды одного из бачков и неровное дыхание Тишко.

— Разве они виноваты?

— А я разве виноват? — вскинулся Тишко. — У всех родители нормальные, телевизоры у всех есть.

— А если бы ты родился глухонемым?

— Никогда! — дёрнулся из-под его руки Тишко, скинул с плеч пиджак.

— Почему «никогда»? Рождение — случайность. Твои родители родились так же, как все дети, так же, как ты родился, разве они хотели быть глухонемые? Их несчастье тоже не кара за их прегрешения, до рождения они ничего никому плохого сделать не успели, так ведь? Они ни в чём не виноваты, родились такие. И ты мог родиться слепым, глухим, без рук, без ног. Очень много есть неполноценных со дня рождения людей. Ты мог не родиться совсем. Или подумай по-другому. Ты мог родиться только от них. И ни от кого другого. Иначе тебя просто не было бы. Родителей мы не выбираем! Они рождают нас! Что ты так растерялся? Не понимаешь? Они родили тебя таким красивым!, кормили, одевали, любили всем сердцем, ни в чём не отказывали тебе, всё прощали. Представь себе, ты своему сыну отдашь каждый час своей жизни, каждый рубль, а он к тебе будет так относиться... Ты отвечаешь за своих родителей, потому что ты — здоровый, сильный, а они несчастные. — Павел пытался заглянуть в лицо Тишко, а тот отворачивался. Он замёрз, у него лязгают зубы.

— Я не бил Кириенку. Он первый бросился на меня. Все видели. Я не воровал посылку.

— Воровал. Чужими руками. Наверняка, угрожал.

— Теперь что... в штрафную? Вы скажете Кире Софроновне? Она... меня... в спец ГПТУ?! — голос Тишко вибрировал.

— Кире Софроновне не скажу. Остатки посылки отдай парню, попроси его сказать Кире Софроновне, что посылка нашлась. Пусть он не выдаёт тебя. Живи. Смотри. Может, пройдёт твоя слепота, и глухота твоя пройдёт?! Может, увидишь, услышишь тех, кто нуждается в твоей помощи и защите? Не родители твои, ты — глухонемой, понимаешь?!

Широкий, чистый коридор с раскрытыми фрамугами, через них врываются из леса клубы белого холодного воздуха, ветры, побывавшие в разных уголках страны, коридор с тёмными прямоугольниками вместо дверей, из которых истекает спокойный и беспокойный сон, не коридор, его колея жизни. Не в классах, не в мастерских, не на пришкольном участке, не в лыжном лесу ночью, здесь, в спальнях и в туалетах, рождается и вершится зло. И отсюда, ненаказанное, растекается по классам, мастерским, лесу. Сюда, в коридор, вместе с дыханием детей волнами выплёскиваются детские обиды, стоны, плач, тоска по дому. Научится он улавливать эти волны чужой боли, спасёт людей.

— Всё в порядке, — сказал Павел режимникам. — Все спят.

Острый, ледяной ветер хлещет в лицо. Павел согнулся. Автобусы уже не ходят. Удастся ли поймать машину? Ему срочно нужно домой — к Анке. Он будет так идти и идти — против ветра — хоть до утра. А утром наступит новый день, и Павел пойдёт обратно в школу.

Два ярких круга вынырнули из темноты. Ближе, ближе. Ночная, шальная, случайная машина. Довезёт она его до дома или не довезёт?

Глава седьмая ══════════════════════════════════

Серёжа

Сашу Тадеуша привёл в изолятор Пал Фимыч.

— Умеешь в пуговицы? — спросил Саша, как только за Пал Фимычем закрылась дверь. — На шалабаны! — Он вытащил коробку и высыпал на стол разнокалиберные, разноцветные пуговицы.

С тех пор пошло. Саша являлся каждый день на самоподготовку. Уроки учили вместе. Потом играли.

По утрам Саша встречает его, выскакивает раздетым на улицу, подбегает к изолятору.

Идти-то до школы всего ничего, добежать, раз плюнуть, а на одной ноге попробуй доскачи. Да костыли оказались велики, приходится локти держать вверх — режет под мышками и затекают руки.

Саша идёт рядом, рассказывает какую-нибудь историю — вроде того, что этой ночью он побывал на Луне и познакомился с лунатиками.

Подойдут к лестнице, Саша отбирает костыли, несёт на второй этаж, а Серёжа повиснет на перилах, подтягивается и тащит вверх тяжёлую ногу со ступеньки на ступеньку. С Сашей сидят за одним столом на уроках и в столовой.

С той минуты, как он признался Пал Фимычу в краже, снова стал спать ночью, есть за обе щёки и болтать все перемены напролёт. О Горе, об Олеге, о мамке — пусть Саша всё про него знает. Даже об Ире рассказал, как Ира на собрании его защитила. Уставилась ему в лицо, сказала: «Что вы все на него? Может, есть какая причина двойкам? Не дурак же он?!» Так и сказала: «Не дурак же он!» Он даже стал учить уроки после того собрания. Даже вышел читать стихи «Белеет парус одинокий». Получил пятёрку.

Саша слушает внимательно, переспрашивает, задаёт вопросы.

С Сашкой весело, но не может же Сашка целый день торчать в изоляторе! Вечерами скукота.

В один из нудных вечеров пришёл Эдик.

— Мы сегодня сделали две полки. Я резал стёкла алмазом. Выйдешь, тоже попробуешь. Шар достал мне конденсатор. А ещё обещает маленький динамик ГД-6. У меня сейчас металлизируются химикаты. Через несколько недель приёмник готов. Самое трудное: провести настройку. Чего глаза вылупил?

— А футбол слышно по нему? — неуверенно спрашивает Серёжа.

— По нему слышно всё, что хочешь, и футбол, и песни. Он ловит самые далёкие города и даже заграничные страны.

— А «Два капитана»?

— Что «Два капитана»?

— Ну, по радио есть передача, читают книги, я знаю.

— Почему именно «Два капитана»?

— Здорово! — завидует Серёжа. — Я тоже хочу сделать приёмник.

— Ты давай выздоравливай поскорее. Пал Фимыч сказал, если победим в общешкольном соревновании и с полками, нас пошлют в Москву. Ладно, слушай, я скажу тебе.

Скороговоркой, быстро Эдик читает:

Первый день весны
Серый, словно тень.
В первый день весны
Белое надень.
Не смотри, что снег —
Серый, словно дождь,
Поспеши ко мне.
Ты ко мне придёшь
И весну принесёшь.

Эдик достаёт фотографию.

— Уля. Невеста. Исполнится восемнадцать, женюсь.

Серёжу всего распирает от гордости. Эдик — его друг. У них есть секреты: ему Эдик читает свои стихи про любовь, ему признался: без Ули не может жить, для Ули делает приёмник, потому что Уля любит музыку и песни. Никому Эдик не говорит про такое, только ему!

Тает белый снег в лесу,
Тает добрый, белый снег.
Я любовь тебе несу,
Я к тебе иду — во сне.

Такие слова никогда не слышал Серёжа.

После прихода Эдика оставаться в изоляторе одному совсем расхотелось, и в субботу Серёжа упросил Пал Фимыча разрешить ремонтировать байдарки вместе с Эдиком и Сашей.

Серёжа теперь шьёт уверенно, а Эдик помогает Сашке.

— Молодец, сразу получилось, — хвалит Эдик Сашку. — Когда я попал сюда, первые четыре месяца всё ненавидел, готов был убить всякого-каждого, кто подойдёт ко мне. Думал, все враги, все хотят мне зла, а Пал Фимыч притворяется.

— Я сразу увидел, ты не хочешь мне зла, и Пал Фимыч не хочет, — возразил Саша. — А в интернате все были злые. Меня наказали — перед всеми раздели. Попробуй постой голый. Ты будешь дружить со мной, как с Серым?

— Обязательно буду. Только когда дружат, рассказывают про себя всё. Хочешь, расскажу, как спас от смерти мать? Отец хотел убить её. Мне тогда было восемь лет. Ну, отец погнался за ней с ножом, а я догадался: распахнул дверь на лестницу, мама выскочила, и я захлопнул дверь. Пока отец возился с замком, мама спряталась у соседей.

Серёжа забывает шить. А из-за него мамка плакала!

— А мне свинья чуть не откусила нос, — говорит Саша. — Чего смеёшься? Из-за этой свиньи между носом и ртом влезла перегородка, дышать нельзя. Был грудной, чего я мог сделать! С носа и началось. В детстве никто не хотел спать рядом со мной, я соплю. Днём дышу ртом, а во сне соплю. Чтоб не дразнили, стал служить всем, кто пристаёт. Парни идут на болото, я с ними. Сунем лягушке в рот сигарету, та надуется дымом и лопнет. Интересно.

— А не жалко тебе? — спросил Эдик.

— Кого жалко?

— Лягушек.

— А чего? Лягушка она лягушка.

— А я дразнил собак, дёргал за хвост кошек, но чтоб лопались...

— Вот ещё, жалеть лягушек! — смеётся Саша. — Ребята бросали ужей в костёр. Интересно. Уж свернётся, распрямится, извивается, норовит вырваться из огня, а мы его снова загоняем туда палками.

«Жалко ужей, — подумал Серёжа. — Живые!»

— Ты живодёр, — сказал Эдик. — Чего вытаращился? Живодёр и есть живодёр, — повторил сердито Эдик и молча продолжал шить.

— Чего, чего я не так... Из-за лягушек и ужей? Ты теперь не будешь дружить со мной? Ты чего? Чего я сделал тебе? Ты чего, не будешь больше говорить со мной? — Саша бессмысленно тычет иглой в парусину.

— Они живые, как мы. Умеют плакать. Их надо жалеть. Они слабее нас. И лягушки, и ужи полезные: жрут ядовитых насекомых. Чем больше они сожрут их, тем лучше будет людям. Комаров, кстати, жрут.

— Комаров?! — воскликнул Серёжа.

Саша начал шить, укололся, кровь повисла каплей на пальце. Высосал кровь, а она опять.

— А чего я могу рассказать ещё? А чего? Угнали мопед. Чужой велосипед разобрали. Я не сам. Мне говорили, я делал. — Саша моргает белёсыми ресницами.

Серёже жалко его. Рот у Саши открыт. Лоб наморщил Саша и моргает.

— Ты давай шей, — сказал Серёжа. — Нам нужны байдарки. Я буду дружить с тобой. Не бойся. Ты же не будешь больше жечь ужей и надувать лягушек?

Первый раз при нём говорили про жизнь, нескладно, куцыми словами, а он понял своё: Сашке здорово досталось. Никто сроду не сказал ему: «Иди жрать!» Из школы вернётся, у матери — гость, валяется на его кровати чужой дядька, при Саше обнимает его мать, заставляет пить водку.

Мать у Саши инвалид труда, не может работать. Зато может развлекаться с чужим дядькой и поит его на свою пенсию, а купить кеды Саше — нету денег.

Один дядька совсем прижился. Сначала не приставал, а однажды, когда Саша пришёл из школы, завопил:

— Тебе чего? Дуй откуда пришёл.

Саша на дядьку ноль внимания, сказал матери:

— Есть давай.

А мать не ответила, ждёт, чего скажет дядька.

Сашка взял со стола хлеб с колбасой, дядька в крик:

— Пшёл на улицу!

И мать тоже:

— Иди гуляй!

Сколько можно шататься по холоду? Зубы лязгают. Приплёлся домой.

— Хочу делать уроки.

— Нечего жечь электричество, а стол, видишь, занят. Иди спать в боковушку, — приказала мать.

— Рано, — стал сопротивляться Сашка. — Я лучше пойду к Лёше смотреть телевизор.

Тогда мать вдруг и говорит:

— А ты спроси разрешения у папочки.

— Какой он мне папочка? — огрызнулся Сашка.

— Раз не папочка, катись на все четыре стороны, — мать кинула в него туфлей. — Домой не пущу!

С того случая почти не бывал дома. Появились дружки-приятели. Ничего не запретят, мороженого дадут сколько хочешь. Весело стали жить. Свистнут у какого-нибудь дурака велосипед, накатаются вдосталь, бросят, не нужен больше. Зимой свои дела. Промышляли в кинотеатрах. Толкучка, в любой карман нырнёшь!

А наберут много монет, бегут в магазин. Вино, печенье, колбаса, чем плохо?

Сашка говорит быстро, заглядывает Эдику в глаза, смотрит на Серёжу. Серёже жалко Сашку. Не похожая у них вроде жизнь, а серёдка одна: мамки пьют, они с Сашкой на улице.

Дружки научили поджечь материного мужика: «Подложи под дом пороху, а мать вызови». Взрыв получился несильный, обгорели только три бревна, и то слегка. Зато мать совсем осатанела: избила скалкой для теста, наорала на учительницу, что не умеет воспитывать детей. От злости взяла и свезла Сашу в интернат, в городской посёлок Северное.

Сперва Сашка даже обрадовался. Простыни — чистые, никто водку не жрёт, не кричит, не валяется при нём на койке и не пускает музыку на полную мощность, столы на двоих, сиди-учи уроки. В первый же вечер раскрыл учебник по русскому языку делать уроки, а понять не понимает ничего, не знает, где «ни» ставить, а где «не», где вместе писать эти штучки, а где отдельно. Завозился крепко. Все ребята уже читают книжки, и воспитательница давай кричать на него: «Не сделал уроков, лодырь, не пойдёшь ужинать!» Толстая такая воспитательница, губами шлёп-шлёп. От голода не мог заснуть полночи. На другой день очень спешил писать упражнение, не смотрел на правила, лепил буквы как попало. А задачу не решил. Не знал, надо умножать или складывать? И снова воспитательница не пустила его ужинать. И снова он не мог уснуть от голода. На третий день заорал: «Не имеете права морить голодом, давай жрать!» Воспитательница покраснела, как свёкла, стала сдирать с него одежду. «Я научу тебя разговаривать со старшими!» Раздела догола, поставила перед всеми. На четвёртый день он сбежал.

До дому добирался двое суток. Трижды ссаживали его с поезда. Всё-таки доехал. К матери не пошёл, пошёл ночевать в сарай к Зубу. Зуб притащил ему матрас, свитер и одеяло. Заставлял таскать кошельки из женских сумок и стоять на шухере. За это отваливал хороший кус и кормил.

Ходил этот Зуб растопырясь, некрасиво, точно ноги у него не могут стоять рядом. А был ловчее всех! Хитрый до невозможности. Никто не мог обмануть его. Один зуб у него был острый, торчал вперёд.

Подходила зима. Всю ночь Сашка дрожал в сарае, свитер с одеялом не грели. Зато дела делали большие. Однажды угнали мопед.

Из-за мопеда и попал Сашка в спецшколу.

Эдик подошёл к Сашке, хлопнул по плечу.

— Ты, если не понимаешь чего, в задаче там, скажи, объясню, и все дела.

В пионерскую ворвался Пал Фимыч, набросился на Эдика:

— Как же ты оставил группу? До крови разодрались. Я же сказал, меня дождись и топай.

В одну секунду Сашка с Эдиком выскочили из пионерской. Серёжа тоже попрыгал было за ними, да на костылях разве догонишь? Остановился перед лестницей, чуть не плачет. Хорошо, режимник помог.

— Давай, инвалид, подержу, скачи!

Добрался до класса. Думал, там скандал в разгаре, а там никто ни с кем не дерётся, кто уроки учит, кто болтает, кто ходит по комнате.

— Из-за чего передрались? — спросил сердито Пал Фимыч. — Неужели нельзя объясниться словами?

Серёжа исподтишка стал оглядывать ребят. У Тишко раскарябана щека, кровоточит, у Квитко заплыл глаз, Пигулевский смотрит в окно, не видать, что поранено у него.

— Из-за чего драка? — спросил Пал Фимыч у Тишко.

Звенит звонок на ужин, но все ждут, что скажет Тишко. Тишко кивнул на Пигулевского:

— Его спросите! Я не буду продавать, капать не привык. Сплю спокойно.

— Хитрый какой. Я тут не при чём. Понял? Меня не возьмёшь голыми руками, не застукаешь, не свалишь на меня свою труху. Я тоже сплю спокойно, — сказал весело Пигула. Один он не царапанный, не битый, гладкий, розовый.

— Делят деньги! — крикнул Кузя.

— Какие деньги? — удивился Пал Фимыч. И Серёжа удивился: какие деньги?

— А за полки. Шар сегодня принесёт. Наличные! Мы все ждём. Тишко хочет себе урвать и своё, и наше.

— Идите ужинать! — сказал Пал Фимыч сердито.

А Серёже, наоборот, стало очень весело.

— Какие дела, Эдик, а? Свой со своим сцепился! Значит, силы у них теперь меньше. А у нас больше, да?

ПАВЕЛ

Большая перемена. Ребята носятся, кидаются снежками.

Из школы выходит Кира, в накинутой на плечи шубе. Стоит на крыльце, смотрит на ребят, улыбается.

Павел подходит к ней.

— Зачем разрешаете Шару расплачиваться наличными? Разве можно дать им в руки сейчас деньги, пока мы не изменили их психологии? — Сказал и прикусил язык: об этом нужно говорить при Шаре, а не за его спиной!

— Что за глупости? Кто даёт им деньги в руки?

— Думал, он с вашего разрешения...

— Подожди, давай подробно.

— Собирайте педсовет. Всё расскажу при Шаре.

— Несвоевременно. Зачем педсовет? Зачем включать людей, не имеющих к делу никакого отношения? Давай решим вопрос частным порядком.

Павел рассказал, как Шар приходил несколько раз к ребятам, как сначала Тишко работать не хотел, а когда Шар пообещал ему наличные, поднял на ударную работу всех. Павел силился вспомнить что-то ещё очень важное. И не мог. С кем это важное связано? С ним лично? С Тишко?

Орут ребята. Съезжают с горы на лыжах, на санках.

— Ты ошарашил меня. Ничего не знаю. Радовалась тому, что полки делаются по мановению волшебной палочки. Потеряла бдительность. Может, Семён Трофимович разрешил ему такую глупость? Не верится. Сейчас пойду узнаю. Зайди ко мне попозже. Обязательно зайди.

Что же он не может вспомнить?

Да, Эдик говорил: Шар несколько раз приносил ему детали для приёмника. Это важно? Это, пожалуй, как раз не имеет значения. Ну, принёс и принёс. Есть у него такие детали, вот и принёс.

У ребят ещё два урока. Павел решил пройтись, пока Кира разговаривает с директором.

Горячий дождь, попавшись в солнечный плен, яркими каплями падает в снег, и обжигает его, и растапливает: в один день тропинки, лыжни превратились в безмерные узкие лужицы-каналы, а поля, опушки, огороды просели, погнали почерствевший снег в землю и стянулись ноздреватой, серой коркой. Наступила весна.

Школа стоит на окраине города, и отсюда, от этой точки, открывается весь мир. С одной стороны клином подступает к школе лес, настороженный, начавший, видно, уже пить свою весеннюю, большую воду. Деревья разбухли, изменились в цвете, раскинули пошире затяжелевшие в готовности жить ветви. С другой стороны почти к самой школе подступает поле, до горизонта — снег. Областная больница, конечная автобусная остановка, сверкающая в заходящем солнце вода, лавки, урны. Идёт рабочий день.

До рождения и после смерти его, Павла, — вечность. Прошлое никогда не вернётся, умерло и живёт лишь в памяти, будущее — в воображении. Оно приблизится стремительно, вспыхнет на одно мгновение и проскользнёт в прошлое, вот и нет его. Есть лишь мгновение настоящего. Тишко, Шар, трудная группа. Для прошлого и будущего необходимо верное решение этого мгновения настоящего.

Снова перемена. Снова бегут ребята. В учительской узнал, что в его группе сейчас литература, подошёл к Регине.

— Ты не возражаешь, если я посижу у тебя на уроке?

Регина неожиданно заплакала. Плачет она смешно, морщит нос, слёзы стекают вдоль него водопадами.

— Сговорились вы, что ли? Кира каждый день сидит и именно в твоём классе. Уставится на меня и от звонка до звонка «ест» глазищами, я перестаю что-либо соображать.

— А чего вы не поделили? Говорят, директор влюблён в тебя, а Кира влюблена в директора. Это же конфликт!

— Что-о? Чушь какая! Ерунда! Знаешь, с чего началось? К нам должна была приехать комиссия из Минска. Так, Кира с учителями репетировала уроки и собрания: что надо сказать о воспитании, каким тоном. Ей хотелось, чтобы прежде всего комиссия видела, какой она прекрасный завуч по воспитанию, а предмет, мол, ерунда. А я взяла и провела урок по-своему. При комиссии! — Слёзы у Регины высохли, глаза вспыхнули зло и непримиримо, шрам побелел. — По-своему! Литература у меня, а не беседа о хорошем поведении, которого должна достичь Кира в классах. На-кося выкуси! Мне вот не нравятся её методы воспитания. Целый штат осведомителей! Доносят ей, что в группе. А ты — «конфликт»! Не конфликт, называется это «идеологическая война». Кто кого? Теперь стала таскаться на уроки.

В самом деле, и сегодня Кира пришла к Регине на урок.

— Сначала, как всегда, ребята, почитаем стихи. Ну, кто хочет? — Регина старательно улыбается, как школьница-отличница. Павел чувствует, улыбается с трудом, она неестественна, напряжена, движения скованы.

— Я хочу! — крикнул звонко Кириенко.

— Ну, иди сюда! Если трудно идти, читай с места.

Но Кириенко уже запрыгал к столу. Начал напористо и громко, почти на крик:

Мороз и солнце. День чудесный!

Он читал старательно, полузакрыв глаза, точно никого в классе не было. Наверное, так читает стихи Мария Сергеевна. А когда закончил, сказал:

— Я ещё хочу. Нам Пал Фимыч читал «Сказку о рыбаке и рыбке». Я запомнил.

— Читай, — обрадовалась Регина. — Молодец Серёжа.

Кириенко шпарит подряд всю сказку и, если бы Регина не прервала его, наверное, читал бы весь урок.

— Извини, Серёжа, понимаешь, у нас с тобой сегодня последнее занятие по «Повести о настоящем человеке». Не обижайся, пожалуйста, ты читаешь очень хорошо, но давай отложим до следующего раза. Садись. Ребята, надеюсь, все принесли сочинения, почитаю, а сейчас кто хочет рассказать о главном герое повести — Маресьеве? Какая его черта понравилась больше всего?

— Выносливость! Полз восемнадцать суток.

— Сила воли!

— Совершил подвиг! — закричали наперебой ребята.

— Вот видите, если бы не сила воли, погиб бы! Человек всегда может победить свои слабости. Вы все хотите совершить подвиг, я знаю. Что это такое?

— Когда загорится хлеб, потушить огонь, спасти хлеб.

— Не о себе нужно думать, а о том, кого спасаешь!

— А если не горит хлеб, и не нужно никого спасать, и ползти никуда не нужно?

Регина легко движется по классу, от одного к другому, скованность её прошла совсем. Ребята так и тянутся к ней, готовые наперебой отвечать.

— Урок — прекрасный! — сказала Кира, когда за ребятами захлопнулась дверь. — Тема понятна ребятам, патриотические настроения вы сумели донести до них во всей полноте.

Регина неуверенно, недоверчиво улыбается.

— Урок — прекрасный, — подтвердил и Павел.

— Материалом вы владеете, да! — повторяет Кира и вдруг говорит: — Но я бы попросила вас подать заявление об уходе.

— Что-о? — спрашивает Регина.

— Как это? — оторопел и Павел.

Несколько минут стоит пауза, тяжёлая, душная. Даже топот и гомон закончившей уроки школы не заглушает её.

И только, когда нервы Регины совсем сдали и у неё задрожали губы, Кира заговорила:

— Вы заигрываете с ребятами. Ведёте себя с ними не как учитель, а как кокетливая женщина, будите в парнях нехорошие инстинкты. Интуиция подсказывала: вы школе вред приносите. Но я долго не могла осознать, почему. Не понимала я и причины развязности старших парней в вашем присутствии. Сегодня поняла. Вы не вызываете ученика, как принято, вы, кокетничая, спрашиваете, хочет ли он отвечать. Игра вместо серьёзного учебного процесса. Сколько промолчало весь урок, заметили? У вас актив — пять-семь бойких и любящих литературу! А Кулёмова спросите. Уверена, он не прочитал повести. В общем, подавайте заявление об уходе. Я пощадила вас, прошу об этом не на педсовете. По сути вы — человек глубоко равнодушный к людям. Любите лишь себя и свой успех. В обычной школе это не так страшно. И ваши заигрывания в обычной школе пройдут более безобидно, там есть девочки. А здесь… — Кира встала, резко повернулась к Павлу. — Ты заметил, какими глазами смотрит на неё Тишко? А Квитко? Нездоровые инстинкты. Это антипедагогично. Не хотите уходить из школы, ваше дело, но в этом трудном классе я не дам вам работать. Понятно? Я жду тебя, Павел, — сказала Кира и стремительно вышла из класса.

Неприятное ощущение — присутствовать при встрече ненавидящих друг друга женщин.

— Что делать? — Регина захлёбывалась, как ребёнок.

— Ну, успокойся, подумаем. Успокойся!

Смена его кончилась, Валя наверняка уже отвела ребят обедать, а он сидит с Региной в классе, говорит жалкие слова утешения, сам не веря в них, и ничего не понимает. Ребята любят Регинины уроки, учат стихи, читают всё, что она задаёт.

— Ты говоришь, она влюблена в директора? Ничуть не бывало. Ни в кого она не влюблена. Она не умеет влюбляться. Она любит власть, больше ничего. А я выпадаю из её подчинения, я неуправляемая, я делаю так, как считаю нужным. Она не хотела давать мне классное руководство в твоём классе, его дал мне директор. Директор считается со мной, ему нравятся мои уроки.

Голос Регины — злой, с визгливыми сбоями в конце фраз.

— Я тоже делаю так, как считаю нужным, — говорит неуверенно Павел, — но она не только не мешает, даже помогает. Я попробую поговорить с ней.

Кира листает личные дела ребят.

— Смотри, Квитко попал сюда за изнасилование! Тишко — за изнасилование. Конечно, у них обоих большие послужные списки, изнасилование — один из «подвигов»…

Павел не присел на предложенный ему стул, положил обе руки на личные дела.

— Какое отношение их послужные списки имеют к Регине? Вам же понравился урок. Понравился и ребятам. Ребята её любят. Только благодаря ей стали много читать.

— Не благодаря ей, благодаря тебе. Ты очень много читаешь с ними. И очень серьёзные книги.

— Откуда вы знаете? Я вам этого не говорил! — вскинулся Павел. Кто из его ребят приходит сюда докладывать об их делах? Но он сдержал родившееся раздражение. — Я категорически против того, чтобы от нас взяли Регину. Она — прекрасный учитель литературы и прекрасный классный руководитель, сейчас организовывает конференцию.

— И тебя околдовала? Женщина-вамп!

Павел повернулся и вышел из кабинета.

На другой день Кира пришла в мастерскую, где работала его группа.

— Извини за вчерашнее, — сказала, не глядя на него. — Я сама себе бываю иной раз неприятна. Откуда во мне появляется мелкое, бабье? Зачем я сняла её с твоей группы? Чему завидую? Тому, что она пользуется успехом? — Закусив губу, не прибавив больше ни слова, вышла.

«Так, верните её!» — хотел сказать Павел, не сказал.

Педсовет Кира начала очень спокойно:

— Товарищи, остаётся совсем немного времени до окончания, думаю, необходимо больше работать индивидуально с каждым. Ребята не умеют делать уроки. Учителям советую поучиться друг у друга. Например, у Регины Фёдоровны. И литераторам, и математикам будет интересно посмотреть, как она умудряется за один урок опросить больше половины учеников.

Спокойствие разрушилось. Что-то мучает Киру. Избегает смотреть людям в глаза, на вопросы отвечает односложно.

— Как работать индивидуально, если у меня всего сорок пять минут для большой темы?

— Вы говорите «много двоек», а что делать, если ученик сидит в пятом классе, а не умеет читать?

— Да, трудно, — кивает Кира, — если ещё учесть, что наши тройки зачастую те же двойки, такой уж у нас с вами контингент, но иначе и смысла в нашей работе нет, если мы не научим наших ребят учиться.

После педсовета попросила Павла задержаться. И от него глаза прячет, ей неловко перед ним.

— Я так и не сообщила тебе о результатах переговоров с директором. Семён Трофимович тоже не знает ничего, тоже опешил. Только сегодня мне удалось поговорить с Вениамином Авивовичем. Он утверждает: если бы не пообещал денег, парни не стали бы работать, это же труд не программный. Вениамин Авивович просит хоть понемногу, хоть по пять рублей, а заплатить ребятам.

— А может, он прав, каждый труд должен быть оплачен, даже если трудятся малолетние преступники, тем более если трудятся малолетние преступники? В самом деле ребята должны ощутить, какую цену имеет их труд. Пусть на свои деньги купят мячи, игры. Или один на всех велосипед?

Чёткие представления о воспитании рушатся. Каждая новая ситуация требует совершенно особого решения. Что педагогично, что непедагогично, кто даст ответ?

— Ты всё перепутал, — говорит Кира. — Спортинвентарь школа обязана покупать путём перечисления. И никто из ребят не станет тратить заработанные деньги на мячи и машинки, у них в крови бежать за бутылкой, как только к ним в руки попали деньги!

Кира бледна. То ли больна, то ли расстроена.

— А если им сказать «Вот ваши деньги», а в руки не давать и купить на них то, что они сами захотят? — предлагает Павел. — Может, именно здесь приучить их тратить деньги не на бутылку, а на что-то другое? Их никто никогда ни к чему не приучал!

Всегда уверенная в непогрешимости своих утверждений, Кира сейчас не уверенна, думает вслух, совсем как он, простой смертный:

— Если забыть на минуту о нашем контингенте, то всё равно остаётся главный вопрос: где школа возьмёт наличные? Полки — для школы, они не будут проданы. Безналичный расчёт.

— Раз пообещал, невозможно не сдержать слова!

— Может, он собрался дать из своего кармана? — предполагает Кира.

— Никогда! Не тот человек. Как же ребятам в глаза смотреть? Невозможно их обмануть. Пусть ради денег, но они так работают! Прошу, давайте скинемся. Пусть по пятёрке, но каждому дадим! — Павел достаёт кошелёк, вынимает пятёрку, кладёт на стол.

— Разрешите войти?

На пороге Регина. Не похожа на себя, виновато кривит рот. Побелел шрам.

— Извините меня, Кира Софроновна. Спасибо, Кира Софроновна, за педсовет! — сказала и исчезла.

— Я тоже очень благодарю вас и за педсовет, и за то, что оставили Регину в моём классе, — говорит Павел. — Пойдёмте к нам на конференцию, посмотрите, как мы с ней подготовили ребят.

— Обязательно приду и Семёна Трофимовича приведу с собой. Конференция — большое событие. А насчёт денег подумаю. Боюсь, что, кроме тебя да меня, никто пятёрку на такое дело не пожертвует. И потому, что зарплаты маленькие, но, в основном, потому, что это вредная, неверная практика — давать деньги ребятам в руки.

— А если они их заработали?!

Глава восьмая

СЕРЁЖА

Серёжа пристроился между Эдиком и Сашкой. У стола Пигула и почти кричит:

— Война дала героев. Совершил подвиг пацан такой же по возрасту, как мы. Звать Володей Дубининым. — Пигула говорит о катакомбах, о том, как было опасно, а Володя не забоялся. Пигула не похож на себя, видно, переживает за Володю.

Серёжа, хотя тоже читал книжку, открыл рот, будто слышит всё в первый раз.

— Ну, теперь кто хочет сказать? — спрашивает Пигула.

За последним столом сидят Регина Фёдоровна и Пал Фимыч. В другом ряду — директор и Кира Софроновна. Директор улыбается. Он всегда улыбается, и, наверное, поэтому никто не боится его. И ребята, и воспитатели любят здороваться с ним. Крикнешь ему «здрасьте», а он остановится, поздоровается с тобой и смотрит на тебя, как на хорошего друга. И сейчас Семён Трофимович сказал с места доброе:

— Хорошо выступил Пигулевский, доходчиво. А кто ещё нам что-нибудь расскажет?

Серёжа оглядывается на Регину Фёдоровну. Она кивает ему, закусила губу — видно, волнуется сильно. Слышит Серёжа её голос: «Раненный в ноги, истекая кровью, в жуткий холод, ползёт Мересьев. Мог бы кто из вас ползти, несмотря на то, что руки немеют от холода, а ноги бесчувственны? Задумайтесь, каждое движение раненого человека — подвиг!» Мересьев — дядя, Володя — мальчик, а между ними что-то общее. Регина Фёдоровна велела Серёже рассказать о главе, в которой Володя погиб. Сейчас она кивает Серёже — мол, давай говори! Но нельзя же вылезти с последней главой, когда не рассказали о предыдущих?! Пусть сначала говорят другие!

А ребята молчат. И Серёжа начинает ёрзать, ему передаётся волнение Регины Фёдоровны.

— Квитка, чего молчишь? — не выдерживает Серёжа. — У тебя же самое начало!

— Да, Володя, расскажи нам, как Дубинин оказался в катакомбах? — говорит Пигула.

Ещё немного постояло молчание, и прорвало. Квитко чуть не наизусть шпарит, отбарабанивает свою главу.

За Квитко — Кузя. Все заговорили, всем хочется сказать о Дубинине. Одни говорят тихо, другие кричат, но всё правильно, так, как и было дело с Володей Дубининым.

Серёже нравятся книги про войну. А когда герой — пацан, совсем нравится. Это он — герой, это он совершил подвиг.

— Каждый или не каждый может совершить подвиг? — спрашивает строго Пигула. Это ему такие вопросы написала Регина Фёдоровна.

— Ещё чего, каждый?! — кричит Тишко. — Смелость у каждого, а? То-то!

— Вот и нет! — встаёт Кузя. — Нужно любить Родину. Больше ничего. Если я люблю Родину, будет смелость.

Серёжа во все глаза смотрит на Кузю. Он вовсе так не думает. Он сам всего боится. Шёл воровать посылку, трясся. На уроках трясётся.

— А ты знаешь про себя, струсишь или нет? — спрашивает строго Пигула. Он стоит важный, надутый, самый главный, хочет, чтобы все видели, какой он главный.

— Знаю, — обиделся Кузя. — Я всё знаю про себя. Я Короля и то не забоялся, всё сказал ему. Я бы смог, как Володя.

«А я бы не смог», — думает Серёжа, но вслух не говорит, ещё чего! Он не хочет такое говорить при Тишко и при начальниках.

— Если бы мы все были геройскими, тогда мы бы всех всегда побеждали, — взял и сказал Сашка. — Это говорить легко «подвиг»! Я однажды хотел пойти ночью через кладбище. Нет, не смог. Забоялся. Я не могу быть героем. Потому и написали книгу о Дубинине, что он — геройский парень. Обо мне никто не напишет книгу, потому что я — не геройский.

— Я тоже не геройский, — признался Серёжа.

— А Володя был маленького роста вот! — воскликнул Кузя.

— Знаешь, кто геройский? Регина! — зашептал ему в ухо Сашка. — Видал шрам на губе? Прыгала с парашютом, рассекла веткой. Знаешь, чего Тишко велел мне? Довести её. Дал три дня сроку, чтобы она показала зубки.

— А за что? — удивился Серёжа. Но тут все громко заспорили, закричали, и они с Сашкой заткнулись: что такое пропустили?

— Если бы Володя не взорвался, он считался бы героем? — спросил Кузя.

Серёжа вскочил, заорал:

— Я знаю, мне рассказывал Гор, такое, как Володя, много пацанов делало в войну. Володя не был бы героем, если бы не умер! У Гора отец был в партизанском отряде. Вот был герой. Пока отец жил, Гор не ходил на улицу. Вот. Умер, тогда Гор начал испытывать свою волю, потому как мачеха заедала и била его.

— Я тоже знаю! — кричит Квитко. — Не был бы героем. Герой тот, кто погиб. А иначе, подумаешь!

— А Мересьев? — крикнул Сашка.

— Ты смотрел когда-нибудь телевизор? — чуть не с кулаками кинулся Пигула на Квитко. — То-то. Я смотрел. По телевизору показывают живых героев. Думаешь, они не настоящие? У них вся грудь в орденах.

— Как у Мересьева, — снова сказал Сашка.

Кричит Кузя, кричит Квитко, кричит Сашка. Каждый доказывает что-то своё. Серёжа уже не разбирает, кто чего кричит, так шумно, что звенит в голове.

К столу вышла Регина Фёдоровна.

— А Квитко, — зашептал Серёже в ухо Сашка, — сказал «Доведёшь Регину, убью тебя, сверну голову, как курёнку». Велел мне стянуть у режимника портсигар.

— Вы хорошо разобрали книгу, — сказала Регина Фёдоровна. — И хорошо, что у вас возник спор. Для этого книга и нужна: разбередить душу, заставить задуматься над жизнью, себе задать вопросы. Безусловно, Дубинин всё равно был бы героем, если бы и не погиб. Герой — тот, кто совершил в сложных условиях поступок, изменивший ситуацию из безысходной в выигрышную, тот, кто помог нашей Родине победить.

Регина Фёдоровна говорит долго, и из её слов получается, что героев много и что герои не обязательно погибают.

И Пал Фимыч сказал такое, что сразу Серёже очень понравилось.

— Вы думаете, герои только в войну бывают? Среди вас могут быть герои. Преодолеешь свой страх, преодолеешь свою лень, сделаешь так, как хорошо не тебе, а людям, ты — герой! Володя смог стать героем, несмотря на рост и слабость, потому что для подвига нужна не столько физическая сила, сколько сила души. А чтобы появилась эта сила души, нужно научиться преодолевать слабости. Преодолеешь себя раз, другой, выработаешь характер, вот и появится сила души. Выстоишь тогда в любой ситуации. Поверь в то, что ты сам можешь определять свою жизнь.

— Не буду доводить Регину. И стелить Тишко постель не буду. И не отдам больше компот Квитке. — У Сашки лицо, как всегда, очень бледное, а глаза горят.

После конференции пошли делать полки. Серёжа попрыгал вместе со всеми. Не хочет он больше сидеть один.

Запаха такого и не знал никогда. Весной пахнут свежеструганные, ещё не крашенные полки.

— Можно я буду красить? — спросил Серёжа у Шара. — Я покрашу всё очень хорошо, вот увидите!

— И я хочу красить!

— А где моя доска? Я не достругал.

— Мне вы обещали шкурку! — Ребята все около Шара, дёргают за рукав, в глаза заглядывают.

Эх, дурак, раньше не ходил! Здесь весело.

— Солнцев, подь сюда. Держи свои транзисторы. Ты сегодня просверли отверстия, припаяй ножки, чтобы элементы не вылетали, а жёстко сидели в плато. К следующему разу постараюсь достать маленький динамик.

Серёжа слушает, как зачарованный. Все слова незнакомые, а со значением: «элементы», «транзисторы», «динамик».

— Сегодня заканчиваем делать полки. Олифить нужно все сразу.

Сколько времени он уже знает Тишко, а таким работящим никогда не видел. За его рукой с рубанком не уследишь, так и летает! В мгновения передышки трогает ладонью, гладкая ли получается поверхность, и снова его рубанок — туда-сюда! Рукой водит, а сам всё поглядывает на Шара, видит ли тот его работу?!

— Я теперь не буду прислуживать никому, — снова шепчет Сашка. — Ты знаешь, что?

— Что? — спросил Серёжа и засмеялся, так смешно у Сашки получилось это «что».

— Пал Фимыч подошёл ко мне и сказал: «Теперь ты проведи конференцию. Выйдешь к учительскому столу, как Пигулевский, будешь задавать ребятам вопросы».

— Ты?

— Я.

— А ты сможешь, как Пигула?

— Не знаю, — сказал Сашка. — Если никто не будет смеяться, смогу.

В эту минуту к ним подошёл улыбающийся Тишко.

— Сачкуете? Треплетесь? Не забыл, Сопатый? Завтра срок. Не доведёшь, убью, моё слово!

Не успел отойти Тишко, подскочил Квитко.

— Хоть слово плохое скажешь Регине, убью, Сопатый!

Сашка заморгал, ещё больше побелел. Тут побелеешь, и так, и этак — «убью»! Что же это такое?

— Ты чего, Сашка? — залепетал Серёжа, сам едва ворочая языком. — Я с тобой, Эдик с тобой. Как это «убью»?! Ты чего? Не бойся! — Серёжа шепчет горячо, преодолевая собственный страх, и сам верит: их — трое, никому из них не должно быть страшно.

На другой день Серёжа проснулся чуть свет. Он должен быть готов к бою. Ни на минуту не оставит Сашку. И, если кто-нибудь пристанет к Сашке, он тогда... А что он «тогда», неизвестно, потому что на одной ноге далеко не упрыгаешь и не повоюешь. Брякнешься на землю, и всё тут. Эдику сказать? Эдик полдня сидит на своих уроках в своём классе. Получается, он, Серёжа, один Сашкина защита.

Утром, как всегда, Сашка ждёт его внизу. Пытается и не может скрыть нетерпение, взлетает в секунду с костылями на этаж и буквально пляшет на одном месте, пока, держась за перила и прыгая со ступеньки на ступеньку, добирается до него Серёжа.

Первый урок — география. Весь урок Сашка елозит. Наконец русский, а потом литература. Сашка тянет руку, выкрикивает:

— Меня спросите! — прямо-таки из кожи лезет вон.

— Давай, Саша, раз хочешь, отвечай.

И Саша даёт. Без запинки, громко шпарит правила, приводит примеры из стихов, какие Регина просила. На литературе читает стихи. И заглядывает Регине в глаза. Вот тебе Тишко! Вот тебе, Король! Не боюсь тебя. Плюю на тебя. Не буду доводить Регину.

Торжествует Квитко, хихикает Пигула, шипит, как масло на сковородке, Тишко.

— Я им не каждой бочке затычка! — говорит Сашка Серёже, когда звенит звонок с урока, а вид у Сашки жалкий, по лицу течёт пот, губы дрожат. Но Сашка геройски побеждает страх. Он поворачивается к Тишко и показывает ему язык. А Серёже Сашка говорит: — Я, как Володя Дубинин, не забоюсь никого, ничего. Я буду проводить конференцию.

Серёжа гордится Сашкой, вот какой у него друг! А в животе так страшно, что хочется всё время в туалет.

— Молодец Сашка! — подбадривает Серёжа и Сашку, и себя одновременно.

После уроков Пал Фимыч повёл всех в спортзал. Серёжа запрыгал тоже.

— Во что будем? В лапту? В волейбол? Десять минут обязаны играть все, — говорит Пал Фимыч. — А потом кто не захочет, может из игры выйти. На команды разбиваемся так: в одной я, в другой Солнцев. Тишко пойдёт в команду Солнцева, Пигулевский — в мою.

Сашка попал в команду с Тишко и с Эдиком.

Серёжа сидит обняв костыли и завидует. Он любит бегать. В лапту не играл никогда, но это ерунда, бегай и бегай. И лови мяч. Ловить легко. Серёжа любит быть рядом с Эдиком. Эх, сейчас они втроём всем показали бы!

— Лапта — игра самая лёгкая из всех подвижных. Смотрите, прячу монету в руку. Если Солнцев угадывает, в какой, в круге — его команда, если не находит, наша. Тот, в кого попадает мяч, из игры выходит, вернуть его может тот, кто поймает свечу. Ну, Солнцев, в какой руке?

Сашке с Эдиком досталось бежать в круге. Пигула зубами заскрежетал.

— Я дам тебе! — крикнул злобно, когда проходил мимо Сашки. — Ты ответишь мне за это!

— Давай, Саша, я надеюсь на тебя! — Тут же поддержал его Эдик.

Сашка — тощий, ловкий, легко уходит от любого мяча. Уже несколько ребят вышло из игры, а он носится хоть бы что. Только Пигула ему мешает, всё время в круг влетает, то чтобы двинуть Сашку плечом, то чтобы чуть не в упор мячом ударить. Сашка увёртывается.

— Я выбил тебя! Жила! Жила, жила! — замолотил Сашку по спине и плечам. Пал Фимыч оттащил его от Сашки, а Пигула вырывается из рук Пал Фимыча, вопит: — Я видел, мяч задел его! Почему не выходит?

Пал Фимыч дал Пигуле откричаться, сказал спокойно:

— Садись на скамью, играть не будешь. В игре видишь только себя.

Пигула заревел, затопал ногами.

— Я хочу играть. Я бегаю лучше всех. Хочу. Хочу.

Пал Фимыч, не глядя на Пигулу, хлопнул в ладоши.

— Начали!

Теперь, когда Пигула не мешается, Сашка стал ещё проворнее. Одну свечу поймал, вторую, вернул в круг почти всю команду. Остался за кругом один Кузя.

— Сейчас, Кузя! — закричал Сашка, резко повернулся к мячу и поймал его. — Давай, Кузя, иди! — позвал.

На Сашку сзади налетел Квитко, сбил с ног.

Серёжа кинулся на помощь Сашке, забыв про костыли и упал. Володьку оттащил от Сашки Пал Фимыч, поднял Сашку. Тот стал растирать колено.

— Тоже не любишь проигрывать, Квитко? Садись рядом с Пигулевским. Сколько раз играли, столько раз скандалили. Игра — это как зеркало: каждого отражает, показывает, какой ты человек. Подмять готовы любого, кто мешает вам.

Сашка засмеялся. Он засмеялся невпопад. И Серёжа засмеялся следом. Они с Сашкой во как вместе! И Эдик с ними.

На самоподготовке по комнате пополз слух: Шар обманул, не будет никаких денег. Слух полз от одного к другому, и ползла по классу злость.

Он не делал полок, ему что, у него нету злости, но Сашка разозлился сильно, как все, ткнул Серёжу локтём в бок.

— Слыхал? Я хотел себе купить велик! — И Сашкина злость передалась ему. Чего брехал Шар? Набрехал, как пёс.

Серёжа стал успокаивать Сашку:

— Может, враньё?! И потом... тебе всё равно не досталось бы. И дал бы Шар денег, а Король на что? Отхватил бы весь кон себе! Я знаю его.

Денег не будет. Шар обманул. Ползёт от человека к человеку. Обещал, дай деньги.

— Что с вами случилось? Чувствую, сейчас взорвётесь. Это ещё с лапты. Или новое событие?

Никто не отвечает Пал Фимычу.

Серёжу трясёт. Хочет крикнуть про Шара, да боится.

Вдруг вошёл Шар. Постоял молча какое-то время и выпалил:

— Мне нужно поговорить с Тишко.

Тишко отсутствует долго. Никто не учит уроков, все смотрят на дверь. И Пал Фимыч.

— Иди ко мне, Кулёмов, — подзывает он. — Покажи-ка упражнение.

— Я не сделал.

— А ты, Квитко, что-нибудь сделал?

Молчание.

Наконец Тишко вернулся. Сияет, как новый пятак. Может, наврали, и Шар заплатил денежки? Наверняка. Только почему одному Тишко? Почему тайком от всех? Зачесалась, зазудела под гипсом нога, и этот зуд перебросился на всё тело.

После ужина Серёжа пристал к Пал Фимычу, чтобы разрешил ему переночевать в группе.

— Хочу быть с Сашкой сегодня! — объяснил он. — Сашка не хочет без меня. Прошу, — Серёжа чуть не ревёт. — Одну ночь, а? Я не буду прыгать. Я буду спокойно.

Предчувствие не обмануло его. Только Пал Фимыч ушёл, а режимники застучали в домино, в их палате очутился Тишко, и сразу резко запахло вином.

— Что, прихлебатели, будем спать? Любите спать? — зашептал Тишко. Был он возбуждён, нагло улыбался. — Спите, цуцики. Бай-

бай! Бай-бай! До поры до времени спите. А мне хочется погулять. Погуляю и приду, цуцики, развлекать вас.

Сашка затаился, молчит, наверняка, притворяется, что спит, иначе сопел бы, а он не сопит.

— Саш! — шепчет Серёжа. — Иди ко мне. Лягем вместе. Я привык с Олегом. Я не шевелюсь во сне. Слышь, Саш?

Сашка не отвечает. И не сопит.

Спит? Или от страха потерял соображение?

Липкий какой страх, как патокой, обмазал. Качает его. Качает.

— Не спи, — приказывает себе Серёжа. Но он плохо спал в прошлую ночь, и приказ не воспринимает как приказ. — Э, не спи! — из последних сил уговаривает себя. — Из-за Сашки ты здесь, нужно пойти к Сашке, лечь рядом с ним и сразу перестанет чесаться нога, нужно защитить Сашку от Тишко. Не спи! Тишко придёт, раз обещал.

Но Тишко — совсем не видный, Тишко — облако, Тишко — нестрашный, маленький, как Кулёма.

И вдруг крик, страшный крик. Яркий свет, гомон. Это сон? И тишина. Из-под тяжести сна не выбраться.

И всё-таки усилием воли выбирается. В палате толпятся люди.

Что они здесь делают? Где Сашка? Тишко был пьян, — вспомнил Серёжа. И в тот миг, как вспомнил, увидел — белые халаты, режимники, ребята.

Крик вырвался из комнаты, полетел по коридору:

— Сашку убили!

Почему-то, удаляясь, он не затихал, а гремел всё громче:

— Сашку убили?!

Сашку?!

Серёжа рванулся с кровати, но гипсовая нога удержала на месте. Обеими руками схватил тяжёлую ногу, опустил на пол, подхватил костыли и запрыгал к Сашкиной кровати. Полез между режимниками и белыми халатами. Он должен увидеть Сашку. Он остался, чтобы защитить Сашку.

— Сашка! — завопил Серёжа, а крика не получилось.

ПАВЕЛ

Светлая ночь за окном. Отбросила на кровать узкие стволы голых деревьев — молодняк поднялся высоко за шесть лет жизни здесь. Блестит их с Анкой свадебная фотография. У Анки волосы распущены, в свете ночи и фонаря они кажутся тёплыми. Глаза в свете фонаря блестят, точно в каждой по языку пламени — Анка смотрит на Павла. Блестит Димкина коляска. Блестят Корюшкины игрушки.

Ночь даёт передышку. Спокойная ночь. Тихая ночь. Почему же он никак не может уснуть?

Анка прячет от него глаза, молчит. Между ним и Анкой—пухлые бессонные ночи, наполненные непонятным беспокойством, между ним и Анкой—круглый, улыбающийся Шар, довольный Тишко. Что за дела у Шара с Тишко? Может, Шар сунул Тишко пятёрку из своего кармана, чтобы Тишко против него не выступил? Это несправедливо. Разве другие работали хуже?

— Спи!—приказывает себе Павел.—Завтра трудный день. Завтра нужно быть в форме.

Ему всегда нужно быть в форме. Почему сегодня не поговорил с Тишко? Почему не поговорил с Шаром? Побоялся оставить ребят одних после лапты? Почему не пошёл вместе с Тишко и Шаром? Пусть бы говорили при нём!

— Спи,—приказывает себе Павел.—Раз, два, семь, одиннадцать.

Но вместо «двенадцати»—жалкий взгляд Тадеуша. Только под утро наконец забылся. Но и во сне не ушло беспокойство. Мяч— туда-сюда, туда-сюда... Павел тоже хочет играть, встаёт на поле, но в этот момент звенит звонок. Урок окончен. Пронзительный звонок. Звенит, звенит.

У них что-то сломалось? Почему звонок не переставая звенит?

— Паша, проснись!—тормошит его Анка.—Паша! Беда,—кричит Анка.—Без сознания. Умирает. Скорее.—Анка кричит так истошно и так трясёт его, что он наконец выныривает из сна.

Проснулись дети. Димка плачет. Карина сидит в кровати, залитая ярким светом, смотрит большими чёрными глазами на него. Горько плачет Анка.

Машину поймать ночью невозможно, город пуст, будто не жилой. Павел бежит, как во время кросса. Но в какой-то момент дыхание сбивается, ритм нарушается, сейчас он упадёт.

И, как спасение, грузовик. Медленно, словно ощупью, пробирается он по пустому городу. Павел замахал руками, кинулся под колёса.

— Помоги!

Шофёр на него не смотрит, до самого носа надвинул шапку.

— Мальчик умирает. Помоги!

— Садись давай,—белобрысый парень распахнул перед Павлом дверь.—Думал, инспектор. Левый груз, ясно? У страха глаза велики,—парень давит на газ.—Не трухай, я мигом. Разве не помогу? И денег не надо.

Саша всё ещё был в операционной. Павел припал к стене её, стал ждать.

Жизнь. Смерть. Не стукнет дверь, не зазвенит инструмент. Жив лишь запах, выползший из операционной, — эфира, спирта, ещё каких-то лекарств, от этих запахов тошнит.

«Только бы жив!» — сопротивляется Павел запаху.

Час, два, три… — он не знает, сколько простоял так.

Наконец дверь распахнулась.

«Жив?» — хочет спросить и не может.

Сказала сестричка, молодая, со смазанным лицом, на котором он заметил лишь ресницы, чёрные-пречёрные, длинные-предлинные.

— Жив.

Павел услышал, но не до конца поверил, шёл рядом с каталкой, на которой лежал Саша, и повторял про себя, как попугай: «Только будь жив!» Тощий, бледный, сопатый мальчик в себе сосредоточил сейчас для Павла весь мир.

Раннее утро. В школе ему делать нечего, директор вызвал Валю, его дело — быть с Сашей, но Саше он не нужен сейчас, Саше нужно спать, долго спать выздоравливая, и непреодолимая сила привела его к проходной.

— Всё равно убегу! Всё равно не буду здесь! Я вас ненавижу! — Толстый, маленький, круглолицый, пацан размахивает руками, орёт. Его живот, плечи трясутся от каждого слова.

— Кира Софронна сказала, ваш, Гринкин Иван, — встретил Павла Кинстинтиныч.

Про себя и он сам говорит: «Владимир Кинстинтиныч» вместо «Константинович». И так прозвали его все. Это весёлый, белозубый мужик, с волосами, стоящими дыбом. Всю жизнь работал машинистом. Дети не получились. Ушёл на пенсию и напросился в режимники — быть поближе к бедолагам. Любит поговорить с пацанами «за жизнь», жалеет их, клянёт их преступных родителей в глаза и за глаза. Сейчас он говорит Ване:

— Не рви мне душу, парень, такими нехорошими словами. Эко «убегу». Это ж хто ж тебя куда пустит убегать? Это побежишь ты куда ж? А нас денешь куда ж?

Но толстый парень не слышит тирады Кинстинтиныча, стоит перед Павлом, уперши руки в боки и орёт:

— Сказал «убегу», значит, убегу. В гробу я видел всех вас!

— Э, перестань, слушай, парень, я историю тебе расскажу.

— Не в себе, видите? Пусть выкричится! — говорит тихонько Павел Кинстинтинычу, делает вид, что уходит, а сам прячется за дверь гостевой комнаты, манит к себе Кинстинтиныча.

Оставшись один, Ваня перестаёт орать.

— Артист парень, — шепчет Кинстинтиныч, Павел кивает.

А парень осторожно идёт по блистающему аккуратными квадратами полу. Разглядывает комнату для посетителей, подходит к штрафной. Пытается дотянуться до окошка и не может. Царапается в одну из дверей.

-— Ты кто? — спрашивает тихо.

— Я — Пигула. А ты кто?

— Гринкин я, Ванька, кто ж ещё? За что сидишь?

— Одному подонку проломил башку. Будут судить.

— Я привык бить по башкам каждый день...

— Здесь нельзя.

— Жрать дают хорошо?

— Хорошо.

— Хочу жрать. Слушай, Пигула, а воспитатели дерутся?

— Не, не дерутся. Здесь весело.

— А чего ж ты трахнул его?

— Да ты кто такой, чтобы допрашивать меня? — взвился Пигулевский.

— Я? — Гринкин опешил, потом сказал важно: — Я всё могу. Я собаке бритвой по горлу... раз, и откинула копыта. Кровищи натекло. Да собаку не пожрёшь.

— И не жалко тебе было собаку? — вышел из своего укрытия Павел.

Гринкин смотрит на него ошарашенно.

— А чего? Я ничего.

— Ничего, конечно, ничего. Только собака тоже родилась один раз в жизни, как и ты. Ты ведь хочешь жить?

Гринкин не отвечает.

Кинстинтиныч кладёт руку на Ванину голову.

— Ты, парень, смотри, чего у тебя есть!

— Чего? — удивляется Гринкин.

— «Чего», «чего»... Голова! Чтоб думал перед тем, как делать дело. Зачем убил живую тварь? Был без головы тогда, что ли? Идём! — Павел ведёт Гринкина в столовую. Ещё одного живодёра в подарочек ему дали!

Промозглый весенний день сыплет на них мелким дождичком.

Ваня жадно ест запеканку, и кашу, и хлеб, и котлету. Наголодался, видать.

— Какие игры ты любишь? — спрашивает Павел. — Какие дела делаешь с удовольствием?

Гринкин хлопает ресницами и ничего не отвечает. Павел идёт к дежурной, просит дать расходную книжку, открывает список распечатанного заказа продуктов на завтра, приносит Ване, тычет в буквы.

— Ну-ка, читай! Вот это!

— «П»? Нет, не «П». Это «Г». Дальше — «Э». Нет, не «Э». Не помню. Вот эту знаю, это «Р».

Павел даже встал от удивления.

— Ты же в шестой класс поступаешь, а читать совсем не можешь.

— Я наврал, — говорит Гринкин. — Я не резал её. Это один там. — У Гринкина посыпались из глаз крупные слёзы. — Я избил его за ту собаку. Собак и коней мне жальче людей.

В самом деле ревёт? Или артист?

— Идём в класс, послушаешь урок.

Серёжа сидит на своём месте, вытянул ногу, нога без гипса. Под глазами чернота.

«Ну?» — немо спрашивает Серёжа.

— Операция прошла нормально, жив, — говорит Павел Серёже. — Вот познакомься, Ваня Гринкин, новый твой товарищ. Он сядет, пока Саша болеет, с тобой. Только пока. Расскажи ему о наших порядках, помоги на уроках.

— Ещё чего! Надо мне. Сунься только! Да я тебя положу! — снова истошно орёт Гринкин, и живот его сотрясается. Его окружают ребята, смотрят на него. — Да, я с тобой в два счёта…

— Зачем? — улыбнулся Серёжа. — Разве я сделал тебе плохое? А за хорошее разве можно делать плохое?

Гринкин присел от такой речи, схватился за живот.

— Ты что, пионер?

— Просто человек, — сказал Серёжа.

— Ребята, достаньте задачники. — Урок математики начался.

Павел вышел из класса. Из учительской позвонил в больницу, ему сказали: температура упала, тридцать семь и один, опасность для жизни не миновала, но скорее всего будет жить.

Глава девятая ===

СЕРЁЖА

Ему сняли гипс в восемь утра. Как в насмешку, когда Сашке уже не помочь. Вместо костылей дали палку.

— Иди! — сказал врач. — Можешь наступать на ногу.

Валентина Аристарховна хотела было поддержать. Серёжа отстранился.

— Я сам. — Сделал первый шаг осторожно, готовый к боли, а боли нет. Ещё шаг.

Эх, Сашка не видит.

Серёжа припустил к школе, совсем не отстал от Валентины Аристарховны.

И теперь, постукивая палкой, ходит за Эдиком из спальни в спальню.

— Эдик, Саша умрёт?

Странно тихое это утро. Никто не смеётся, никто не болтает, никто не брызгается, никто не бренчит на Эдикиной гитаре.

С той минуты, как яркий свет прервал сон и Серёжа увидел Сашку, он только об этом и думает: умрёт Сашка или не умрёт?

Всё время видит неудобно повёрнутое к нему белое Сашкино лицо с открытым ртом, с прижатым к кадыку подбородком, плёнки вместо глаз, такие плёнки видел у мёртвой птицы, люди в белых халатах осторожно перекладывают Сашку с кровати на носилки, красная мокрая подушка, чёрные, запёкшиеся раны на голове и струйка крови ручьём течёт.

— Эдик, Сашка умрёт?

Есть тоже не смог. Ноет от голода живот, но ни глотка воды, ни куска хлеба не проглотить.

Первый урок — биология.

Подвинулся на самый краешек своей части стола, сел боком к Сашкиному месту, но краем глаза всё время видит: Сашкино место пусто, стол пуст. Пересел на серёдку, а всё равно помнит: нет Сашки.

Подошёл Эдик.

— После урока подойди к моему классу. Есть дело.

— Эдик, он умрёт? — снова спросил.

Эдик разозлился.

— Ну, чего ты пристал ко мне? Откуда я знаю? Ты лучше скажи, почему пошёл воровать посылку? — зашипел в самое ухо. — Ты что, баран? Тебя гонят, ты идёшь. Ты бы ему фигу! Тебя бьют, и ты бей! Если бы ты, да Кузя, да Сашка, да все остальные объединились и дали бы им отпор, фиг бы вам били башки. Сами виноваты. Цыплята! — зло крикнул и выскочил из класса.

А Серёжа тоже разозлился. Фигу Тишко. Бить Тишко. А где взять силу, чтобы бить? Хорошо Эдику: он вон какой!

На широких солнечных подоконниках кабинета тоненькие, ярко-зелёные стебли — ростки цветов, чуть не на сантиметр каждый день поднимаются. Это он их сажал. Пошёл к ним. Ещё не цветы — стебли, но он теперь знает, начинается цветок со светло-зелёного стебля.

— Здравствуйте! Садитесь скорее, а ты, Петя, иди отвечать, — громко зовёт Саша Андреевна. — Сегодня мы повторяем пройденный материал. Петя, расскажи нам об образовании торфа, а Серёжа вспомнит о папоротниках, хвощах и плаунах.

Словно не он, кто-то говорит за него.

Давно, много веков назад, папоротники, хвощи и плауны покрывали всю землю, они были громадные, в рост человека, совсем не такие, как сейчас. А по мере появления деревьев, кустов, других растений из века в век становились всё мельче, мельче и выродились.

Серёжа говорит громко, а что говорит, не слышит: просто повторяет учебник. Саша Андреевна кивает ему. Значит, правильно он говорит. Ему почему-то легче от того, что она смотрит на него и кивает.

Больше всех уроков ему нравится биология. Саша Андреевна приносит живые цветы, приносит землю, объясняет подробно, что к чему, втемяшивает каждому отдельно.

— А почему, — громко спрашивает Серёжа, — папоротник почти выродился? — Серёжа смотрит не на Сашу Андреевну, а на Тишко. Тишко развалился, как барин.

«Ты что, баран? — слышит Серёжа голос Эдика. — А ты ему фигу! Тебя бьют, и ты бей! Если бы ты, да Кузя, да Саша, да все остальные объединились и дали отпор, фиг бы вам били башки!»

— Понимаешь, Кириенко, какое дело... климат раньше был другой, жарче, среда питательная другая.

Серёжа смотрит на Тишко с ненавистью и вдруг, забывшись, бежит к нему и кричит:

— Это ты, ты убил Сашку! Ты! Я знаю. И Володька! Вы вместе убили!

Серёжу перехватывает Кузя, к нему бежит Саша Андреевна, прижимает к себе его голову.

— Успокойся, пожалуйста!

Серёжа дрожит.

— Убили! Сашку убили! Я знаю. Сашка не хотел подчиняться им. Не стелил кровать. Не давал компот. Не довёл Регину. Выиграл в лапту. Убили! — Он забился в горячих руках Саши Андреевны. — Пустите меня.

— Это не я, — крикнул горячо Тишко. — Я не трогал его!

— Успокойся! — дрожащим голосом просит Саша Андреевна, всё крепче прижимает его к себе. И распался комок, и стало тихо внутри, и нестрашно, только слёзы льются без остановки.

— Это Пигула! — громко сказал Кузя. — Ты что, Серьга, не знаешь? Пигула в штрафной.

На перемене пришёл Пал Фимыч, сказал «жив», и совсем стало легко. Захотелось жрать. Стал выгребать из карманов крошки, сосал их.

Пал Фимыч навязал ему на шею Ваньку. Ванька на уроке стал толкаться, потом закукарекал.

После уроков их выпустили прогуляться. Под мелким весенним дождём Серёжа подошёл к перекладине. Нога ещё плохо слушалась, была как чужая, но он подпрыгнул, вцепился в ледяную железку. Попробовал подтянуться, не сумел. Ещё раз попробовал, ещё! Пот выступил на лбу, полил в глаза. Сможет он, сможет! И он подтянулся.

Наберёт сил и отомстит за Сашку.

Его окружили ребята. Подошёл и Пал Фимыч.

— Вот это да! Молодец, Серёжа.

Серёжа отпустил руки, приземлился тяжело, присел от боли в ноге, весь потом покрылся. Дрожали от перенапряжения руки, дрожали ноги, кружилась голова. Серёжа глотал воздух, пытался победить дрожь и боль.

— Рано тебе. Потерпи. Скоро научишься! — сказал Пал Фимыч.

ПАВЕЛ

Когда он вернулся домой, Анка встретила его словами:

— Если ты любишь меня, прошу, уйди из школы. Что же это? Ночью не спать. Днём не есть. Я не герой, я обыкновенная женщина, я не умею быть женой героя. Я не могу больше так жить, вздрагивать ночами, бояться за твоих подопечных, бояться, что тебя посадят. Паша, умоляю, уйди!

Голодный, напуганный, он не сразу понял, чего требует от него Анка, а когда понял, обиделся на неё.

— Конечно, спокойнее не знать, что сейчас, в эту минуту, кто-то кого-то убивает, кто-то кого-то мучает. При чём тут ты и я? Не меня, не себя жалей. Сашу пожалей. Нашу Карину могут обидеть. Диму могут обидеть. Убить могут. Если не остановлю Тишко. Я не хочу, чтобы убили Димку с Кариной. Я не хочу, чтобы Саша умер.

Ночь он спал плохо. Затаившаяся в непонимании и молчании Анка, Тадеуш — на краю жизни и смерти, Пигулевский — поднявший руку на человека.

Утро началось со звонка в больницу.

— Состояние остаётся тяжёлым. Опасность для жизни ещё есть, но, надеемся, будет жить.

В голосе врача звучала сегодня б’ольшая надежда, чем вчера.

А в школе Гринкин спрятался под одеяло, не хочет идти на зарядку. Эдик уговаривает его:

— Вставай, пожалуйста, не подводи, я же объяснял тебе, мы же соревнуемся, нам же из-за тебя снимут баллы, если налетят дежурные.

— Пусть снимут! — истерически кричит из-под одеяла Ваня. — Ненавижу вас всех! Наплевать на вас на всех!

— Конечно, ненавидишь, потому что не человек ещё! — Эдик срывает одеяло, берёт Ваню под мышки, ставит на пол.

— Ты меня оскорблять? — кричит Ваня, и его толстый живот колышется.

— Здравствуй, Ваня! — говорит, улыбаясь, Павел, будто Ваня и не кричит вовсе и не злится. — Кто вперёд пробежит круг, ты или я?

Ваня бежать не может, отстаёт, а потом останавливается, Павел подбегает к нему.

— Молодец, Ваня, хорошо. А теперь ещё быстрее! — говорит, хотя Ваня и не думает бежать. — Получится, вот увидишь. Ну-ка, побежали!

И Ваня срывается с места. Но тут же тяжело, грузно оседает на землю. Он задыхается. Видно, что ему плохо.

— Дыши носом, закрой рот! — говорит Павел. — Преодолей себя, пробеги ещё немножко.

Ваня встаёт, пробует бежать, но тут же останавливается, зажмуривается и кричит что есть силы:

— Чтоб твои дети стояли по колено в воде и просили пить. Чтоб твои дети стояли по колено в каше и просили есть!

Павел кладёт руку на Ванино ходуном ходящее плечо.

— Не мне, понимаешь, Ваня, это нужно, ты — слабый, тебя, кто хочет, изобьёт.

— Я могу на лошадь вскочить на ходу, — тяжело дыша, хвастается Ваня.

— Врёшь, не можешь, — подначивает его Павел.

Снова Ваня зажмуривается и истошно орёт:

— Могу, могу. Сам врёшь!

— Докажи, — спокойно говорит Павел. — Беги. Ещё круг пробежишь, значит, можешь. Ну?! Слабо?

И Ваня бежит.

Несмотря на то, что открыл рот, дышит с хрипом, захватывает воздух вместе с дождём, захлёбывается, бежит.

— Молодец, — хвалит его Павел, а сердце сжимается от жалости к одинокому, никому не нужному пацану.

На большой перемене подходит к Павлу Эдик.

— Этот псих за два дня снял нам сто двадцать баллов. Ребята требуют собрания. Говорят, он кукарекал на уроках, пел, стучал, спал.

— Собрание, может, и нужно, только не из-за Вани. Ваня не виноват, Эдик, он никогда не учился, он ни слова не понимает из того, что говорят учителя, читать не умеет. Ему нужно помочь. С ним нужно заниматься. Не день и не месяц.

И всё-таки собрание по поводу Вани состоялось. Не собрание — буря. Ребята размахивают руками, стучат по столам, орут в голос:

— На черта он нам сдался?

— Навязался на нашу голову!

— Уберите его из группы! — Они готовы разорвать Ваню, а Ваня стоит перед ними взъерошенный, ничего не понимает.

— А чего я? Чего? — моргает он. — Всегда кукарекают на уроках и не слушают.

Эдик едва остановил крик.

— Хочешь, объясню тебе, что ты наделал? Оставил группу без кино. Раз. Теперь нас не пустят гулять в город. Два. Из-за тебя мы не поедим мороженого. Три. Из-за тебя не поедем в Москву. Четыре. Мы вместо первого очутились теперь на пятом или шестом месте. Вот.

— Так вам и надо! — зло вопит Ваня, но лицо его вытягивается, он, видно, понимает, наконец, что и он не пойдёт в город, и он не поест мороженого, и он не попадёт в кино. Но он кричит злобно, в истерике пытаясь выплеснуть свою глупость и обиду на ребят. — Не из-за меня, нет! У вас тут пацана убили! Пигула сидит, вот! Это похлеще кукареканья.

— Вот, ребята, о чём должно быть собрание, — говорит Павел. — Я всё ждал, хоть кто-нибудь из вас заговорит о Саше. Пигулевский чуть не убил его. Но Пигулевский действовал по чьему-то подстрекательству. Какое там первое место! У вас теперь никакого места нету, в группе совершено преступление. Ваня здесь не при чём. Успокойся, Ваня. Пацана, слава Богу, не убили, говорят, будет жить. С теми, кто виноват, разговор не такой, как с тобой. А ты, знаешь что, бери-ка учебник русского и иди ко мне. Ты ведь хочешь перейти в шестой класс?

Когда ребята начинают делать уроки, Павел в самое ухо мальчика говорит:

— У всех ребят, которые здесь, судьба нелёгкая, все вы много пережили. Но нужно держать себя в руках, правда? Ты ведь добрый, собаку пожалел, а распускаешь себя. Успокойся. Мы не враги тебе. Мы тебе друзья.

Ваня опускает голову. Из глаз его сыплются слёзы, он говорит:

— Мне бечь надо. Мне домой надо. У меня есть дело, — но, какое дело, не говорит.

Пока ребята делают уроки, Павел читает их сочинения.

«Я могу быть капитаном, потому что никого не боюсь, — пишет Тишко. — Саня Григорьев смог стать капитаном потому, что он — сильный духом и честный».

«Есть люди, не могут жить без моря...» — пишет Кузя.

— Пал Фимыч, а Саша умрёт?

Серёжа подошёл неслышно. Черны подглазья. Страхом вскормлен человек. Страхом пропитан. А ты не смеешь обнять его, сказать ласковое слово, иначе снова будет бит этот тощий, этот хрупкий Серёжа Кириенко.

— Не знаю, Серёжа, — говорит Павел. — Не знаю.

Глава десятая ══════════════════════════

Серёжа

Его не проведёшь. Он умеет углядеть и такое, чего человек не хочет сказать.

Глаза у Пал Фимыча блестят. Так не блестят, когда нет надежды.

— Операция, Серёжа, прошла нормально. Саша в сознании, но состояние пока тяжёлое. А какое ещё может быть, если до мозга достали? Будем, Серёжа, надеяться, что не умрёт и не станет идиотом. Делай, Серёжа, уроки. Ребята, — сказал Пал Фимыч тихо, — беда у нас большая. Чуть не умер, а может, ещё и умрёт Саша Тадеуш. Думаю, как раз сейчас переломный момент в вашей жизни. Я уверен, каждый из вас хочет быть хорошим. И каждый из вас знает, хорошо кто-то поступает или плохо. Поэтому очень важно создать в группе общественное мнение, чтобы оно поощряло всё хорошее и восставало против плохого. Для начала предлагаю вам заполнить анкету. Возьмите чистые листки и запишите вопросы: «С кем из ребят я хотел бы пойти в разведку?», «С кем согласился бы служить в армии?», «Кого взял бы с собой на необитаемый остров?» С этого дня вы будете спать в одной комнате с теми, которых назовёте в анкете. Это ваша маленькая ячейка. Спальнями будете дежурить по группе, выставлять отметки за неделю. Сами будете определять наказание провинившимся.

Серёжа выводит круглыми буквами: «Пусть в спальне спит со мной Тадеуш, Кулёма и Кузя».

Сашка — в сознании, Сашка скоро придёт, и больше никогда они не расстанутся.

— Слышь, про чего это он? — Опять Гринкин пристаёт.

Но Гринкина жалко. Гринкин хлопает глазами, как сова. Пал Фимыч просил помочь ему.

— Ну… это… против… нас бьют, потому что мы — слабаки, а мы им фигу, понимаешь? — объясняет Серёжа.

Ванька кивает.

— Зачем ты так резко, Витя? «Никого не надо», «Никого не хочу»? — склонился Пал Фимыч к Кулёме.

В свободный час Эдик привёл Серёжу к лесному забору.

Эдик не передохнул, пока читал.

— Видишь, любовь побеждает всё, — сказал Эдик. — Айда пробовать приёмник, я собрал наконец. Для Ули.

Приёмник — красивый, блестящий, в нарядной коробке. У него чистый звук, отсутствуют шумы.

— Слушайте все, — зовёт Эдик ребят.

И все слушают. Последнее известие, сказка «Аленький цветочек», танго «Сердце, тебе не хочется покоя». Больше всего Серёже понравился «Аленький цветочек», а Эдику — танго.

Весь вечер звучит у них в группе музыка. И ребята кричат наперебой:

— Эдик, давай концерт!

— Нет, Эдик, давай, сделай «Сельский час».

— Я, Эдик, хочу футбол!

Король не отходит от приёмника, сам переключает программы.

— Уля обрадуется, — шепчет Эдик Серёже. — Знаешь, как обрадуется!

...Ночью приснилась мамка. Плывёт по Друти, машет руками, и по её лицу ткут не то слёзы, не то вода.

— Серёжа, помоги! — зовёт она. — Серёжа, Серёжа!

Он очутился в проходной, около стола режимника. Лязгает от холода зубами, плачет:

— Мамка зовёт! Пусти к мамке!

— Пригрезилось нешто тебе! — уговаривает его Кинстинтиныч. — На, попей водички, полегчает. Хошь, про синюю птицу расскажу? Это такая волшебная птица, она исполняет желания. — Кинстинтиныч рассказывает, как птица угадала, что мальчик — голодный, накормила. Угадала, что мальчик потерял маму, и повела его в чужую страну, куда колдун утащил его маму.

— Нашлась? — спросил Серёжа.

— А как же?! Нашлась обязательно. На то она и синяя птица, чтобы помогать хорошему человеку. Эка, душа, дитё ещё, а всё мается за мамку. Иди, сынок, спи. Скажу вашему, пусть призовёт к тебе твою матку, повидаться. Экий ты ребрастый, одни-то рёбра, и не щипнёшь.

Серёжа побрёл к себе в спальню, улёгся и долго смотрел в белый потолок, по которому и из окна, и из коридора «ходил» свет, чуть в одну сторону, чуть в другую. Свету много, чего бояться. Может, в самом деле живёт такая птица, которая исполняет желания?! Вот бы поглядеть на неё. Хоть бы Сашка был жив, тогда они с Сашкой найдут ту синюю птицу.

Он наконец уснул.

ПАВЕЛ

— Пигулевского оформляю в спец ГПТУ, и никаких возражений не слушаю. Он — преступник, по случайности не убийца. Ему нужен особо строгий режим. — Кира в глаза Павлу не смотрит, ребром ладони бьёт по столу. — Когда ты пришёл ко мне наивным мальчиком и попросил дать тебе попробовать самому, я безоговорочно разрешила. Правда, прошлая группа с самого начала была благополучная, и ты мог экспериментировать как хочешь. Но теперь... ты видишь, ты своим либерализмом, попустительством, увещеваниями, выжиданием, довёл сложную, неуправляемую группу до преступления. Если бы Тадеуш умер? Как бы ты жил дальше? Это чистая случайность, что пока жив! Только чрезвычайные обстоятельства... твой маленький сын... заставили меня отодвинуть решение этого вопроса. Сейчас пришло время решать. Если ты оторвёшься от своих теорий и хорошенько подумаешь, то поймёшь, Пигулевского исправить ты не сумеешь. А держать преступника среди несчастных беспризорников, как правило, детей слабых и беззащитных, такое же преступление. Почему ради спасения преступников мы должны жертвовать хорошими ребятами?

Что ответить? Кира права. И Пигулевского, и Тишко, по-видимому, не изменить. У них сгорела душа.

Обугленные стволы берёз. Он видел, как живые берёзы горят всеми своими ветками — причудливыми факелами, кострами.

Дым, искры фейерверком уходят в небо.

Как умирала у этих ребят душа, он не видел.

Берёзы не зацветут, они мертвы. Стволы вместо деревьев.

— Ты долго собираешься молчать?

Лёгкие волосы золотятся под яркой лампой, а лицо жёсткое, наверное, из-за жёстких складок — в правом углу губ и между бровями.

— По-видимому, вы правы, спасая всех, можно пожертвовать одним. Но есть ещё и другая правда. Ребята вернутся в жизнь, и в той жизни не будет нас с вами, Кира Софроновна. Если здесь мы создадим им тепличные условия, как в жизни они справятся с Тишко и с Пигулевским, разве сумеют противостоять убийце? И ещё... после спец заведений преступники становятся ещё более жестокими. Зачем же отнимать шанс у этих ребят стать людьми? Не верю, что они — мёртвые, они же совсем ещё маленькие. За каждую душу надо бороться... Мой Димка, моя Карина могут встретиться с Пигулевским, с Тишко, когда те выйдут из колонии.

— Есть такая рыбка — сомик, — мягко заговорила Кира. — Я подарила своей племяннице рыбок. Золотых, серебряных. И попался туда случайно сомик. Каждый день — по рыбке. Он пожрал всех рыбок, золотых, серебряных — красивых.

Свисает с окна голубая штора. Окно — на юг, и летом тяжело высидеть здесь больше десяти минут. А закроешь шторой, прохладно. Сейчас ещё зима. Штора не нужна. В окне — прожектор, вокруг него летают снежинки. Не месяцы, не дни, им теперь осталось жить перед весной всего несколько часов. Они спутались с дождём. Весна затяжная. Давно бы снегу уйти, траве полезть из земли, а не отходит зима, живуча. Сыплет снегом, схватывает землю и людей заморозками. А днём льёт дождь, как в настоящую весну.

— Значит, не приложив никаких усилий, сразу в расход?

— Ты, Паша, совсем как ребёнок, — Кира не улыбается, но в лице её сочувствие. — Тебе кажется, удалась одна группа, значит, ты всё можешь. Первые шаги, начало решают судьбу. Я боялась, не сладится у тебя, уйдёшь из школы. Вот почему я тебе из всех групп собрала самых лёгких ребят. И получился у тебя с прошлой группой курорт. Теперь дала трудных. Школе нужен крепкий, сильный воспитатель, мужик, с тяжёлыми ребятами только мужику и справиться. А у тебя осечка. Нельзя, Паша, с убийцей играть в игрушки. Ты не обижайся. Тебя же спасаю. Уберу Пигулевского, увидишь, справишься с группой. Не уберу, не справишься. Пигулевский пострашнее Тишко и Квитко. Те открытые.

— Сначала Пигулевского в спец ГПТУ, потом Тишко с Квитко, да? А зачем тогда существует наша школа? Разве не она должна исправлять искалеченную психику? — Он говорит резко, потому что снова Женя смотрит на него светло-зелёными глазами. — Без работы с человеком сразу его с глаз долой? Не хочу! Это же для общества вред. По эстафете передали дальше: погнали зайца. А ведь именно этих, самых тяжёлых, мы должны остановить. Нужно искать новые формы работы с ними. Дайте мне время, прошу вас.

Всё сразу на меня. Жена требует, чтоб из школы ушёл. Группа — трудная. Тадеуш в больнице. Мать Кириенко — в больнице.

Кира склонилась к папкам.

— Делайте, как считаете нужным, — Павел встал. — Сегодня новенький Гринкин пожелал моим детям «всю жизнь стоять по колено в воде и никогда не напиться, стоять по колено в каше и никогда не наесться», а вы хотите сделать так, чтобы дети не могли по улице пройти: Пигулевский с Тишко с ножом из-за угла выскочат.

Чуть колышется ветром голубая штора. За окном идёт последний в этом году снег, настырный, обильный, падает и падает белым занавесом между школой и остальным миром, что-то силясь Павлу объяснить. А Павел не понимает, что.

В коридоре его ждёт Эдик. Очень бледен. И жалок.

— Ну, что ещё?

Эдик смотрит в сторону.

— Вы тогда упрекали меня, что я вам не друг, что не сказал… Он мне — детали… Он старался для меня. Я предатель. Но лучше предам его, чем вас. Я не могу обмануть вас. Тишко с Пигулевским напились. Они, пьяные, Сашку…

— Я знаю. Это все знают.

— Ничего не знаете. Когда Тишко узнал, что Шар обманул нас и не собирается платить, он стал готовить месть. Вы знаете Тишко. А тут он и пришёл.

— Кто он?

— Вениамин Авивович. Вызвал Тишко. При вас было, — уточнил Эдик. — Ну, значит, в общем, это он… дал Тишко. Они все и приложились. Не приложились, а приняли как следует. Поэтому Сашку… они не соображали ничего.

«Это он дал…». Бутылки — в руки? Такое и в голову не пришло, не связал. А почему не связал?

Трезвые, они избили бы, но не убивали бы, не насмерть бы. Трезвому труднее совершить преступление.

— Я предал его. Я не смог предать вас, — бормочет Эдик и уходит по коридору от Павла, ссутулившись.

А Павел стоит без мыслей, без ощущений. Возвращается к Кире. Так же косноязычно, как Эдик — ему, пересказывает случившееся.

И так же, как он, Кира онемела.

Подсудно или не подсудно то, что сделал Шар?

Понимает Шар то, что сделал?

Точно выпил гнилой воды, кипящей микробами и червяками.

— Вас спрашивает женщина, — заглянул в кабинет режимник.

Тяжело поднялся, тяжело пошёл за режимником. В проходной худющая, хрупкая женщина.

— Как Виталик себя чувствует? У него, бывает, першит в горле, тогда нужно растереть горло и грудь жиром, вот я привезла. Как он учится? Он очень способный, особенно к чтению. Ещё был трёхлетний, а так бойко читал! Не обижают его товарищи? Он такой беззащитный!

Мать.

Это мать Пигулевского. Бледная кожа. Волос рыжий, яркий — сияние вокруг головы. Глаза Виталия — яркие. И в них беспамятная любовь к сыну.

— Я хочу передать ему фрукты, еду. Он по сути неплохой. Это приятели сбили его.

Мать плачет, сморкается. Такое горе у неё — сын за тридевять земель, а ей бы держать его за руку и не отпускать, служить бы ему!

— Вы разрешите увидеть его? На работе отпросилась. Начальник понимает. «Езжай», говорит.

Павел звонит Кире, и голос у него просящий: на десять минут выпустить Пигулевского из штрафной, чтобы не огорчать эту трезвую, работящую мать, себя отдающую служению сыну целиком. И Кира, видимо, понимает — разрешает вывести из штрафной Пигулевского для свидания с матерью.

— Не давайте, пожалуйста, ему денег, Виталий будет просить, — говорит Павел. — Кормят их хорошо. Это на папиросы и на вино.

— Конечно, конечно, — кивает мать, но Павел видит, для неё один Бог, один повелитель — Виталий, и, если он попросит, она не сумеет ни в чём отказать ему.

Снова Павел в кабинете Киры.

— По всем законам педагогики Пигулевский должен досидеть в штрафной, это ясно, но мать привезла ему громадную посылку. Давайте на одну ночь выпустим его и посмотрим, как он поведёт себя. Очень важно попробовать разные варианты психологического воздействия.

Неожиданно Кира легко согласилась — пробуй!

Пигулевский ест посылку один. Сидит на кровати, хрустит вафлями, громко грызёт конфету, причмокивает. Вокруг него стоят ребята, все до одного. Очень тихо.

Ребята не просят, нет. Просто стоят кругом и смотрят на вафли и конфеты, колбасу, пироги, орехи «фундук», словно специально разложенные Виталием на подоконнике. Босые, в одних трусах, с влажными после умывания лицами и руками, готовые ко сну, смотрят на исчезающие в Виталии богатства.

Даже Тишко подошёл к Пигулевскому. Но тот остался слеп, не увидел. Тишко постоял-постоял и улёгся.

Павел тоже стоял вместе с ребятами и смотрел. Хотел сказать «Поделись!», не сказал. Безмятежные спокойствие и довольство застыли на лице Пигулевского — так надо, он всё делает правильно.

Пигулевский наконец «отвалился». Рыгнул, зевнул, потянулся. Часть конфет и печений завернул в полотенце, спрятал под подушку. На завтра? Или обменять на сигареты?

И Павел не выдержал, взял Пигулевского за руку, отвёл в штрафную. Пигулевский не канючил, шёл важный, сытый, с туго набитым вкусностями животом, нёс в руке свёрток с оставшимися подарками.

Когда Павел вернулся к ребятам, в спальнях стояла глухая тишина: ни хождений в туалет, ни кряхтений, ни скрипа кроватей. Из спальни в спальню за Павлом шла тишина.

Серёжа укрылся с головой. Павел подошёл к нему, чтобы снять с головы одеяло. Беззвучно Серёжа плачет, сотрясается всем телом.

Обязательно нужно было сказать Пигулевскому, чтобы он поделился с ребятами, нужно было объяснить ему, что невозможно не поделиться, — запоздало понял свою ошибку Павел.

Внеочередной педсовет.

Семён Трофимович зол, лицо перекошено.

— Я навёл справки. Из ПТУ вас попросили уйти потому, что вы выпивали вместе с воспитанниками. Объясните, как вы смеете бить ребят и приносить им спиртное?

Шар, как и на прошлом педсовете, ослепительно улыбается. Как и на прошлом педсовете, молчит.

— Вы виноваты в том, что Пигулевский чуть не убил Тадеуша, — Семён Трофимович на себя не похож, лицо жёстко. — Пьяный ребёнок не может отвечать за себя. Завоёвываете ложный авторитет...

Учителя и воспитатели затаились. Павел хочет содрать с физиономии Шара праздничную улыбку, но нет таких слов, которые проняли бы Шара. Встаёт Кира.

— Совершено педагогическое преступление, — говорит.

Обычно она говорит легко, а сейчас на находит слов.

Какая-то сила поднимает Павла, подводит к Шару, сидящему особняком, сбоку.

— У вас есть дети? — спрашивает Павел.

Может, и промолчал бы Шар, да Павел смотрит на него в упор.

— Дочь, — отвечает нехотя Шар, не потеряв при этом свою ослепительную улыбку.

— А у неё дети есть?

— Сын.

— Сколько ему лет?

— Пять.

— Я вашего внука научу пить! Я буду вино ему приносить. Хотите?

— Это я сделаю сам! — торжественно сказал Шар. И вдруг разозлился. — Без выпивки кто человек? Нуль. Ты, сопляк, не жил в войну. Что ты, сопляк, знаешь? Да, если бы нам не подносили перед боем, разве мы дрались бы, как львы? Страшно.

Слово прозвучало.

И Эдик, помнится, сказал однажды: «Идёшь на дело, нужно принять, а то страшно!»

— Мы отучаем, ты спаиваешь. Подлец!

— Павел! — крикнула Кира. — Держи себя в руках. Ты не изменишь его.

— А то, что ваш внук, как многие уличные дети, погибнет, вам не страшно? — Не услышал Киру Павел. Сердце гремит в голове. — Вашему внуку, думаю, не придётся воевать. Зачем же его учить пить? Вы нас на войне защищали. И тех детей, за которых мы с вами сейчас отвечаем, фактически защищали. Зачем? Чтобы дети от вина погибли? — Павел запутался. Больно жмёт сердце. — Зачем вы нарочно губите ребят? Разве вы хотите, чтобы они насиловали, били, воровали?

Шар продолжает улыбаться.

— Успокойся, Паша, — в глубокой тишине сказала Кира. — Ты же видишь, он не понимает тебя.

— Вы лжёте, — сказал Василий Петрович. Шрам его покраснел, набух, словно только что зашит. — Я тоже воевал. И мне тоже подносили, как вы изволили выразиться. Но я и мои товарищи не заливали страх вином, мы бились с врагом за Родину. Фашисты расстреляли моих родителей, сожгли мою жену с дочкой, растоптали мои поля, взорвали мои заводы, в лагерях погибло несколько миллионов моих братьев, сестёр, детей. И я мстил им за погибших. Я шёл трезвый, с открытыми глазами. И эти пацаны здесь у меня! — Василий Петрович стукнул себя в грудь.

Регина всхлипнула.

— Мы читаем им книжки, мы устраиваем с ними концерты, мы предлагаем им людскую жизнь. Волнуемся, не спим, ищем к ним пути.

— Я уволю вас! — неожиданно раздался незнакомый голос директора. — Не предложу вам подать заявление по собственному желанию, а уволю и поставлю резолюцию о том, что вам нельзя работать с детьми. Я не хочу, чтобы вы калечили людей.

Шар тяжело поднялся. Улыбка ещё стояла на лице, но несколько поблёкла, стала неестественной.

— А кто будет кормить меня? Вы? — спрашивает Шар. Он смотрит на директора удивлённо, недоумевая, как же тот решился на такое? — Каждый человек должен есть. Ваших психологий я не понимаю. Я понимаю, есть работа, делай её хорошо, по порядку, как положено. Сделал работу, получи плату. Вот и всё. А как плата тратится, не моё дело. Поработал день, отдохни. А уж как «отдохни», кто как умеет.

— Вы пьёте? — просил Павел.

Шар не ответил, он смотрел на директора, будто ожидал другого решения, но директор был хмур и больше не обращал на Шара внимания.

— Педсовет окончен, — сказала Кира.

Павел подошёл к Кире.

— Прошу вас, отпустите парня.

— Забирай, — как-то поспешно согласилась Кира.

Молча распахнул Павел перед Пигулевским дверь, молча шёл к школе и классу. Пигулевский семенил рядом, старался приладиться к его шагу и не мог.

Ребята делают уроки.

Павла всегда удивляет, откуда они узнают, что происходит в школе, но узнают они о необычных делах сразу. Ни ходьбы по классу, ни болтовни, ни криков. Настороженная, чуткая тишина. Пигулевского встретили равнодушно, пришёл и пришёл, даже глаз не подняли от книжек. Только Эдик спросил взглядом — «Зачем раньше времени освободили?»

— Кто-нибудь слышал о Бермудском треугольнике? — спросил Павел, не отреагировав на вопрос Эдика.

Ребята дружно уставились на Павла.

— Острова эти расположены в Тихом океане. Ходят легенды, над этими островами не могут летать самолёты, гибнут. Корабли не могут проплыть мимо Бермудских островов, гибнут. Почему?

То, чего он ждал от них, есть: интерес к его словам.

— Снаряжаются специальные, очень хорошо подготовленные экспедиции с совершенными приборами, чтобы изучить причины гибели самолётов и кораблей. Сколько на дне морском погибших и сколько тайн!

— Я выучусь и всё узнаю, — сказал Серёжа.

— Тебе слабо! — вскинулся Пигулевский. — Я узнаю, у меня Геночка — моряк.

Пигулевский совсем забыл о Саше и вовсе не чувствует себя виноватым. Не сегодня будет разговор с ним. Прежде чем что-то делать, нужно хорошенько подумать.

— Ну, почему Серёже слабо? — охладил Пигулевского Павел. — Представьте себе, мы все вместе плывём на корабле по океану, и его тайны, скрытые на дне, изучаем вместе.

— А я могу стать капитаном? — спросил Тишко.

— Ну-ка, закройте глаза. Представьте себе шторм. Как кто поведёт себя?

На другой день Павел был во вторую смену. Он обошёл весь свой город, все кондитерские магазины и накупил печенья, конфет, сушек — всё, что смог достать сладкого. В свободный час, когда уроки были сделаны и ребята собирались заниматься своими делами, принялся делить то, что принёс. Восемнадцать пар глаз неотрывно следят за ним.

— Тебе печенье, тебе, тебе, — говорит он и кладёт каждому на стол его порцию. Каждому, кроме Пигулевского.

— Это мне? — недоверчиво спрашивает Кулёмов.

— Всё — моё? — спрашивает Кузьмин.

Сначала несмело, а потом жадно хватают ребята сладости, запихивают в рот. Чмокают, чавкают. Хрустят сушки. И этот хруст и чмоканье — музыка. Дети. Маленькие дети, не избалованные любовью.

Сначала Пигулевский сидел и смотрел, но вот встал и подошёл к Павлу.

— А мне?

— Я думал, у тебя есть, — пожал плечами Павел. — Может, из ребят кто поделится с тобой?

Ребята перестали жевать, хрустеть, чмокать, то на Павла посмотрят, то на Пигулевского.

— Фиг ему! — крикнул Ванька.

— Накося выкуси! — сказал Тихонов. — Жмот.

— Пусть слюни сосёт! — пробормотал Тишко.

— А то мы вчера не хотели! — зло бросил Кулёмов.

— На! — Кузьмин протянул Пигулевскому сушку.

— Вот, — Серёжа положил перед Пигулевским печенину и конфету.

— Не надо, ребята, — сказал Павел. — Вот порция Пигулевского.

Глава одиннадцатая

Серёжа

Ванька толкает Серёжу в бок.

— Смотри на Рыжего! Глаза, как плошки, зырк, зырк, всё видит. Рыжие, как у кошки.

— У кошки — зелёные.

— Врёшь, бывают и жёлтые!

Серёжа никогда раньше не разглядывал Пигулу, а сейчас вместе с Ванькой разглядывает. Если бы мог, вцепился бы в Пигулину рожу, разодрал до крови. Какая сила понесла давать печенину, сам не поймёт. Убить его, а не печеньем кормить. Но лютой злости, как ни растравляет себя Серёжа, нет. Почему?

— Смотри, злая кошка Пигула, зырк, зырк!

— Знаешь, почему я тебя перед всеми поставил? — Пал Фимыч смотрит на Пигулу.

— Нет, — врёт Пигула. А чего «нет», когда все знают, это он Сашку чуть не убил. Пал Фимыч нарочно время выждал, думал — проймёт Пигулу. Не проняло.

— Злая кошка, — шепчет Ванька в Серёжино ухо. И Серёжа согласен — злая кошка.

Не сейчас, потом он отомстит Пигуле за Сашку. А пока неизвестно, будет Сашка жив, не будет, нужно терпеть. Ну, раздерёт он Пигуле физиономию. Это Пигула — кошка, а он должен отомстить по-человечески.

— Тогда слушай, — говорит Пал Фимыч. — В штрафную тебя посадила Кира Софроновна, я у Тадеуша в больнице был. Разговаривать с тобой наедине мне не хотелось, а сейчас перед всеми скажу: ты — убийца. Пусть тебя напоили, может, в этом ты и не очень виноват, не ты подстрекал, но сколько же в тебе злобы и жестокости, если ты стал убивать человека! Если бы ты избил того, кто малых обижает, да сильнее тебя, да в честном бою, я, может, руку пожал бы тебе. Ты избил малого. На год меньше тебя пацан, по росту меньше, слабее намного. И ты бил спящего!

— Не помню ничего, — моргает Пигула рыжими ресницами.

И в самом деле лицо у него недоумевающее.

— Кроме кулаков, у тебя перед ним преимущества нет. Умнее его? Нет. Сноровистее? Нет. Может, в баскетбол или лапту лучше играешь? Нет. Всё нет. Вот и машешь кулаками. Но ты не только перед Тадеушем виноват, что чуть не убил его, больше, чем перед ним, ты перед собой виноват: ты человека в себе порушил.

— Во даёт! — восторгается Ванька. — Это как? Если я кому вдарю, значит, я сделал хуже себе?

— Точно, Ваня, — сказал Пал Фимыч Ваньке.

Ванька засмеялся, да прикусил язык.

«Почему так — другого обидишь, обидишь себя?» — думает Серёжа.

Пал Фимыч не ему говорит, а у него зудеть начинает внутри, точно говорит ему.

— А ещё передо мной и перед ребятами виноват. Мы тебе поверили, что ты — человек, что с тобой рядом можно спокойно спать, а ты опять нас обманул.

— Всё неправильно, — вскочил Ванька. — Отец сильнее, вот он и избивает мать и меня. Кто сильнее, тот и должен лупцевать. Так поставлено всегда. Учить надо слабого. А слабый пусть бьёт того, кто ещё слабее.

— Что ты, Ваня? Значит, надо бить грудного ребёнка за то, что он — маленький и беспомощный? Он же только родился. Или птицу надо бить? Это ты не подумал, Ваня! Разве капитан может кого бить, Ваня? Все на корабле слабее его, потому что капитан самый сильный, но какой же он капитан, если он кого ударит?

— А я не хочу быть капитаном, — сказал Ванька. — Я хочу скакать, — он осёкся и всё собрание дальше молчал.

Серёжа опять не хочет бить Пигулу, он сам не знает, чего хочет, хочет, чтобы перестало зудеть внутри.

Пигула хлопает ресницами, будто проняло его. А что, может, и проняло. Ещё как! Пал Фимыч начнёт полоскать кишки, проймёт!

— Вань, Сашка придёт, будет сидеть со мной! Слышь?

После собрания все пошли в коридор, а они с Ванькой — к окну, высунулись, стали дышать.

— Ты что думаешь, здоровско или не здоровско быть всю жизнь капитаном? — спросил Ванька.

Серёжа не успел ответить, подошёл Пигула, на Серёжу не глянул даже, будто нет его, спросил Ваньку:

— Ты на чём попался?

Ванька приосанился, развернул плечи, задрал подбородок.

— Я угнал лошадь из колхоза. Вот. Серко зовут.

Почмокал Пигула, почмокал и отошёл, а ночью влез к ним в палату, думал, Серёжа спит, да к Ваньке.

— Будешь отдавать мне компот, понял, Жирный?

Ванька двинул его ногой так, что Пигула отлетел, но тут же вскочил и вцепился в Ванькино плечо.

— Будешь, падло, служить мне! — зашипел.

А Ванька заорал:

— Не буду, падло, не буду! Я не служу никому! Вот тебе, — и вонзил ногти в Пигулину щёку.

Теперь заорал Пигула:

— Будешь, рожа, будешь!

На крик прибежали режимники. Но, когда они влетели в палату, все дружно храпели.

Молодец Ванька, не боится никого.

На другой день Ванька подошёл к Тишко, упёр руки в бока, снизу «ест» взглядом.

— Ты чего? — лениво спросил Тишко. — В рожу хошь? Или принёс посылку?

Ванька ухмыльнулся.

— Почему я тебе посылку, а не ты мне? Может, я тебе дам в рожу! А можа, погожу и покажу тебе одну штуку!

— Какую-такую штуку?

Ванька вытащил из кармана маленький острый ножик.

— Годится?

Тишко вспыхнул.

— Мне, что ли?

Ванька захохотал, сплюнул и пошёл от Тишко, виляя задом и размахивая руками.

Ишь, какой смелый, никого не боится. Может, так и надо?

— Ты, Ванька, всегда такой?

— Какой?

— Прёшь на рожон! — Серёжа не знал, как выразить своё ощущение.

— Я — рисковый, — сказал Ванька. — А что, накласть в штаны от страха, что ли? Страх вяжет руки. Не по мне.

— А у меня заячья душа, я всего боюсь, — признался Серёжа.

— Дурак. Вот смотри мне в глаза, ну, смотри, не отводи! — Ванька нагло уставился на него. — Кто кого пересмотрит. Опустишь глаза, не проживёшь на этом свете. Смотри! Можно пересмотреть любого. И сбежит страх. Страх у того, кто не может смотреть. Я, знаешь, тоже боялся, а теперь не хочу.

— Если ты такой смелый, почему не хочешь идти в капитаны?

— Не люблю воду. Люблю степь. Чтобы твёрдо было. Не потонешь. Скачешь и скачешь.

Ванька всегда теперь будет рядом.

Павел

Весна буквально обрушилась на них, солнцем залила лес, окна, двор, погнала в землю снег, зазвенела чистой водой в ручьях и канавах, прислала горластых птиц. И вместе с весной к ним наконец пришёл праздник. Несколько дней — ни одного нарушения. Ребята возбуждены — готовятся плыть по Друти, готовятся в капитаны. На переменах, во время прогулок звучит: «отдать концы», «лево-вперёд!», «пришвартоваться к берегу»... Команды звучат, и Павлу кажется, весенняя вода подхватит их всех, закрутит и унесёт в открытый океан.

Чтобы игру сделать более жизненной, Павел договорился о встрече с капитаном дальнего плавания, теперь пенсионером.

Плотный, коренастый, Всеволод Петрович выглядит моложаво, подтянут, ходит прямо. Он рассказывает о Баренцевом море, о птичьих островах, о косяках рыбы, о том, что нельзя ловить рыбу до нереста, рассказывает о закатах и восходах солнца, о зимних ночах, о дежурстве, о том, что быть моряком — тяжёлый труд, не каждый может.

Всё, что говорил Всеволод Петрович, ребята теперь пересказывают друг другу, повторяют так, словно сами открыли: «Самая большая глубина океана — одиннадцать километров, в Чёрном море — полтора», «Средиземное море более солёное, чем Чёрное», «Не всюду есть жизнь», «Не все рыбы холодные. Температура тунца выше окружающей среды. Температура акулы выше окружающей среды», «Дельфины спасают людей, любят людей»... Сумбурны, отрывочны знания, но они уже засели в ребятах. И, хотя ребята не видели ни тунца, ни дельфина, ни акулы, они ощутили, что есть другая жизнь, кроме той, которой живут они: жизнь, полная тайн.

Под ярким солнцем Весногорска сгребают прошлогоднюю листву до последнего листика, собирают бумажки на территории, конфетные обёртки — свидетелей «сладкой» жизни, до последней бумажки. Но что бы ни делали, разговоры об одном — о море и кораблях.

Из кабинета биологии Кириенко вынес на улицу цветы — тонкие, хрупкие стебли с завязью на верхушках. Стоит на коленках, пальцами разрыхляет буквально каждый комок земли, делает глубокие лунки, осторожно, двумя пальцами, сажает в лунку стебель и, придерживая его, засыпает.

— На фиг они тебе! — подошёл к нему Квитко. — Что ты, девчонка?

Серёжа даже головы не поднял. Квитко постоял-постоял, сунул руки в карманы, засвистел и пошёл, поддавая носком ботинок сочную землю.

— Знаете, сколько существует видов цветов? — спрашивает Павел у ребят в свободный час.

— Зачем они? Их не поешь! Это не огурцы и картошка!

— Чего с ними делать? — трезвые слова.

— Закрой, Володя, глаза. Представь, у нас вокруг школы голо, ни дерева, ни цветка. Или, представь себе, голубые, розовые, жёлтые цветы. Праздник ведь! Растения выделяют кислород, мы им дышим, а сами они дышат углекислым газом, который мы выбрасываем при выдохе. Значит, цветы, к тому же, ещё и дышать нам помогают.

— На корабль возьму! — говорит Серёжа.

Пока смотрят и слушают, лови момент — наступай по всем фронтам!

— Ребята, а что если каждый из нас посадит своё дерево? Встретимся через несколько лет, а деревья выросли. Вы сами, каждый из вас, вырастил дерево.

— А какие? — вскочил Серёжа.

— Можно яблоню, можно сосенку, чтобы и зимой была зелёная. Можно рябину.

— Где мы возьмём их? — спросил Серёжа.

— Из питомника привезём саженцы яблонь. А клёны, сосенки, ёлки найдём в лесу, там они живут. Сначала зажжём костёр, а когда посмотрим все вместе на огонь, выроем каждый по деревцу.

— Клён хочу.

— Сосну хочу.

— Я ёлку!

В воскресенье пошли в лес.

Кидали жребий — кто вытянет из пятнадцати обломанную спичку, тот будет поджигать костёр.

Собирали хворост, кричали на весь лес.

— У меня сухота сплошная!

— Я нашёл, смотрите, сколько веток!

И Павел вместе с ними тащил сушняк, и смеялся вместе с ними, и думал, какой он дурак, надо было раньше придумать что-нибудь, чтобы вот так, вместе перед огнём, друг против друга.

А потом разбрелись по лесу, выискивали клёны, сосенки, ёлки — не больше метра, выкапывали осторожно, чтобы не повредить корни. Несли осторожно, каждый — своё дерево.

Позвали Сашу Андреевну, она показала, где что лучше сажать, на какую глубину рыть ямку какому дереву, как рыхлить землю, до какой высоты клён, сосенку, ёлку можно закапывать и как поливать.

— Это будет моё дерево? — спросил Пигулевский.

— Твоё собственное. Ты, вот что, пойди в класс, возьми картонку, напиши имя, фамилию, день, месяц, год, час посадки. Привяжешь к дереву, все всегда будут о тебе помнить!

— И я хочу так!

— И я.

Топот ног. Потные, возбуждённые лица.

— А в какое место привязывать? На вершину?

— Вот дурак. Зачем на вершину? Дерево вырастет, ты, что, полезешь, наверх посмотреть, кто сажал? Надо на самый низ.

— Сам дурак. Дождь, снег размочат внизу.

— Ничего не дурак. Дерево-то растёт, и наши имена будут подниматься.

— Пал Фимыч, дерево будет моего имени — Тишко, да?

— Конечно, твоего. А чьё же оно, если ты сам его выкопал, сам посадил, сам будешь поливать?!

— А они будут все одного роста? — спросил Кулёмов у Саши Андреевны.

— Нет, конечно. Если не подстригать, все улетят к небу: клёны ниже, сосны выше. У них природа разная, и у всех условия жизни были разные, многое зависит от микроклимата, сколько на каждое из них попадало солнечных лучей, от того клочка земли, на каком росли, сколько кустов и деревьев «ели» вместе с ними из той земли, больше-меньше витаминов было?!

— Вот это да!

— А если подстригать? Сделаем их одного роста?

— Можно, наверное, только это забота большая.

— Ещё подтянись! — говорит Павел. — Ну же, не бойся. Ты растёшь, когда подтягиваешься. Хочешь вырасти большим, давай. Два раза — разве дело? Смех курям. Моряк должен быть сильным, чтобы выдержать шторм. — Павел подталкивает к турнику Кулёмова. — И мышцы станут тугими. Гуля Королёва как тренировалась? Тоже не сразу получалось. Получится у тебя, вот увидишь. Ну, Петя, давай теперь ты. Иди сюда, Серёжа. — И Серёже в самое ухо: — Станешь сильным, не страшны тебе будут Пигулевский с Тишко. Ну же!

— Сейчас корабли современные, — говорит Павел на классном часе, — приборы на электронике. Занимайтесь получше. Много знать будете.

Тишко ехидно спрашивает:

— Вы всё повторяете «нравственным будь». Что это такое?

— Сам-то что думаешь?

— Не быть сукой! Не предать! — усмехается Тишко. — Не фискалить. Не бояться ничего и никого. Не терять себя, когда идёшь на дело.

— У тебя получились сплошные «не». А что значит — быть хорошим человеком?

— Друг превыше всего! Для друга не пожалеть ничего.

— Подожди, а просто люди вокруг? Как к ним относиться?

— По-разному, — угрюмо насупился Тишко.

— Ты здесь, допустим, подружился с Квитко.

— Ну...

— А представь себе, ты его не знаешь, а встретив на улице, ни с того, ни с сего бьёшь его, обворовываешь, а может, и убиваешь. Ты никогда не задумывался, что бьёшь, обижаешь того, кто мог бы, если бы вы познакомились, стать твоим лучшим другом? Или девочку, которая могла бы быть твоей сестрой или любимой?!

Тишко замотал головой.

— Да хватит вам! Не хочу вас слушать, не жужжите! — сел и зажал уши руками.

— Я про тебя один секрет знаю, — говорит Павел.

Тишко опускает руки, смотрит на Павла.

— Если бы вот сейчас вошли к нам в город фашисты, ты бы первый стал с ними бороться, верно?

Тишко так удивлён, что даже скрыть этого не может.

— Ну, и что?

— Не забоялся бы?

Тишко презрительно передёрнул плечами.

— Знаешь, почему ты стал бы с ними драться? Потому что родину любишь. А что такое «родина», ты задумывался? Прежде всего — люди. Получается разрыв. Не чувствуешь? Родину любишь и стал бы защищать её, а людей своей родины, ребят вот наших, или тех, кого ты на воле обидел, не только не любишь, а можешь оскорбить и убить. Что же тогда — для тебя нет различия между своим, которого ты должен защищать, если нападёт враг, и врагом?! Хороший человек всегда защитит слабого, женщину, девушку, ребёнка. Полюби не только друга, а и тех, кто нуждается в защите. — Павел поймал злой взгляд Пигулевского.

— Зачем это? — не выдержал Пигулевский. — Кто меня здесь, например, любит? Зачем я должен...

— Я люблю, — сказал Павел. — Эдик любит. И все знают, что и ты, и Валера по сути добрые. В море во время шторма все должны быть единым целым, любишь кого из команды или нет, иначе легко погибнуть: может смыть с палубы, может кто-то рядом захлебнуться. Только когда поможешь тому, кто рядом, а он тебе, выживешь. Кому ты сегодня помог?

В сплошной поток слились дни. Но каждый начинается с искреннего «доброе утро!».

— Я заметил, Валера, ты вчера не курил. Я знаю, как тебе трудно. Молодец. Я так и знал, у тебя воля есть. Не отворачивайся, смотри в глаза. Никого не обидел ночью?

— Доброе утро, Виталий! Как красиво ты застелил кровать! Молодец. Готовишься к походу? Начал читать «Четвёртую высоту»? Я знаю, ты вчера никого не обидел. Молодец.

— Бегом, Ваня! Быстрее! Дыхание. Отпусти мышцы. Серёжа! Свободнее! Расслабьтесь. Вы играете, вы чувствуете каждую свою мышцу. Не надо напряжения, Витя. Бежать нужно легко. — Павел обгоняет ребят, бежит сам, показывая, как легко, как свободно он бежит.

Словно несёт его какая сила — он летит по дням.

И даже то, что у Саши — осложнения, у него исчезли некоторые реакции и теперь ждут столичного врача, не приводит к депрессии, а создаёт устойчивую надежду: всё с Сашей будет хорошо. Павел рассказывает Саше о каждом их дне. И Серёжа допущен к Саше. А в какой-то из дней Пигулевский попросил передать Саше, что просит прощения.

Как-то вечером Эдик говорит:
— Учил Короля играть на гитаре, слух у него классный. Мы с ним готовим на два голоса песню «Бригантина поднимает паруса». Квитко читает «Морские тайны» Голубева. Пигулевского раззадорил, заставил решить три лишних задачи. А ещё он сам предложил показать Гринкину, как решается задача. Я уговорил Гринкина почитать мне в свободный час. Фразы уже получаются. «Биографию моря» Кэррингтона читал двадцать минут. Потом Валентина Аристарховна устроила ремонт одежды, мы закрепляли пуговицы, гладились. Я, знаете, что предлагаю, давайте готовиться к походу сейчас. Соревнование на лучшую карту, на лучшую шутку, на лучше всех отчищенный котелок, на лучший рисунок рыб.

— Погоди. Им нужно пятый класс хорошо кончить, иначе и поход не состоится. Все силы — на учёбу!

Павел спит мало. Сильно похудел. Изнутри его жжёт азарт, который бывает в напряжённой игре, когда любой промах сулит поражение.

Трудно удержать в голове сразу, одновременно, привычки, желания, интересы каждого. Трудно помнить все разговоры с ребятами. Трудно не позволить себе любить кого-то больше, а кого-то не любить вовсе.

Где раздобыть книжки о капитанах и дальних плаваниях? Обещал принести книгу о Бермудском треугольнике, пока не достал. Слышал, есть прекрасные брошюры об этих островах, есть книги Алена Бомбара «За бортом по своей воле» и «Великий час океанов». Павел обзвонил всех друзей-приятелей. Друзья-приятели предлагают Жюль Верна, Цвейга о Магеллане, серию «Стрелы», выпускаемую «Молодой гвардией». Бомбара нет. В городской библиотеке тоже нет.

Где достать книги? Можно или нет выписать из Москвы? Вдруг остынет интерес к морю, тогда что придумать?

«Спешить некуда, — успокаивает себя Павел. — Начнёшь спешить, ничего не выйдет».

Не вслух, в глубине своей, каждый день — спор с Кирой. «Разве нужны штрафные, когда ребятам интересно? — спрашивает Павел у неё. — Разве станут они хулиганить?»

И к ребятам обращается Павел:

— А ну-ка, попробуй ответить на вопросы: «Какой океан самый солёный?», «Могут ли рыбы изменять свою окраску?»...

Ни скрипа, ни вздоха не услышишь на уроках биологии и географии.

Была разве война между ним и ребятами? Приснилось. Он и ребята вместе, как и в прошлой группе.

Ночью проваливался в сон, как в преисподнюю, — чернота, забвение.

Димка плачет ночами всё меньше — привык жить. Корюшка ходит в детский сад.

Тихо дома. Пахнет молоком, свежестью чистых полов.

На бегу в школу, на бегу из школы вспомнит о Марии Сергеевне — надо бы проведать! Завтра. Надо бы поговорить с Анкой. Завтра. Но «завтра» снова бег в школу, бег из школы. И проскакивают, как секунда, сутки, расцвеченные яркими цветами, спортивными соревнованиями, спорами. Завтра. Когда наконец явился в больницу к Марии Сергеевне, оказалось, она из больницы выбыла. Не задержался мыслью. Выбыла и выбыла. Вылечилась — хорошо, пусть теперь учится.

Павел завёл дневник.

«Человечество и человек — в противоречии. Человечество существует вот уже несколько тысячелетий, человек приходит в жизнь самое большее — на семьдесят-восемьдесят лет. Для человечества войны, эпидемии, революции — явления временные, вспыхивают и гаснут. Для человека эпидемии, революция, война часто кончается смертью.

Человек перед смертью, перед Вечностью беспомощен. Но именно человек, хрупкий и порой слабый, строит города, открывает законы математики и физики, побеждает фашистов, стремится постигнуть Вселенную, несётся в космос, в звёздную минуту создаёт «Войну и мир», «Теорию относительности»... На двух несильных ногах несёт он в себе целый мир. Но, такой наполненный, человек всё равно умирает. И для него вместе с ним гибнут вёсны и звёзды и открытия.

А человечество остаётся жить. До гибели земного шара.

Зачем совершенствоваться и отдавать другим то, что можешь, если всё равно погибнешь? Зачем радоваться жизни, если всё равно погибнешь?

Крупными буквами пишет Павел в своём дневнике:

«Я бросаю вызов вечности и Вселенной: хочу, чтобы вечно был жив человек».

Глава двенадцатая

СЕРЁЖА

В мастерской делали конверты. Каждый должен сделать триста конвертов, можно больше, на сколько хватит сил.

— Смотри, какие листы ровные. Поди-ка, руками так не нарежешь ни за что. Сильная машина! — Ванька всё, что думает, говорит вслух. Прикладывает картонную трафаретку к листу, сворачивает конверт. Один к одному. Руки у Ваньки ловкие, так и снуют. Серёжу берут завидки.

— Смотри, состригу у Серко гриву, когда станет жарко. Какие острые! — вдруг говорит Ванька, показывая на длинные ножницы.

— Пал Фимыч принёс. Он нам всё носит из дома: пироги, книжки...

Ванька трогает пальцами лезвия и причмокивает от восторга.

— Острые!

Норму Ванька перевыполнил — вместо трёхсот обязательных сделал триста пятьдесят, всего на десять конвертов меньше, чем Эдик. Эдик подошёл, стал просматривать конверты.

— Молодец! Здоров! Не схалтурил.

— Я — рисковый! Берусь, делаю. Я тебе усмирю любую лошадь, хошь? — стал хвастаться ни с того ни с сего Ванька. — Хошь? — повторил.

— Не хочу, — рассмеялся Эдик.

— Я хочу, — сказал Кузя. — Усмиряй.

Ребята столпились вокруг Ваньки, а Ванька, захлёбываясь от важности и удовольствия, давай рассказывать:

— Я делаю как? Гонят молодую кобылу на убой, ну, она считается бракованная, а я тут как тут. Молодую забираю себе, а на убой подсовываю старую клячу.

Можно подумать, у Ваньки целая конюшня молодых коняг — во, врёт! И Серёжа важно оглядывает ребят — ещё не такое услышите!

— Я ведь всегда при лошади. Все довольны. Теперь моё дело — обучить её. Каждая послушается меня, потому как я понимаю её язык, а она — мой. Не веришь?

Кузя скорчил рожу ехидную и насмешливую. Ванька грудью пошёл на него, выставив вперёд живота пухлые кулаки.

— Думаешь, вру? Да? Говори! Вру? Да, да?

— Конечно, врёшь! — Кузя зевнул, отвернулся к Серёже. — Лучше ты, Серый, поври мне о птицах. Ты у Саши Андреевны первый отличник! Расскажи, чего птицы едят зимой. Мне нравятся птицы, машут крыльями в небе, эка!

Ванька разозлился.

— И ты не слушаешь? Брезгуешь? — накинулся он ни с того, ни с сего на Серёжу.

— Ты чего? — удивился Серёжа. — Кузя спросил, я должен отвечать. Вовсе не все улетают, остаются сорока, воробей. Ты чего, Ванька?

Перед ужином Пал Фимыч вспомнил о ножницах.

— Эдик, мать дала на один день, ей нужно материю кроить.

Побежали в мастерскую, перерыли всё, каждый конверт пересмотрели — нету ножниц.

Загнал Эдик всех в класс.

— Вам человек и так отдаёт всё. Кормит мороженым за свой счёт, приносил вам посылку. А ну, выкладывай ножницы, кто взял? А не то приведу Киру Софроновну.

Серёжа покосился на Ваньку — уж больно Ванька хвалил ножницы. Ванька прижал руки к груди, смотрит Эдику в глаза самым честным образом.

— Кто видел их в последний раз? — спрашивает Эдик, каждого ест взглядом. — Все молчат. — Кто резал ими? На чьём столе они лежали?

— Я резал, — встал Серёжа.

— И я резал, — встал Кузя.

— И я резал, — встал Кулёма, — но мы с Серым потом взяли другие, потому что эти куда-то делись.

Кузя кивнул в Ванькину сторону.

— Этот тоже ими резал. Резал?

— Резал, — говорит Ванька. — Я тоже потом взял другие.

— А я думаю, твоих это рук дело, уж очень ты нахваливал их! — резко сказал Кузя. — Ты не нравишься мне. Ты — нечестный.

— Ты зато честный! — вскочил Ванька, полез через проход к Кузе. — Сюда как раз и попадают за честность. Сам вор!

— Закрывается собрание! — крикнул Эдик. — Гринкин, иди сюда.

Ребята унеслись в спортзал, Ванька, переваливаясь, подошёл к Эдику. Серёжа поплёлся за ним. Как ледяной воды опился, холод внутри. Неужели Ванька стибрил? Эх, Ванька!

— Вот если я тебе подарю мяч, ты мне скажешь спасибо или дашь в морду? — мирно спрашивает Эдик.

Ванька не знает, чего от него хочет Эдик, а потому молчит. Серёжа не смотрит на Ваньку, смотрит на Эдика.

— Этот пример непонятен тебе. Слушай другой. Ты хочешь жрать. Я накормил тебя. Ты скажешь мне спасибо или в морду дашь?

— Привязался — «дашь», «дашь»! Ну и что дальше?

— А то. Пал Фимыч нам с тобой, чтоб нам с тобой было удобнее работать, принёс свои острые ножницы. Тадеушу никто не слал посылку и никто не приезжал к нему, так, Пал Фимыч прислал ему посылку, якобы от матери. За что ж ты его — в морду?

— Кого?

— Пал Фимыча.

— А кто бьёт его? — заорал Ванька. — Почему? Кого я бью?

— Давай ножницы.

Ванька давится слезами.

— Ты, ты, падла! Я! — Ванька вытягивает ножницы из-за пазухи, кидает на стол. — Жри! — и бежит прочь из класса в туалет. Серёжа бежит следом. Он сам не понимает, что гонит его. В морду хочет дать Ваньке или сказать слова какие-нибудь? Горячая злость щиплет глаза. Ванька открывает воду, пьёт холодную струю, заглушает крик. Потом поворачивается к Серёже, обливаясь слезами, говорит: — Жарко будет Серко. Никто не подрежет гриву. И чёлку! Снится каждую ночь. Заливает дождь. Хочет пить. Плачет он.

Серёжа, открыв рот, слушает. Нету злости. Жалко Ваньку и его Серко.

— Я скажу Эдику, хочешь?

— Иди к чёрту со своим Эдиком. Ты что, фискал? — но тут же Ванька забывает об Эдике. — Он тяжело работал. Зимой замерзали трубы в коровнике. В бидонах из-под молока привозили воду утром, днём, вечером. Конечно, я ничего не говорю, коров тоже жалко. Но его мне жальче — целый день взад-вперёд. Коровник — на двести коров. Пока напоишь каждую... Только вот никто не собирался поить Серко. Он тряс головой, хотел сбросить удила, ржал, плакал. Слёзы замерзали, скатывались по морде льдинами. А никто не поил и не кормил его. У меня чуть не лопнуло сердце. Дядька, что возил воду в бидонах, заехал к куме — пить водку. Для меня распрячь коня — раз, два и готово. Я вспрыгнул на спину и поминай как звали!

Ванька перестал реветь, у него разгорелось лицо, и Серёжа не мог понять, снова врёт Ванька или говорит правду?

— Сарай на отшибе деревни, изба заброшена, — рассказывает Ванька. — Старуха, что жила в той избе, померла, а сын утёк в город на заработки. Сарай ещё хорош. Натаскать сено из чужих сараев — дело нехитрое. С одного двора, с другого. Вот когда я пожил! Днём прижмусь к Серко, дрыхну, ночью ношусь по дороге. В лес не заскочишь, снегу по колено, а дорога ночью — пустая. Гладкая. От снега всё видать. До города можно домчаться, только мчись. Дорога и подвела. Нос к носу столкнулся с директором школы. Ночь — светлая, луна — полная. И директор узнал меня. И коня узнал.

Вот тебе и Ванька. Или врёт складно? Или всё правда?

Несколько дней просидел Ванька в сарае, затаился. Но, как ни затаивайся, надо жрать. Выполз из сарая на свет божий, и сразу загребли его в милицию. «Где конь?» — спрашивают. «Продал». «Где деньги?» «Пропил».

— Вот за это «продал» и «пропил» я и попал сюда, — сказал Ванька. — Зато Серко не продал и не пропил, стоит в сарае, хрупает сено, до лета хватит ему того сена.

Серёжа никак не может уснуть. И Ванька ворочается.

— Вань, ты врал, или впрямь у тебя есть настоящий конь?

— Чтоб выдрались, чтоб выпали все зубы, коли вру! — шепчет Ванька, в голосе его слёзы.

Вот это да, ни у кого нет даже собачки, а у Ваньки — настоящий конь!

ПАВЕЛ

Вышел из школы.

Такой весны не вспомнить. Уже три дня стоит над ним от рассвета до заката солнце. День — длинный, яркий. Ребята спешат сделать уроки, чтобы скорее — на улицу: нестись в футбол, в лапту, играть в баскетбол! Главное — двигаться. Капитан должен быть ловким и сильным.

Ни зимы, ни дождя вроде не было. Прёт из земли трава, наливаются почки, лопаются. Зелёным пухом покрылся мир. И расцвели Серёжины тюльпаны с нарциссами, задолго до их обычного цветения.

Солнце закатилось совсем недавно, а его свет ещё подсвечивает небо.

Павел бежит к последнему автобусу. Уже два дня у Димки температура — тридцать девять. Утром ещё ничего, а вечером грудь брать не хочет, плачет.

Последняя кормёжка — в одиннадцать ночи, как раз когда он возвращается из школы.

Скорее! Через минуту отходит последний автобус.

— Пал Фимыч! — нагнал его у проходной Васюк. Бывшие ребята избегают его. Зачем же Васюк здесь? Запыхался. Без своей всегда радостной улыбки.

— Тороплюсь, Васюк, прости.

— Сам видел... спустился по простыне! — скороговорка. — Из ваших спален, из фрамуги! — Васюк никак не отдышится, облит светлыми сумерками. Махнул рукой в сторону леса.

Автобус, последний в этот ночной час, медленно отползает от остановки.

— Один?

— Один.

— Спасибо, Васюк! Беги скорее к Эдику, скажи, что случилось и чтобы он бежал скорее ко мне. — Режимнику крикнул: — Солнцева забираю с собой! — Выскочил из школы, завернул за угол и увидел коренастую фигуру на гребне забора. Расстояние между Павлом и забором — пятьсот метров. Эх, заметить бы, в каком направлении дунул парень!

Кто бы это мог быть?

Когда Павел уже перелезал через забор, подбежал Эдик.

— Гринкин! — крикнул Солнцев. — Он давно грозился.

Прямо на глазах свет утягивался властным солнцем в другую страну, деревья тёмными телами выстроились во враждебную армию, кусты разбухли. За каждым из них может сидеть Ваня. Спокойно переждёт, пока они выберут маршрут и начнут свой долгий, бесполезный бег, а он тогда спокойно пойдёт, куда ему надо. Так рассуждает про себя Павел за Ваню. Налево — выйдешь к железной дороге, направо — к городу. Ваня из деревни Кони, интернат его — в городском посёлке Супынь. Куда дунет, неизвестно.

Что же это за воспитатель, который не знает, куда бежит его ребёнок?!

Эдик, между тем, ходит осторожно, чтобы не хрустнула ветка, от куста к кусту.

Павел затаился. И Гринкин, видимо, затаился. Иначе они с Эдиком услышали бы хруст веток.

Словно в помощь Гринкину, сумерки быстро сменились темнотой. Редко бывают в июне такие тёмные вечера.

Что ему делать дома? Он сам говорил, родители пьют, дерутся, со жратвой плохо. К дому его ничего не привязывает. В Супынь тоже не пойдёт. Из интерната убежал, зачем ему туда возвращаться? Да и в ярко освещённом городе ему нечего делать. Все милиционеры чуть не в глаза знают воспитанников их школы.

Павел, как и Эдик, осторожно обходит кусты.

Конечно, Гринкин пойдёт только к железной дороге и по шпалам доберётся до станции. А там — товарняки, пассажирские поезда, и поезжай, куда душе угодно.

Ваня не побежит. Он будет беречь силы на дальний путь. Он хочет перехитрить их с Эдиком. Наверняка, выжидает где-то здесь. Уже уверенно, не торопясь, один за другим обходят они с Эдиком кусты.

— Я думаю, он успел выбраться на просеку, — сказал в самое ухо Эдик. — Пойдёмте потихоньку. Мы услышим шорох, если он ещё здесь.

Легко, почти не ступая, двинулись в сторону просеки. Не просека — коридор между двумя рядами старых лип, тянется чуть не с километр. Наверное, когда-то просека вела к барской усадьбе. Только бы выбраться на неё, пробежать её можно в хорошем темпе за минуту.

Ни луны, ни месяца. Разве найдёшь в этой черноте человека?

Страшно Ване не будет. Ваня вырос в деревне, лесной темноты не боится. Под любым кустом уснёт спокойно, а с рассветом потихоньку пойдёт.

Только здесь, на просторной просеке, когда ноги не цепляются за кочки бездорожья, Павел снова вспомнил про Димку. Анка просила не задерживаться сегодня. Первый раз за несколько долгих месяцев попросила. В глаза не посмотрела, а голос задрожал.

Димка родился слабенький, всё время болеет. И, когда болеет, жалобно плачет. Совсем вымоталась с ним Анка. К рукам приучишь, потом погибай — ничего делать не даст. По логике взять бы сейчас отпуск за свой счёт и посидеть дома, выходить пацана. Но ведь в группе, если что упустишь, никогда не восстановишь.

У Анки заострился нос, как у тяжело больной.

Нужно было режимников отправить за Гринкиным. Вечно он спасает своих ребят сам. От штрафной, от стыдобы общей линейки... Сумеет Павел вернуть Гринкина к зарядке, никто ни о чём не узнает.

Но почему Гринкин оказался ему важнее Анки с Димой?

Павел так ждал сына! А когда сын родился, времени на него совсем нету.

Просека кончилась. Открылось ровное аккуратное пространство, с разбросанными по нему старыми липами и тополями. Наверняка, раньше здесь была барская усадьба.

Побежали налево, снова к лесу, за лесом начнётся железная дорога.

Ваня домой не поедет. Отец, как напьётся, сильно бьёт мать, а Ваню привязывает к двери за ногу, как козу, и тоже бьёт. Ваня рассказывал, он убегал из дома на целый день, лишь пожрать являлся к матери в пивной бар, съедал по пять порций сосисок с килограммом хлеба, да штук пять-шесть пирожных. Потому и толстый такой. От хлеба и пирожных.

Что-то связано с Ваней. Серьёзное для Павла. И с Димкой связано. И с Викой. Что-то есть общее, без чего не понять того, что происходит.

— Пал Фимыч! Не мог он добежать сюда, я вам точно говорю.

Павел не отвечает, бежит ровно, пытаясь глубоко проталкивать в себя воздух. Чем больше нервничает, тем глубже старается дышать — скорее нужно успокоиться.

Как пришёл в спецшколу, сразу оказался между двух огней. С одной стороны, его «я», он сам, со своими желаниями, привычками, его мать, его жена, его дети. С другой — люди, которым он нужен и которые вроде бы не должны быть нужны ему так сильно, как его родные. Но они-то ему, оказывается, нужны больше всего на свете! И они в вечном конфликте с матерью, Анкой, его собственными детьми.

В детстве с приходом темноты его запирали дома, укладывали рано спать, не разрешали даже нос высунуть на улицу. В детстве он был уверен, что с темнотой меняются и речка, и лес, и дорога, и даже крыльцо. Первое нарушение запрета — в семь лет. Родители ушли в гости. На цыпочках, чтобы не услыхала из другой комнаты бабушка, подошёл к двери, смахнул щеколду с крюка, зажмурился и шагнул на крыльцо. И лишь на крыльце, когда холодными иголками вонзилась ночь в лицо и в руки, открыл глаза. Лунным светом тёк «запрет». Зыбкие неверные тени знакомых кедров. Бело-чёрное очертание верб. И запах воды с хвоей, земли с мхом — смешанный, настоянный за день — вот он, запах ночи! Если все запреты таковы, зачем нужны запреты? С того семилетнего опыта он знает: ночью так же, как и днём, идёт жизнь. Рождается муравей, его дети, оба, родились ночью, течёт лунный свет — из вечности. Тайна перепутана со знакомыми деревьями и строениями.

Сегодня лунного света нет. Стоит чёрная ночь. Про такую говорят: «хоть глаз выколи».

— «Среди долины ровны-ые-е!..» — раздалось совсем близко.

Старческий, облезлый, дребезжащий голос разбил темноту. Белое пятно рубашки быстро катится навстречу.

— «Среди долины ровные-е!..»

Павел от удивления остановился. В такой черноте велосипед! Нужно иметь кошачье зрение, чтобы ехать сейчас на велосипеде.

— Откуда ты взялся дед?

Дребезжащий старческий смех в ответ, скрежет тормозов. Белое пятно опустилось ниже — дед встал на ноги.

— Здрасьте. Люблю ночных прохожих. Здоровые люди. Больной ночью спит.

— Далеко железная дорога? Как нам поскорее к ней подойти? Когда и в какую сторону отправляется ближайший поезд? Не встретили ли вы на дороге ребёнка?

В самом деле перед Павлом глубокий дед. Белая рубашка снизу чуть подсвечивает лицо — острый небритый подбородок, острые старческие скулы, зоркие глаза.

— Любишь задавать вопросы, да я не охотник отвечать, — зашамкал дед. — В войну вообще не отвечал ни на какие вопросы, вот и выбили мне зубы, переломали рёбра. Так-то. Здороваться надо, мил человек.

— В войну вас немцы спрашивали, — громко сказал Эдик. — А мы разве немцы? У нас пацан убежал из школы. Мы волнуемся.

— Ты прав, дед, здороваться надо. Здравствуй, — сказал Павел. — Только, дед, поговорим мы с тобой про вежливость, поезд уйдёт, а с ним вместе и парень. Так-то. Иногда вежливость лишняя бывает. У тебя дети есть?

Дед закашлял, засморкался. Павел хотел было бежать дальше, но дед сказал:

— Помер сын. Слышишь, что ли? Завтра среди долины ровные-е хоронить буду! Похороню, и сам — за ним. Ездил к его крёстному отцу сообщить. Засиделся. Домой спешить некуда. А твой поезд пройдёт только в три часа. До этого пацан будет цел. Коли убёг от тебя пацан, плохо твоё дело. Не умеешь понять пацана. От хорошего пацан не побежит.

— Болел сын у вас? — спросил Павел, словами разряжая возникшую неожиданно тревогу. У Димки три дня подряд температура тридцать девять. Димке ещё нету трёх месяцев. За кого нужно бороться: за Димку или за Гринкина, которого он знает меньше месяца? А что, если Димка помрёт?

— Болел не болел, не те слова. Один сын. Бабка уже цельное десятилетие в земле, ждёт меня. Невестка увезла от меня внуков за тысячу вёрст, не найдёшь. Пил сын, вот какое дело, беспробудно. Торпеду ему вшили, а он взял и выпил безо всяких осторожностей. Сейчас лежит один. Ждёт меня. — Дед легко взгромоздился на велосипед, дребезжа, запел: — «Среди долины ровные-е...»

Шины шуршат всё тише, тише, голос звучит тише, тише. Наконец замолкает. Был голос? Нет? Был дед? Нет?

— Вы меня ни разу не спросили, за что я попал сюда. — Эдик заговорил громко, словно спеша заглушить голос деда и Павлову тревогу. — И не стали читать моё личное дело. Я квартиру ограбил, со взломом, девочку изнасиловал. Учителей доводил до слёз каждый день, дрался каждый день.

Они медленно идут в сторону железной дороги. Тишина тем более резкая, что она — после песни деда и слов Эдика.

— Ты — изнасиловал?!

— Я изнасиловал.

— Знакомую девочку? Или незнакомую?

— Знакомую.

— Зачем?

— Чтобы не делась никуда.

— Как её зовут?

— Уля.

— Сейчас жалеешь об этом?

— Нет.

— Почему?

— Она моя. И только моя.

— А квартиру зачем грабил?

— Я не одну квартиру грабил. Пять штук. Со взломом.

— Зачем?

— Уле принёс аккордеон, Уля любит музыку. Она очень хотела играть на аккордеоне. — Он помолчал. — Мне нравилось совершать насилие. Дверь взломал — герой. Свой страх преодолел — герой. Друзья научили меня не бояться. «Твоя сила — твоя власть». Самый близкий друг три раза сидел в тюрьме. Отчаянный. Фитилём прозвали. Это он заставлял меня идти по карнизу десятого этажа. Не верите? Чесслово. Для меня страшнее его презрения не было ничего. Я за него — в огонь и в воду. Что он прикажет, всё делал.

— А сейчас?

— Что «сейчас»?

— Как ты понимаешь жизнь?

— Вы ночью за Гринкиным бежите. Посылку нам принесли. Тадеушу прислали посылку. Так я её теперь и понимаю. Гринкину прочистить мозги нужно хорошенько. Хотите, стихи скажу? — И без перехода, скороговоркой:

— Что «не случилось в мае»?

— В прошлом году, в марте, вы забыли, она приезжала ко мне с моей матерью, сказать, чтобы я не писал ей писем, не изводил её, что она не полюбит меня никогда.

— Ну, а ты что ей сказал?

— Ничего. Повернулся и ушёл. Что я мог сказать ей? Она меня сейчас не знает. Я сейчас не тот, что был тогда. Совсем другой. Не стану же я, пожирая мамины пироги, при маме, при чужих родителях и ребятах объяснять ей это!

— А почему в письмах ей ничего такого не напишешь?

— Боюсь, прочитает кто-нибудь. Те, что передал через чужих и своих родителей, тоже не откровенны. Письмо — не голос, не глаза, какие слова скажешь в письме?

— Почему раньше мне ничего такого не говорил?

— Я жил здесь. Теперь ухожу. Сдам экзамены через месяц, и нет меня. Как же раньше я мог говорить такое?

— неуверенный голос Эдика.

После небольшой паузы добавил:

— Закрутились такие дела, учимся на капитанов, уходить неохота.

Эдик прожил в школе два с половиной года. Каждый день рядом. И молчал. Прав старик: от хорошего не побежит! Почему даже Эдик не откровенен?

— У меня сын сильно болен, — невпопад сказал Павел. — Под сорок несколько дней.

— Может, пойдёте домой? А я приведу Гринкина. Увидите, приведу. К зарядке. Вы мне дайте ключ от лесной калитки, спрячемся в кустах, и сразу на зарядку! Никто не узнает, вот увидите! А вы потом разберётесь с ним.

Они уже подходили к станции. Это был не центральный вокзал с яркими светящимися окнами, это полустанок: Весногорск-2, Сортировочная.

— У меня к тебе просьба, Эдик, останься ещё на месяц. В училище поступить успеешь. Похода боюсь. Без тебя не справлюсь.

Эдик не ответил.

Ещё час до первого поезда. Спят в углу вокзала двое мужиков, на скамейке спит женщина с ребёнком. Ни в туалете, ни за стойкой-буфетом, ни за урнами, ни за книжным киоском Вани нет. Павел тяжело опустился на скамью. Гудят ноги, ноет спина. Неужели не в ту сторону побежали?

Карина росла здоровой, она ничем не изменила хода его жизни. Пытаясь высмотреть среди спящих Гринкина, Павел понял: за своих детей он отвечает ничуть не меньше, чем за чужих. Как просто было — сообщить в милицию. И сейчас сидел бы здесь дежурный милиционер, сторожил Гринкина, а потом благополучнейшим образом привёз бы в школу и в штрафную. Вот и всё. Заслужил.

Ему было одиннадцать. В наводнение, когда вода совсем уже подходила к крыльцу, решил испытать себя: выдержит её, холодную, доплывёт до другого дома? Всего-то метров сто! И, надо же, мать увидела, как он выбивается из сил: выныривает, погружается в воду, сведённые судорогой руки бьют воду! Увидела и закричала. Он не доплыл те сто метров, что наметил, вылез раньше, прямо к материным ногам. Мать наказала его: посадила в чёрный душный чулан с мышами думать: «Полезно пережить свою вину», — сказала. Когда дрожащими руками мать помогала ему растираться, он пожалел её — из-за него мучается, а в чулане вместо вины родилась злоба. И ещё одно ощущение, дерзкое, прямо противоположное тому чувству, какого ждала от него мать: «Назло ей переплыву!» Павел залез на кованый, старинный, оставшийся ещё от декабристов сундук, сжался в комок — здесь-то мыши с крысами не достанут, и твердил: «Переплыву всю реку. Назло».

Штрафная в школе — чулан его детства. Пусть в ней нету крыс с мышами, наверняка в ребятах она рождает злобу.

Он убеждён: нельзя над человеком совершать насилие. Наказанием не потушить зла. Наказание — усугубление зла. Нужно полюбить человека. Только любовью можно вернуть преступника в люди.

— Не могу, — прервал его мысли Эдик.

— Что «не могу»?

— Не могу идти в поход. Должен увидеть Улю.

— Она любила тебя до насилия?

Эдик долго молчал, потом тихо сказал:

— Маленькая была. Впрочем, не знаю.

Полюбить — дать ребёнку в руки лекарство от преступления. Самое трудное — полюбить. Сразу полюбил Серёжу Кириенко. А Гринкина пока полюбить не может. Поэтому Гринкин убежал.

Старик правильно сказал: «Коли убёг от тебя пацан, плохо твоё дело. Не умеешь понять пацана. От хорошего пацан не побежит». Не получился воспитатель. Не получился муж. Не получился отец. Не умеешь встать на место другого человека, не умеешь почувствовать чужую боль.

Эдик спит рядом.

Павел вдруг заметил телефон-автомат, тяжело встал, подошёл, набрал свой номер.

Долгие бесконечные гудки. Непонятно. Телефон у Анкиной постели. Протяни руку, и всё. Ни разу за восемь лет их общей жизни они не отключили его и ни разу Анка не уснула, пока он не вернулся домой. Искать его она не пойдёт — спят дети. Она знает, если не вернулся, значит, — ЧП. А может, всё-таки отключила телефон?

— Смотрите, уходит! — мимо окна медленно полз поезд.

Павел выскочил из будки, помчался за Эдиком на перрон, провожаемый долгими равнодушными губками телефонной трубки. Едва прыгнули в последний вагон.

Отдышивались тяжело.

В тамбуре пусто, сумрачно.

Сумеречный сонный общий вагон.

— Багажная полка, любая свободная, туалет, забейся, куда хочешь, — тревожно говорит Эдик.

Сонная проводница толстым плечом задела Павла, прошла в тамбур, загрохотала кочергой, углём, хлопнула предохранителем двери и вдруг тонко закричала:

— Откуда взялись? На перроне никого не было. Здеся все спали. И вдруг на тебе! Билеты давайте.

— Я воспитатель в спецшколе. У меня мальчик сбежал.

Рыхлое круглое лицо, с мелкими глазками, повернулось к Павлу.

— «Сбежал»? — сочувственно спросила она.

Неожиданно Павел стал рассказывать про Гринкина.

— С первого часа грозился «убегу»! Ножницы своровал. Читать не умеет, учиться не хочет. Родители сильно пьют. Куда побежит? Где собирается жить?

Женщина кивала на каждое его слово, и её подвитые короткие волосы тоже кивали Павлу.

— Сколько ему? Двенадцать? Как моему. Тоже уйдёт с утра, до ночи нету. Пойдёмте.

Она занимала весь проход, колыхалась спиной и задом, вправо--влево. Под все лавки заглянули, все полки проверила.

— Говорю, в моём нету. Может, у Лёльки?

Прошли Лёлькин вагон. Ещё один. Ещё.

— Мой-то, если пропадёт... кто мне поможет? Курить начал, нашла окурки в брюках. Если мой-то сбежит... кто поможет найти?

Проводница знает, где искать.

В купейном вагоне остановились растерянные.

— Не имею права открыть купе, — сказала она, мигая редкими короткими ресницами. — Знаете, что, пусть один идёт в середину, второй останется в первом вагоне, а я в своём последнем. На каждой станции будем выходить и друг на друга смотреть. Если он на моём буфере едет, я увижу.

Поезд укачивал. Слипались глаза.

Анка не подошла к телефону.

Спать, спать. При Эдике держался, а сейчас развезло.

Он чуть не проспал станцию. Выскочил на перрон и увидел отчаянные руки проводницы.

— Убёг! Вон он! Вон он! — кричала она исступлённо и бежала к Павлу, всё время оборачиваясь назад.

Это была ошибка. Услышав голос проводницы, Ваня понял, что за ним — погоня. Эдик уже мчался через пути.

Они скатывались в ямы, взбирались на взгорки, неслись мимо трёхэтажных домов, и домов деревенских, по каким-то окраинам и полям. Только не потерять бы коренастую, плотную Ванину фигурку! Научил на свою голову бегать, сбросил жир с парня!

Ваня на мгновение исчезал, выныривал где-то совсем в стороне, утекал снова. Он не оглядывался назад. Бежал легко, спокойно, словно твёрдо знал: догнать его невозможно.

И вдруг исчез. Нырнул в землю.

Другого названия этому нету. Вдалеке темнела утренняя деревня, сбоку чернел лес, до которого ещё бежать и бежать. И лишь полуразвалившийся домишко слепил солнечными окнами. В дом Ваня не вошёл, это точно, обогнул его на расстоянии пятидесяти-ста метров. И пропал.

Постояли, передыхая, побежали вокруг домишки. Вдруг увидели: сарай, и Ваня мирно стоит в проёме двери.

Яркие, острые лучи солнца — посланцы нового дня. Веер лучей, просветлённое небо, запах навоза, первой травы и жадно живущей земли. Открыть эту жизнь — начать жить. Вот что хотел и не умел объяснить ребятам. И сейчас не умел сказать Эдику, как хорошо вокруг, глупо улыбался.

Один шаг — к Ване. Павел подошёл, заглянул через Ванино плечо, на что так упорно, застыв, смотрит Ваня.

В луже мочи и навоза лежал на боку очень тощий конь. Медленно, почти незаметно ходили бока.

Ваня плакал тихо, жалобно. Он всегда кричал в истерике, грозил, злобился. Павел положил ему на плечо руку.

— Жив конь, — сказал.

Ваня обернулся, злостью перекосилось лицо.

— Я вас ненавижу! Из-за вас! — Он схватил опрокинутое ведро, мимо него и Эдика помчался к колодцу.

Приподнимали голову коня втроём. Ваня набирал в рот воды и вливал из своего в лошадиный. Третий глоток. Четвёртый. Пятый.

Только через полчаса конь смог глотнуть воду сам. Но встать не смог.

Ваня плакал навзрыд, прижимался щекой к мокрой ноздре Серко.

Понадобилось два часа, чтобы разбудить конюха, добыть телегу, затащить на неё неподъёмного коня, довезти до конюшни, снять с телеги.

Глаза Вани. Всю жизнь потом.

Зарядка, завтрак давно прошли, когда они вернулись в школу. Павел провёл ребят сквозь пропускник, попросил режимника не поднимать шума до его разговора с Кирой Софроновной, поймал такси и помчался домой.

Дома его ждала записка: «Мы с Димой в больнице».

Снова гонка. Нетерпеливое ожидание у окошка справок. С халатом на одном плече влетел в палату.

Анкино белое лицо. Анкины глаза.

— Жив?

Осторожные шаги к кровати. И потная, с кулачок, мордочка сына с закрытыми глазами. К детской ручке подведена капельница.

Вопрос слишком тихий, чтобы Анка услышала:

— Он будет жить?

Анка услышала. Измученное лицо, как у Димки, — в мелких капельках пота.

— Не знаю.

Немота тела, рта.

Гринкин Ваня.

Он был давно. Целую вечность назад. Сейчас отдельная палата. Подросток Анка. Между ними — их ребёнок.

Гринкина нельзя сажать в штрафную.

Он долго шёл к сестре — к телефону.

— Кира Софроновна, прошу, Гринкина не наказывать, пока я не вернусь. Объясню.

И провал. Чернота. Только личико с кулачок. Только капельница, тонкой иглой-нитью держащая жизнь сына.

Глава тринадцатая

СЕРЁЖА

Как всегда, Серёжа подсел к Ване перед сном. Ваня любит спать натянув на голову одеяло.

— Слышь, Гринка, я придумал одну вещь. Сашка вернётся, мы втроём сделаем воздушный шар.

Ваня не отвечает. Хотел содрать с него одеяло, не содрал.

— Вань?! — позвал.

Молчание.

Когда успел уснуть? Все только разбрелись по палатам.

Серёжа ткнул кулаком в Ваньку.

Что-то мягкое вместо Ваньки.

Сдёрнул одеяло. Вместо Ваньки — подушка, одежда, матрац свёрнут вдвое.

Чуть не заорал Серёжа. Вот это да! Обеими руками зажал рот. Где Ванька?

Спит или притворяется, что спит, Кузя. Спит или притворяется, что спит, Кулёма.

Хорошо, что не заорал.

Ужинали вместе. Вместе стояли на линейке. В умывалку Гринка не пошёл. Это точно. Они вместе с Кузей и Кулёмой брызгались, Гринки не было.

Серёжа натянул одеяло на кучу тряпья, вышел в коридор. Сначала в туалет, чтоб режимники не почуяли недоброе, потом к Эдику, может, Эдик знает что?

Режимники забивали «козла» и даже не оглянулись. Серёжа прошмыгнул в Эдикину спальню.

Эдика в спальне нет.

Вот это да! Тоже исчез. Куда он мог деться?

Пришлось вернуться к себе. Серёжа улёгся, закрыл глаза, но сна нет. Зато Ванькин голос: «Нечем состричь чёлку...»

Пигулин голос тянет жилы: «Мне ни в чём нет отказа. Захочу коньки, мать несётся, покупает. Приснится мне танк, проснусь, кричу «Хочу танк», и на другой день мать волочёт танк. Такая у нас с ней игра. Одних машин — целая выставка. Новую машину вожу нарочно громко — по асфальту, чтоб все выскочили и смотрели! На этажерке стоят все мои машины. И заводные, и самосвалы. Коллекция. Я собираю с двух лет. Кеды есть. Джинсы есть».

Заткнул Пигулу Тишко:

— Насрать на твои коллекции. Хватит молоть языком. Если твоя мамочка такая волшебная, пусть пришлёт сюда пару блоков хороших сигарет да те салями и сервелаты, которыми хвастаешься, ну?

Болтает вроде как в воздухе, от сосны к сосне, качели не качели, что, не понять...

Голос Пал Фимыча: «Посмотри на товарища. У него тоже душа, ему тоже больно бывает. Нужно научиться вставать на место другого. Умеешь понять кого-нибудь, кроме себя?»

Все голоса — разные. Ванькин голос — про коня — розовый. У Пигулы — коричневый. Больше всего Серёжа не любит коричневый цвет.

Заснул под утро. Снился Ванька — машет руками, кричит, плачет. Снился Пал Фимыч, говорит: «А ты умеешь встать на место другого человека?»

Эдик с Ванькой вернулись к урокам.

— Где ты был? — спросил Серёжа, когда Ванька плюхнулся рядом.

Но, обычно болтливый, Гринка, как надутая мышь, просидел все уроки и перемены на одном месте, только из кабинета в кабинет перейдёт и сидит. Ел без аппетита.

Серёжа приставал к Ваньке несколько раз. Ванька вот-вот заревёт, и ни слова.

Еле дождался обеда. Подошёл к Эдику. Тот тоже отмахнулся:

— Ни о чём, Серый, не спрашивай, всё потом. Учи уроки.

Что случилось с Ванькой и Эдиком? И Пал Фимыча нет. Куда пропал? День нету, два нету. На четвёртый этаж Серёжа таскал себя как тяжёлый мешок с костями. Скучно без Пал Фимыча. В башку не лезет ничего. На фиг он будет делать уроки! На фиг будет подтягиваться! Э-э, затаиться и, как Ванька, надуться — не подходи!

Стенки их комнаты сдавливают, окна толстыми стеклами загородили от весны, от улицы, пыль плавает. Чего-то творится такое...

И вдруг в плечо воткнулась игла. Дёрнулся от неожиданности. Еле удержался, чтобы не заорать. Огурец научил терпеть. «Какой ты мужик, коли не будешь терпеть любую боль?» И научился не орать от боли, не ныть. Выдернул иголку, всаженную в ластик, зажал плечо.

Кто ж развлекается так ловко? Не успел подумать, из-за его спины вынырнула рука, схватила ластик с иголкой, раз и иголка вонзилась в Кузину щёку. Кузя вскрикнул. Да, это Пигула развлекается!

Пигула будто сорвался с цепи. Вышел гулять и вдруг стал выдирать его цветы — нарциссы с тюльпанами.

День получился злой. Уроков Сергей не сделал. Гринка и Эдик, как сговорились, на него ноль внимания. И обида из пыли, из крови от иголки, из зуда голосов, из Пигулиной подлости огненным шаром раздулась внутри. Ни уснуть, ни пошевелиться даже, сожжёт.

Никому не нужный. Выброшенный отовсюду. И Пал Фимыча нет.

Пигула — скотина. Цветы сорвал. Кидается иголками.

Но в тот миг, как решил, что пропадает именно из-за Пигулы, вспомнил слова Пал Фимыча: «Не суди, прежде встань на место другого. Может, что увидишь?»

Чего хочет от него Пал Фимыч? А если попробовать? Не Серёжа Кириенко он, он — Пигула.

Серёжа честно закрывает глаза и представляет себе: он не Серёжа и мамка у него не его мамка, другая — рыжая. Наверное, на Пигулу похожа. Мамка суёт ему, Серёже-Пигуле, мяч, кеды, колбасу, печенье…

— Я расскажу вам сегодня об открытии земли Франца-Иосифа, — говорит Валентина Аристарховна.

Он, Серёжа-Пигула, зевает. Без Пал Фимыча даже игра в капитаны — скукота.

Вот уже четыре дня нету Пал Фимыча. Без него Эдик не хочет зашивать байдарки, ходит злой. За Эдиком по пятам таскаются Кириенко, Кузя, беглый Гринка, пристают: чего такой злой? Пигула знает — чего. Кира прочищала мозги, вот чего, выговаривала, наверно, за Гринку, который пропадал. А ещё, Пигула видел, Эдику пришло письмо. Это все видели. Несколько раз Эдик перечитывал его и становился всё злее. Уж Пигула всё разнюхает!

Серёже нравится играть в Пигулу. Как встанешь на чужое место, так многое видать. На своём стоял, не разглядел, что Эдику самому фигово. Из-за письма, наверное. Уля чего-нибудь написала такое?

Пигула терпеть не может свободное время. Останавливается жизнь. Валентина Аристарховна читает им вслух про рыб и про морских животных. Асцидии, осьминоги, узорчатые каракатицы, скаты, акулы… Серёже они как раз нравятся, но сегодня он — Пигула, а Пигула терпеть их всех не может. Какое отношение всякие там рыбы и чудища имеют к жизни капитана? — думает Серёжа за Пигулу. А потом Валентина Аристарховна читает про какого-то пионера, который хочет стать капитаном. Скукота. Учится на одни пятёрки, выпендривается.

Вдруг слышит:

— Пиши, сука, матери!

Любопытство подгоняет Серёжу к Пигуле, и из-за Пигулиного плеча он читает:

«Здравствуй, мама. Я удивлён, почему ты до сих пор не приехала? Посылка от тебя была плохая. Всего мало. Сухой колбасы мало. Конфет мало. А апельсинов вовсе нет. Ты приезжай. Но не пришлёшь или не привезёшь сервелату или саляди три штуки, а ещё два блока сигарет, не приезжай. И писем не пиши, отвечать не буду. Ещё я хочу иметь футбольный мяч, чтобы у меня его просили. Привези, не забудь, четыре килограмма конфет».

Буквы у Пигулы ложатся ровные, крупные, аж завидки Серёжу берут, а Пигула злится — не хочет выводить их. Зашивать байдарку куда интереснее. Скоро наступит лето, и они пойдут в поход. В поход — это за забор! На волю. Это возможность бежать. Пигула сам хвастался, что во время похода удерёт! Только сначала пожжёт костёр — до неба!

И чего Пал Фимыч засел дома? Сколько можно сидеть дома? Как это начальство разрешает по столько времени не идти в школу? Солнце жарит. Самое время — делать уличные дела, а тут торчи в четырёх стенах! Когда зашивали байдарки, Эдик сильно хвалил Пигулу — делает стежки один к другому. Иголка — толстая, Пигула стащил иголку. Приколол внутри пиджака. Пригодится.

На самоподготовке стало так скучно, что всадил игольное ушко в ластик и запустил ластик в Кириенко. Дёрнуться Кириенко дёрнулся, но не вскрикнул, не взвыл от боли, как любой другой дурак, а поскорее выдернул иголку и рукой зажал плечо, положил перед собой для всеобщего обозрения — улику. Пигула раз и схватил. Плоская физиономия Кузи повёрнута к окну. Сходу Пигула запустил иголку в него, а для отвода глаз вразвалку пошёл к учительскому столу, за которым сидит Валентина Аристарховна и мучает Гринкина:

«Дорога, — поёт Гринкин, — вела к роще».

Игла воткнулась в рыхлую щёку Кузи.

Он вскрикнул. Двенадцать лиц повернулись к нему. И Валентина Аристарховна уставилась на него. Кузя выдернул иголку — закапала и поползла по щеке кровь.

Эдик уставился на Короля.

А Король довольно засмеялся.

— Чего глазеешь? Ошибся, дяденька. Сильно ошибся. Придумано здорово, да не я это!

«Смыться бы сейчас!» — думает Серёжа за Пигулу. А что ещё может думать Пигула в такой ситуации? Сунул руки в карманы, спрятался за спину Валентины Аристарховны и зевает, широко разевает рот. Эдик взглядом прочертил путь иглы от Кузи до него, подошёл.

— Твоя работа?

— А-а, пришить хочешь? — заорал Пигула. — Придираешься? Чуть что, Тишко, Пигулевский да Квитко. Три козла отпущения. На-ка тебе! — Он сунул под нос Эдику четыре фиги, посвистывая, пошёл на своё место. — Не работает твоя башка, как это я попаду отсюда? К воспитательнице подойти нельзя, спросить чего, сразу виноват. Сами кидаются, а других делают виноватыми! — Пигула орёт изо всех сил. Натурально получается, ничего не скажешь.

Эдик схватил его за плечи, развернул к себе, отпустил.

— Стоять. Смотреть мне в глаза.

Подошла Валентина Аристарховна. И под её взглядом и Эдиковым Пигула вдруг заревел.

— Всегда я. Чуть что — я. Кроме меня, некому? Все попали сюда за хорошие дела, а виноват я один. Ванька резал собаке горло, сам хвастался. Он не может, да? Сопатый надувал лягушек, его теперь жалеют все, несчастный! Чистенький! Кузя ещё похлеще… У всех дела хорошие! Почему я?

— Пакостишь, не реви, — говорит Эдик. — Во всём должна быть логика. Я помню, ты не отдал мне иголку. Кузя пострадал, и Кириенко, вижу, пострадал, держится за плечо. Только они и ты шили байдарки. Ну-ка, Серьга, сними рубаху. Гляди, Пигулевский, кровь. По логике остаёшься ты. Один ты. Твоя игла — толстая. Твой ластик.

— Докажи, — снова завопил Пигула. — Ты докажи сперва, а потом обвиняй.

Эдик подошёл к его вещам, сложил книги одну на другую, тетрадки сложил, поднёс к нему, протянул:

— Забирай. И кати отсюда. Валентина Аристарховна, мнение коллектива: пусть эта пиявка переходит в другую группу. Нам такая скотина не нужна. Натерпелись. Ни ночью, ни днём от него нет покоя. Неизвестно, что ещё выкинет, какую пакость.

Валентина Аристарховна недовольно нахмурилась.

— Подожди, Эдик. — За подбородок подняла к себе лицо Пигулевского. — Скажи, это ты сделал? Разве трудно сказать правду?

Неожиданно он засмеялся.

— Вам скажешь правду! Всё равно засадите в штрафную! Вы докажите. Сумеете доказать, сажайте!

— Пусть убирается! — крикнул Эдик.

— Погоди, Эдик, это всегда успеется. — Валентина Аристарховна обняла Виталия за плечи. — Если ты мне скажешь честно, признаешься, я даю тебе слово, не накажу тебя и не доведу этого случая до Киры Софроновны.

Голос — тонкий, писклявый у Валентины Аристарховны. Врёт? Не врёт?

И Серёжа тогда уставился на неё: врёт или не врёт?

Э, какая тишина, муха летит, слыхать.

Эдик склонил голову набок, смотрит на Пигулу сычом. А Пигуле плевать, как смотрят на него.

— Моё слово — крепкое, — говорит Валентина Аристарховна. — Ни я, ни Павел Ефимович не накажем тебя. Только скажи правду. Очень прошу тебя.

— Ну, — выдавил из себя Пигула. — Я.

Облегчённо вздохнула Валентина Аристарховна, не сказала ни слова, пошла к своему столу, за собой ведя Ваньку. Ванька, как дурак, стал снова долдонить то, что уже долдонил:

— До-ро-га ве-ла к ро-ще.

Эдик сунул в руки Пигуле книги, тоже ничего не сказал, вздёрнул плечи, пошёл на своё место.

Э, не дай Бог, чтобы Эдик так смотрел на него, как на Пигулу, — испугался Серёжа. Но сейчас он не Серёжа, он — Пигула. Как ещё может смотреть на него Эдик?

И снова Пигула — один. Постоял, постоял, сел за стол, убрал книги с тетрадками.

Читать не хочется. Пойти в туалет? Это можно.

Вернулся. Снова делать нечего, и никому до него нету дела.

Ванька идёт по своему ряду. Подставил Ваньке подножку. Ванька увидел, перешагнул, не оглянулся, не сказал ничего, пошёл на свою последнюю парту.

— Валь Старховна! — крикнул Пигула. — Можно вас на минуту?

Она не услышала, йодом смазывала ему, Серёже, плечо, спросила:

— Ты чего такой смурной? Больно? Или без Павла Ефимовича скучаешь? Потерпи, у него тяжело болеет сын! — А в его, Пигулину сторону, даже не посмотрела. Потом стала мазать щёку Кузи.

Нет, плохо быть Пигулой! — думает Серёжа. — Что и остаётся? И он, будь на месте Пигулы, застучал бы кулаками по столу, как застучал Пигула. А Валентина Аристарховна не услышала и этого. Разрешила всем идти на улицу.

Играть стали в «козла». Тишко, Квитко, Эдик, Тихонов согнулись, подставили спины. С разбегу несутся Гринка, Кузя, Кулёма к «козлам», прыгают к ним на спины.

— Поехали! — вопит Гринка, ногами бьёт по Тишко. — Но, но, — погоняет.

Эдик, в три погибели, везёт Кузю. Квитко «скачет» под Кулёмой. Новости какие! Такого ещё не бывало!

— Осторожно! — волнуется Валентина Аристарховна. — Позвоночник осторожно!

— Давай быстрее, Король! — лезет Пигуле в уши нахальный голос Ваньки. — А ну, вези, лодырь!

Пигула завизжал, помчался, налетел на Тишко с Гринкиным, столкнул Гринкина на землю, стал дубасить его.

Еле оттащила его от Вани Валентина Аристарховна.

— С ума сошёл!

— Да, да! Сошёл! Я тоже хочу играть! — Пигула вырвался из рук. — Что, я — рыжий?

— А какой ты? И есть рыжий! — злобно воскликнул Гринкин.

И снова кинулся Пигула на него с кулаками: по голове, по голове. Злоба сотрясала Пигулу.

— Все — рожи! Все хотите уничтожить меня! Подшефный! — кричит Пигула, дёргает Гринку за волосы.

— Ах, так? — вопит в ответ Гринка.

Но Пигулу уже оттащили от него. Окружили.

— Рожи, рожи! — Пигула сжимает, разжимает кулаки.

— Успокойся, — говорит Валентина Аристарховна. — Мы так хотели, чтобы ты стал человеком! А ты сначала обидел Серёжу и Петю, причинил им боль ни за что ни про что, Ваню избил, а теперь хочешь любви и заботы.

Круг разомкнулся. Ребята побежали к волейбольной площадке. Он остался один.

Громить всё, что попадается под руку!

Скоро спать, а солнце ещё светит. Резко пахнет цветами. Красные, белые, жёлтые, цветы насажаны вдоль дорог и между административным корпусом и школой.

— Не хочу быть человеком! Не хочу! — Пигула рвёт цветки, один за другим, топчет, в беспамятстве, слепой, глухой, он не слышит его, Серёжиного, вопля.

— Не смей! — всеми пальцами вцепляется в него Серёжа. От резкой боли Пигула очнулся. Перед ним — десятки измятых сорванных цветков.

Пот течёт по Серёжиной спине. Он понял Пигулу. Сорвался. Психанул. Повело его, не остановить. У Серёжи тоже бывает так, когда поведёт его. Это всё Пал Фимыч виноват. Почему его нет? Целых четыре дня, от утра до ночи — Валентина Аристарховна. Надоела.

Куда волокут Пигулу?! Серёжа поплёлся следом, чувствуя себя крепко связанным с Пигулой.

Зашторенный кабинет. Кира Софроновна — за столом.

Пигула ещё ни разу не был здесь. Пал Фимыч все дела решает сам. Пал Фимыч не любит наказывать. Да, при нём и не хочется делать ничего плохого.

— Дела у тебя нехорошие! — говорит Кира Софроновна. Она машет рукой, и Валентина Аристарховна уходит, а Серёжа остаётся, стоит рядом с Пигулой. — Давай-ка, объясни мне, почему ты сорвал и затоптал цветы? Разве они мешали тебе? — Пигула молчит. — Твой товарищ всю зиму выхаживал их на окне. Не успел сойти снег, уже копал, долбил, рыхлил мёрзлую землю — высаживал стебли на улицу. Ты задумался, зачем нам цветы? Чтобы не было казённости. Получается как родной дом, понимаешь? Неужели ты не увидел, какие они — красивые? Раз ты стал убивать их, значит, здесь для тебя не дом, так? Ведь не стал бы ты рушить свой дом? Ну-ка, объясни, что тебе здесь не нравится?

— Мне не дали играть! — крикнул Пигула. — Все играли, а мне не дали играть.

Кира Софроновна зажгла лампу на столе.

— Ты подумал, почему не дали?

Пигула пожимает плечами.

— Без причины не захотели играть с тобой? Да?

Скучно. Как скучно без Пал Фимыча! Он не полощет кишки. У него каждый сразу хорош.

— Посиди в штрафной, подумай, почему не взяли тебя играть? Я собираю на тебя документы в спец ГПТУ, жду Павла Ефимовича. Пока штрафная! Уж больно ты жесток!

— Не хочу! — закричал Пигула. — Духота! Компота не дают! Не имеете права. Я больше не буду. — Он заплакал. — Не буду больше. Не сажайте.

Кира Софроновна встала.

— Ты, дружок, не устраивай спектакля. Иголки вонзал в ребят, себя не жалел. Тадеуша чуть не отправил на тот свет, искалечил его совсем, не жалел себя. Кириенко, Гринкина бил, не жалел себя. Затоптал цветы, которые Серёжа сажал, не жалел. А сейчас, видишь, пожалел себя!

— Я больше не буду! — истошно кричит Пигула.

— Иди, Серёжа, в группу, больше он не будет убивать твои цветы.

Сейчас, ночью, Серёжа ясно увидел Пигулу в штрафной.

Топчан посередине. В коридоре свет. От слёз, от долгого рёва закрываются глаза. Пигула улёгся, вытянулся.

Никогда раньше не было такого. В первый раз Пигула чувствует: он совсем один, не нужен никому. Злость ещё бродит в нём, но её уже мало, она тает, тает. Цветы поднялись с земли, расправились, встали снова в строй. Пал Фимыч машет руками, зовёт их. Все бегут к нему. Вода, байдарки, солнце светит, Пал Фимыч стоит на воде. Такой в ту ночь приснился сон Пигуле — Серёже.

На другой день Серёжа проснулся и сразу вспомнил, что он — Пигула. И весь день, что бы ни делал, ощущал себя одиноким Пигулой, на которого Эдик смотрит зло. После полдника не выдержал, вместо гуляния побежал в проходную. Проскользнул мимо режимника, читающего книгу, и вдруг увидел — в штрафной дверь распахнута, а на топчане рядом с Пигулой сидит Пал Фимыч.

Пал Фимыч — тощий, угрюмый, на Пигулу не смотрит.

— Я не понял, что случилось. Говори.

— Я запсиховал, сиди на одном месте, не дают шить байдарку, вас нету, все меня — бить. А я что? Я тоже… злостью на злость. Зря цветы…

Пал Фимыч встал.

— Выходи. Сейчас всем объяснишь про свою злость. Попробуй объяснить так, чтобы поверили: не виноват.

Серёжу Пал Фимыч не заметил. Серёжа поплёлся за ним и Пигулой.

Нет, не хочет он быть Пигулой. Не хочет столбом торчать перед всеми. Он — Серёжа Кириенко. И у него — радость. Сашка пришёл наконец из больницы.

Сашка не похож на себя. Вместо волос — колючки, как у ежа, щёки — ватные, кожа — бледная. Зато Сашка — весёлый. Подталкивает Серёжу под локоть. «Московские врачи вылечили», — повторяет, как испорченный патефон.

Сашка — рядом, Пигула — перед всеми, а на последней парте — Кира Софроновна и Валентина Аристарховна. Пал Фимыч тоже сел сзади.

— Начинаем суд над Пигулевским, — говорит Эдик. — Сонных убивали фашисты. И Пигулевский. Иголки всаживали в людей фашисты. И Пигулевский. Фашисты сжигали детей, пытали. Фашисты жгли сады с цветами. И Пигулевский. Пигулевский избивает спящих, тех, кто не может дать ему сдачи. Ну, вот, я сказал то, что хотел, теперь говорите вы.

Пигула подтянул штаны. Не хочет Серёжа, а почему-то снова чувствует за Пигулу.

Встал Кузя. Сразу проступила на его лице красными пятнами злость.

— Сашку чуть не убил! — Кузька шепелявит, но говорит громко. — У всех ворует посылки. А своего не даст. Удавится за конфету. Ещё больше удавится за бычки. Аж трясётся весь. Из своей посылки нам не дал, а в соседнюю группу дал — не пожалел, там дали ему бычков. Вчера курил в уборной. Чуть что не по его, может убить.

— Врёшь всё, — крикнул без голоса Пигула. — Сам такой.

Вскочил Гринка.

— Я знаю таких. Прошибёт голову, а виноват не будет.

— Ты говори факты, — остановил Ваню Эдик. — Что он сделал тебе плохого? Или ты видел, как он обидел кого-нибудь?

— Видел! — обрадовался Ваня. — Он у одного из четвёртого класса отнял мясо и компот!

Эдик постучал по столу.

— Хорошо, давай садись. Пусть Кириенко и Тадеуш сами расскажут, как обижал их Пигулевский.

И чего Эдик приплёл его? Не хочет он ничего говорить о Пигуле. В нём самом сидит Пигула. Жалко Пигулу. Зарвался Пигула. Его загнали. Ему хочется пить — вон, облизывает губы! За Пигулу чувствует Серёжа. И то, что вдруг наступила тишина, понравилось. Отдохнуть в тишине.

Они с Сашкой будут молчать. Чего лезть? Все и так всё знают. Все молчат. Только Пал Фимыч кашлянул, подошёл к столу, постоял и снова пошёл на своё место.

— Боитесь? Не бойтесь. Он больше не будет кусаться. Мы отправим его в спец ГПТУ. Говорите! — Эдик повернулся к правому ряду. — Не можете? Запугал. Ну, бог с вами! Есть желающий защитить Пигулевского?

— Есть. — Встал Король. — Чего налетели? Чего пришили ему спец ГПТУ? А ты спроси, почему он ведёт себя так? Ну? Я уверен, у него есть причины.

Эдик насмешливо усмехнулся.

— Причины для чего? Рвать и мять цветы? Садистски издеваться над людьми? Лгать? Обижать слабых?

— А если довели? Если все прут на него?

Пигула от слов Тишко приободрился, тоже откинул, как Тишко, голову, выставил вперёд пузо. Не забоялся, слово за него замолвил Король! Вот это настоящий Король!

— А если ему скучно?

Тишко сел. Эдик молчит. Ребята молчат.

И что-то случилось с ним, Серёжа не выдержал того, что с ним случилось, почему-то в этой тишине заплакал. Жалко ему Пигулу. И себя жалко. И Сашку жалко.

— Слушай, Виталий, если я тебе воткну иголку в щёку, понравится тебе? Ты посадишь цветы, я вытопчу, понравится? — Несмотря на то, что голос Пал Фимыча тих, он заставил Пигулу низко опустить голову. — Ты получишь посылку, я стащу или отберу у тебя! Ты будешь спокойно спать, а я тебя ни за что ни про что по башке и убью!

Пигула побежал из класса.

— Чего вы все на него? На одного! — крикнул Серёжа сквозь слёзы. — Жалко! Загнали. Я знаю, как когда загнали!

Ни за ужином, ни в умывальной комнате, ни в спальне с Пигулой никто не сказал ни слова. Не замечали. Один Тишко подошёл, стукнул по плечу, ощерился в улыбке.

Серёжа исподлобья следит за Пигулой. Пал Фимыч поселил Пигулу к ним в спальню. Пигула сразу лёг, отвернулся к стене.

Кузя расшухарился — орёт, скачет на кровати. Кинул подушкой в Ваньку, Ванька — в него.

Ванька подскочил к Кузиной кровати, тоже стал прыгать, потом вместе повалились — щекотаться.

Сашка улёгся, смотрит в потолок. Почему-то с Сашкой разговора не получилось.

Пришёл Пал Фимыч.

— Какую книгу сегодня будем читать? — весело спросил Пал Фимыч.

— Не книгу, про язя! — сказал Кузька. — Поймали вы язя?

Пигула засунул в рот угол простыни, стал сосать. Он хочет домой. Мать на ночь пушит затылок. Серёже чешет затылок, значит, и Пигуле чешет. Мать есть мать. Только Пигулина мать — богатая, всё тащит домой. Пигулу она кормит на ночь шоколадом или грушей, а сама гладит его. Захотел велосипед, велосипед тут как тут. Захотел куртку с молниями — вот она, куртка. Мать заглядывает в глаза: чем накормить, чем позабавить?

— Поймал не поймал, узнаете. Сначала я вам расскажу, как дядя Вася «утонул». Наша Сосьва разливается на несколько километров. Под каждым домом тогда образуется свой бассейн — подпол заливает водой. Сижу я у Кирюхи, дяди Васиного сына. Кирилл выжигает на дереве. «Лёля!» — раздаётся крик на весь барак. Мы выходим в кухню. Дядя Вася еле стоит на ногах, а приказывает: «Собирай меня в баню». Спорить с пьяным дядей Васей — дело бесполезное. Тётя Лёля молча заворачивает ему полотенце, мыло, мочалку. Но дядя Вася из барака не уходит. Напевая что-то невразумительное, поднимает крышку подполья, садится на его край, свешивает ноги в воду, начинает намыливаться. Мы с Кириллом уходим в комнату. Под песенку дяди Васи «Мы едем, едем, едем...» тётя Лёля шьёт наволочку, Кирилл снова выжигает. Вдруг раздаётся крик, всплеск воды, и наступает тишина. Мы несёмся в кухню. В проёме подполья одиноко плавает мочалка, на полу — следы от намыленных ягодиц, и никакого дяди Васи. «Утонул! Васька утонул! Ефим!» Это моего отца зовут. Прибегает отец, ныряет. Через две минуты выныривает без дяди Васи. Дышит часто, глотает воздух. Снова ныряет. На этот раз его нет ещё дольше. И наконец показалась дяди Васина голова с закатившимися глазами. Мы подхватили дядю Васю, вытягиваем. Отец вылезает, укладывает дядю Васю на спину, начинает жать на живот. Сначала ничего не получается. Тётя Лёля стояла-стояла молча и вдруг завыла. И тут, словно услышала её судьба, изо рта дяди Васи хлынула вода. Довольно быстро дядя Вася пришёл в себя. Хлопает глазами. Мы с Кириллом — хохотать. Хохочем, сил нет. Выскочили на крыльцо, в воду попали, я — по горло, Кирилл — чуть не до пояса. Почти плывём, спешим к другому крыльцу — рассказать, как «утонул» дядя Вася! Ну, а теперь спите, ребятки. Уже десять. Завтра тяжёлый день.

— Про язя хотим! — кричит Кузя. А Серёжа понимает: Пал Фимыч захотел развеселить их. Вон Пигула блестит глазами. Пигуле тоже интересно про язя, но он ни за что не попросит. Он не какой-нибудь Кузя.

— Спать. Про язя в другой раз. Скоро конец занятий. Поход надо готовить. Нужно уметь ответить на много вопросов. Почему коралловые рифы образуются лишь в тёплых морях? Чем питаются кораллы? Почему на дне океана жизнь беднее, чем в поверхностном слое? А ещё нужно в себя заглянуть. Закройте глаза. Пусть станет тихо-тихо. Переберите свой день, что так у вас было, что не так. Каждый скажи себе: «Я — хороший человек. Ничего плохого никому не сделал. Завтра сделаю кому-нибудь что-нибудь хорошее, и станет мне сразу хорошо». Ну, закрывайте глаза. Счастливым может быть только хороший человек.

Закусил губу Пигула.

Нет, это тяжело на чужое место вставать.

Пал Фимыч выходит из спальни, а Серёжа вылезает из-под одеяла, шлёпает к Пигуле, шепчет:

— Ты того... ты слушай, мы с тобой завтра давай вместе шить байдарку. Ты да я. Скажем Эдику! А чего?

И вдруг Пигула вскочил и бросился из палаты вон.

Павел

Павел любит раннюю весну. Начало новой жизни. Яркое солнце, земля, ждущая травы и цветов, пронзительно кричат птицы. А главное — ручьи. Они несутся переполненные ледяной водой и солнцем.

В эту весну он не видел, как текли ручьи, как пронизывал их до донышка солнечный свет. Сидел возле Димки. У Димки дрогнули ресницы, Димка втянул воздух без хлюпа и хрипа.

Наступил день кризиса. Димка будет жить.

А когда вернулись домой, Павел ещё долго ходил на цыпочках: боялся спугнуть Димкин сон.

Он стал тихий, его Димка. Не плачет даже ночами. Ночью Павел подойдёт к Димке, а Димка не спит, смотрит на него грустно. Откуда в таком маленьком столько грусти?

Димка выздоровел, и Павел отправился на работу. Вбирал в себя позднюю весну, остро ощущая все её дары. Солнце, как в июне, звенит от жара... промывает человека свежим запахом народившейся жизни. Павел слышит солнце, всеми шестью чувствами ощущает его, им дышит, собирает в себя его тепло. Подставив лицо лучу, идёт в школу. Димка жив. Это главное.

А в школе взял и устроил судилище — вопреки солнцу и весне. Парень заплакал. Значит, проняло?

Так, почему же он не доволен «судом»? И Эдик неприятен Павлу. Такой важный стал!

Ребята ушли в мастерскую, а Павел увёл Эдика в сад.

— Как это ты выразился — «Мы его отправим в спец ГПТУ»? Бездомную кошку и ту на опыты отдать страшно, а тебе не страшно на свою совесть взять такую ответственность за человека? Он ведь после спец ГПТУ будет окончательный убийца. Не страшно походя чужую судьбу решать?

— Нету человека. — Солнцев угрюм, зол. — Я говорил с каждым. Все ненавидят его. Одному расцарапал лицо, другого искусал, у третьего стащил книжку и разорвал на клочки, четвёртому подложил в кровать лягушку... — каждому сделал что-нибудь эдакое! Падло он, одно слово!

— Выбирай выражения!

— Не хочу я для него выбирать выражения. Пошёл он к...

— Для меня, не для него.

— Ладно, — угрюмо говорит Эдик. — Только Королю Пигулевский нужен, Король сам не любит грязниться. Вот и держит Пигулевского для расправы с неугодными. Его особенно направлять не приходится, по природе подлец. А вы... зачем меня так?

Не нравлюсь, назначайте другого. Я лезу из кожи вон, «мы» сказал не от себя, от ребят.

— Ладно, согласен, подлец! Но ему всего двенадцать! Что же, ты считаешь, нельзя изменить человека?! Зачем тогда существует наша школа? На себя погляди. Грабил, людей обижал. Переменилась ведь психология? Я уверен, что бы с тобой дальше ни было, как бы ни сложилась дальше твоя жизнь, ты теперь не сможешь ни грабить, ни избивать людей!

Солнце в шесть вечера жарит, как в полдень. Пахнет свежестью земля. Эдик смотрит мимо Павла, мимо школы за лес, туда, куда уходит солнце. И лицо его тихо, мирно.

Глава четырнадцатая

СЕРЁЖА

Не успел Серёжа досказать Пигуле свои слова, как Пигула вскочил и бросился из палаты вон. Серёжа сначала растерялся, посидел истуканом хлопая глазами, а потом кинулся за Пигулой. В туалете Пигула полощет лицо под сильной струёй воды. Что смывает Пигула? Его слова или слова Пал Фимыча: «У тебя украли посылку», «Ты посадил цветы, их вытоптали», «Ты спишь, а я тебя ни за что, ни про что по башке, и убью!»

Вдруг Пигула повернулся к Серёже. Перекошенное лицо, злое.

— Закрою глаза: щенок! Чёрный, с белой грудью. Одно ухо вверх, другое висит. Я строил крепость из конструктора в песочнице, а щенок прыгал вокруг. Сколько лет прошло... Мать достала конструктор. А укрепления и бойницы сделал из песка. Рвы прорыл. Всё настоящее. Бойницы, высокие башни. Такая крепость! Не крепость, город. — Пигула рвёт слова. — Отошёл на минуту за водой, налить в ров. А щенок возьми да и пробегись по крепости. Ни башен, ни бойниц, одни его лапы. — Пигула замолчал, стал глотать воду из ладони. Брызги разлетались ледяные. Выпрямился, по лицу текут струи. — Я подхватил кирпич и кирпичом — по хребту! У-у, визжит, — Пигула замотал головой. Капли разлетаются. — Всё время визжит. — Мотает Пигула головой. — Корчится, стонет, хрипит — подыхает. А я стою.

И Серёжа увидел: щенок пытается вытянуть морду и лапы, а они не вытягиваются, задняя и передняя части разрублены пополам, дёргаются несогласованные.

И Серёжа, как Пигула, крутит головой: это у него в ушах хрип щенка и голос Пал Фимыча...

— Мама! — вдруг сказал Пигула и прикусил язык.

Серёжа обхватил его за плечи.

— Ты... брось... в поход пойдём... байдарки... — Серёжа лепечет, а слова скачут, как зубы, когда холодно.

Началась странная жизнь. Все бегут играть в футбол. Пигула тоже вроде бежит, а Серёжа видит, не хочет Пигула играть. Тишко даёт прикурить Пигуле бычок. Пигула закуривает и тут же выплёвывает. Тишко подступается к Пигуле, чего-то требует, а Пигула мотает головой.

Серёжа ходит за Пигулой по пятам. Это всё Пал Фимыч. Придумал: на чужое место! На чужом месте мало радости. Вон Тишко привалил Пигулу к стене туалета. Серёжа подкрался. Будет бить Тишко Пигулу, а он — на что? Он вот он!

— Ты чего? — зашипел Тишко. — Прёшь в отличники? Собрался лизать жопу? Гнида! Продаёшь своих?

— Пусти, — сказал Пигула Тишко. — Дурак, только и знаешь — пугать. А я не боюсь тебя.

Тишко от неожиданности отпустил Пигулу.

— Чего?

— Сам сказал на собрании, «чего». Скучно, вот чего. Во, как скучно! — Он попилил себя ладонью по горлу. — С ними скучно, с тобой скучно. Чего хлопаешь зенками? Не знаю, зачем всё. Родился, сдохнешь. И я сдохну. А ты знаешь?

— Ты чего это, чего? — завопил Тишко. — Сдурел?

— Не сдурел я. Сам видел, Сопатый сдох, лежал, как дохлый. Я как лягу спать, а он — дохлый. Я подскакиваю.

— Чего хочешь? Чего? — повторяет Тишко.

Серёжа притаился, не шевельнётся. Вроде у него дело, стоит себе, вывернув руку, чешет спину.

Время — свободное. В туалет мало кто суётся, а кто сунется, не сильно прислушивается, все боятся Тишко. Спешит сделать своё дело и выскочить поскорее вон. Никто не мешает Тишко с Пигулой травить друг другу душу.

— Не знаю, чего хочу, — равнодушно говорит Пигула Тишко. — Я был маленький, отец что-то сделал мне не так, уж не помню, что, я ему прокусил ухо насквозь. До сих пор дырка. Скажи, почему? Дырка, и всё. Может, ты знаешь, а?

— Ничего я не знаю! — заорал Тишко. — Иди ты, знаешь, куда? Я тебя в гробу видал, в белых тапочках! — Тишко выскочил из туалета.

А Пигула остался стоять.

Подойти не подойти. Подойдёшь, получишь в морду. И правильно. Не подслушивай. Эх, лучше смыться.

Серёжа вошёл в комнату, а ему — посылка! Настоящая. Мамка удумала. Карамелей навалила его любимых — сосёшь час, и всё во рту сладко. Огурец зовёт их «долгоиграющие». Прислала больших печений и маленьких.

Еле дождался Серёжа свободного часа. Стал делить посылку на всех. Сначала Сашке с Гринкой.

— Тебе карамелька! И тебе карамелька! Тебе печенье. И тебе печенье. Тебе вафля. Тебе вафля...

И сразу подошёл к Пигуле.

— Тебе карамелька, тебе печенье, тебе вафля.

Раньше бы Пигула с жадностью набросился, и сожрал бы в одну секунду, и пошёл бы у других отнимать, а сейчас сидит как пришибленный, поджав ногу, разглядывает узкую ледышку-карамельку, треугольник печенья, пышную вафлю.

— Не жалко тебе? — спросил вдруг Пигула. — Скажи честно, не жалко? Тебя же не заставляют!

А Серёжа, довольный, рассмеялся.

— Мамка прислала, — сказал. — Всем надо.

Пошёл по комнате. Настроение у него — будто в лотерею выиграл мопед. Мамку видит с короной надо лбом и поёт, повторяет одно и то же:

— Тебе — карамелька. Тебе — печенье. Тебе — вафля.

И вдруг перед ним Пигула. Остановил его руку, протянутую к Тихонову.

— Врёшь, жалко тебе! Скажи! Отдать своё всем — жалко! Выпендриваешься. Из порток вылазишь! Лезешь в печёнку! — Пигула красный, злой.

— Ты чего? Перед кем я вылажу из порток?

Эдик смеётся, вроде и не видит того, что происходит с Пигулой. С Кузей посмеялся, Сашке что-то пошептал на ухо, Гринке дал подержать гитару.

— Того... не сломай. — И подошёл к ним. — Виталий, ты читал «Овода»?

Пигула разинул рот, вытянул к нему шею, уставился. И Серёжа смотрит на Эдика. Ему Эдик ничего не говорил, ни про какого овода. Чего это?

— Ну? — спросил Пигула.

— Что «ну»? Читал или не читал?

— Не читал.

— Хочешь читать?

— Чего «хочу»?

— «Овода» хочешь почитать? — Эдик не разозлился. — Мне подарил Пал Фимыч. Я принесу. Она у меня под матрацем. Хочешь?

Пигула даже не покосился на Тишко, говорит:

— Давай!

— Завтра займись байдарками. Осталось две штуки. У тебя получается хорошо. Подбери пару ребят и приканчивай. Хоть и не хочешь быть капитаном, а дело — нужное.

— Кто сказал «не хочу»? У меня брат Гена — моряк. Я знаю «Два капитана» наизусть.

— А я знаю, почему на дне океана жизнь беднее, чем в поверхностном слое, — ни с того, ни с сего громко говорит Сашка. — На дне рыбам и всяким другим морским животным не хватает пищи. И кислорода недостаточно. Кислород нужен. Саша Андреевна тоже говорила про кислород.

Пигула открыл книгу, что принёс Эдик из-под матраца.

— Знаешь, про что? — спросил у Серёжи.

— Не-е... Наверное, тоже про капитанов. Я после тебя. Не давай никому.

— А ещё я знаю про дельфинов... — говорит Сашка.

— Не дам, — говорит Пигула. — Пойдёшь со мной шить байдарки?

Серёжа смеётся. Вот тебе и Пигула! Завтра будут вместе шить байдарки. Он засовывает в рот сразу две карамельки. Пусть долго будет сладко.

— Сашка! — кричит Серёжа. — Гринка! — И он не знает, чего хочет сказать. Просто кричит. А карамельки мешают, напустили полный рот слюны, и получается совсем не крик, а какой-то мятый звук.

Но и Сашка, и Гринка отвечают:

— Чего тебе?

— Чего орёшь?

ПАВЕЛ

Байдарки зашиты.

От похода он ждёт перелома настроения. Речка, лес, полянки, костры. Тяжёлый труд.

Сегодня освободился рано. Первая смена. Сейчас придёт домой, поест, упакует Димку в коляску и на пол дня увезёт в парк. По дороге прихватит из детсада Корюшку.

Солнце слепит, птицы поют. Настроение — лучше не надо. Пигулевский прочитал «Овода», ходит на себя не похожий. Тишко затаился. Вот только закончится год. Последние дни! Сколько двоек ребята выдадут?!

Ладно, о двойках завтра.

Сегодня Анка и дети.

Он вошёл тихо. Вдруг Димка спит? С тех пор, как Димка родился, Павел входит в дом на цыпочках — тяжело Димка засыпает, чутко спит, любой звук, и раздаётся его бас.

Прошёл в их комнату. Анки нет. Прошёл в детскую. Анки нет. И коляски нет.

Пошла гулять?

В это время Димка спит. Какое «гулять»?

Опять что-нибудь случилось? Что? Вчера Димка был здоров.

На кухонном столе — записка. «Ты — очень хороший. Ты не виноват ни в чём. Но я не могу быть одна с утра до ночи и с ночи до утра. Извини меня. Я не герой. И не жена декабриста, чтобы, вместо того, чтобы жить, — терпеть».

Значит, Анка ушла?

Познакомился с ней на пляже. Не могли в тот день расстаться. Гуляли по городу. Вечером привёл её к своим обугленным берёзам.

— Были зелёные ветки, теперь голые стволы. Это как жизнь.

Анка кивала.

Тёплые волосы у Анки, мягкие. Плечи, как у подростка, острые уголки.

О Гринкине стал вчера рассказывать, какое горе получилось у Гринкина... Слушала. А ничего не спросила. Скучно ей было или не скучно?

Живут рядом, молчат, две жизни в одной комнате. Кто виноват в том, что молчат? На место ребят умеет встать, на Анкино не встал ни разу. Пелёнки, магазины, раскалённая плита, уборка... — изо дня в день. Ради этого выходила замуж?

Вернуть Анку с детьми домой! Ну, вернул. Нужно взять половину Анкиных дел на себя, нужно проводить с Анкой много времени. А откуда оно? Идёт лето. Зимой хоть уроки дают передышку, летом — от рассвета до заката.

Павел тяжело встал.

На плите — сковорода с едой. Прямо со сковороды стал есть плов.

Только Анка так готовит плов — рисинка к рисинке.

Походил по комнатам. Пустые, просторные.

Вышел из дома. Путь проторенный — в школу.

Последние дни учебного года не похожи на будничные. «Хвостатые» спешат, доучивают разделы, исправляют двойки. С троек перелетают на четвёрки. Благополучных почти нет, у каждого хоть один предмет да «больной», а у некоторых — по четыре-пять. Зубрят ребята, ходят за учителями, упрашивают спросить. В школе бурлит жизнь.

Валя старательно выписывает двойки из журнала. Сидит в учительской, строчит.

— Вот хорошо, пришёл. Нужно подать сводные сведения. Ребята одни.

Вошёл в их комнату и остолбенел. Весь пол усыпан тетрадными клочками, страницами из книг. В тишине большинство ребят зубрит, не поднимая глаз. Многих, в том числе и Солнцева, нет.

Это Ваня.

Стопкой лежат перед ним учебники и книги для чтения. Медленно, педантично он вырывает листок за листком, комкает, бросает или, как голубя, пускает лететь.

— Тебе помочь? — спросил Павел почти весело.

Удивлённая круглая Ванина мордочка поднялась и тут же опустилась к столу. Стриженый круглый затылок.

— Ты учил по истории, как английские рабочие громили первые станки — их считали виноватыми в тяжёлой жизни?

Ваня молчит.

Настороженная тишина сзади, с боков.

Бедный мальчик. Двойки в году по десяти предметам!

— Пошли погуляем.

Павел идёт к двери, не оглядываясь. По классу, коридору, лестнице.

Только у выхода из школы его догоняет Ваня. Понурой собачкой плетётся сзади по двору.

Павел приводит его в беседку. Беседку в этом году решили увить хмелем, и теперь сантиметровые ростки вокруг неё поднимаются зелёной каймой!

— Садись! — Павел хлопает ладонью рядом с собой на солнечный ломаный квадрат. Достаёт блокнот, ручку. На чистом листке пишет: «соль», «хлеб», «пот», «труд», «трава», «солнце». — Читай, Ваня.

Ваня читает.

— Ещё раз читай!

Ваня читает. Горячее солнце жжёт Павлу щёку.

— Это, Ваня, жизнь. Хлеб и соль даются трудом. Сначала не получается любой труд. Если человек вместо того, чтобы бросить в землю зерно, его уничтожит, то мы с тобой останемся без хлеба. Если тот, кто печёт хлеб, добывает соль, не вложит свой труд, мы останемся без хлеба и без соли. Я, знаешь, сколько делал ошибок, когда учился? Тысячу!

Ваниного лица увидать не удаётся, только ровно стриженный, круглый затылок.

— Меня оставили на второй год. Значит, я не буду у вас в группе, — говорит Ваня. — Я убегу.

— Ты сделай вот что. — Павел кладёт руку на Ванино колено. — Иди в класс, собери по страницам учебник, в мастерской склеишь.

Тетрадку перепишешь. А насчёт второго года... можно попробовать заниматься летом. Всё зависит от тебя. Научишься работать, перейдёшь! Не научишься, никто тебе не поможет.

Солнце лезет к ним с Ваней сквозь прошлогодние сухие стебли дикого винограда, жарит руки, плечи, щёки, головы — много солнца в эту весну!

А Павел идёт в учительскую. Вали уже нет, ушла к ребятам. Сидит над книгой Регина.

— Дай Ване подробное задание! — просит её Павел. — Может, на тройку с минусом вытянет?!

Регина замахала на него руками.

— Ты что, какая тройка?! Это двойка вековая, на пять лет вперёд! Он ученик начала первого класса. Слогов не знает.

У Регины трое детей. Регина прыгает с парашютом. Регина знает наизусть сотни стихотворений. Регина умеет печь вкусные торты. У Регины ещё много потрясающих достоинств. А самое большое: её любят ребята. Бегают к ней по пять раз на дню. Кто разберёт, из-за красоты её, или из-за стихов, или из-за доброты. Почему же Регина не понимает, не хочет понять Ваню?

— Чёрт с тобой, пробуй! — словно услышала его мысли Регина. — Я уверена, не получится у него. А ты учти, если он сделает в диктанте больше десяти ошибок, я никак не смогу перевести его.

Павел пошёл из учительской.

Сам бы он поставил Ване «три»?

Математичка согласилась дать задание.

В коридоре встретился с Василием Петровичем.

— Тебе Кира Софроновна звонила домой, ищет тебя! — сказал тот.

Кира Софроновна не ответила на его «здравствуйте».

— Садись, объясняйся, — сказала сухо.

Злая складка между бровями, поджаты губы.

— Не понимаю, что значит «объясняйся»?

Кира молчит, смотрит куда-то вбок, мимо него.

Поставь перед ней двести человек. Из двухсот выберет единственного — виноватого. Рентген. Посылку украл, малого избил... стоит ей только вглядеться в лица ребят, и — готово. Прямо в точку!

Кое-кто, особенно из новеньких, иногда начинает изворачиваться, но большинство давным-давно поняли — лучше самим сразу во всём признаться.

Не возьмёт Павел в толк, каким образом у неё это получается. Неужели Регина права, и это всё — результат доносов?

— Объясняю, — наконец говорит Кира. — Приходишь в школу, даже не считаешь нужным показаться: пришёл, мол, наконец. Запретил мне посадить в штрафную Гринкина. Пигулевского выпустил из штрафной самовольно, устроил над ним ребячий суд. Молодец Тишко. «Причины?» «Скучно». Печорин, а не уголовник. Ты выступаешь против порядков в школе. Какой добренький! Во всех группах наказывают, у Павла Ефимовича не наказывают. Во всех группах обычная жизнь, у Павла Ефимовича — капитаны. Какие «капитаны»? Ну, научатся подтягиваться, бегать, прыгать, а при чём тут капитаны? Где ты возьмёшь им корабль? Ладно, играешь в детские игры. А ты знаешь, сколько ребят приходит проситься к тебе? Одна группа пришла целиком, во главе с командиром. Получается, все воспитатели плохие, один ты — хороший. Я тебе скажу так: без порядка, без жестокой дисциплины не может существовать такая школа, как наша. Совершил противообщественный поступок, неси наказание. Ваню нужно посадить в штрафную. Нельзя убегать из школы.

— Можно, — перебил Киру Павел. — В данной ситуации было нужно. Моя вина. Не потрудился узнать, почему парень мается. Не услышал в его болтовне о конях правду. Думал, врёт. Оказалось, не врёт. Видел я его Серко. На наших глазах умирал конь. За что же Ваню наказывать? За любовь к живому существу, за способность жалеть? Ваня страшно наказал сам себя — понял, конь умирает из-за него. Небось, такое не сразу переживёшь. А плоды — налицо. Ни одного нарушения, ни одной истерики, ни одной грубости. Возьмите Пигулевского. Он плакал на суде и потом вечером. Ни одна штрафная не заменит суда своей совести.

— Это Пигулевский плакал? — Кира засмеялась. — И ты поверил?! Посмотри, что он пишет матери: «Не пришлёшь сервелату и шоколаду, а ещё два блока сигарет, не приезжай и писем не пиши, отвечать не буду!» «Хочу», «дай» — только эти слова и находит для матери.

— А зачем вы читаете чужие письма? Зачем учите ребят доносить? — Сказал и сам испугался того, что сказал.

Но Кира не возмутилась, ответила вопросом на вопрос:

— А лучше разрешить убийство, преступление? Хочешь, чтобы они насиловали малых, унижали? Ты всё время забываешь, где работаешь. — Она долго молчит. — Попробуй, выбей из мозгов Пигулевского, что он не пуп земли. Тут нужна злость, тут нужно хирургическое вмешательство. Сила на силу. Если хочешь знать, Пигулевский с Тишко твоего языка не понимают, они понимают мой язык. Наказание необходимо. Правда, у нас довольно бедный ассортимент. Но хоть что-то. А твоими баснями разве их прошибёшь? Любой ценой, Паша, я должна всё знать, чтобы ещё раз не случилось то, что случилось в твоей группе. Если бы я знала, что Шар принёс Тишко спиртное, Тадеуш не оказался бы при смерти.

Значит, в его группе стукачей нет? Или... или стукачи — среди мелкоты, которая не знает дел Тишко, поэтому Кира и не узнала о бутылках, принесённых Шаром!

Павел встал.

— Возразить вам нечего. Да, воспитатель обязан знать всё, что делается в его группе. Но, наверное, есть методы честные. Прежде всего, я думаю, ночами должны дежурить воспитатели, а не режимники. Воспитатель заметил бы, что Тишко и Пигулевский разгуливают по чужим спальным.

— А что скажет твоя жена и что скажет Валин муж, если вы с ней через день будете ночевать в школе?

Всё, что говорит Кира, пережито, передумано, за плечами около двадцати лет работы с малолетними преступниками.

— Пигулевский плакал, — повторяет упрямо Павел. — Как же не верить? Стронулось что-то... Мне кажется, мы можем внушить детям, что труд, доброта, жалость выгоднее, чем жестокость и безделье. Какая у нас цель? Кого мы хотим вырастить? Доносчиков, лжецов, убийц? Скоро они встанут рядом с нами, а потом рядом с нашими детьми. Если они привыкнут к добру, они станут добрыми.

— Что ты заладил — «добро», «добро»? Разве в жизни одно добро? Нужно, чтобы они хоть что-нибудь уважали, хоть чего-нибудь боялись!

Отец умер в ссылке. Не Кира, говорит её поколение, дети, выросшие под Сталиным. Страх был главным двигателем их жизни. Павел помнит, отец говорил маме, нельзя жить в страхе.

— Нельзя жить в страхе, нельзя всё время чего-то бояться, — повторяет Павел слова отца, понимая, что звучат они беспомощно. — Инициативы от труса не дождёшься, творчества от труса не дождёшься.

— У них инициативы и творчества больше, чем достаточно, — перебивает его Кира. — Резать, насиловать, воровать.

— Это не инициатива и не творчество, это оборотная сторона страха, это жестокость! В одной связке холуй и садист. Кто-то унижает холуя. Он должен восстановить душевное равновесие и спешит унизить кого-то ещё. Инерция жестокости. — Павел встал. — Извините, я сам должен разобраться. Но я категорически против того, чтобы посадить в штрафную Гринкина и Пигулевского. Можете меня уволить, если не подхожу, по-другому работать не буду.

— Сядь! — сказала Кира. Он сел. — «Уволить!» Как всё просто! Каждый хочет быть чистеньким. Только кто-то моет нужники, кто-то возит грязь. Твой метод хорош, никто не спорит, но для того, чтобы воспитывать человека, как говоришь ты, нужно десять лет, а у нас есть два года. Разве за это время переломишь устоявшиеся рефлексы? Сколько лет наши дети жили законами улицы!

Углы губ у Киры опустились, как у плачущего ребёнка. В глазах плывут облака. Он не даст ей заговорить о штрафной, он с ней попробует так же, как с ребятами, — добром! И он бросается в свой бой:

— Если бы вы знали, Кира Софроновна, как я благодарен вам за то, что вы давали мне работать, как я хочу. Да, я за вас… да я готов… Ваш авторитет для всех — самый высший! Но дайте мне ещё немного попробовать по-своему! Вы же видите, какой человек Солнцев?! Значит, мой эксперимент удался?! Любовью я из преступника Солнцева сделал человека.

— Они не кролики, чтобы над ними ставить опыты. — Слова жёстки, а голос дрогнул. И облака из глаз уплыли, яркие глаза у неё — фиолетовые. — Время нас рассудит, Паша. Самое безжалостное, что есть на свете, — это время. У меня не хватит слов, чтобы доказать вам, как вы не правы, — она неожиданно перешла на «вы». — Идите в группу. Но на прощанье — небольшая справка: в других подобных школах преступность выпускников на воле и до пятидесяти процентов доходит, а у нас лишь шестнадцать! Значит, то, что я предотвращаю преступления, действует на ребят благотворно, так? — Она подошла к шкафу, достала пачку писем. — Вот, пишут, стали людьми. Значит, мой метод не так уж неверен?

Расстроенный, вышел Павел из кабинета Киры.

Обидел. Она поняла, он льстил, лгал нарочно. Но что же делать, если ему не нравятся её методы, если для него главное — не доносчиков, не предателей вырастить, а людей.

После тюрьмы, после лагеря отец был болен. Тяжестей поднимать не мог, многого есть не мог, долго работать не мог. А работал на тяжёлой работе — на химкомбинате. От отца всегда пахло химией. Едучий запах, злой.

Мать приехала к отцу в ссылку. И осталась с ним. И всё терпела — морозы, к которым никак не могла привыкнуть, неуклюжую одежду, чужую еду, отцову работу с запахами.

А после реабилитации сорвалась: «Ни дня не останусь, поедем домой! Ты — учитель. Будешь учить детей. У тебя есть родина. Жить надо на родине».

Отец ни в какую ехать не соглашался. Считал Родиной Сибирь, с её морозами, с неуклюжей одеждой, с людьми? А может, чувствовал, сил не хватит на переезд?

Ссорились сильно. Ничего доказать друг другу не могли. Отец, верно, чувствовал, что умирает. Крупный, сильный, за несколько месяцев истаял на глазах.

Ему, Павлу, было мало лет, что он там понимал о жизни, а жалел. Отец всё морщился, покрывался потом, губы кусал.

«Болит? Что у тебя, папа, болит?» — спрашивал Павел и стирал с лица отца пот, как велела мама.

Отец не жаловался. Говорить ему было трудно, он лишь смотрел на Павла. Однажды собрал слова: «Никого и ничего не бойся, надейся только на себя, никогда не лги, никого не предавай и не унижай, детей не наказывай, делай слабого сильным».

Вот и всё наследство отца — на вечную память.

— Что с вами? — раздался рядом голос. — Не из-за нас? Мы не нарушили ничего.

Тишко?! Павел так удивился, что не ответил, спросил:

— Ты что такой встрёпанный?

— Кириенке пришла посылка.

Хотел спросить «Ну, и что, что посылка пришла?», но в глазах Тишко, как вода в стакане, стояло недоумение, и он понял сам: это в первый раз посылка — всем поровну, не только близким дружкам.

— Вы меня, помните, спрашивали, как я понимаю «жить»? — Лицо Тишко менялось на глазах: скривилось, пошло красными пятнами, стало вызывающим. — Смеяться не будете? Ну? — И выпалил: — Хочу красивой жизни! Вчера Кириенко посылку делил... А я хочу... музыка отовсюду, стерео, свет, мне подают, чего хочу. Вино это... Я курю. Слежу, как плывёт дым. Со мной рядом моя девочка, у меня была девочка в хорошей жизни, звать Галла. Мы разговариваем с ней.

— О чём?

И вдруг понял: глухонемые родители, четыре стены всегда тихого дома, зимняя или промозглая, осенняя улица, где нужно каждый день заново доказывать, что ты переплюнешь всех, что ты можешь всё! Праздника он хочет в жизни.

— О любви, о чём ещё? Я говорю ей свои слова, она мне свои. Отовсюду музыка.

— Это вы в ресторане сидите?

— Ну?! А потом мы садимся в собственную машину, едем к нам домой. И дома у нас тоже отовсюду музыка. Мы слушаем её, когда надоест говорить слова.

Они стоят посреди коридора. Их обходят ребята и учителя, спешат на улицу — школа сейчас гуляет. Павел пошёл к окну. Тишко за ним.

— А дальше? Что дальше, Валера? Сам сказал — «надоест говорить слова». А музыка не надоест? День — музыка, два — музыка, три — музыка. Что ты в жизни делаешь?

— Живу, — говорит Тишко не очень уверенно. — Разве плохо? Чисто, красиво.

— Заскучаешь. Ещё хуже, чем здесь, в школе, взвоешь. Мышцы станут дряблыми, отяжелеешь. Человек должен делать дело.

— А зачем мне мышцы? Я ж сказал, какую жизнь хочу! Каждый день перед сном представляю её. А проснусь, меня сторожат режимники, Тадеуш сопит на весь этаж, в туалете воды — по колено, такое возьмёт зло, хоть кричи, так и хочется сунуть кому-нибудь в морду.

— А они чем виноваты? Может, они все тоже по ночам о красивой жизни мечтают? Себя поставь на место того, кому бьёшь морду. Такой же, как ты. Тебе больно. Чувствуешь? — Тишко сник, смотрит исподлобья. — Хочешь красивой жизни, а сам в морду... Какая уж тут красивая жизнь?! Самый главный вопрос: а как ты деньги на свою красивую жизнь заработаешь? Воровством?

Тишко молчит. И Павел молчит. Он не знает слов, которые убедят Тишко в том, что нужно начать трудиться. «Зачем?» — спросит Тишко. Павел не готов к этому разговору. Разве он сам знает, что такое жизнь? Анка, его девочка, взяла и ушла от него. Почему у них жизнь не получилась?

— Вчера Кириенко делил посылку поровну! — Тишко помолчал, сказал: — А может, поедем на настоящее море?! Может, станем настоящими капитанами?

И снова дом встретил его непривычной тишиной.

Анка ушла от него.

Она ждёт: он за ней приедет?! Но, если он приедет за ней, он должен изменить свою жизнь, должен дать Анке то, что она от него ждёт. Сидение у телевизора вечерами и чаи с вареньями, в субботы-воскресенья — чинные прогулки всем семейством на виду у соседей, стирки-магазины.

Павел хочет есть. Привык к тому, что горячий ужин его ждёт. И горячий завтрак. И горячий обед.

Полез в холодильник. Холодные котлеты, сыр, масло. Благородная Анка дала ему время думать — пока не кончатся котлеты.

Злость — мерзкое чувство. Чем он голоднее, тем злее. Наказала. Увела детей. Лишила сладкого.

А он не хочет вечеров у телевизора, не хочет общих прогулок по магазинам на обозрении у соседей, не хочет показухи за чайным столом с вареньем!

Мать приехала к отцу в ссылку. Климат ей не подходит. Еда не её: нет фруктов, овощей. Терпела запах химкомбината, от которого даже маленького Павла воротило, хотя Павел этот запах впитал с материным молоком. Мать терпела до тех пор, пока отец был унижен, растоптан. Всегда весёлая, в глаза отцу заглядывала. Подруга, друг. Сорвалась, когда его реабилитировали: «Вези домой, на родину». И ей захотелось жить так, как ей нравится.

Павел везде зажёг яркий свет и стал ходить из комнаты в комнату.

Отдать Ваню на второй год в другую группу или сидеть с ним часами, учить его учиться и забыть о своём свободном времени? Тишко, Пигулевский, Ваня требуют всего его времени, всех его сил.

Но Анка тоже имеет право на его свободное время.

А что ему от Анки нужно? Ему нужно от Анки, чтобы она спрашивала его о Ване и пожалела Ваню с его Серко. Чтобы она пожалела Пигулевского. Но он же не знает характера и привычек Анкиного начальника, Анкиных сослуживцев, не знает, какие проблемы интересуют её. А может, ей для счастья как раз это нужно, а вовсе не телевизор с чаепитиями? Получается, он Анку не знает. Какое же право имеет на неё обижаться?!

Двенадцать ночи. Не возьмёшь и так просто не пойдёшь к ней выяснять отношения. Анка не одна. Там её мать.

Яркий свет создавал иллюзию активной жизни, слепил, заставлял проигрывать ситуацию заново.

Заснул Павел под утро и никак не мог сообразить со сна, почему так пронзительно, так настырно звенит звонок, когда и так понятно — урок окончен, почему включены все лампы в его доме, когда за окном — солнце?!

Вышел на улицу и зажмурился. Полнились весенними соками деревья с молодыми листьями, кричали птицы, свежестью пахла земля. Торжественно рождалась новая жизнь: в громком крике птиц, в праздничном перезвоне воздуха, пропитанного солнцем, в ликующем свете солнца, в напившейся снегом земле.

Павел застыл перед нашествием этой новой жизни, как мальчишка — перед подаренным ему долгожданным велосипедом. А потом побежал.

Бежал, подняв лицо к солнцу, открыв рот, хлебал им свежий воздух. Двигались по проспекту машины. Тяжёлые автобусы развозили людей по работам. Чувствовал себя в новом рождении.

Это ещё не оформлено, во многом подсознательно, но вчера он понял, не с Кирой он спорит, с прошлым поколением. И спор — о новом человеке.

— Тебе директор велел зайти, — встретил его режимник Федя Звонок. — Злой, рычит.

— До каких пор из-за твоих будет лихорадить школу? Придумал! Резиновую трубку насадил на кран и поливал подряд всех. Меня окатил с ног до головы. Теперь целый день ходи мокрый по твоей милости. — Директор показал Павлу жалко сморщившиеся брюки.

— Кто это вас? И при чём тут я?

— Тишко облил меня, кто же ещё? Сослался на тебя, мол, ты велел по утрам принимать ледяной душ.

— А как вы оказались в туалете?

— С сантехником зашёл посмотреть, где что у них течёт.

— А я в чём виноват?

— Распустил своих парней. Никакого почтения к старшим. Но я вызвал тебя не только из-за Тишко. Тишко — хулиган, неисправимый. Его давно пора отправить в спец ГПТУ, и я сам лично займусь этим.

— За эту шалость? — удивился Павел. — Так у нас ни одного воспитанника не останется. День жаркий, лето, Тишко и обрадовался. Вы уж извините нас. Мы с ним больше не будет, Семён Тимофеевич.

Но директор не смягчился.

— Я вызвал тебя не столько из-за Тищко, сколько... Что ты наговорил вчера Кире Софроновне?

Неужели пожаловалась?!

— Не жаловалась, — как бы услышал его мысли директор, — мельком сказала вчера, ты устроил в её жизни переворот, а сегодня позвонила соседка — плохо с сердцем, ночью вызывали «скорую». Я давно бы запретил все твои художества, да Кира не даёт — «ищет», «нельзя мешать», «многие методы устарели». Её епархия, она занимается воспитанием, вот я и не смею вмешиваться. Так, что ты наговорил ей?

— Высказался, — пробормотал виновато, встал. — Можно зайду попозже? У ребят скоро начнутся уроки, мне бы хотелось успеть одно дело сделать.

Директор хмуро смотрел на него.

— Мы ещё вернёмся к этому разговору. Позволяешь себе много. От меня не жди никаких поблажек. Я не любитель сомнительных экспериментов.

Павел вышел в сад. Солнце, праздник весны, птицы, кричащие и поющие на разные голоса, — всё то же, но ни счастливое пение птиц, ни запах проснувшейся земли и новой травы, ни ослепительный свет теперь не достигают его.

Нужно срочно ехать к Кире.

Адрес узнал у Саши Андреевны.

Механически шёл, ехал, снова шёл, как автомат, запущенный по прямой.

Почему всем, с кем сталкивает его судьба, он приносит неприятности? Анка несчастна. У Киры — сердечный приступ. Вдруг она из-за него умрёт?

Открыла дверь сама. Не в привычной белой блузке и светлом костюме, в тёмном платье чуть не до земли, без каблуков, она оказалась маленькой и хрупкой, как девочка. Чёрные подглазья, блёклая кожа — результат бессонной ночи и его вчерашней безжалостности.

— Здравствуйте! — сказал Павел.

Не ответила, повернулась, пошла в глубь квартиры. Он постоял, нерешительно двинулся следом. Кира села на тахту, положив руки на колени. Он вспомнил про дверь, вернулся, закрыл, остановился у порога комнаты и не знал, садиться, стоять. Ощущал себя нашкодившим мальчишкой: стой, вытянув руки по швам, держи ответ.

— Простите за вчерашнее, — сказал вовсе не то, что приготовил сказать. — Вы совсем больная. Я вам благодарен, вы меня не трогаете, даёте работать по-моему. Я не знаю того, что происходит в школе, а значит, не смею вмешиваться, не смею оспаривать ваши методы. Может, это единственный метод знать — в каждом классе иметь ребят, которые всё рассказывают. Я слышал несколько ваших разговоров с ребятами... мне не понравился этот ваш метод работы! — Что опять городит? Пришёл добить её?

— Это плохо, что ты не знаешь школьных дел. — Кира спокойна, её глаза не осуждающи. — Жизнь самого маленького муравья, самой маленькой букашки зависит от того, что происходит в лесу. Горит лес — гибнут муравей и букашка, затопило лес — гибнут муравей и букашка. Так, Паша? Я — муравей, я — букашка, я — мирный человек, я войны не хотела, а началась война, я разделила судьбу всей страны. Был у меня жених. Ушёл в сорок пятом сем-

надцати лет. Погиб. Я осталась одна. Знаешь, что это значит в семнадцать лет? На бегу. Горишь вся. Только что был рядом живой,
и нету. Не знаешь. Стала пустая, злая, никому не нужная.

— Это враньё! — Протянул руку к её лицу, как к Корюшкиному,
стёр слёзы. — Вас ребята любят. Мы вас все любим.

Судьба поколения. Голод. Нищета. Труд. Бесконечный, мужской,
на женских плечах. Руки выдают. С синими, толстыми ветками
жил. Руки — лопаты. Ими рылись могилы, или готовилась земля
для зёрен, ими строились времянки.

— Простите меня, я не знал. Я не хотел вас обидеть. Я только…
о некоторых методах… Вы сказали, мой путь медленный. Нет же.
Самый быстрый и точный. Для Пигулевского стресс — суд и слёзы Кириенко. Для Тишко — ночной разговор в туалете и апельсины. Полюбить Тишко надо. И чтобы он полюбил кого-нибудь,
кроме себя. Чтобы он пожалел кого-то, кроме себя. — Чем дальше
Павел говорил, тем горше плакала она. Он чувствовал, ей нужны эти слёзы, и пользовался ими, и говорил: — А вы… ласку расходуете на то, чтобы выудить у ребят сведения. Вместе с лаской
страх. Это же безнравственно! Пусть при всех — то, что говорит
одной вам. Один скажет при всех. Другой скажет при всех. Третий… а получается — гласность. Вот увидите, даже такой, как
Тишко, испугается.

— Замолчи! — попросила она его. Встала, взяла со стола альбом,
из альбома вынула фотографию.

Павел уставился. Шутка какая-то. Он — в военной гимнастёрке.

— Ты, как две капли воды, похож на него, видишь? — Кира улыбается сквозь слёзы. — Волосы, глаза, плечи, овал лица. Даже зуб
у тебя выдаётся так же, как выдавался у него. У меня мог быть
такой сын, как ты. Жениха убило в мае сорок пятого, в день нашей предполагаемой свадьбы, когда мог, когда должен был зародиться наш с ним сын — ты. Если бы не это, я сумела бы объяснить тебе. Я перед тобой… — она поискала нужное слово, — беспомощна. — Её лицо светло, чисто, как у девочки. Она смотрит на
фотографию, а потом аккуратно убирает её в альбом. — Я знаю,
ты не прав, — говорит тревожно. — Ты думаешь, ребёнок может
при всех сказать, что ночью над ним надругались? Не может. Ему
стыдно. И он боится, что его изобьют. Ты ставишь себя на его место, а ведь почувствуешь за себя, поймёшь за себя, за него не почувствуешь, за него не поймёшь. Твоя психика и этих ребят различны. Ты рос в семье любящих тебя людей. А у наших ребят,
как правило, родители — пьяницы и воры. У нас в школе больные дети больных родителей. Одиночество и преступная психология у них предопределены с первого мгновения жизни, когда

мать, отмучившись, не на ребёнка смотрит, а пьёт водку, с первого месяца жизни, когда ребёнок, мокрый и голодный, исступлённо орёт и вызывает в родителях не жалость, не любовь, а раздражение и злость. Ребёнок может добыть еду, лишь украв её, добыть деньги может, лишь отняв их у слабого, лишь подчинив себе слабого. Это психология, воспитанная со дня рождения. Понятие чести, красоты, силы — совсем иные, чем у тебя. Ты пришёл из другой профессии — из тихого журнала. Даже если ты встречался со шпаной, ты не знаешь «улицы», её законов, ты не понимаешь: они уважают только силу, которая сильнее их силы. Чтобы переломить их, их нужно испугать, чтобы они на себе испытали страх и унижение тех, кого унизили и испугали они. Ты, Паша, — идеалист. Даже самые твои любимые и лучшие ребята всё скрывают от тебя. Даже сейчас скрывают, когда тебе кажется, что всё переломилось. Что делается у них ночью, ты не знаешь. Ты напрасно веришь им.

— Я сегодня не успел позавтракать, — сказал Павел.

— Ты хочешь есть? Идём! — через минуту они были на кухне, и Кира резала хлеб, а в сковороде уже шваркала яичница с салом.

— Вы противоречите сами себе. Хотите сделать ребят людьми, а делаете нелюдями: учите унижаться, бояться и унижать, пугать тех, кто зависит от них.

— Ты ешь, Паша. Самое тяжёлое в жизни: когда сыновья не понимают матерей. Ты — мой враг, Паша. Ты мне мешаешь.

Солнце золотит её волосы. Она сидит спиной к окну, и над бледным, больным лицом стоит золотое облако. Он несправедлив. В ней — жалость и любовь к детям, желание помочь им. Её тайна: она тоже не знает, как надо. У неё нет своих детей. Он только что понял: никогда не было у неё жизни личной, вся её жизнь, целиком, всё её время, нерастраченные любовь и молодость, здоровье отданы несчастным уличным пацанам. Он видел письма, которые пишут ей бывшие преступники. А вон целая стена в комнате увешана фотографиями. Наверное, тоже воспитанники? Значит, спасает, значит, делает воров и садистов людьми. И разве важно, какими методами она достигает своей цели? Не смеет он восставать против неё. Жизнью проверены её методы, оправданы этими счастливыми лицами, застывшими на фотографиях.

— Я пойду, Кира Софроновна, — Павел встал. — Вы извините меня за вчерашнее. Мне очень неприятно, что я причинил вам боль.

Она снова плачет.

— Ты, наверное, во многом прав, Паша, жёсткая дисциплина имеет оборотную сторону, и я мучаюсь, мне очень тяжело ложиться в удобную постель, когда детёнок — в штрафной. Мне тоже хочется его баловать. Ты прав, наверное, нужно научить любить, но я твёрдо знаю, его нельзя баловать... — Она оборвала себя. — Ты говори мне всё, что думаешь, прошу тебя. — Она остановила его у двери. — Подожди, тебе письмо.

— Что за письмо?

— Я тебе говорила. Пигулевского — к матери. Возьми.

— Почему оно у вас?

— А тебе больше хотелось бы, чтобы оно было у матери, да? Иди, Паша, иди!

— Ухожу. Но читать чужие письма... — всё-таки восстал он снова.

— Но не читать эти письма, но разрешить им дойти по назначению... это — преступление, Паша. Мы должны знать, какие письма пишут наши дети своим матерям. Только тогда мы сможем помочь. И пока ты этого не поймёшь... Иди, Паша, иди! Ты — мой враг, Паша. Это очень серьёзно, и я должна начать бороться с тобой, если я не хочу, чтобы твои ребята поубивали друг другу сейчас и не погибли после школы. Иди, Паша. Иди же!

И он идёт. Возвращается в школу. Приводит Пигулевского в пионерскую, усаживает рядом с собой на диван.

— Ты писал?

— Ну...

— Кому адресовано?

— Как кому? Ясно же написано — моей матери.

Рыжая шевелюра, рыжие ресницы, песочные глаза.

— А может, у мамы нет денег на посылку?

— Чего? — недоумённо уставился на него Пигулевский.

Видно, такая мысль ему никогда в голову не приходила.

— Дай мне десять рублей, — просит Павел.

Виталий засмеялся.

— У меня нету.

— Как «нету»? Почему «нету»?

Смех сам собой пропал, в лице — лишь недоумение.

— Откуда у меня столько?

— А у матери откуда?

— Как откуда? Она получает зарплату.

Павел достаёт блокнот, берёт карандаш.

— Сколько она получает?

— Двести, — говорит Виталий.

— Ладно. Ты не помнишь, сколько стоил спортивный комбинезон, который ты у неё выпросил? — Пигулевский хлопает ресницами. — Мама, не говорила тебе?

— Она не мне, она отцу говорила.

— Ну, приблизительно, хотя бы.

— По-моему, больше ста.

— На сколько «больше»? Может, сто пять, а может, сто девяносто?! Ты считать умеешь? — Виталий молчит, моргает.

— Допустим, — наступает Павел, — сто девяносто пять, честно говоря, я думаю, больше, но пусть сто девяносто пять. А получает она двести. Значит, на целый месяц жизни ей остаётся пять рублей. Так? А трём людям нужно есть. Нужно платить за квартиру, за электричество, за телефон. Нужно давать тебе в школу — на обед, на общие мероприятия. Ты когда-нибудь считал, сколько денег уходит вот на эти сервелаты и конфеты, которые ты от неё требуешь?

— Почему я должен думать об этом? Какое мне дело, где она возьмёт деньги? А отец на что?

— А сколько получает отец?

— Сто тридцать.

Павел неожиданно гладит Пигулевского по голове. Виталий вздрагивает.

Маленькая, тощая мать Пигулевского суёт в руки Павлу тяжеленную посылку. «Это Виталику!» Одна любовь в её глазах — светлая, жалкая, один страх — вдруг посылка к Виталику не попадёт?

Кира права, нельзя отправлять подобные письма любящему человеку. Кира права, надо знать, как жил парень до спецшколы, какие у него родители. Зачем, например, Виталию думать о матери, если всё — ему, если никогда мать не скажет «Я тоже хочу конфету», «У меня развалились сапоги», «Я устала». Мать не скажет, почему же мальчишке это должно прийти в голову?!

— Мама когда-нибудь болела? — спрашивает Павел.

Виталий пожимает плечами.

— Мама когда-нибудь жаловалась тебе на трудности?

Виталий мотает головой.

— Нет.

— Мама когда-нибудь просила тебя ей помочь?

Виталий удивлённо смотрит на Павла.

— Нет.

— Ты ведь добрый мальчик, правда? — спрашивает Павел.

— Не! — качает Пигулевский головой. — Мне никто не говорил такое!

— Послушай, — Павел проводит по его волосам. Виталий выворачивается из-под его руки. — Закрой глаза, представь себе, ты не мальчик, а взрослый дядя. Целый день делаешь тяжёлую работу — «пилишь» на машине много километров по пустой дороге без остановки и еды, тело застыло, ноги затекли. Или, представь себе, стоишь у станка много часов, у тебя уже перед глазами всё пляшет от усталости. Вспомни, ты когда-нибудь сильно уставал?

Пигулевский кивает, отводит глаза. А в глазах недоумение и растерянность.

— Не кто-нибудь, ты еле добираешься до дома. Тебе бы лечь, отдохнуть. А у тебя сын. Нужно купить еду. Нужно еду сготовить. Нужно сына накормить. И на всё это нужно очень много сил. Удержи в себе состояние усталости, которое когда-то ты испытал. Ты через силу стоишь в очереди за продуктами, через силу стоишь у плиты и готовишь. Тебе бы лечь! Это ещё не всё. Сын сделал уроки, ты должен проверить их. Вместо того, чтобы самому почитать, отдохнуть.

— Я не хочу никакого сына! — говорит Виталий.

— Но он уже есть. Он явился, не спросив тебя. Разве ты спросил маму, хочет она или не хочет, чтобы ты такой вот явился к ней?! Ты отвечаешь за него. Понимаешь? Отвечаешь, несмотря на то, что устал. Ты ведь уставал! Не забудь это своё состояние. Тебе трудно. Ты согласен, очень трудно? А вот к этому ещё прибавляется: «купи то», «купи это», «дай то», «дай это», «сделай то», «хочу это»! Твой сын не видит, как тебе трудно. Он знает только то, что нужно ему, и требует этого от тебя.

— Я бы дал ему! Уж я бы ему — в морду!

— Стоп, — Павел облегчённо вздохнул. — Вот мы и подошли к точке. Так, это же ты так относишься к своей матери. Это ты навалил на свою маму столько требований и хочешь наказать её, если она не купит тебе всего, что ты просишь: не будешь на письма отвечать и разговаривать. Это ты никогда не брал в расчёт, как тяжело ей приходится. А она ни разу не дала тебе в морду. Почему? Ну-ка, задумайся. Ведь она вовсе не обязана делать для тебя сверх того, что тебе положено. Обыкновенная еда. Обыкновенная одежда. Почему она занимает деньги, втридорога покупает сервелаты и «мишки»?

— Не знаю, — хмуро буркнул Виталий.

— Знаешь. Очень даже знаешь. Она любит тебя больше, чем себя. Сама полуголодная ходит. Ты заметил, как она худа и бледна? У неё же ничего не остаётся для себя! Она жалеет тебя. Она хочет доставить тебе радость. А ты её не любишь. Ты её не считаешь человеком. Никогда в жизни не доставил ей радость. Ты даже никогда не думал о ней — тебе не хочется сделать ей что-то хорошее. — Павел положил руку на плечо Виталия. В глазах Виталия застыла жалость. — Прошу тебя, ощути, как мама устала, — спешил Павел использовать это первое мгновение сострадания мальчика к матери. — Ощути, как она одинока и несчастна, имея такого сына.

На другой день повёл Виталия пройтись за ограду.

— Я должен понять, как же это от трезвой, доброй, заботливой матери сын уходит на улицу? — Они идут по мокрому асфальту. — Понятно, ребёнок хочет есть. Ты же был сыт! Понятно, у ребёнка нет игрушек, одежды? У тебя было всё. Почему ты стал воровать, обижать людей? Помнишь, с чего началось?

— Я опоздал на урок. У меня сильно болел живот, я не мог спать, пил лекарство. Мама проспала, не разбудила меня. Она написала учительнице записку о животе. Но я даже не успел вынуть эту записку, как учитель закричал на меня, что я — подлец, что я сорвал ему урок. Сказал, чтобы я стоял за дверью и ждал наказания. Я взял и тоже накричал на него, повернулся и пошёл. Деньги у меня есть всегда. Я пошёл в кино, вместо обеда наелся мороженого. Мне понравилось. Вот и всё.

— В самом деле здорово, вместо скучных уроков очутиться на улице посреди бела дня. Интересно же, какое мороженое днём, как ездят машины, какие фильмы в то время, когда ребята сидят в школе.

— А чего, чего вам надо от меня? — спросил Виталий.

— Мне? — Павел даже остановился посреди улицы. — Мне? Не мне. Тебе надо. Хочу, чтобы в себя заглянул: что в твоей жизни складно было, что нескладно, что сейчас тебе в твоей прошлой жизни нравится, что не нравится?

Пигулевский тоже остановился. Взглянул было на Павла, отвернулся.

— Я избил Фимку, началось с этого. У нас в классе был Фимка. Его увезли на «скорой».

Павел снова пошёл по улице.

— Смотри, какие маленькие! — За загородкой играли в детском саду дети. — Начинают жить. Слушай, а тебе было жалко его?

— Чего?

— Ну, твоего Фимку, когда ты его избил?

Виталий замотал головой.

— А чего он всегда знает всё и лезет отвечать?

— До крови избил?

Виталий вдруг зажмурился.

— Ты что?

Виталий повернул к школе, побежал. Павел едва догнал его.

— Ты что?

— Что «что»? — закричал Виталий. — Что вы лезете ко мне? До крови избил, до крови!

Пигулевский стал избегать Павла. Но драли ли они сорняки из сухой земли в зеленхозе, или играли в волейбол, или сидели на самоподготовке, нет-нет, да поймает Павел его взгляд. Много бы отдал он за то, чтобы в минуту своей жестокости Виталий увидел залитое кровью Фимкино лицо или усталость в лице матери.

Однажды на дороге в зеленхоз Виталий подошёл сам.

— Я вспомнил, мать как-то плакала, — Виталий исподлобья смотрел на каждого, кто приближался к ним, и, видно, взгляд его был так странен, что ребята поскорее отходили. — В этот день воспитательница в детском саду пристала ко мне «Кого ты лучше любишь, отца или мать?» Я даже не задумался, брякнул: «Отца». За мной всегда приходила мать и всегда с подарком, в тот раз принесла шоколадного зайца. Она сразу принялась целовать меня, как будто не виделась целый год. Она всегда лезет целоваться. А тут воспитательница и скажи ей: «Вот вы всё балуете его да ласкаете, а он всё равно отца лучше любит, чем вас, сам сказал». Мать и заревела. Идёт рядом по улице и ревёт, рука дрожит. Принялась объяснять мне: «Ты, — говорит, — не знаешь ничего. Ты был грудной, у меня кончилось молоко, а отец даже на молоко для тебя не давал денег». В тот вечер мать готовила ужин, плакала. Мыла меня перед сном, плакала.

— Ты написал ей, что любишь её? — спросил Павел и прикусил язык.

Этого спрашивать было не надо. Виталий сам должен дорасти до этого. Ясно, как Божий день, к Виталию ещё не пришли новые слова для матери, а старые — «дай», «хочу», «сделай» — не годятся.

— Валюша, хочу посоветоваться, чем можно Пигулевского пробить? — спросил Павел свою напарницу.

— Хомячками, — не замедлился ни на секунду ответ.

Павел удивлённо уставился на неё.

— Ну, чего смотришь? Жестокого человека нужно научить понимать и жалеть живое.

— Достань срочно хомячков, прошу тебя, пока он — тёпленький.

— Да, я тоже заметила, ты хорошо сказал — «тёпленький», не дразнит никого, не задевает. Всё свободное время читает.

Где взяла, неясно, Валя принесла хомячков. Подозвала Пигулевского, начала ему петь:

— Я знаю, ты очень добрый. Смотри, какие маленькие, а уже сироты. У них умерла мама. Не мог бы ты кормить их, ухаживать за ними?

— А как? — озадаченно спросил Виталий.

Валя стала объяснять, как нужно чистить клетку, как кормить-поить зверушек, как развлекать.

Первое время Виталий не перекладывал, а перебрасывал хомячков с места на место, они стукались об пол головами и плакали. Видно, жалости у Виталия не вызывали никакой. Помогла Саша Андреевна, сказала на уроке: «Хороший человек всегда любит живую природу. Вот Пигулевский Виталий заботится о хомячках», и Саша Андреевна стала рассказывать о хомячках, чем полезны, как растят своих деток. Больше Виталий хомячков не отшвыривал, терпеливо чистил клетку, ставил воду. Даже иной раз смотрел, как они пьют-едят.

— Надо же, они тебя узнают, смотри, как обрадовались! Ещё тебе письмо, держи.

Письма Виталию от матери приходили дважды в неделю. Виталий сам показывал их Павлу. Это были не письма — одни слёзы. «Почему же ты, сынок, не пишешь?», «На что обиделся?», «Скажи, я сделаю всё, только прикажи», «Как у тебя дела? Я очень волнуюсь. Напиши хоть одну строчку, что ты не сердишься, а то я не могу спать», «Я приехала бы, но меня не отпускают на работе. У нас идёт серьёзный эксперимент, и я иногда даже на ночь остаюсь здесь».

— Ты почему не отвечаешь? — спрашивал Павел.

Виталий опускал голову, отворачивался, протирал подошвой пол — привычные формы протеста.

Что делать? — терялся Павел.

Глава пятнадцатая

СЕРЁЖА

Сначала он давит карандашом на бумагу, въедается в бумагу так, что чуть не рвёт её. Глаз у Серко полуоткрыт, ресницы — длинные, чёрные, щётка — не ресницы. И слеза. В коричневом цвете глаза — светлая слеза. Голова бессильно прижата к полу сарая. Серёжа забыл, что он рисует, он просто подробно разглядывает Серко, каждую черту, и его карандаш теперь — лёгкий, сам летит по бумаге. Штрих, ещё штрих, грива свисает слежавшимися жгутами.

Пал Фимыч подарил ему карандаши, сам отточил. На лбу Серко — светлое пятно. Такого же цвета, как слеза.

— Ты кого это? — Кулёма заглянул в листок. — Эй, Кузя, глянь! Лошадь!

Рука сама летит. Чёрный карандаш, рыжий. Вернее, коричневый, смешанный с жёлтым, едва касаясь, сливаются.

— Похож, — говорит Пал Фимыч, незаметно подошедший. — Как живой.

— Здорово! — поддакивает Сашка.

— Он больной! — говорит Кузя.

— Эх, я так не смогу, — завидует Пигула.

От похвал жарко.

— Это Ванькин Серко, — объясняет Серёжа. — Он плачет. Он умирает от жажды. Он не пил долго, столько, сколько Ванька — здесь. Я хотел, чтобы он скакал, чтобы он был такой, какой когда ещё с Ванькой, а он не послушался, взял и лёг. — Серёжа молчит до тех пор, пока не становится не очень жалко. — Вывернул морду, ждёт Ваньку. Так мне рассказал Эдик.

— Ну-ка, покажь! Точно, Серко! — Гринка выхватывает у Пал Фимыча рисунок, принимается реветь.

— Иди ты, иди, Вань! — просит Серёжа.

— А это что у тебя? — спрашивает Кулёма.

— Дельфины плывут. Они помогают кораблям. Они очень умные. Они похожи на людей.

— Дельфины умеют разговаривать друг с другом за тысячи километров, у них свой язык. — Сашка чуть не ложится на листок.

— Дельфины никогда не нападают на людей, — говорит Пигула. — Вот что.

Серёже жарко, навалились все, задавят.

— Да, похожи на людей. Сначала я и подумал — люди. Но «Перемена» мне больше всего нравится. Очень точно передано движение. Тишко именно так выворачивает руку, когда бьёт по мячу. А Тадеуш-то! Он, да? — спрашивает Пал Фимыч.

— Это я? Эх, ты прятал! Не похож, — обиделся Сашка.

— Ты сделай вот что: собери свои рисунки, и я поведу тебя в художественную школу, — говорит Пал Фимыч.

— Зачем? — не понимает Серёжа.

— Вот это да!

— Дура, учиться будешь!

— Лафа! Везёт Серьге!

— Краски ты здорово чувствуешь. Движения здорово передаёшь. Надо учиться. А вдруг тебя возьмут?

— Я же учусь здесь, — не понимает Серёжа.

— А будешь там.

— Я не хочу без вас.

— Ты будешь и с нами, и там.

— Это как?

И наконец понял: в этой таинственной школе учат рисовать. Больше всех дел нравится рисовать. Первый раз хочется так сильно чего-то делать. И всегда, когда рисует, его прошибает потом, будто парится в бане. А рука сама движется. Он и не хочет, а получается то, о чём он подумает: дерево, драка, игра, человек, зверь. Растёт стопа рисунков.

В свободный час Сашка листает. Подойдёт Пигула, разглядывает.

— Почему я не могу так? Ты можешь, я не могу, почему?

Засыпая, просыпаясь, на уроках, за едой Серёжа стал ждать, когда Пал Фимыч позовёт его идти в эту школу. Ребята подзуживают, подгоняют Серёжино ожидание.

— Ну, ты даёшь! — говорит Гринка. — Как в жизни.

— Их повесят на стенку, да? — спрашивает Кузя. — И все будут глазеть на них?

— Их называют художниками, которые рисуют, да? — не то спрашивает, не то утверждает Пигула.

Серёжа зажмуривается, крепко-крепко, чтоб не попадала в него никакая помеха, и представляет себе: Кулёма несётся на санках с горы, рот до ушей, шапка до глаз, глаза прищурены. Зима давно прошла, а осталась перед глазами. В другой раз привидится речка. Та, из которой спас его Огурец. Зелено-голубая вода, жёлтые круги по ней — от солнца, и он в одной из таких блёсток тонет. Взмахнул руками, хлебнул воздуху, пошёл ко дну. А от берега уже плывёт к нему Огурец.

Точно в книжке напечатанная, представляется Серёже каждая картинка: и цвет, и свет, и лица, и даже отдельные травинки. А представились, рисуй. Даже вроде и не старается Серёжа, а всё, что видел, вышло.

Как всегда это бывает, Пал Фимыч позвал неожиданно.

— Бери своё богатство, идём, я договорился.

На волю? За ворота? Рядом с Пал Фимычем? И это вместо самоподготовки и вместо уборки этажа. Дрожащими руками складывает листки в чемоданчик Пал Фимыча. Никак не вздохнёт, так заболело в груди. Вышел за ворота школы и остановился: куры купаются в пыли, собака играет со щенятами.

— Идём скорее, у нас мало времени.

Возьмут — не возьмут? Ещё лезет в башку: поймал Пал Фимыч язя или не поймал? Чего лезет, когда он идёт в рисовальную школу?

— Шагай, Серёжа, не отставай! — зовёт Пал Фимыч.

Интересно, дрался Пал Фимыч, когда был малой, или не дрался? Распирает башку от вопросов, а задать их не может — язык прилип к нёбу, и язык, и нёбо — чужие.

— Там очень хороший учитель, я думаю, твои рисунки ему понравятся. Главное: не робей.

Школа ослепила Серёжу. Все стены увешаны яркими рисунками — будто праздник. Как и у него, тут тоже и звери, и люди, и лес, и кувшины, и отдельные головы. Чего только ни увидишь тут! Сначала смотрел все картины сразу, одним взглядом — цветную круговерть, а потом стал разглядывать по очереди. Лошадь совсем не такая, как у него. И драка не такая. Тут драка — весёлая, не драка — игра.

— Какие молодцы ребята! — говорит Пал Фимыч.

— У них краски яркие.

— Не-ет, — усмехнулся Пал Фимыч. — Не краски, а учитель.

Учителем оказался маленький, худой, седой человечек, с очень голубыми глазами. Просмотрев внимательно каждый листок, он улыбнулся Серёже.

— Значит, твои рисунки. Когда начал рисовать? В этом году, в феврале? Так. Тебя учил кто-нибудь? Сам? Срисовывал сначала? — Он повторяет каждое слово за Серёжей, а слова получаются совсем другие, более значительные, чем у Серёжи. — Значит, так, садись сюда. Вот тебе карандаш, нарисуй мне собаку, какая тебе нравится.

Улыбалась та, что играла со щенятами. Она не била щенят, а только лапу поднимала, замахивалась. А щенок, самый маленький, приседал на задние лапы, задирал мордочку, громко нестрашно тявкал и рычал, потому что ещё не умел лаять.

Его собаку со щенятами учитель разглядывал долго.

— Значит, улыбается? — спросил.

— Улыбается, — ответил Серёжа.

— А почему улыбается? — спросил учитель.

Серёжа не понял.

— Дети же! Играет с ними, — сказал, а сердце защемило.

— Значит, так, Серёжа. Будешь ездить сюда два раза в неделю, с Павлом Ефимовичем я договорился, он добьётся разрешения, чтобы отпускали тебя. — Прозрачный голубой взгляд у учителя. — Если сдашь в августе экзамены, поступишь к нам в школу. Экзамены школьные: русский, математика. Теперь всё зависит от тебя.

Это его учитель? Никто раньше не спросил его про собаку «она улыбается?»

Серёжа переводит взгляд с учителя на стены, на какие-то предметы, заполнившие комнату.

— Это подрамники, к ним прикрепляется чистый лист бумаги. А это, смотри, этюдник. А вообще это мастерская, здесь ребята учатся рисовать. Я надеюсь, ты будешь учиться здесь.

Пал Фимыч купил мороженое. Серёже хватило его почти до школы — ел медленно, не ел, сосал, держал во рту сладость, глотал. А когда доел и когда они уже ехали в автобусе и кругом было много чужих, Серёжа зажмурился. Пал Фимыч — не Пал Фимыч, отец, папка, везёт его домой. У многих есть и мамка, и папка. У него тоже есть и мамка, и папка.

— Слышал, что сказал учитель? От тебя всё зависит. Старайся. Тебе понравился учитель?

Папка вполне может так спросить. Он бы и спросил так.

Яркий свет, много света. Чем больше Серёжа жмурится, тем больше света попадает в него. А кроме этого света, в нём чего-то ещё новое: он это не он, а он — это такой, на какого смотрел учитель рисования, — очень большой, главный, важный. Он уже человек.

Новое ощущение распирает Серёжу, и он ходит теперь по школе развернув плечи. Он здесь хозяин. Кино будет в субботу — «Чапаев». Для него. «Огонёк» намечается, с песнями Окуджавы, — для него. Байдарочный поход — тоже для него. Чтобы он научился плавать, грести, ловить рыбу, чтобы изучил страны света и всех рыб, которые встретятся ему в море.

— Ты чего, каждый день находишь ножик, что ли? — спросил его как-то Сашка.

— Чего? — не понял Серёжа.

— Глаза блестят!

Объяснить Сашке, какой он сейчас, Серёжа не сумел.

— Слышь, Сашка, а ты летал в самолёте? Говорят, видать всю землю, она всех цветов. Это, если подняться над облаками, не видать ничего, а так видать. Сегодня в приёмнике такая передача — про художника Репина, про его жизнь. Давай вместе слушать. У него есть картина — «Бурлаки». Я видел в книжке. Жуть.

На Серёжу напала болтливость. С Гринкой болтает о лошадях и собаках, с Сашкой — о книжках и художниках, с Пигулой — о море. К Эдику пристаёт с вопросами:

— Эдик, что такое Вселенная? — Произносит слово, которое слышал от Пал Фимыча. — Эдик, куда девается зима? Эдик, Магеллан сразу стал капитаном?

Эдика эти вопросы не интересуют, он отвечает на них односложно: «Вселенная — это земля с солнцем», «Зима уходит в другое полушарие», «Про Магеллана не знаю ничего». И скорее начинает читать стихи или говорить про Улю, какая она весёлая, как поёт звонче всех, как берёт за душу, когда играет на аккордеоне. Кажется, Эдик вообще ни о чём другом не может думать и говорить, только об Уле.

— Тебе, правда, она нравится? — пристаёт к нему Эдик.

Серёжа сто раз разглядывал фотографию Ули, сто раз повторял, что нравится, но Эдик так смотрит, что Серёжа повторяет снова: «Красивая!»

Честно говоря, Серёжа не знает, что значит красивая, но, если Эдик хочет, чего ж не сказать?

— Я тоже так думаю, — говорит Эдик. — Скажи, она дождётся меня? Почему не отвечает на письма уже два месяца? Я узнал, она гуляет с кем-то, ходит в кино. Я убью их обоих!

— Ты что? — пугается Серёжа. — Она не может не любить тебя. Ты объясни ей всё получше, она поймёт. Если убьёшь, тебя тоже убьют, я знаю. У Огурца дядю расстреляли по мокрому делу. Ты не надо, Эдик. Никак нельзя.

Даже в своём отрешённом от всего и всех состоянии Эдик тоже заметил, что с Серёжей что-то творится.

— Ты чего? Чемпионом решил стать? Или выиграл по лотерее? Блестишь.

Блестит он или не блестит, не важно, с ним в самом деле что-то случилось, он стал совсем другим.

Кругом идёт обычная жизнь. Как только воспитатель уезжает домой и Эдик со своим приёмником уходит спать, начинают свой ежедневный обход Тишко с Квитко и Тихоновым. Пигула тоже ходит с ними. Почему-то Серёжа теперь не боится Пигулу, и то, что Пигула ходит с Тишко, — хорошо, может, Тишко не будет драться при Пигуле? И, в самом деле, бить не бьют, но говорят, что капитанами все не могут быть, что на корабле капитан один, остальные — матросы, а матросы подчиняются капитану, и поэтому нужно начать подчиняться сейчас. В лицо они всем пускают дым. Тишко требует от ребят, чтобы ему давали компот.

Вот остановились они над ним, пускают дым ему в лицо.

— Будешь стелить постель Тишко, — говорит Квитко.

Очень трудно не раскрыть глаз и не бежать тут же выполнять приказания, но Серёжа, в своём новом состоянии, не раскрывает глаз, стискивает зубы, терпит. Он вспоминает маленького учителя рисования, который объясняет ему про форму, про объём, учит накладывать тени, видеть перспективу, различать оттенки. Вспоминает, как ехал с Пал Фимычем и ел мороженое. Всё вспоминает и удерживается: не начинает дрожать противной мелкой дрожью, не лезет под одеяло. Постоят, постоят над ним Король со свитой и уходят, а он долго потом не может уснуть.

Зачем Пигула якшается с ними? Он же сам говорит Тишко, чтобы шёл куда подальше. Может, Тишко побил Пигулу, а Серёжа этого вовсе и не знает? Может, Тишко заставил таскаться Пигулу за собой? Противный Король, лезет.

День ото дня всё больше верил маленький учитель в Серёжу, всё больше хвалил его, и день ото дня Серёжа всё больше освобождался от страха. Наконец наступил момент, когда он не захотел терпеть даже такой малости, как дым в лицо. В одну из ночей лишь только Тишко склонился над ним и выдохнул первые слова, Серёжа, переполненный своей новой сутью, со всего маха, как когда-то Ванька — Пигулу, двинул Тишко ногой и во всю глотку гаркнул: «Пшёл вон!» А на другой день, не успела начаться самоподготовка, вскочил и новым, окрепшим голосом закричал:

— Я всё скажу! Все боятся, а я больше не боюсь. Убивали меня и Сашку, не убили. Я скажу. Вы думаете, все стали хорошими? Они нас — в матросы! Мы хотим слушать передачу про животных и про книжку, а они ловят музыку и пляшут. Не считаются с самим Эдиком! Он связываться с ними не хочет, потому что хочет домой. Не дают спать каждую ночь. Ты, Тишко, сам думаешь, что ты — Король, я так не думаю. — Никогда не было столько силы в Серёже, такого громкого голоса. — Ты, Тишко, подбивал Сашку утянуть из медчасти лекарство для взрывателя, я забыл название, говорил, сгодится на корабле против врагов. Тебе, Квитко, Король прикажет, ты и бьёшь Кулёму и хочешь сделать из него парашу. И, если бы не мы... не Ванька... Ты, Пигула, — особенно зло крикнул Серёжа, — ты уже сам... сам хотел, уже сам стал... — Он запутался, запнулся, спросил с обидой: — Зачем стащил у Саши Андреевны новый мел? А нам сняли за это тридцать баллов. Зачем надел на голову Кулёме мусорницу?

— Врёшь, подлипала, заткнись! — извиваясь, пополз по классу злобный протест. Пигулин?

— Ты — подшефный! Подшефный! Врёшь, сука! Везде суёшь свой нос! Всё тебе надо больше всех!

А Тишко — развалился, лениво зевнул.

— Пусть поврёт. Дурак поверит, умный не поверит.

«Ну, пришёл? Садись, — говорит учитель рисования, долго разглядывает рисунки. — Здесь ты не почувствовал пропорции. К следующему разу нарисуй кувшин и стакан, чтобы я увидел их округлость. Тени клади вот так, здесь темнее, здесь светлее. — Целых два часа учитель тратит на него. А как-то, когда Серёжа уходил, сказал: — Если у человека есть талант, его нужно уважать. По рисунку ты уже, считай, прошёл экзамен. У тебя кони, собаки и люди получаются живые. Теперь готовься к русскому и математике. Главное, ничего не бойся!»

Серёжа слышит учителя, а не Тишко, и говорит:

— Я не хочу больше бояться тебя! Вот. Это ты, Король, и Пигулу сбиваешь, и других. Зачем? Кулёму довели. — Кулёма втянул голову в плечи, дрожит. — Превратили в бессловесную тварь. Куришь нам в лицо, чтобы мы закурили, я знаю! — Он должен выскочить из прошлого! Но где-то в животе всё равно холодок. Так же неожиданно, как начал говорить, сел.

Что тут началось!

— Он всё врёт! Выслужиться хочет, — истошно, как Ванька, завопил Пигула. — Не трогаем никого. Это всё не сейчас, это всё давно было! Кого хотите, спросите. Пусть скажет Сопатый! Спросите Кулёму, трогаю я его?

— Серый не врёт, я что знаю, — закричал Ваня. — Кулёму мы отбиваем. А чего они делают в другой группе! Такое!

Вскочил Сашка, повернулся к Пигуле.

— Не врёт он! Ты после штрафной был тихий, но я слышал, Король тебя травил: «Сдался? Слабо тебе? Перетёрлась кишка?» Он похуже тебе говорил, матом, это он велел тебе отбирать у малых в других группах конфеты. Он не любит конфет, ему — что, но ему нужны дармовые сигареты.

— Спасибо, ребята! Не испугались. Это и есть гласность. Не за спиной, при всех. Это не донос, это борьба. О каком здоровье идёт речь? Чего отворачиваешься, Тишко? Значит, я ошибку совершил: положил вас, как кто хочет, думал, сознательными стали. Сегодня же и ты, и Пигулевский перейдёте в спальню к Эдику. Сегодня на линейке выйдешь, Тишко, перед всеми и скажешь, что ты и твои дружки делаете ночами, а потому нужно снять с нашей группы сто баллов. Понял?

— Нет! Не буду. Я хочу смотреть «Чапая».

— Какого-такого «Чапая»?

— Завтра крутят «Чапая».

— А когда пускал дым в лицо пацанам, чтобы они не могли спать, думал о том, что хочешь «Чапая» смотреть?

— Это всё ты! — воскликнул в неподдельном отчаянии Тишко. Он смотрел на Серёжу зло и в то же время обиженно, как малой. — Выслужился. Сам тоже не пойдёшь на «Чапая»! Вся группа не пойдёт!

Такого Серёжа не ожидал! Он очень хотел посмотреть «Чапая», Гор видел, рассказывал: здоровский фильм, на конях там носятся. Но в ту минуту, как пожалел, что не увидит коней, встретился взглядом с Пал Фимычем.

— Ничего, ребята, я попрошу, мы ещё раз возьмём фильм, не переживайте.

— Пусть, — сказал Серёжа. — Пусть.

Он не забоялся! Теперь ничего не страшно. И он говорит свободно, чтоб уже совсем ничего не таилось:

— Я тоже курил, два дня назад. Нашёл бычок. Всё время хочется курить, я привык.

— Я тоже курил, — крикнул Гринка. — Тоже не могу без курева.

— Вот это даёте! Все поголовно. А когда я нюхаю, не пахнет. Как это получается?

— Уметь надо! — смеётся Гринка.

Серёжа тоже засмеялся.

— Вы хотели вслух. Что теперь нам будет?

— Хорошо будет, — сказал Пал Фимыч. — Очень хорошо будет. А теперь, Ваня, скажи, о чём ты умолчал. Что ещё делают ребята в другой группе?

— Насиловать хотят, а может, и насилуют, что ещё? Заткнут рот кляпом, и давай!

Словно по башке дали, Пал Фимыч дар речи потерял. Смотрит на Тишко, на Квитко и Тихонова по очереди, белеет на глазах. Словно мертвец стал.

— Это враньё! — завопил Тишко. — Хотели, да. Заткнули рот, да! Но ничего не сделали. Чесслово.

Пал Фимыч поднял обе руки. Стариковской походкой пошёл к двери.

ПАВЕЛ

Этот день — перелом.

Неожиданно Тишко стал вполне добросовестным физоргом. «Для себя стараешься, не филонь, шевелись!»,

«Чего нежишься? Подтягивайся! Как не можешь? Можешь!»

«Ты резче давай, не барышня!» — болел он за каждого.

Пигулевский возглавил ремонт байдарок, полностью оттеснив Эдика от этого дела. И сам зашивал аккуратно, шов ко шву, и другим не давал спуску.

Вот что такое гласность. Это освобождение от страха, это выспавшиеся ребята.

Даже Тишко, кажется, обрадовался, что наконец никому не нужно угрожать!

Слава богу, в другие группы ходить перестали!

Если бы не Эдик, не смогла бы возникнуть гласность. В каждом произошёл переворот. Если бы не Эдик, Серёжа не ощутил бы себя человеком. А с той минуты, как Серёжа крикнул «Всё скажу!», словно кто-то взял и повернул каждого друг к другу лицом.

Ещё день, и Эдик уйдёт.

И то, что дома — пыль, и то, что мать плачет, просит Анку вернуться, и то, что Анка не звонит и не возвращается, можно пережить, когда в группе никого не обижают.

«Вот, Кира Софроновна, кто прав! — продолжает спорить Павел. — Погодите, то ли ещё будет! Какого Эдика вырастил?! И Тишко, и Пигулевский будут не хуже, дайте срок. И не надо чужих писем читать!» — хвастается он сам перед собой.

Теперь вместо классных часов только книги. Как можно больше успеть прочитать! «Три толстяка» Олеши, «Ход белой королевы» Кассиля, «Белый пудель» Куприна, «Слепой музыкант» Короленко, сказки, Осееву. И снова — о морских путешествиях. Цвейг о Магеллане.

В глубокой, затаённой тишине звучит то его, то Эдикин голос. Иногда читает Кузьмин, или Тадеуш, или Кириенко. Без дыхания, без движения слушают ребята.

Но как же он останется без Эдика?

Опять о себе. Не хочется начинать всё сначала — растить нового командира? Об Эдике подумай. Парень освободится, построит жизнь.

Специально пришёл пораньше на Эдикин последний экзамен, а Эдик уже сдал. Первый. Сидит один на подоконнике.

— Это тебе подарки: оранжевая рубашка под фамилию «Солнцев» и ремень для твоего приёмника, чтобы мог носить через плечо. — Павел кладёт свёрток на подоконник. — Конечно, по логике нужно было отдать в день отъезда, но фактически ты сейчас окончил восьмой класс. Это праздник.

Эдик соскакивает с подоконника, берёт свёрток, но вместо радости словно угольная пыль на лице.

— Что с тобой? По математике пятёрка. Поступишь в свой автомеханический техникум.

— В музыкальный, — хмуро поправляет Эдик. — Буду играть в оркестре. Буду учить детей. Всегда буду с музыкой.

— Ладно, — соглашается Павел, — в музыкальный. Да что с тобой наконец? Пристукнули тебя пыльным мешком? — неловко шутит Павел. — Может, в поход с нами сходишь?

— Домой пойду. — Эдик прижимает свёрток к груди.

— Об Уле, что ли, узнал нехорошее?

Эдик протягивает письмо:

«Долго думала над всем, что ты написал. Я тоже изменилась за эти годы. Ты нравишься мне такой, каким стал. А понравлюсь ли я тебе? Я давно простила тебя, когда приезжала к тебе. Ты обиделся на мои слова, ушёл. Я долго думала. Не верь, что я гуляю. Я жду тебя».

— Ну, и что ты запсиховал? — удивился Павел. — Любой мужик был бы рад получить такое письмо.

— Шар увёл приёмник, — буркнул Эдик.

— Как «увёл»? Это ж твой приёмник! Ты же отдал ему деньги за детали.

— Вы не думайте, я отдам вам ту десятку. Ему-то отдал! — Голос Эдика дрожит. — Уле подарок. Шар прихватил меня возле ворот, попросил на два дня. Внуку, значит, хочет сделать такой. А уже прошло шесть. Я же завтра ухожу! Как же я приду к Уле без приёмника?

Хлопнула дверь, выскочил малиновый Корнеев.

— Пал Фимыч, здрасьте! Трёшку загрёб, и никаких гвоздей. Это за что же мне трёшка? Больше, говорят, не стою.

Павел не сразу сообразил, о чём он.

— Ничего, не расстраивайся, трёшка тоже отметка, — сказал. И сразу забыл о Корнееве.

Значит, опять Шар. Что сейчас нужно Шару? Сам же помогал Эдику! А может, это месть ему? За разоблачение?

Эдик стоял около окна, прижимая к груди свёрток. Корнеев говорил что-то, размахивал руками.

— Эдик, вот что мы сделаем. Позвоню, попрошу вернуть. Я не знаю, где он теперь работает, но живёт, наверное, там же. Не вернёт, не расстраивайся. Тебе нужно поступить учиться. Ещё один приёмник сделаешь. И Уля у тебя есть. И ты теперь другой человек. Ну, же, выше голову! Тебя же, твою душу он «не увел»?!

Но, успокаивая Эдика, Павел врал, он прекрасно понимал, какая беда случилась у Эдика.

В учительской полусумрак, шторы задёрнуты. Солнце в этом году беспощадно, «съедает» обои, прожигает до печёнок. Василий Петрович выставляет оценки в табели.

— Ты кому трезвонишь? — оторвался от своей работы.

— Да вот, Шар нужен, — нехотя объяснил Павел.

— Никогда не подумал бы, что тебе захочется общаться с ним. Он уехал в Бендеры к дочке.

— Надолго?

Василий Петрович пожал плечами.

Опять не может помочь Эдику?!

Накупил печенья, конфет, выписал на складе муки, сахара, изюма, яиц, пришёл в группу. Эдика отправил за журналом.

— Ребята, кто умеет печь пироги?

— Я! — неожиданно отозвался Квитко.

— Я! — откликнулся Тихонов.

— Катитесь в столовую, вам помогут испечь, я договорился. Прощальный пирог. Эдику.

Квитко с Тихоновым переглядываются, смотрят на Тишко. Тот милостиво кивает.

— Хорошее дело. Я с вами.

Получились пышные проводы. Лимонад, бутерброды, печенье, самодельный пирог.

Тишко, на себя не похожий, взъерошенный, помогал печь, теперь возится с проигрывателем. Иголка скрипит, заедает что-то там. Но вот проигрыватель работает, а Тишко победоносно смотрит на Павла!

Пластинки принесли и Павел, и Валя, и Регина.

Эдик в подготовке не участвует, словно ничто его больше не интересует, наигрывает на гитаре:

Корабли постоят и ложатся на курс...

Надоело говорить и спорить
И любить усталые глаза...

— Ты пиши мне, слышишь? — Серёжа на Эдика не смотрит, печенья и пирог не ест, ковыряет стенку, уже целую дыру расковырял, штукатурка сыплется. — Ты мне пиши каждый день.

Эдик хлопает его по плечу.

— Чего портишь имущество?

Прямо при всех Ваня протягивает Эдику нож.

— На!

Вот это да! Нож прятал, а никто не знал.

— От сердца отрываешь? Небось, жалко?

— Бери. Ну... Ты давай играй! — говорит Ваня резко.

Тадеуш молчит, только сильно сопит.

— Спою свою, — говорит Эдик.

Шёл погрубевший мелкий дождик,
Прохожих редких умывал...

Тишко придвинулся со своим стулом к Эдику. Когда Эдик замолчал, сказал:

— Ты пиши, что ли? Я все твои песни наизусть знаю. — Ещё сказал: — Гитару оставишь, что ли?

— Обещал Серому. Договаривайся с ним. — И затянул:

До свиданья, школа, до свиданья,
За порогом я взмахну рукой.
Ждёт меня любимая,
ждёт меня призвание,
Ты звонком последним
двери мне открой!

Столики, заставленные сладостями и бутылками лимонада, лица, повёрнутые к Эдику...

Павел пьёт воду, ест ребячий пирог. Осязаемо. Кажется, навечно человек здесь. Близкий человек. Но с каждой минутой идёт завтра. С каждой минутой человек уходит. И этот, самый дорогой твой воспитанник, завтра окончательно, навсегда от тебя уйдёт.

Он пришлёт тебе письмо. Может, позвонит по телефону. Но он не заглянет утром и вечером в глаза. Он не споёт тебе твою любимую песню. Зачем встречаются люди и так переплетаются, до перехвата дыхания, если обязательно наступит миг их расставания навечно?

> *Упадёт к ногам твоим рассвет.*
> *Ветер с листьев сделает ковёр.*
> *Глаз твоих печальный синий свет*
> *Разожжёт рубиновый костёр.*

Люди повернутые друг к другу. Так, это же совсем другой Тишко, совсем другой Пигулевский. Вот, Кира Софроновна, кто прав: только добром, только любовью и гласностью можно изменить человека и сделать его счастливым.

С пенями Эдика сегодня прощание.

— На, теперь ты! Покажи, чему я тебя научил.

Серёжа осторожно берёт гитару. Так же, как обычно Эдик, проверяет струны и чуть хриплым, неустойчивым голосом поёт:

> *Синий ветер закрутил листву*
> *И унёс куда-то за леса.*
> *И тебя унёс. А я зову,*
> *Хоть совсем не верю в чудеса.*

— Павел Ефимович, вас зовут. Женщина.

— Я тоже хочу. Дай, я сыграю, Эдик! — просит Тишко.

Кто может спрашивать его?

— Серёга ещё одну, а потом ты! — голос Эдика в спину.

Ребята сгрудились вокруг Эдика с Серёжей.

Сквозь строй цветов и кустов смородины по солнечной песчаной дороге Павел идёт к административному корпусу.

Солнце ни одного дня не обошло их Весногорск в этом году. Апрель, май, июнь — солнце. Только и оглянуться в такую вот освобождённую от забот минуту, как подарок, увидеть завязавшиеся яблоки и вишни, раньше времени поспевающую клубнику, пылающий закат жаркого дня, голубые цветы. Вечная жизнь открывается только тогда, когда в тебе самом согласие и приближающийся горизонт.

— Здравствуйте!

Павел не сразу узнал. Корона кос над узким лицом. Белая кофта с широкой оборкой посередине, юбка с широким поясом, тонкие длинные ноги… лет двадцать пять, больше не дашь. И никогда не скажешь, что у неё уже большой сын.

—Мария Сергеевна! — изумился Павел. — Какая вы… красавица!

Она, не мигая, смотрит на него, пальцами перебирает оборку.

—Я вижу, вам помогла больница, вас нельзя узнать.

И вдруг пугается неизвестно чего. Скорее удрать к ребятам!

Но из-под такого взгляда не удерёшь!

—Вы хотите с Серёжей увидеться? — спрашивает, а голос внезапно осип. — Я могу пригласить его. У него нет нарушений. Он — чудесный мальчик. Он очень хорошо рисует. Сейчас мы пробуем определить его в художественную школу, — громоздит слово на слово Павел.

Она не отвечает. Худенькими детскими пальцами перебирает оборку. Розовое узкое личико покорно поднято к нему.

—Я сейчас… я позову Серёжу… — Он хочет идти, а она просит:

—Поговорите со мной. Я готовлюсь в политехнический институт, оказывается, не всё позабыла. — Она достаёт из сумки учебник химии. — Мне не нужно ничего, только поговорите со мной. — Детские губы, детские Серёжины солнечные глаза, из которых к нему волнами идёт тепло.

Бежать немедленно. Наконец он понял, что с ней случилось. Ничем никогда он ей не поможет. Поэтому бежать немедленно! Но жалость, желание защитить, поддержать, невозможность помочь, боль держат его в проходной. Единственное спасение: позвать Серёжу. А он не может повернуться и уйти, стоит перед Марией Сергеевной, опустив тяжёлые руки.

—Это я для вас решила. Вы сказали, чтобы я поступала. Вот я и… Поговорите со мной. — Тих и кроток её голос. — Я знаю, вы очень заняты. Но вы мне объясните, у меня к вам много вопросов. Я начала шить, немного больше зарабатываю теперь.

Кинстинтинович, словно понял положение Павла, привёл Серёжу.

—Мамка! Мамка! — истошно закричал Серёжа.

…В десять вечера вышел вместе с Региной и Валей из школы.

—Хороший получился вечер, — сказала Валя.

—Надо же, я не знала, что Эдик пишет такие песни! «И тебя унёс. А я зову, хоть совсем не верю в чудеса», — повторяет Регина.

Этот вечер — перелом. Без Эдика начнётся другая жизнь, он чувствует. Кого изберут командиром?

Кира велела бы назначить. Нельзя назначить, нужно, чтобы ребята сами выбрали.

—Паш, твоя! — толкнула его в бок Регина. — Может, что случилось?

В светлых сумерках июня на остановке — Анка. Совсем тощая. Волосы подколоты назад. Без волос лицо — маленькое, как у ребёнка.

Павел продолжал идти, как шёл, а ноги подламывались, точно он пьяный.

— Здравствуй! — Глаза — блёклые. — Что случилось? Дети здоровы?

Анка кивнула.

Он взял её за острый локоток, отвёл в сторону.

Автобуса нет. Светлые сумерки. Измученные глаза. Родинка около уха. Склонился, осторожно поцеловал.

Распустить волосы, укрыться ими. Обе её руки взял в свои.

— Ты хочешь, чтобы я стал другой. Не могу, Анка. Они были: Солнцев, Корнеев, Васюк. Они есть: Кириенко, Гринкин, Тишко. Они будут — неизвестные. Я не развлекаюсь, я работаю. — Он не смотрит на неё, говорит тихо, задерживает дыхание, боится: она сейчас уйдёт. А ему надо, чтобы стояла рядом, просто стояла. — Я могу быть таким, какой я есть. Прости меня за то, что причиняю боль, за то, что не такой, какой нужен тебе.

— Ты прости. Просто я устала. Бессонные ночи... — По худым щекам текут слёзы.

— Где дети?

— У мамы. Обещала до утра сторожить их.

Подошёл автобус.

Павел крепко взял Анку за руку, повёл за собой к автобусу, как ведут ребёнка. Подгибались ноги, как в первую их встречу, когда вот так же, за руку, он вёл её от речки к своим берёзам. Тогда ещё не понимал, почему именно те обугленные стволы бывших берёз стали его прибежищем и в светлую, и в чёрную минуту.

В автобусе они не сказали ни слова. Сидели плечо к плечу.

Их воспитатели ехали в автобусе, автобус — последний, но никто не мешал Павлу и Анке, словно все чувствовали: у них с Анкой — начало новой жизни.

Как он и предполагал, Кира вызвала его и посоветовала командира назначить.

— Будет свара, Паша. Они не готовы для сознательного обсуждения. Тут же активизируются все дурные инстинкты. Слишком мал отрезок времени для перелома психики. Не можешь выбрать из своей группы, давай предложу надёжного человека из старшей.

— Зачем? Сами справимся.

— Смотри, Паша. Думаю, не справишься.

Он был упрям. С детства. С той минуты, как решил во что бы то ни стало поймать язя. Никаких назначений, будут выборы.

И выборы начались.

— Самый сильный Тишко.

— Кириенко не боится никого.

— Тишко подтягивается больше всех.

— Кириенко знает больше всех стихов.

Логика безошибочная. Командир должен делать всё лучше них!

— Я не буду командиром, — встал Серёжа. — У меня художественная школа. Я не хочу идти в капитаны. Я не умею.

Серёжа угрюм.

После встречи с Марией Сергеевной Павел чувствует себя с Серёжей неловко. Совершенно неизвестно, как теперь вести себя с ним. Сегодня Серёжа весь день ходил следом, но Павел и двух слов с ним не сказал.

— Мамка плачет, — сказал ему сегодня Серёжа.

Павел не ответил.

Что он может ответить? Он знает, почему плачет мамка, но ничем мамке помочь не может.

Павел не уговаривает Серёжу быть командиром.

— Кроме того, что Тишко больше всех подтягивается, а Кириенко знает больше всех стихов, какие ещё соображения? — спрашивает он у ребят.

Две кандидатуры, два лагеря, два врага.

Павел хочет, чтобы командиром стал Серёжа. Переключится с «мамка плачет», забудет Эдика, займётся чужими делами, подружится с другими командирами, с Кирой.

— Кириенко — добрый, он жалеет всех.

— Тишко — сильный, он победит любую группу.

Сила — доброта. Достойные соперники.

— А что важнее? — спрашивает Павел. — Что нужно в жизни больше: сила или доброта?

— Сила! — кричат.

— Доброта! — кричат.

Выбрали Тишко, одним голосом больше.

— Идём поговорим, — пригласил Павел Тишко в беседку. — Ну, поздравляю, — сказал уныло. — И слушаю тебя. Знаешь ли ты круг своих обязанностей? С чего начнёшь?

— С дисциплины. Прежде всего должен быть порядок, — повторил Тишко коронную фразу Шара. — Чтобы никаких отклонений. Я их всех... — он сжимает кулаки. — Будут ходить по струночке.

—Вот этого не надо! — пугается Павел. — Ты же начал уже что-то понимать. Ребята уже привыкли к добру. — Слова беспомощны, Тишко не слышит их, сидит важный, не мальчик, большой начальник. — Не о ребятах думаешь, о власти. Надулся. Мы сейчас устроим перевыборы. Ты...

—Не надо! — перебивает его Тишко. Он вдруг покрывается испариной. Он пугается так, что становится его жалко. — Я буду добрым. Как скажете, так и буду делать.

—Никаких злоупотреблений, слышишь? Никакого насилия, твоя задача — сохранить в группе хороший климат, который установился при Эдике.

—Что такое «климат»?

—Тёплые отношения, честная работа, нормальный сон.

—Будет всё, как вы говорите, — поспешно сказал Тишко. — Ни битья, ни бычков, ни изъятия компотов не будет.

Павел поиграл с ребятами в футбол, покормил с ними рыб в пруду, раздал книги на вечер, а всё не проходило неприятное ощущение от разговора с Тишко. Тишко не гнал с поля малых, наоборот, всех желающих допустил до игры, о чём-то поговорил с Гринкиным, и тот разулыбался во всю ширь своего лица, отдал свою книгу Кузьмину. Пай-мальчик, идеал-командир. Павел разглядывал Тишко исподтишка и ловил взгляды Тишко, тоже брошенные исподтишка.

—Петя, гляди в оба! — сказал Павел Кузьмину. — Неспокойно мне.

—Что будет, то будет, — философски-раздумчиво сказал тот. — Зато выбрали, не назначили. — В лице Пети мелькнула насмешка, и Павел неожиданно понял, что права-то Кира, она знает психологию малолетних преступников. Сила на силу.

—Ты, Ваня, что думаешь, о нашей дальнейшей жизни? — спросил Гринкина.

—А что тут думать? — Гринкин в улыбке выставил напоказ все свои красивые крупные зубы. — Теперь будет жить весело.

—Пал Фимыч, — подошёл Серёжа. — Отпустите меня домой. Мамка плачет. Без Эдика не хочу здесь. — Глаз Серёжа на него не поднял, наверняка из-за того, что Павел целый день избегал его. — Пал Фимыч, чесслово, не буду красть, не буду бегать из школы, буду учиться. Мамка пойдёт в институт, а мне надо помогать ей. Когда же Эдик устроится, он вызовет меня. Я перевезу мамку и брата жить к Эдику.

Как снежный ком, разрастается вина перед Серёжей. Не может Павел помочь его матери, но почему и при нём костенеет язык. Серёжу в самом деле можно было бы отпустить.

— Не я, Кира Софроновна и директор решают эти вопросы. — Холодные слова, жёсткий голос. — Что же будет с художественной школой? Потерпи, Серёжа, всё устроится.

И вдруг слёзы брызнули, как из брызгалки вода. Серёжа кинулся прочь.

— Серёжа! — позвал Павел.

Догнать, обнять, как раньше. Говорить свободно. Хотел усыновить. Нужно поговорить с ним, как мужчина с мужчиной. Почему же стоит окаменелый и смотрит вслед убегающему Серёже?

— Пал Фимыч, что это с Серым?

— Саша, пожалуйста, догони, отвлеки, поговори. Он сорвался. Ему плохо.

Лепет, не слова воспитателя.

Немедленно придумать что-нибудь особенное.

— Тишко?!

— Тишко! — тут же поскакало эхом.

— Есть Тишко. Тут Тишко!

— Напиши список, у кого в каком месяце день рождения. Будем праздновать.

— Это зачем? — удивился Тишко.

— Как «зачем»? Ты родился. Праздник. Кулёмов родился. Праздник.

Тишко засмеялся.

— Ну и праздник! Кому какое дело, кто когда родился? Живи и живи. Праздник?! — смеялся Тишко.

— Ты понял, что я сказал?

— Понял. А что будет?

— Подумаем вместе с тобой, чего!

С нехорошим чувством уходил он в тот день из школы. И на другой день тоже. И на третий.

Дисциплина в группе, как и обещал Тишко, стала отличной. Ни секунды не приходилось ждать, пока ребята построятся, пойдут в мастерскую, начнут убираться. И санитария стала отличной — вылизывали все углы, словно языком.

«Ерунда, всё в порядке», — уговаривает себя Павел и всем, учителям, Кире, ребятам, нахваливает Тишко, старается поднять его авторитет и уверить самого себя в том, что внутренний голос беспокойства врёт.

Несмотря на то, что целый день с ребятами, чувствует себя сгоревшим обугленным деревом — обрублены ветки, соприкасавшиеся с другими, нечем принять влагу с небес, обрублены корни, из земли нёсшие ему влагу и соли, между ним и ребятами лопнули нити доверия.

«Это из-за Серёжи, — говорит себе Павел. — Забудь про Марию Сергеевну, верни себе Серёжу». Но шагнуть навстречу Серёже не может. Он хотел усыновить его, а когда родился Димка, забыл про это. Всё видел при Эдике, знал, что хотел, сейчас слеп, глух, нем.

— Саша! — подзывает Павел Тадеуша. — Как проходят ночи?

— Нормально.

— Как ведёт себя Тишко?

— Нормально! — Сашин взгляд убегает вбок.

— Петя! — подходит во время работы к Кузьмину. — Не обижает вас Тишко? — спрашивает, со страхом пережидает паузу.

— Нет. — Кузьмин отворачивается.

Гринкина спрашивать бесполезно.

Он расплывается в улыбке, всем доволен. Шестой класс, а развитие — первоклассника.

Павел делал всё, что делал всегда. Даже чаще, чем прежде, водил Анку с детьми гулять, отвечал на её вопросы то, что вроде было на самом деле: «Всё нормально, летом проще, не надо готовить уроки. Сад, зеленхоз, мастерские, спорт». Но, что бы ни делал, о чём бы ни говорил с Анкой, не мог заглушить беспокойство, поселившееся в нём: осторожно, опасность, ток высокого напряжения.

Можно не прислушиваться к этому беспокойству, не беспокойство — бабья паника, но почему, глядит ли он в небо, на каштаны ли, часовыми застывшими вдоль уличного забора, работает ли в зеленхозе… ощущает притаившуюся до времени беду. И это ощущение делает его беспомощным.

Глава шестнадцатая

Серёжа

«Здравствуй, Эдик! Пишет тебе твой друг Сергей Кириенко. Ты уехал уже две недели как, а от тебя нет письма, а ты сказал, что напишешь сразу. Дела у нас такие. Тишко стал командиром. Я думал, заставит таскать бычки, отдавать компоты, думал, будет бить. Нет. А спать нам не даёт — заставляет хвалить его. Ему нравится, когда мы хвалим его, когда развлекаем. Потом он не даёт никому выигрывать. Во всех играх должен выигрывать он один. Теперь ещё новое. Ему нравится балдеть. Это единственное, что мы должны достать ему. Раньше он как-то обходился сам, а теперь подавай ему вино, и точка. А сам знаешь, сколько хитростей надо сделать, чтобы добыть. Мы с Сашкой нашли пацана, кидаем ему деньги через забор, и он спускает к нам на верёвке бутылку, вот и все дела. Письмо тебе тоже опустил он, чтобы не прочитал никто чужой. Пигула сначала не хотел хвалить Тишко и делать то, что он велит, не выигрывать, а теперь подчинился. Мне жалко Пигулу. Он даже сначала дрался с Тишко, говорил «Иди к чёрту», а теперь вот правая рука.

Пошли работать в зеленхоз. Есть работа лёгкая, есть тяжёлая. Попробуй тащи двухметровый толстый сорняк, когда корневище у него, как у большого дерева. Король сядет и распределяет. Он хочет, чтобы мы просили, и тот, кто просит, получает лёгкую работу. Но за это служи ему, хвали его, смотри, как он балдеет, слушай его поучения о жизни. В зеленхозе командует нами Пигула, потому что Король назначил его помощником. Король хочет, чтобы все были настоящими мужчинами и курили. Опять все курят. Больше всех Сашка и Гринка. Они больше всех лижут задницу Тишко. Сашка обрадовался, что Тишко не дерётся, а слов ему не жалко. Говорю, зачем служите, он же не бьёт, а они всё равно не слушают меня, воротят морды от меня к Королю.

Теперь продолжение письма.

За то, что всё говорю и сам не сподчинился, сегодня ночью мне сделали «салазки». Не Король, нет, он держит слово, может, Король даже не знает. Но мочи нет, все кости болят, и спина ноет. Теперь ты жди меня точно. Я убегу к тебе, не могу оставаться здесь. Ночь не спи. К экзаменам не готовлюсь больше. Бросил рисовать, даже не хожу в ту школу. Найди мне работу, найди где койку. Сначала приеду к тебе один, устроюсь, тогда уже вызову мамку с братом. Письмо шли на улицу Якубовского, в дом 5, в квартиру 14, пацан передаст. Обскажи, как ехать к тебе. Ещё хотел сказать, Король отобрал гитару, наяривает на ней «Мурку». Не стал говорить тебе, приезжала ко мне мать. Она не пьёт пока, только плачет всё. Я не пойму, что ей надо. Сашка, хоть и слушается Короля, тоже хочет бечь к тебе. А Гринке здесь нравится, говорит, весело. Хотя Король не даёт ему балдеть, но больше других допускает до себя. Учить Гринка бросил совсем. Говорит, скучно. Я получаюсь без тебя совсем один.

С тем остаюсь верный твой друг Сергей.

Жду адрес. Ты только не забудь про меня, пришли, куда бечь».

Три дня писал Серёжа письмо. Листок смялся, испачкался, пока наконец дописал. Чего-то было Серёже жалко, чего-то сжимало внутри, хотелось реветь, и он откладывал ручку, но тут как нарочно встречался с важным взглядом Тишко или равнодушным — Пал Фимыча и снова брался за перо.

Знакомый пацан, который добывал вино и сигареты и передавал письма на волю, был хорошо знакомый, он раз в месяц приходил с матерью к своему брату. Брат — Корнеев, из Эдикиной группы. Пока мать разводила тары-бары с Корнеевым, он раздавал крупные жареные семечки, приговаривал: «Будем знакомы». Он сказал, зовут его Кузов, потому что он всегда всем помогает, «возит, чего надо возить».

Когда Корнеев вместе с Эдиком ушёл из школы, Кузов не бросил их, во время прогулки ждёт у забора. Всё покупает им — старается, как может. Письмо Эдику он взял, обещал сразу отправить. А Сергей принялся ждать ответа.

Подъём, зарядка, работа в зеленхозе, в мастерских, чтение и дополнительные занятия, гулянье, ужин, отбой — день сменяется днём, а ответа от Эдика нет.

Приближался поход, но игра в капитаны почему-то стала скучная. И о дельфинах выучили всё, что надо, и о скатах, и про ветра начитались, какие-такие пассаты, муссоны, узнали про приливы-отливы, ну, а дальше что? Поплывут-то по реке, а в реке всего этого нету и капитаны в байдарках не нужны. И Пал Фимыч не говорит больше про капитанов, словно не обещал про них никогда ничего. И не говорит про моря-океаны. Какие-такие моря, когда нужно драть сорняки в зеленхозе да поливать свёклу. Король всегда стоит рядом с Пал Фимычем, а только Пал Фимыч отвернётся, выпятит пузо, мол, вон где я стою. Вон какой я главный, кто вы и кто я?

Пал Фимыч не похож на себя. Сам возил в автобусе, сам покупал мороженое, сам читал книжки, а теперь одни собрания: всё читает лекции и лезет в печёнки.

— Ребята, между нами возник барьер, не могу через него перебраться, — говорит так, будто кто умер. — Вы стали чужие. Как прошла сегодняшняя ночь? Почему в глаза не смотрите?

А чего смотреть в глаза, когда он не видит тебя в упор!

— Опять курили? — задаёт глупый вопрос. — В зеленхозе работаете плохо. Стыдно перед бригадиром и перед председателем. Они помнят, как в прошлое лето работала моя группа, и отнеслись к вам доброжелательно, а вы меня опозорили. Ребята, почему вы молчите?

Кузя поднял голову, пятнами пошло его лицо, он уже открыл было рот, но Король крякнул, и Кузя снова склонился к столу.

— Я-то чего? — залепетал он. — Мне-то чего, больше всех надо, что ли?

После «салазок» болит спина, от боли Серёжа всё время зевает. Перестал тренироваться, Король всё равно сильнее.

Пал Фимыч, как и раньше, соревнования устраивает, и читает книжки, только никто не хочет соревноваться и книжек не слушает.

Так или иначе, а Серёжа теперь сам избегает Пал Фимыча: на прогулке старается отойти подальше, в зеленхозе пристраивается работать подальше, а когда делает в классе летнее задание, не поднимает глаз.

— Что с тобой стряслось? — подходит к нему Пал Фимыч, жужжит, как комар. — Заболел? Может, кто тебя обидел? Покажи рисунки. Покажи тетради по русскому и математике, какие задания успел сделать? Почему мало занимаешься? Почему бросил ходить в школу? Почему молчишь? Старайся, очень прошу тебя.

Серёжа измучивается весь, пока Пал Фимыч выговаривает ему, каждое слово царапает. Да ещё Король гонит его от Пал Фимыча повелительным взглядом. Вроде играет Тишко в футбол, а получается — не играет, буравит его взглядом: «Что, падло, околачиваешься возле шефа? Стучишь?»

Кузов обещал «пулей сюда!» — приволочь письмо сразу. Тут же кончилась бы вся мука. Летом бежать легко, хоть под кустом ночуй, не замёрзнешь. А Кузов пропал.

С того дня, как Тишко стал командиром, в Серёже снова поселился страх и стал расти. Не выполнишь приказа, поставит Тишко тебя перед собой.

— Кто я есть? — начинает тянуть жилы.

Пока не ответишь, пытка не кончится. Лучше отвечать сразу: «Король».

— По-научному? — щурит Король глаза. — Говори по слогам.

— Командир.

— По слогам!

— Ко-ман-дир, — зло подчиняется Серёжа.

— Что ты должен понимать? — пронзает его взглядом Тишко.

Серёжа не знает, что он должен понимать.

— Не смей, значит, слушать ещё кого, ясно? Не смей стоять ещё с кем.

Серёжа хочет сказать, что это не «кого» и ни «с кем», а воспитатель, да Тишко не даст и рта разинуть.

— Ты должен знать порядок, — повторяет он любимые слова Шара. — Слушай только меня, я твой командир. Всё, что прикажу тебе, ты должен исполнять без промедления. Повтори, — куражится Тишко.

Из-под его кураженья не выскочишь. Это тебе не Пал Фимыч. Тишко сидит на кровати или на земле, надул пузо и щёки, масляно улыбается — доволен. По бокам — верные псы: Тихонов, Квитко, Кулёмов. И Серёжа повторяет.

— Что бы приказать ему такое? — ухмыляется Тишко. И точно, выбрал работу Серёже. — Ты сегодня будешь драить «очко». Не одно, все. Понял?

А как не «поймёшь»? Сам — нет, сам не станет марать руки, прикажет взглядом, а когда кому-то сделают ночью «салазки» или ещё чего похуже, не заметил, и всё: не слышал, не видел, знать не знает. Или Пигула прижмёт тебя в тёмном уголке и начнёт щипать. Щипок у Пигулы — затяжной. Сначала оттянет кожу вроде совсем немного, потом раз и закрутит её в спираль, а потом раз и в другую сторону. Три дня, наверное, после этого кожа огнём горит, будто нарывает, а на четвёртый чернеет.

Поэтому нечего на глазах Тишко торчать рядом с Пал Фимычем, тикать надо подальше от греха. Пал Фимычу чего, уйдёт домой, а тут — свой суд. Пятится Серёжа от Пал Фимыча.

— Нет, сегодня ты от меня так просто не отвертишься. — Расставил ноги, словно приготовился ловить его, если он побежит. — Валерий, иди-ка сюда!

Взмокший, с пылающими щеками и блестящими глазами, подскочил Тишко, зыркнул на Серёжу, преданно уставился на Пал Фимыча.

— Тут я весь!

— Что же, командир, у тебя люди такие угрюмые? Не только ведь в дисциплине дело. Я просил тебя позаботиться о каждом человеке отдельно, всё сделать для того, чтобы всем было хорошо. Узнай, пожалуйста, что случилось у Кириенко, почему он как в воду опущенный? Чем помочь можно? И помоги.

Пал Фимыч пошёл на поле к ребятам гонять мяч, а Сергей поплёлся в беседку, без сил упал на лавку и так сидел, пока не пришло время идти делать задание на лето. Едва переставляя ноги, двинулся к школе.

— Стоять! — раздался сзади еле слышный рык. Сергей замер на месте, будто к его затылку приставили дуло пистолета. — Я тебе устрою, падло! Ещё раз предъявишь шефу такую рожу, прощайся с жизнью. Растягивай варежку, лыбься, слышь? — Тишко шипел, а Сергей всё больше втягивал голову в плечи. Заныла спина, вспомнила «салазки», перехватило дыхание. — Чтоб весело ходил.

Усевшись за свой стол в час дополнительных заданий, вырвал лист бумаги, крупно вывел: «Эдик!» и положил ручку. То письмо на «До востребования» ещё не дошло, наверное. До ночи Эдик не приедет всё равно, а ночью Король расправится с ним. Ныли от страха зубы, ныла спина, ныло в животе, ожидая ночной расправы.

«Ты скорее обскажи, куда мне бечь, — всё-таки вывел. — Если ещё четыре дня не придёт от тебя ответ, уйду сам. Ты жди. Не буду нужен тебе, поеду к матери».

Пал Фимыча вызвали к телефону. Не успел он выйти, как к нему подсел Кузя.

— Опять сначала волынка? Опять мы стали баранами?

— Тогда был Эдик, — буркнул Сергей. — Он как даст Тишко!

Но, помимо воли, родилась надежда: а если, правда, они все вместе... опять?!

Кузя заёрзал.

— А мы с тобой кто? Ты кто есть? Человек! — повторил Кузя слова Пал Фимыча, которые тот говорил часто. — А если человек, утри сопли. Мы все измочили штаны от страха. Забыл про гласность? Пусть они боятся, а чего нам бояться? Пал Фимыч не знает ничего, узнает, знаешь, что будет?

Он — человек, он понимает это чувство. Но как попрёшь против Короля и его псов? У них с Кузей кишка тона. Сашка не попрёт. А уж Ванька тем более!

— Слабак ты. Сопля ты. Смотри! — Кузя встал на стул, зажмурился и крикнул: — Я тебя, Тишко, предупреждаю, будешь изгаляться над нами, скажу при всех! Кончай! — Кузя не успел договорить, Тихонов сдёрнул его со стула, Квитко подскочил, повалил, намотал на голову рубаху. Сергей закрыл лицо руками. В тишине, в затаившемся дыхании всей группы, парни стали отделывать Кузю.

— А-а-а! — не выдержал Серёжа тишины и глухих ударов по Кузе. — А-а-а! Прекратите! Хватит! — закричал он что было мочи. И вопль его оборвал тишину.

Следом закричал Тадеуш.

Тишко оттолкнул от Кузи парней, подхватил Кузю под мышки, и через мгновение Кузя сидел на своём месте как ни в чём не бывало. А Тишко грозно шипел:

— Погоди до отбоя, рваная пасть!

Видимо, сегодня Тишко пустит в ход все свои прежние средства.

Пал Фимыч вошёл, от двери сказал:

— Сергей, покажи, что успел сделать? Гринкин, Ваня, готовь работу! А потом пойдёт ко мне Квитко.

Сергей не смог даже встать, не то что достать тетради с книгами. Пал Фимыч подошёл сам.

— Где учебники? — Машинально взял сложенный вчетверо лист, развернул, прочитал. Краска медленно уходила с его лица. — Что это? Что это? — спросил очень тихо.

Серёжа зажмурился, громко, на весь класс закричал:

— Они убьют меня, Кузю, Сашку. Сегодня ночью нас убьют. Я не хочу. Они сейчас убивали Кузю! Они умеют так, что нету следов. А убьют...

Когда Сергей открыл глаза, Пал Фимыча около него не было. Пал Фимыч белым неподвижным взглядом упёрся в Тишко.

А Тишко улыбался.

Серёже показалось, Пал Фимыч сейчас бросится на него.

— Как договорились с вами, я не бил никого, не заставлял собирать бычки, не забирал компотов. А Кириенко врёт. Ничего такого нет. Поучили малость Кузю, не я, нет. Не скрою, поучили, пришлось, но он не в претензии. Не били, объяснили, что к чему. Без этого нельзя никак.

Сдавленным голосом Кузя сказал:

— Жжёт внутри, не могу... Я ему в лицо... я предупредил его... жжёт!

— Саша, что было сегодня ночью?

Тадеуш встал, вывернул шею, уставился на Тишко.

— Я ничего... я... — и заплакал. — Всё равно убегу. Я боюсь.

— Чего ревёшь? — вскочил Ваня. — Эх, я подарил ножик Эдику! Да я бы сейчас... эх, нету силы! — Ванька-то переметнулся вроде к ним, а смотри-ка! — Они палку Кулёме втыкали. Думал, с ними весело, они сейчас Кузю...

Кулёма стукнулся лбом о стол, заревел без голоса.

Точно снегом засыпало лицо Пал Фимыча — мертвец да и только. Стоит истуканом, уставился на Тишко. Глаза как пуговицы.

Тишина давит на уши. Король улыбается как дурак. Но улыбка уже не улыбка, Тишко застыл. Серёжа не может выдержать тишины, взял и со всего маха саданул книжкой по столу.

Пал Фимыч словно проснулся, подошёл к Кулёме, положил руку ему на голову.

— Зачем разрешаешь? — спросил хрипло.

Тут Кулёма заревел в голос, взвыл, как пёс по умершему хозяину.

— Не разреши им, — сказал Ванька. — Они вон, лбы, а Кулёма — тьфу! Они — сила. Эх, ножик я отдал Эдику, я бы... — Ванька провёл рукой по горлу.

Пал Фимыч вроде не услышал, смотрит на Тишко глазами-пуговицами.

— Ему сидеть больно. Кровищи было, ух! — комментирует Ванька.

— Звери, — тихо сказал Пал Фимыч. — Я не верил. Звери лучше, зря друг друга не дерут.

— Это не я, — сказал Тишко.

У Пал Фимыча глаза вытаращены, рот разевает, а ничего не говорит. Голову Кулёме гладит, сейчас до дыр протрёт.

А потом пошёл к Кузе, стал растирать ему грудь, спину. Кузя сначала вскрикивал, потом задышал громко.

— Власти не выдержал, — сказал Пал Фимыч Королю. — Всех... властью... проверять.

— Сам не бьёт, нет, он так делает, вроде и не знает. Любит куражиться. Выигрывать время. Кириенко несколько ночей назад сделали «салазки», Тадеушу ещё кое-что. Меня привязали к кровати, чтобы я не мог заступиться. Мы не спим с тех пор, как он командир. — Кузя прижал обе руки к груди. — Вы хотите вслух, а вы попробуйте выдержать его издевательства. Мы для них козявки, мелкие, потому что ростом не вышли, твари. Да что с вами говорить, — сказал вдруг Кузя. — Вы не любите штрафных, всё равно придёт ночь, и мы останемся одни.

Страх отпустил. Все согнулись, точно пишут диктант. Только Тишко глядит Пал Фимычу в глаза и улыбается.

— Встань те, кто ростом не вышел, — сказал Пал Фимыч. — Он как пристукнутый, губы белые. — Спать будете. Я спать буду в спальне с ними. Не бойтесь. С вами, кто ростом не вышел, тренировки. Тишко, Квитко, Тихонову, Пигудевскому запрещаю заниматься спортом, играть в карты. Они будут читать книжки, делать игрушки для детского сада по две нормы. Сейчас идите в мастерскую, Витю отведите в больницу.

На ногах камни, еле тащится Серёжа по двору. Раньше верил Пал Фимычу, сейчас не верит. Может, и поночует две ночи, но ведь уйдёт когда-нибудь домой. А разве много времени надо, чтобы по башке... и — конец. Всё равно командир один — Тишко. Был Эдик да сплыл.

Капает дождь, не сильный, редкими каплями. Эх, мамку увидеть бы сейчас, такую красивую, какая приезжала к нему. Как с картинки. Мамкины руки водили по его спине, шее, щекам.

От позабытой ласки он давился слезами. Если бы мамка сейчас взяла бы да приехала, перестал бы бояться. Сколько в нём накопилось страху! Неужели он не сможет победить этот страх?

После мастерских — самоподготовка.

Это был первый день власти Тишко, когда Сергей открыл учебники. Задачу не понял и заревел. К нему подсел Кузя. У Кузи по алгебре четвёрка. Как орех разгрыз, раз, и готова задачка! Объяснил. Ерунда! Лёгкая!

Сделали уроки, пошли было на улицу. Пал Фимыч остановил.

— Сами выбирали Тишко. Привыкли мерить человека по кулаку. Большой кулак — большой человек. А ведь кулаком ни дом не построишь, ни мост через речку не перекинешь, ни хлеб не испечёшь. Слабый физически человек совершает подвиг чаще, чем иной силач. Слышали о Зое Космодемьянской? Разве у неё кулаки, сила? Хрупкая девушка.

Слова Пал Фимыча понятны, но они не достигают Серёжиной души. Все дела всегда решаются кулаками. Кто умеет набить морду слабому, тот и у власти.

— Иди-ка сюда, Тишко. Ты ведь не будешь спорить, что я сильнее тебя? Закрой глаза, представь себе, я говорю тебе «разденься», при всех начну унижать тебя, спать не дам, по моему приказу ты будешь ползать по земле, а я буду подгонять тебя. У тебя нет своего «я», я — сильнее тебя, и только поэтому ты обязан подчиняться. Я по голове буду тебя бить! Я тебе сделаю «салазки». Закрой же глаза, представь себе, не ты с Кулёмовым и с Тадеушем, а я с тобой делаю то, что ты с ними делаешь.

Тишко попятился от стола.

— Стоять! Ты не смеешь убежать, спрятаться, кому-то пожаловаться, чтобы тебя защитили, потому что я сильнее тебя. И я тебя искалечу, как по твоему приказанию искалечили Кулёмова и Кузьмина. Кузьмин смеет не бояться тебя, распрямляется при тебе, несмотря на то, что ты сильнее, он хочет оставаться человеком даже при твоей диктатуре, а ты не умеешь найти в себе другого превосходства над ним — ни в учёбе, ни в книжках и пускаешь в ход кулаки. Это не Кузьмин на полу, это тебя я топчу. Тебе голову рубашкой заматываю, чтобы не видеть глаз!

Наступила внезапно тишина. Тишко метался под взглядами ребят от стола к двери, а Серёжа дрожал.

— Знаешь, на что это похоже? — Наконец подал голос Пал Фимыч. — На фашизм. Здесь, на нашей с тобой земле, силой своего кулака фашисты сгоняли детей, стариков, женщин, беременных и матерей, в один дом и сжигали. Нет, не отворачивайся, для фашистов ты — ребёнок, фашист физически сильнее тебя, и он тебя прикладом гонит в избу, и ты горишь! Слышишь, горишь? Ты обжигал когда-нибудь руку? Не рука, ты горишь весь, всё тело, нет тебе пощады. Или тебя расстреливают из автомата и сваливают, может быть, не добитого, в ров, к трупам. Или властью победителя тебя пытают. Вырывают у тебя зубы, отрезают тебе уши, делают тебе «салазки»?

Дождь в окно, осторожный, робкий, не дождь, плач погибших.

— На этой земле, здесь, твоих родных, твоих предков живьём закапывали. Забрасывали этой землёй, на которой Саша Андреевна с нашими ребятами посадила сад, огород, каштаны. Кровь, слёзы, боль, унижение, молодость не пожившая, — в этой, нашей, земле, здесь, на месте нашей школы. Ведь ты пошёл бы биться с фашистами, если бы жил тогда? Думаю, ты дрался бы с ними, не щадя своей жизни. А сейчас, когда фашистов нет, ты продолжаешь на своей родине их дело. Как это понимать? Я не понимаю. Неужели ты не ощущаешь, что твои кулаки — позор? Твоя жестокость — позор. Это фашизм.

Серёжа сидит очень прямо. Больше он не позволит ударить себя, он будет кричать, кусаться, он перегрызёт Тишко глотку.

— Не физической силой, не ростом определяются люди, а умом, силой духа, душевными качествами. Знаешь, сколько великих людей были маленького роста? Пушкин, Лермонтов, Эйнштейн. Я мог бы не раз в штрафную тебя посадить, я мог бы давным-давно в спец ГПТУ тебя перевести, но я борюсь с тобой за тебя! Я предполагаю, что в тебе пока ещё человек не умер. Хотя ты пока трус. Ты боишься попасть в спец ГПТУ, боишься меня, Киру Софроновну, Семёна Тимофеевича, поэтому всё делаешь чужими руками, подставляешь других людей. А ты не бойся других, бойся самого себя! Прошу тебя, сделай мне что-нибудь хорошее. — Пал Фимыч подошёл совсем близко к Тишко, хотел заглянуть ему в глаза, а тот отвернулся. Тишко — малиновый, губы вспухли на малиновом лице, глаза смазались, их не видно. — Очнись. Сделай что-нибудь доброе Кириенко, Петру, Саше, помоги им стать сильными. С человеком нужно обращаться осторожно. У всех наших ребят, как и у тебя, не было нормального детства. Они ведь обездолены так же, как и ты, даже больше. У тебя есть хороший отец, у них нет.

У тебя есть хорошая мать, у Кузьмина и матери нету, одна старая бабушка. Прошу тебя, сделай им что-то хорошее.

Тишко заревел. Слёзы текли по малиновым щекам, висли на подбородке. Пал Фимыч пошёл от Тишко к своему столу, достал синий полосатый платок, утёрся, скомкал платок, положил на стол.

— Кого в командиры? Я, ребята, знаете, оставил бы Тишко.

— Нет! — громко крикнул Кузя. — Я хочу Кириенко.

Серёжа вздрогнул, так неожиданно и странно прозвучало его имя. Его командиром?

— У него голос тихий, — сказал Квитко. — Не услышишь.

— Я предлагаю Кузьмина, — встал Пигула. — Ишь, смелый, один прёт против Тишко. Решает задачи лучше всех. Пусть он. И голос у него громкий, его будет слыхать на всём этаже.

— А я Кириенку! — сказал Тадеуш. — Он лучших друг Эдика, а Эдик не выбрал бы кого попало. Он — добрый.

«Кириенко», «Кузьмин» написано на доске.

— Я не могу, — встал Серёжа. — Я всё время всего боялся. Я только что перестал бояться. А командир не должен бояться.

— Неверно, — сказал Пал Фимыч. — Человек может бояться. И это естественное чувство — страх, но человек тот, кто свой страх умеет перебороть.

ПАВЕЛ

— Димыч, не плачь! Лето пришло, Димыч! Мы поедем с тобой на дачу. Я положу тебя в траву, чтобы ты её увидел. Я покажу тебе муравья. И комара покажу. Муравей любит работать. А кусает человека только, когда его обидят, разрушат его дом, его работу. А комар сам нападает на человека. — Кнопка носа, розовые беспомощные дёсны, Анкины глазищи. Человек.

— Ты опять читаешь ему лекцию вместо того, чтобы сменить пелёнку, — весело говорит Анка, но в её весёлом голосе — раздражение.

Когда Анка вернулась к нему, в доме наступил медовый месяц, только в него ещё были включены Димка с Кариной. А сейчас снова — отчуждённое лицо. Тяжёлый таз с бельём пригнул Анку чуть вперёд. Павел отобрал таз, вынес на балкон, стал вешать бельё. Анка вынула Димку из кровати, прижав к себе одной рукой, другой меняла пелёнку.

Павел услышал многоголосицу улицу. Скрипят качели, не в лад, не в унисон, разными голосами. В болтовне птиц слышится Павлу воркотня на птенцов, усталость (уж больно прожорливы дети!), недовольство тощими червяками и малым количеством комаров из-за сухого знойного лета. Смеются, кричат, плачут, бьют по мячу, звенят и шуршат велосипедами, прыгают по квадратам классиков дети, среди них голос Каринки — «штандр».

Анка кормит Димку. Золотистые Анкины волосы касаются Димкиной тёмной головки. Димино лицо — блаженно-счастливое, а Анка снова плачет. Бесшумно. Языком слизывает слёзы, глотает их.

— Что с тобой? Чем, когда я успел тебя обидеть? Скажи, что нужно? В магазин сходить? Давай, пойду с Димкой гулять!

Анка не отрываясь смотрит, как Димка ест, а когда Димка «на бегу» засыпает, смотрит, как он спит, сидит неподвижно, укором ему, Павлу. В доме стоит нехорошая тишина.

Вчера у Павла был единственный светлый день за всё лето — впервые выполнили двойную норму в колхозе, впервые не отлёживались под деревом Тишко с Пигулевским, не ходили в деревню за йодом и бинтами — ноги, животы у них не болели, головы не кружились. Вчера заработали много денег. Часть пойдёт лично каждому на сберкнижку, часть — в общий котёл, всей группе. Купят всё необходимое для похода, поход скоро, в августе!

А дома опять ЧП — Анка избегает его. Сегодня встала ранней ранью, когда он ещё спал, поела сама, накормила детей и ушла стирать. Ему пришлось есть в одиночестве.

— Что случилось, Анка? В чём я опять виноват? — раздражённо спрашивает он.

Анка уложила Димку, пошла из комнаты, Павел за ней. На кухне она стала привинчивать мясорубку. Павел обнял Анку, повернул к себе.

— Объясни, прошу, объясни, что случилось?

— Ты знаешь, какое сегодня число?

— Ну, шестнадцатое.

— Ты говорил, мы поедем на дачу. Половина июля уже прошла. В августе ты идёшь с ребятами в поход. Когда вернёшься, лето кончится. Детям нужен воздух. И у меня скоро кончается отпуск. Ты молчишь. Хочешь, я объясню, почему? Потому что ты не хочешь ехать на дачу. У тебя опять переломный момент. Кириенко учится быть командиром, Тишко учится быть человеком, летний час идёт за год — воспитание интенсивное. На Валю оставить ребят ты не хочешь, она упустит кого-нибудь. Только сам, лично, ты можешь «поставить» ребят, пока они «тёпленькие». Всё понимаю. А нас, меня и твоих собственных детей, можно принести в жертву. Подумаешь, что нам стоит одно лето провести в городе?!

Анка говорит горько, как ребёнок, размазывая обиду.

— Всё, что ты сказала, — правда. Мне кажется, вот завтра я смогу спокойно оставить Тишко. Но приходит завтра и вижу: не могу. Серёжа говорит «стройся», а Тишко в сортир идёт. Серёжа говорит «давай работай», а Тишко ему четыре фиги показывает. Бить он Серёжу больше не бьёт, а своё презрение выражает. Что же мне делать, Анка?

Анка плачет.

— Ты права. Ты абсолютно права. Я понимаю тебя. У меня не получается всё совместить. Что делать? Прости.

Зазвонил телефон. Павел понял трубку.

— Ответьте, пожалуйста, Бобруйску, — сказала телефонистка.

— Аллё, аллё, Пал Фимыч, здрасте, — голос Эдика разносится по комнате. — Я правильно рассчитал, в эту субботу вы дома. Кириенко хочет бежать. Тишко ему в постель подкинул ужа. Тихонов с Квитко говорят: «Всё равно изживём». Он просит мой адрес. Что я должен отвечать ему?

— Как у тебя дела, Эдик? Как училище, любовь, мама?

— Поступил. Справил день рождения. Скоро женюсь, у меня будет ребёнок. Нас оформят, потому что ребёнок. Книги не читаю, некогда. На август поеду вожатым в лагерь: осуществлять музыкальную самодеятельность. Аллё, аллё! Что вы молчите? Как вы? Как ребята? Гринкин? Что отвечать Серёже?

— Вот видишь, — виновато говорит Павел. — Сергея доводят. А я думал, всё наладилось. Поезжай одна с детьми, прошу тебя. В выходные буду приезжать и привозить продукты. Очень прошу.

Анка беззвучно плачет.

— Прямо сейчас поеду, может, прежняя хозяйка не сдала? Полтора часа туда, полтора обратно, к обеду я дома. Завтра возьму день за свой счёт, перевезу вас. Всем необходимым буду обеспечивать.

Не дождавшись от Анки ответа, сунул в карман кошелёк и выбежал из квартиры.

В почтовом ящике его ждало письмо.

Только в загородном автобусе открыл его.

«Здравствуйте, Павел Ефимович! — Буквы крупные, прямые, точно это не письмо, а школьное сочинение. — Обращаюсь к вам за помощью. Вы заставили меня вылечиться. Я перестала пить. Выписалась, думала, начнётся жизнь. А жизнь не начинается. Мой дом валится на бок. Для починки нужно много денег. Помощи ждать не от кого. Родителей я угробила. Они умерли с горя, ведь я вышла замуж за вора и стала беспробудно пить. Старший брат живёт богато, но у его жены не выпросишь ни копейки. Кроме Вас, у меня нет никого, никакого друга. Тётя Груня, та, что даёт иногда еду, — старая, и потом она пьёт, никаких денег у неё не бывает. Вот и скажите, как я должна жить? Получаю семьдесят рублей. Устроилась ещё в столовую мыть полы, обещают ещё семьдесят. Две работы. Где уж учиться... На руках Олег. Как и Серёжа, состоит на учёте в детской комнате милиции. Дома не сидит со мной, уличный. Телевизора у меня нет. Вы не захотели любить меня, а больше я не смогу полюбить никого, вокруг одни пьяницы и воры. Полюбила я вас на целую жизнь, хоть Вы и моложе. Вам не нужна, у вас жена и дети. Другого не полюблю. Креплюсь из последних сил, но конец один: начну пить, тогда не будет мыслей. Решила подождать Вашего ответа. Как Вы всё про мою жизнь скажете, так и сделаю. Остаюсь преданная Вам, любящая Вас Маша Кириенко».

Домой Павел вернулся голодный и растерянный. Хлопоты с дачей не сняли с него горького ощущения вины перед Машей. Как помочь хорошему человеку? Денег у него нет, и достать их негде. Взять бы ребят да подправить дом своими силами. Да кто отпустит его туда вместе с ребятами? А ещё какой может быть выход? Ещё Серёжа. Нужно срочно оправить Серёжу домой. Но что изменится, если Серёжу отправить? Что сумеет сделать хрупкий подросток, совсем ещё неустойчивый?! Чувство вины разрасталось — он должен сделать Серёжу опорой Маши. Но как?

— Папа! — Карина повисла на нём, замотала ногами. — Я сегодня построила город. Башни сделала, дома, детский сад и поликлинику. Детский сад я сделала с окнами из слюды.

Счастливая Каринкина болтовня, залитая солнцем комната, розовая сытость Димки усугубили чувство вины перед Машей.

Он растерянно оглядывает дом: что можно продать? Ни ковров, ни хрусталей, ни серебряных вещей... С себя единственное пальто, единственный костюм не снимешь. Когда в доме дети, а зарплаты копеечные, роскоши быть не может.

— Завтра беру день за свой счёт и перевожу вас. Дом на берегу реки, красотища, сад — большой. — Павел говорит громко, раскачивая Каринку на руках. — В субботу, в воскресенье возьмём лодку, поплывём далеко-далеко. Устанем плыть, разожжём костёр. Давайте собираться, у нас целых полдня впереди. Я пойду закупать продукты, вы собирайте вещи.

Анка накрывает обед. Весь день опять не их день, чужой в их жизни. Анка — чужая. Брови поднялись высоко над глазами и живут отдельно от глаз, напряжённые, подрагивают, делают её лицо удивлённым.

— Вкусный борщ, как никогда, — снова пытается Павел подлизаться к ней. — Только у тебя получаются такие борщи. Наверное, есть какая-то тайна?

— Я не поеду на дачу, — говорит Анка. — Я боюсь ночей. С двумя маленькими детьми, одна. Это невозможно. Кто-то из них заболеет, или я сама заболею, или у меня кончится молоко, или еда кончится. Как я дойду до ближайшего магазина с грудным на руках и с сетками?

— Там хозяйка есть. Очень милая дама. Если нужно, она договорится о парном молоке, на дом принесут.

— Я боюсь темноты, — упорствует Анка. — Спать не смогу. Буду смотреть в окно, прислушиваться к звукам.

— Я же тебе объясняю, за стеной хозяйка, она всегда дома, она обещает во всём помочь. И я буду приезжать.

— Раз в неделю?

— Чаще!

Карина легла после обеда спать, они остались вдвоём. Павел протянул Анке Машино письмо и, пока она читала, смотрел, как меняется её лицо. Из обиженного и грустного оно стало растерянным. Павел облегчённо вздохнул — Анка не может не понять чужую беду.

— Каждый сам себе выбирает, — после долгой паузы сказала Анка. — Ты ничем ей не поможешь. Денег у нас с тобой нет, сами едва сводим концы с концами. Если бы наши мамы не подбрасывали, не знаю, как бы мы с тобой справились. Одна кооперативная квартира... — она прервала себя, сказала жёстко: — Я бы до конца билась за детей, а не пьянствовала.

— Только что ты отказалась от прекрасной дачи, которая нужна твоим детям, потому что ты боишься темноты. А она всю жизнь одна на «даче», в полутёмной развалюхе, стоящей на отшибе, у неё нет за стеной хозяйки с парным молоком, к ней не приедет муж в субботу и в воскресенье с продуктами, не даст передохнуть, не уведёт детей гулять, не наносит воды. Она одна в будни и в праздники. Работает на двух работах, ты сама только что прочитала. И работала, когда Серёже было два года, а Олег только родился. У тебя есть воображение? Два маленьких ребёнка, семьдесят рублей зарплата, и ниоткуда никакой помощи. У неё нет матери, нет благоустроенной квартиры, нет свекрови, в нужную минуту бегущей на помощь. Скажи, в чём её вина? В том, что полюбила вора и пьяницу? Может быть, и есть вина — убежала с незнакомым человеком, но юность слепа, романтична. Полюбила-то она человека, обещавшего сделать её великой актрисой, а не вора и пьяницу. Трудно распознать человека с первого взгляда. А откуда ты знала, кто достался тебе? — Павел говорил раздражённо, удивляясь Анкиной глухоте и эгоизму, обиженный на неё, почему она не хочет понять другого, очень несчастного человека, сестру. —

Может быть, я тоже начал бы пить и пропил бы всю твою жизнь? А может быть, оказался бы валютчиком или угонщиком машин? Откуда ты могла знать меня, если мы встречались с тобой всего-то два месяца? Сыграть можно любую роль и обмануть любую сентиментальную девочку. Я поражён, что ты такая чёрствая, что не можешь встать на место другого человека.

— А ты? — воскликнула раздражённо Анка. — Почему я должна равняться на самое худшее в жизни, почему я должна опускаться на самое дно? Это ты возьми и встань на моё место. Ты сидел все вечера, все праздники один? А ты подумал, что я тоже хочу работать? Разве я не люблю свою работу? Я — способный химик. Мне давно предлагают писать диссертацию. У меня тоже есть мои желания, мои творческие поиски, ответственность за то, что могу сделать только я. Тема, которой я занимаюсь, тоже нужна стране, как и твоя работа. Ты не допускаешь, что моя жизнь имеет не меньшее значение, чем твоя?! Дети наши — общие. Твои так же, как и мои. А твоя Кириенко Маша сама виновата, сама, всегда есть выход из положения.

Борщ он не доел, ходил по кухне и коридору, не зная, как поступить. Анка права, Анку жалко. Но и Маше нужно помочь. И Серёжу он сейчас не может оставить без помощи и поддержки. Что же делать? Как соединить несоединимое?

— Иди, доешь! — попросила Анка. — Я тебе котлеты положила.

Глава семнадцатая ═══════════════════

СЕРЁЖА

«Здравствуй, Эдик! Ты велел развивать мышцы. Но всё равно не могу подтянуться больше девяти раз. Пал Фимыч говорит, у меня изменились движения, заставляет бежать лишний круг. Он показал мне приёмы самбо. Стану сильный, как ты, сразу отомщу Тишко за всё. О капитанах позабыли совсем. Мне приснился корабль, я лезу на мачту. Этот корабль почему-то плыл по небу. Дельфины плыли рядом. Наверное, я лез к ним. А вообще зачем капитаны, когда нет кораблей? В зеленхозе мы работаем каждый день, вырываем сорняки. Они такого роста, как я, только я забыл их название. Корни — длинные, тянешь, а они не хотят вылезать. Зато руки стали сильными. Тишко не отдаёт гитару. Ладно, у меня не очень много слуха. Зато я много рисую. Пал Фимыч читал нам Пушкина. Я нарисовал битву при Полтаве. Карла XII положил на носилки, а голову ему приподнял, и он боится Петра. Пётр вышел у меня на весь лист, такой большой. А про коня Гринка сказал, что он похож на Серко, только весёлый. Почему так: мне интересно всё, хочу быть всем. Раз нас не делают капитанами, попробую поступить в ту школу. Учу правила, решаю задачи. А ещё мне понравилось сажать. Саша Андреевна говорит, что я понимаю землю и растения. Приеду к тебе и насажу сад. Я теперь знаю, как надо сажать и когда. Всякому семю свой час. А ещё я сильно жду похода. Сяду в байдарку, возьму весло и поплыву. Будет у меня свобода. Жалко, без тебя. А то разожгли бы мы с тобой костёр до неба. Пока больше писать нечего. Остаюсь твой верный друг Серёжа Кириенко и жду письма от тебя».

День разгорался жарой. Серёжа пил воду и не мог напиться. Уже принесли третье ведро, а до конца работы ещё далеко. Взяться за стебель ловчее, набрать много воздуха в лёгкие и всем телом рвануть! Первое время Серёжа падал вместе с сорняком, а теперь научился удерживаться.

— Кузов твоё письмо не отправил, вот оно! — в самое ухо гаркнул Тишко, неожиданно оказавшийся рядом. Серёжа резко обернулся — в самом деле в руках Тишко его письмо.

— Отдай, — сказал Серёжа.

Тишко засмеялся.

— Уходи из командиров по собственному желанию, а не уйдёшь... я его прочитаю. Посмотрим, что ты там накалякал. Пигула, подь сюда!

Серёжа хотел схватить письмо, но Тишко спрятал его за спиной.

— На-ка, выкуси-ка!

Пигула тоже смеялся.

— Что у вас тут за клуб? — подошёл Пал Фимыч, увидел в руках Тишко письмо. — Так, это же не твой почерк. Почему оно у тебя?

— Взял поиграть! — вызывающе сказал Тишко.

— Где взял? Отнял у Кириенко?

— Я не предатель, не собираюсь продавать людей.

Никого Тишко не боится. Сунул руки в брюки, глядит на Пал Фимыча, словно он — воспитатель, а не Пал Фимыч.

— Тебя никто не просит никого продавать. Объясни, как у тебя оказалось письмо, адресованное не тебе. Ясно. Идём-ка, я вызываю тебя на соревнование: кто больше сделает за час. Идёт? Возьми письмо, Серёжа.

Когда он был маленький, он боялся тех, кто был выше и сильнее его. Липкий страх возникает и сейчас, когда к нему подходят Тишко или Пигулевский. Щёлкнуть по башке, двинуть под рёбра, скрутить кожу... — на всё способны. Но командир не должен ничего бояться, и Серёжа гонит страх: «Уходи! Пошёл! Я сильный. Я подтягиваюсь десять раз. Я знаю приёмы самбо», — по сто раз повторяет себе одно и то же, а страх клещом вцепился в него.

Домой, два километра, идут рядом, он и Пал Фимыч.

Пал Фимыч идёт легко, вроде и не работал.

— Нельзя всё время бояться, — говорит он. — Ты скоро станешь мужчиной. Хозяином в стране. Нельзя всё время ждать, что тебе не дадут работать, двинут под дых. Распрямись. Дай отпор Тишко сам. Никто, кроме тебя, не окажется с Тишко лицом к лицу и не наладит твоих с ним отношений. Ты — сильный. Ты — самый сильный, ты можешь победить его.

— Как? — спросил Серёжа. — Он отнял письмо у Кузова, не у меня, я испугался, что он прочитает.

— Почему письмо оказалось у не известного мне Кузова?

— Я не хочу, чтобы его кто-то прочитал. Все воспитатели читают...

Пал Фимыч остановился.

— Хоть одно твоё письмо я прочитал? Не все воспитатели и не все письма читают. Читают письма только тех ребят, которые были связаны с преступниками, чтобы предупредить преступление. Это делается во имя самого человека — с надеждой оградить его. А твои письма никто читать не будет. Сегодня же отправлю, не волнуйся. И впредь мне давай!

Они шли вдвоём впереди всех. Конечно, рядом с Пал Фимычем какой страх? И не было страшно, когда отшвырнул от себя Тишко, пускавшим дым в лицо. Но это было после встречи с учителем рисования. Тишко тогда не бросился его бить, а сразу смылся. Вот это да! А если бы стал бить? И вдруг Серёжа понял: не стал бы. Что-то такое тогда происходило с ним, что он не дал бы бить себя, кусался бы, вонзился бы всеми ногтями в рожу Тишко. Тогда он был сильнее Тишко. Что такое с ним было тогда?

Впереди дорога, с аккуратными домиками по бокам, с садами и колодцами, а над ним небо без облачка, с огненным солнцем, и всё это не враждебно ему. По спине течёт пот, и по вискам течёт, и над губой мокро.

Пал Фимычу всё про него интересно: какие деревья и кусты хочет Серёжа разводить, о чём думает?

— Сейчас окунёмся, и обедать! — Пал Фимыч обернулся к ребятам. — Купаться будем, готовьтесь.

Вопль восторга раздался за Серёжиной спиной. Они уже почти дошли до школы, сейчас завернут направо, пройдут ещё четыреста метров, тут и река, не река, конечно, ручей, но вода же!

— Сила духа больше силы физической. Ваню ни Тишко, ни Квитко ни разу не побили. Почему, задумался? Это раз. А два: силе злой, жестокой всегда противостоит сила добрая, но именно сила. Тишко — садист, ему нравится мучить людей, издеваться над ними, применять к ним физическую силу, других отношений он не признаёт. Но ведь и у него есть душа, но и в нём осталось что-то человеческое. Как разбудить его душу? Как разбудить его чувства? Как переключить на добрые дела? Попроси его провести физкультурный вечер. Он — физорг, он любит физкультуру. А тут нужно придумать что-нибудь интересное, всех ребят привлечь. Активизируются в Тишко совсем не садистские, а творческие и добрые силы. Попробуй предложи ему.

— А он меня — в зубы.

— За что?

— За то, что лезу.

— Не думаю. Если ты сам подскажешь ему.

— Слышь, Серый, Тишко сбежал! — раздался Ванин шёпот.

Он сказал еле слышно, но Пал Фимыч услышал.

— Как «сбежал»?

— Я сам видел. Только я и видел. Не успели мы отойти от поля, как он присел и стал из подошвы тащить занозу. Ну, я ничего такого не подумал. Бывают занозы, да как часто! Догонит. Потом оглянулся, думал, он догнал, а его нету.

Тишко в самом деле не было.

— Давайте все в школу, ребята. Никому пока ни слова. Сейчас уже пришла Валентина Аристарховна, я там не нужен. Обедайте, ложитесь отдыхать. — Пал Фимыч попросил режимника проводить ребят в их комнату.

— Можно я с вами? — вырвалось у Сергея.

— Кинстинтиныч! Командир пойдёт со мной, я скоро приведу его.

Серёжа глубоко вздохнул.

Всю дорогу до поля Пал Фимыч молчал, а Серёжа старался приноровиться к его широкому шагу, чтобы идти рядом.

Как же так получается: всё зависит от самого? Поступит он в художественную школу, станет художником, будет рисовать то, что захочет, и никто его не будет избивать.

Тишко — гад. Из-за него не искупались.

Полой рубахи Сергей вытер потное лицо, а потом спину и грудь. Чёрт с ним, Тишко! Они с Пал Фимычем вдвоём! Если б Пал Фимыч не был такой мрачный, Серёжа запел бы, или заорал бы, или рассказал бы Пал Фимычу, как они с Эдиком станут жить вместе: вместе ходить на работу, вечером слушать музыку и играть в игры.

Тишко они увидели сразу — он сидел на груде сорняков, упершись лбом в поднятые к лицу колени.

Пал Фимыч сел рядом, Серёжа остался стоять. Для того, чтобы Тишко не подумал, что он его боится, расставил ноги, сунул руки в карманы.

Казалось, Тишко даже не заметил их.

— Не любишь проигрывать? — спросил Пал Фимыч. — Всё было честно. Ты сам отмерил участки, в одну и ту же минуту начали.

— Я ничего такого не говорю, — буркнул Тишко.

— Говоришь! Посмотреть на тебя, так, тебя сильно обидели. Это как раз то, что я тебе втолковываю: ни работой, ни талантами, ни добрым отношением к людям ты не можешь превзойти никого, а превзойти хочешь, вот и орудуешь хитростью и кулаками. Тебе «в городе» первым быть не удаётся, ты стремишься сделаться первым в «деревне», а добиться того, чтобы стать первым в «городе», кишка тонка.

— Вы не знаете ничего! За меня говорите, а что вы про меня знаете? — совсем как Пигулевский истерически закричал Тишко. И замолчал.

— Прости, что тебе приписываю свои ощущения. Так ты скажи. Для того людям и дан язык. Молчишь? Пусть не знаю, но верю: ты — умный, ты умеешь быть другом, ты можешь понять, что значит по-настоящему жить. Разве не радостно вокруг? — Пал Фимыч махнул рукой на поле. — Мы с тобой очистили каштаны от сорняка. За это получим деньги, на них купим ещё одну байдарку, новую, красивую, и будем плавать на ней все по очереди. И у тебя, на твоём счету скопятся деньги, и ты купишь велосипед, куртку, что захочешь. Главное не то, что ты купишь, а то, что ты купишь вещи на свои собственные деньги, не ворованные, а заработанные тяжёлым трудом. А ещё важнее не то, что ты себе вещь купишь, а то, что ты кому-то помог, принёс добро. Вот оно, реальное.

Серёжа смотрит: далеко уходит поле с ровными рядами освобождённых маленьких каштанов, по обочинам и в междурядьях груды стеблей с задранными мощными корневищами. Земля на корнях подсохла, но сорняки ещё продолжают жить, ничуть не повяли.

— Не обижайся, что я тебя победил, получается не сразу. Ты разозлись на себя и давай сделаем так. Завтра с первой минуты встанем рядом, заметим время и попробуем ещё раз. Не бойся, не устанешь, перерыв каждый час. Посмотришь, сколько сделаешь.

Пал Фимыч встал. И Тишко встал. Они пошли к школе. Шли скорым часом, и Серёже нравилось, как они идут: все трое в одном ряду по широкой просёлочной дороге.

— Вы не знаете, вы ничего не знаете, — тихо, отчаянно повторил Тишко. — Я пропащий, я всё равно пропащий.

— Ты человека убил? — испуганно спросил Пал Фимыч.

— Пока нет, но рано или поздно убью. Другого пути нет. Мне не надо привыкать трудиться, мне нельзя быть добрым. Я вешал кошек, раздирал голубей, я могу разодрать кого хотите. И работать нельзя!

— Прекрати истерику. Не ты вешал, не ты раздирал, твоя глупость тебя вела, — спокойно сказал Пал Фимыч. — Скоро поймёшь, звери, птицы, дети, женщины, все, кто слабее тебя, под твоей защитой, ты должен охранять их. Ты поймёшь, я знаю, и обязательно станешь добрым.

— Нет! Я не смею! Я не могу. Вы ничего не знаете.

Они стояли на прокалённой дороге, и солнце обжаривало, сушило их, как землю на вывороченных корневищах.

— Знаю, Валера. Наверняка ты связан с людьми старше тебя. Наверняка они сидели. Наверняка они держат тебя в страхе, ждут, когда ты вернёшься. Так? А ты к ним не возвращайся. А ты переезжай в другой город. Освоишь специальность и будешь прекрасно жить. Они тебя не найдут.

Тишко захохотал. Он хохотал откинув голову, выставив кадык, хохотал исступлённо. А когда отсмеялся, сказал:

— Найдут. Из-под земли достанут и убьют за предательство. Вы их не знаете, вы ничего не знаете.

Серёжу ждало письмо от Эдика.

«Здравствуй, Серьга! Я давно получил твоё письмо, но никак не мог ответить тебе, поступал в училище. Это было трудно, но я занимался очень много. Ты пишешь про Тишко. Я тебе скажу. Когда один человек чувствует, что другой боится его, он издевается. А ты перестань бояться, и Король перестанет издеваться. Конечно, для того, чтобы ты двинул его в морду, нужно стать сильным. Делай отжимы от пола. А ещё утром обливайся холодной водой. Тоже прибавляет силу. Получше готовься в художественную школу. Я буду музыкантом, ты художником. Заживём как люди, если не случится чего-нибудь. У меня тут осложнения, пристают ко мне бывшие приятели, грозят. Ты соображай сам. Приезжал я в Весногорск к Шару за приёмником. Шар не отдал. До свидания. Привет тебе передаёт моя невеста Уля, она сидит тут. Остаюсь верный твой друг Эдик Солнцев».

Работать в зеленхозе нравится. Нравится пить ледяную колодезную воду, закинув голову и ёжась от струек, ползущих по голой шее и груди. Нравится идти с работы к реке, нравится бросаться головой в неё, нырять и разглядывать золотой песок дна, со сверкающими, стремительными рыбёшками, с зелёными вьюнами, и плыть, как рыба, позабыв обо всём на свете. Нравится рисовать это живое шевелящееся дно и подбирать яркие цвета, растирая вместе жёлтый, голубой и зелёный порошки карандашей или смешивая вместе краски. Нравится ходить следом за Сашей Андреевной и слушать её грубоватый голос: «Гена Шарай, угадай-ка, что ты неправильно делаешь? Верно. Молодец. Огурец — нежное, хрупкое растение, поломать можно стебли или корни размыть», «Как, Корочун, дела? Как мы ей поможем? Взрыхлить надо, чтоб побольше было придаточных корней!», «Вот здесь, смотри, две свёклы сидит. Как ты считаешь, что нужно делать? Молодец, пересадить», «Ты, как будущий садовод, должен знать, что нужно сделать, чтобы новое растение «рябина» прижилось. Ну-ка, пожалейте эти два деревца. Порыхлите руками землю».

Тишко перестал приставать. Он один раз победил Пал Фимыча и теперь лез из кожи вон, чтобы победить ещё. Как физорг, он тоже разошёлся, даже с Кулёмой возился до одурения. «Залазь ещё раз на брусья!» — приказывал. — «Дуй ещё круг!»

Кулёма хотел слушаться, но от страха соображал плохо. Король не бил его и не орал на него, снова заставлял делать упражнение, даже объяснял.

Это случилось в середине июля. Всей школой выехали в лес, на берег настоящей реки. В их речушке глубина — полтора роста человека, а здешняя в середине аж чёрная от глубины. И широкая, от берега до берега плыть метров тридцать.

«Зарница» — игра азартная. Каких только соревнований тут нет: и по плаванию, и по бегу, и по метанию ядра, и кто первый захватит «высоту». Здоровско бы выиграть! Кто победит в школьном соревновании, поедет на автобусе в Москву.

Эдик говорил, в Москве весело. По улицам все бегут. И жёлтые, и чёрные люди, всякие. В Москве на каждом шагу мороженое и шоколад, ешь, не хочу. В Москве есть стереокино. Дают тебе очки, начинаешь смотреть, а тебе кажется, прямо к твоему лицу всё плывёт, где бы ты ни сидел. Вот какие чудеса. А ещё Парк Культуры. Называется «Чёртово колесо». Крутится, к самому небу поднимает, а тебе хоть бы что, ты в кабинке, и видно всё, как с самолёта.

Сейчас бы сел и поехал в Москву. Только надо победить в «Зарнице». За лето их группа вырвалась в передовые, лучше всех работают в зеленхозе.

Серёжа в трусах, размахивая руками, как мельница, бежит к воде. Сейчас он всем покажет! Его учил плавать сам Гор! Всех обгонит, всех до одного.

Плюхнулся в воду неудачно, плашмя, не рассчитал, берег оказался круче, чем в их речушке. Это задержало на мгновение. Но тут же поплыл. Рядом плыл Сашка, дальше — Тишко и Пигула.

Сашку он обойдёт, а вот как плавают Тишко и Пигула, он не знает, он не плавал с ними. Пусть бы хорошо! Он догонит их и поплывёт быстрее. А им важно общее время. Наверное, единственный раз в жизни Серёжа хотел, чтобы Король вырвался вперёд. Тогда он рванёт за ним!

И Тишко рванул. Стремительно, легко всех обогнал.

Серёжа захватил воздух, как учил Гор, сжался, точно пружина, и «выстрелил» вперёд изо всей силы. Вода расступилась, он очутился у пятки Тишко. Ещё всей грудью вдох, ещё раз сжаться, ещё раз рвануть. Он — лёгкий, как рыба, он не проплыл, он пролетел вперёд и очутился чуть впереди Короля.

Но в ту минуту, как он оказался впереди, он головой стукнулся обо что-то твёрдое и провалился в темноту.

Прошла, наверное, вечность, прежде чем глаза обжёг яркий свет.

— Жив! — сквозь льющийся в ушах шум воды, сквозь вату, очень издалека донёсся до него едва слышный голос.

И тут же Серёжа вздохнул глубоко, но этот вздох вызвал рвоту, из него хлынула горячая вода. В ушах тоже словно прорвало плотину, из ушей тоже полилась вода.

— Ну, жив? — склонились над ним одновременно Пал Фимыч и Валентина Аристарховна. — Жив! — ликующий голос Пал Фимыча. — Тишко спас тебя. Ты о затопленную лодку ударился!

Тишко стоит боком, в стороне, словно никакого отношения к Серёже не имеет, но Сергей поймал косой взгляд, жадный, торжествующий, у Тишко горит щека.

— Вот вам и подвиг в мирной жизни! — громко сказала Валентина Аристарховна, а Кира Софроновна добавила: — Тишко в самом деле оказался герой. Настоящий герой. Настоящий друг. Мы повесим твой портрет на доске лучших. Спасибо тебе.

Прошла всего неделя, а Тишко с Серёжей не расстаются, готовят физкультурный вечер. Сегодня сидят вдвоём в пионерской.

— Кулёма может делать шпагат и стоять на голове, — говорит Тишко. — Его запиши в самодеятельность.

— Один Кулёма в самодеятельности?

— Сначала пятиборье!

Они говорят как приятели, и вовсе неважно, о чём они говорят. Если бы не Тишко, он был бы дохлый, уже черви жрали бы его! Воображение у Серёжи — цветное, он ощущает, как черви ползут по нему, фиолетовые, сизые, толстые, едят его мясо, ему становится щекотно, тошнота безвкусной водой речки подступает ко рту.

— У-уф! — вздыхает он и просит Тишко: — Ударь меня!

— Ты чего? Осовел? — Но Тишко, видно, что-то смутно понимает, потому что несильно хлопает Серёжу по спине. — Ты чего это? Ты давай, чего там...

Тишко сам на себя не похож. Возбуждён, бегает по общим делам, ко всем цепляется, чтоб готовились к пятиборью. Сейчас, удивлённо глядя на Серёжу, повторяет как заведённый:

— Ты чего это? Ты давай, чего там...

Серёжа взял и показал Тишко сегодняшнее письмо от Эдика.

«Я очень рад, что Валерка обошёл Павла Ефимовича, он ещё себя покажет! В нём вагон силы, какой ни у тебя, ни у меня не будет сроду. А ещё и геройский оказался. Хочешь, передай ему привет. Я думаю часто о нём, почему он сразу не схотел ничего понять.

Ездил я к Шару три раза. Не отдаёт. Говорит: «Детали тебе носил? Носил. Ты поигрался? Послушал передачи? Теперь он — мой!» Даже на порог не пустил. Живут ещё на свете такие… Пиши, Серый, про всё. Ты пишешь, Валерка свой в доску. Смотри, не забудь про меня. Уезжаю в лагерь вожатым. Жду ответа. Твой друг Эдик Солнцев».

Тишко два раза прочитал письмо, лицо покрылось красными пятнами, он отошёл к другому столу, сел писать Эдику ответ.

…Первое августа неумолимо приближается. Оно таит в себе сразу два события: Серёжа сдаёт первый экзамен, и они в этот день начинают снаряжать байдарки. Второго августа он сдаёт второй и последний экзамен. И второго же в шестнадцать часов они отчаливают. Пал Фимыч нарочно сделал первый день таким коротким, чтобы они выдохлись сразу же, чтобы попривыкли к веслу и к воде.

Как ждёт Серёжа августа! Он с отцом поплывёт по реке. Пусть ребята не знают, что Пал Фимыч — отец. Он знает. И Пал Фимыч знает. Между ними тайна. Для него Пал Фимыч старается, ему хочет показать речку, его хочет научить ловить рыбу, с ним хочет посидеть у костра. Пал Фимыч с ним будет целый день, и спать будет вместе с ним, и вечерами будет вместе с ним разжигать костёр, варить еду и петь песни. Долго они будут вместе. И никуда Пал Фимыч не убежит вечером.

А ещё Серёжа очень хочет стать художником. Что ни делает он, перед ним маячит учитель с голубыми глазами и костёр, поднявшийся к самому небу. Почему-то тесно соединились поступление в художественную школу и поход. С первого августа начнётся новая жизнь.

Ночь перед первым августа Серёжа спал плохо. Забывался ненадолго и снова вскидывался. Завтра всё изменится, завтра.

Пал Фимыч пришёл за ним в восемь часов. Серёжа не смог есть, выпил какао, с трудом проглотил ложку каши. Он шёл след в след за Пал Фимычем по школе и по двору, а у самых дверей обогнал и первый вышел из школы.

Небо вспухло облаками. Много неба. Он и небо.

— Ты взял книжки и тетрадки?

Серёжа испугался.

— Зачем?

— Чтобы увидели, что ты готовился. Как же ты забыл? Может, вернёшься? Хотя нет, не надо, плохая примета. Главное, не спеши, проверяй каждое слово. Старайся написать покрасивее. Честно говоря, я математики боюсь больше. Вроде буквы в упражнения ты вставляешь неплохо. Регина Фёдоровна, правда, говорит, ты можешь быть и грамотным, и безграмотным.

Серёже нравится, что это про него Пал Фимыч рассуждает так подробно. Он слушает, склонив голову, плохо понимая слова: они вдвоём в автобусе, вдвоём в городе, вдвоём в целом свете. И теперь долго будут вдвоём, целый август. И потом долго будут вдвоём. Он уговорит Пал Фимыча вместе поехать в гости к Эдику.

— Ты не слушаешь меня?

— Слушаю, — готовно откликнулся Серёжа. — Очень даже слушаю.

— Ну, о чём я сейчас говорил?

Серёжа уставился на Пал Фимыча и не знает, что сказать.

— Вот видишь, а говоришь «слушаю». О чём думаешь?

Серёжа вспыхнул. Заколотилось сердце. Он умрёт, а не скажет, о чём он думает.

Встретила Серёжу толстая, очень бледная тётка, а учителя нигде не видно. Стало не по себе.

— Заболел. Тяжело. Просил отнестись снисходительно. Он очень волнуется за этого мальчика. Только программа...

Слова не слились друг с другом, разрозненные, каждое, как бутылка с горючей смесью, разорвалось. Как же без учителя? Чем заболел?

Серёжа машинально начал писать диктант. И на него обрушился визгливый голос женщины, быстро швыряющей ему казённые слова. Он привык к чёткой, раздумчивой диктовке Регины Фёдоровны, к её стремлению растолковать голосом слово, чтобы оно раскрылось своим смыслом. На первой же фразе забуксовал, перестал понимать, чего там, в этом диктанте, происходит. «Не» столкнулось с «ни», суффикс «лаг» с суффиксом «лож», «кос» с «кас», перепутались причастия, наречия, прилагательные, которые Серёжа должен в скобках обозначать, он забыл, какая часть речи на какой вопрос отвечает, где пишется два «н», а где одно. Он словно ослеп и оглох, фразы, которые у него получаются на бумаге, непонятны ему самому.

Конечно, можно было бы попросить толстую тётку диктовать помедленнее, но Серёжа, выбитый из привычных условий диктанта, потерял себя. Пытаясь угнаться за визгливым голосом, он «лепил» и «лепил» слова, быстро нанизывая их одно на другое.

Поставил последнюю точку и сидел опустошённый, тупо уставившись в пляшущие слова.

— Я даже единицу не могу поставить, ни одного слова без ошибки, — как-то назойливо раздражённо сказала тётка. — Такая низкая подготовка! Я не понимаю, как это возможно...

Серёжа хотел сказать Пал Фимычу, как было дело, но не нашёл слов выразить то, что чувствует. А чувствует он предательство тётки, её нежелание помочь ему, её нежелание принять его в эту школу, её брезгливость — только теперь он заметил, она прижимает к себе свою сумку, боится, он утащит.

— Ну, что вам стоит помочь? — умоляет её Пал Фимыч. — Вы сейчас разрушаете его жизнь. Понимаете, жизнь? Если он поступит, он начнёт профессионально учиться. Это досадное недоразумение. Я сам видел его тетрадки. У него нет двоек. И всё лето он занимался каждый день. Мы, к сожалению, не взяли тетрадок... — Пал Фимыч стал кирпичного цвета.

Серёжа потянул его за руку.

— Пойдём отсюда. — Но не выдержал и заревел. Слёзы жгли глаза, ослепляли.

— Видите? Он — ребёнок. Ему нужна помощь. Я не понимаю, что произошло, нужно было мне присутствовать. Как же вам не хочется помочь человеку?!

Тётка рассердилась.

— Ну, вы разуйте глаза! Один красный карандаш. У меня сложная программа в седьмом классе, а с ним мне придётся начинать с азов. Что же я, трёхжильная? Да он весь класс потянет за собой. Вы знаете, что такое балласт в классе? Вы отнимаете моё время, мне некогда, сейчас начнётся массовый экзамен, это только для вас сделали исключение, по просьбе...

Серёжа перестал слушать. Слёзы сами собой высохли. Тётка вытянула из него злость, которая высушила слёзы.

— Пойдём... — попросил он снова Пал Фимыча.

Но Пал Фимыч рванулся в новый бой:

— Вот и хорошо, что экзамен. Разрешите ему написать экзамен со всеми. Я уверен, всё будет хорошо. Это недоразумение. Прошу вас. Ну, как просить вас, скажите!

— Я не буду больше, — громко выплеснул наконец Серёжа бродящую в нём злость. — Я не хочу у неё учиться.

Когда они вышли из школы, Серёжа с облегчением вздохнул. Облака ползли по головам, начинался дождь, очень далеко, глухо погромыхивал гром.

— А в дождь мы тоже поплывём? — спросил он жадно.

Скорее в поход! Скорее прочь из города, подальше от этой школы, в которой его так обидели!

— Объясни, что с тобой приключилось?

Серёжа пожал плечами. Он не мог словами выразить то, что с ним сделала тётка: крепко прижимала к себе сумку, в кучу свалила слова.

— Я не успевал, — сказал Серёжа.

...Поздно ночью не выдержал — снова заревел. Чего-то ему стало сильно жалко. Стен, увешанных яркими рисунками?! Маленького седого учителя, столько возившегося с ним?! С ним случилось что-то страшное, раз он не смог прийти помочь? Серёжа уверен, при том учителе он написал бы всё правильно. Ревел в подушку, совсем не слышно, но на постель плюхнулся Сашка.

— Ну... брось, — зашептал, — Саша Андревна говорит, тебе надо идти в садовое училище, она говорит, ты талант. Будешь сажать сады. Слушай сюда, придумал сказку. Мы с тобой сделали воздушный шар и полетели на Марс. На него ещё никто не летал, кроме тебя и меня.

Серёжа заплакал ещё горше. Он не хочет в садовое. У него перед глазами серебряные рыбы плывут, разноцветные кони скачут, красный Пётр побеждает белого Карла, огненная лисица сидит перед Эдиком. Как же он теперь должен жить — без красок? Он никогда больше не увидит маленького седого учителя с голубыми глазами! Как же это?

Непонятное чувство потери, умирания чего-то, без чего жить нельзя, разрасталось в Серёже, сотрясало всё тело, гнало слёзы в подушку.

— Дура, чего ревёшь? — неожиданно склонился над ним Тишко, щёлкнул по затылку. — Завтра в поход. Будем печь с тобой грибы, ухи наварим. Я тебе... того... скажу... ты тово... я тебя понимаю... Слышишь, что ли?

Серёжа услышал дождь, бьющийся в окно, заревел ещё горше. Он осознавал, что стыдно реветь, когда к нему пришёл Тишко!, но от того, что Тишко пришёл к нему!, было сладко, и, может, ещё и от этого Серёжа продолжал реветь, раздуваясь от непонятной гордости из-за того, что к нему пришёл Тишко, всеми силами пытаясь отделаться от отчаяния и от непонятной громадной обиды, нанесённой толстой тёткой, и непонятного вопроса, который застрял в нём, точно гвоздь: как он будет жить без серебряных рыб, без краснорожего Петра Первого, без коней — без ярких красок, расплескавшихся в нём?

ПАВЕЛ

Прошло несколько месяцев. Приближался день Седьмого ноября.

— Дорогие товарищи! — Кира словно на цыпочки встала, показалась Павлу выше ростом, худее, а лицо её, непривычно размягчённое, очень молодым. — Сегодня итоговый педсовет. Перед великим праздником Октября мы должны проанализировать нашу работу. Пусть в нашем государстве процент преступности мизерный, но и он не может не тревожить нас.

«Разве мизерный»? — подумал Павел.

— Мы олицетворяем наше общество. Мы — то звено, которое в нашем здоровом обществе должно уничтожить преступность. Каким способом мы добиваемся этого? Думаю, я не покривлю душой, если скажу, что наступление ведётся со всех сторон. В целом положение в школе на сегодняшний день утешительное. Мы успешно боремся с курением — за последние два месяца всего три случая. За последние два месяца у нас не наблюдается ни одного случая садизма и насилия, ночных ЧП нет, ребята высыпаются. Ребята много и хорошо трудятся. Резко улучшилась санитария: ребята стали аккуратнее, достаточно посмотреть на их внешний вид. — Кира передохнула, набрала воздуха в лёгкие, улыбнулась. — Особенно отличилась группа Павла Ефимовича. Она заняла первое место по работе в зеленхозе, по успеваемости, по дисциплине. Провела замечательный поход на байдарках, мы все знаем отчёт Павла Ефимовича. А спортивный вечер как получился? Поначалу Пашины методы воспитания вызывали у нас с Семёном Трофимовичем сомнения. Отсутствие каких бы то ни было наказаний, беспредельное полное доверие к малолетнему преступнику, казалось бы, невозможны в наших условиях, но они неожиданно оказались эффективными. Сначала шли ЧП за ЧП. — Кира внезапно замолчала, в глазах у неё стояли слёзы.

Чего это она? И вдруг услышал давнее: «Ты — мой сын. Ты мог быть моим сыном! Смотри, как ты похож на него». И впервые за годы, что он здесь работает, он в самом деле почувствовал родство с этой женщиной, глубокую связь двух поколений — матерей и сыновей, и больно сжало грудь: что сделать ей хорошее, как отблагодарить за помощь, за поддержку, за веру в него, за уважение к его мальчишеской горячности? Он опустил голову, спрятав от людей жаркое лицо.

— Я волнуюсь, товарищи, потому что была резко против его методов работы, но я смотрю на Тишко. Честно признаюсь вам, я бы давным-давно отправила бы его в спец ГПТУ. Чтобы оздоровить коллектив, я бы вышвырнула вон одного. И Пигулевского туда же! Павел Ефимович восстал против наших привычных мер воздействия, бился врукопашную за каждого ребёнка с самим ребёнком, с нами. Вы все знаете, что Тишко спас Кириенко. Знаете, что он лучший физорг школы, что он участвует во всех наших школьных делах. А Пигулевский организовал живой уголок и возится с хомячками, белкой, зайцем. И это после жуткой жестокости к животным. Нужно знать, товарищи, нужно проникнуться, Тишко и Кириенко были лютыми врагами, а теперь...

— Сколько можно?! — резко оборвал её Павел. — Получается, что, кроме моей группы, нету хороших. А группа Василия Петровича? А группа Бориса Евгеньевича? Они прекрасны, и очень многих людей эти воспитатели спасли.

— Я не просила перебивать меня, прошу тебя помолчать. Думаю, товарищи, вам понятно, какое огромное терпение, какое самоотвержение понадобилось Павлу Ефимовичу, чтобы группа стала неделимым целым. Там сейчас на самом деле все за одного, один за всех. Ни для кого не секрет, что Павел Ефимович дежурил здесь ночами, жил без воскресений, фактически не отдыхал.

Павлу стало неловко. Превратиться бы в комара и вылететь бы на то время, что расхваливают его.

Сменяются времена года, сменяются поколения, и новый человек начинает всё сначала. И кажется, он повторяет движения ушедшего, мысли, а на самом деле ни на кого не похож, он — новая планета, и внутри него своя война, свой мир, своя жестокость, своя доброта. И каждый раз вопрос: что победит в этом человеке — война или мир, жестокость или доброта?

Лишь через год работы с этой группой Павел понял: управлять внутренней стихией воспитанника фактически невозможно, но оттого, что Кира так отчаянно хвалила его, неожиданно поверил в своё могущество и расслабился, в нём распалось напряжение — не напрасны молчаливые ссоры с Анкой, бессонные ночи в коридоре перед спальнями, постоянная тревога, что вот сейчас из-за его глупой веры в человека кто-то кого-то убьёт. Значит, имеет право один человек вторгаться в войну и мир, в добро и зло другого человека и помогать справиться с войной, со злостью в чужой душе?

— Весной, — услышал он Киру, — мы выпустили тридцать ребят: прошлую группу Павла Ефимовича и Группу Бориса Евгеньевича. Вот сведения, как устроились ребята. Все наши ребята поступили учиться, кто в ПТУ, кто в спецучилище, кто в техникум, кто вернулся в обычную школу. Нам с Семёном Трофимовичем удалось собрать отзывы учителей, воспитателей и мастеров после первой четверти. Пишет мастер: «Корнеев трудолюбив, у него не бывает брака. Пока не сделает норму, не отвлечётся». Отзыв детской комнаты милиции: «Воспитанник музыкального училища Солнцев каждое утро проводит зарядку с трудными подростками нашего района на спортивной площадке, из них он организовал дружину по охране покоя района. Осуществляются общественные мероприятия: обеспечен сбор макулатуры района, расчищено несколько свалок, посажен около новой больницы сад. Теперь Солнцев обратился в Райком комсомола с просьбой устроить ребят на курсы шофёров. Его заявление рассматривается. Солнцев заставил трудных подростков посещать школу». Думаю, товарищи, факты говорят сами за себя. У нас всего один случай быстрого рецидива.

Раскинулась его страна широко — с кустами жасмина, с кактусами, с нетающим льдом, с вечно зелёными пастбищами, с небоскрёбами и двухэтажными посёлками, с людьми белой и жёлтой кожи — его Родина. Есть болезни в организме его страны, как и в организме каждого человека. Преступники-уголовники, пьяницы-родители, равнодушные неудачные учителя школ, воспитатели интернатов породили трудных подростков. Он — врач. Его профессия — помочь ребятам.

Кира читает отзывы медленно, чтобы каждое слово дошло до каждого. Потом говорит о новеньких — кто в чём уже отличился, какая предстоит с ними работа, говорит о побегах — летом было несколько побегов, и сейчас, несмотря на резкое улучшение школьного климата, произошло два побега.

— Необходима индивидуальная работа с каждым, — говорит Кира. — Для этого нужно всесторонне изучить каждого вновь прибывшего. Беседы, личные задания, личная похвала помогут ребёнку осознать себя человеком.

Павел чувствует себя частью школы, частью Весногорска, частью Москвы, частью России, частью земного шара, он несётся вместе со всеми в едином полёте во Вселенной.

По тихой школе он идёт с педсовета к своим детям. Так же, как и в нём сейчас, в каждом его мальчишке живёт вечность.

— Говорю, нужен мотоцикл, — услышал Павел, входя в свой класс.

— Кому нужен мотоцикл? — весело спросил он.

— Да Тимуру! Был у него мотоцикл? Был. На чём он тогда возил Женю к отцу? И нам нужен.

— Ха-ха! Как ты затащишь его на сцену?

— Затащить-то затащу, а где взять его?

— Как? Забыл, как раньше брал? Уведёшь у мирных жителей, а потом вернёшь. Дела-то!

— Я тебе уведу!

— Женю сыграет Кулёма. Чего его возить? Так обойдётся.

— Пал Фимыч, я — Квакин, я буду всем морду бить, это я могу. А мотоцикла для Короля нет, это как? — спрашивает Пигуля.

— Если я — Тимур, давайте мотоцикл! — буквально в голос кричит Тишко. — Пусть как у Гайдара.

— Но ведь и Жени у нас нет. И Лидии. И Нюры с козой, и бабки-молочницы. Театральное искусство условно. Уверяю тебя, зритель поймёт условности, смирится с ними.

Тишко топнул ногой.

— Нет, надо всё по-настоящему. Обязательно должна быть Женя. Без Жени не получится.

Показалось вдруг, что и он в мальчишку превратился. «Тимур и его команда» — любимая книжка детства. Была у них в классе Женя, беленькая-беленькая, льняная, с белыми длинными ресницами. Глаза у Жени светло-зелёные, как молодая трава, в солнечных пятнах. Снова Женя пришла в его жизнь. Не Женя, весенний день, когда всё ещё впереди.

Женю и его развела шпана, развели преступники. Старше, чем эти ребята. Уже сидели. Но начинали так же, как Тишко, Квитко.

Каждому обязательно в шестнадцать лет нужна Женя.

— Я придумал, будет тебе Женя. У Регины Фёдоровны есть дочка. Она сыграет Женю. А Лидию и бабку сыграют пионервожатые.

Ребята окружили их с Тишко, блестят глазами.

— Про Нюрку забыли. Где мы возьмём Нюрку?

— У кого сестра есть?

— Зачем тебе сестра? Пусть Света приведёт подружку.

— А коза?

— А мотоцикл? Опять забыли про мотоцикл! — кричат ребята.

— После спектакля устроим «Огонёк»!

— Во, танцы будут! Пал Фимыч, а зеленхоз работает в ноябре? Давайте заработаем на «Огонёк». Накупим всего! Я могу испечь торт получше, чем для Эдика.

— А я умею печенье.

— Без мотоцикла не по правде будет, — опять завёл своё Тишко. — А всё должно быть по правде.

Ничуть не похожи эти мальчишки на преступников, ничуть не отличаются от него и его товарищей, мальчишек шестидесятых годов. Так же дерут глотки, так же захлёбываются словами, так же строят планы. Нет в них никакой патологии, никакой ущербности, никакой «болезни».

— У меня идея! — Павел даже присвистнул. — А что если снять фильм? Купим плёнку. У Василия Петровича возьмём кинокамеру.

Киноаппарат есть у Саши Андреевны, в любой момент прокрутим. Представляете, лет через десять соберёмся на вечер встречи и пожалуйста, смотрите, какие мы были в тринадцать лет.

— Здорово!

— Вот это да!

— Ну! — возгласы нелепые, восторг на лицах.

— Если это настоящий фильм, тем более нужен мотоцикл.

— Бывают же события за кадром! — снова Павел.

— Тоже мне! — презрительно говорит Тишко. — И так получается не по правде. В книге осень, а у нас выпал снег.

— Что же, ждать осени? — возразил Тадеуш.

— Знаешь, что можно сделать, — Павел очень обрадовался неожиданному выходу, — вези её на велосипеде, а Тихонов, ведь он отвечает за шумовое оформление, запишет и воспроизведёт звук мотоцикла.

— А где он его возьмёт?

Они смотрят друг на друга, и они добры друг к другу. Ну разве это не победа? Павел переводит взгляд с одного на другого — наполненные смыслом человеческие лица.

— Пал Фимыч, Тадеуш сочинил сказку про Марс.

— Пусть прочтёт.

Тадеуш не заставил упрашивать себя.

— Сижу я на уроке и слушаю, как учитель говорит: люди летали на Марс. И меня взяла охота, а что если на него слетать? С этим вопросом я пошёл к своему лучшему другу — Серёже Кириенке. Он согласен. «Давай, — говорю я ему, — будем действовать по плану книги «Таинственный остров», я читал. Будем делать воздушный шар. Только никому ни слова. Понял?» «Понял», — сказал Серёжа. И начали мы искать материал, чтобы в него накачать водород. С этим вопросом мы обратились к деду Макару, который у нас портной».

Ребята захохотали.

— Во, даёт!

Но Тадеуш, не обратив на хохот никакого внимания, продолжал:

— Пришли мы к нему и говорим: «Найдётся у вас такой материал, чтобы в него накачать водород и чтобы через него не проходил воздух?» А он и говорит: «У меня всё найдётся. Из чего же я вам штаны шью, как ты соображаешь?»

Снова грохот потряс класс, даже стёкла зазвенели.

— Во, даёт! — восхищённо вопили ребята.

— Пришли мы с Серёжкой в поле и начали сшивать материал. Шили, шили. Наконец на второй день сшили. Осталось накачать его водородом и сделать корзину, чтоб в ней лететь.

— Из чего же вы корзину стали делать?

— Погоди, не мешай.

— Сашка, давай ври дальше.

— Сделали мы корзину, осталось взять продукты питания, раздобыть два револьвера и ящик патрон.

— Во даёт!

— Дела-а!

— И всё это было нам доставлено. Наутро мы пошли в поле. Вдруг нас поразило изменение природы. Всё небо стало чёрным, начался ливень и грянул гром. «В такую погоду лететь нельзя», — сказал я.

Неожиданно распахивается дверь. На пороге — Кира. Она бледна. Губы у неё дрожат.

— Что случилось? С Димкой? С Кариной? С матерью?

— Пойди сюда.

В глубокой тишине (ребята застыли) на негнущихся ногах он идёт к двери. Пустой коридор. Дрожащая телеграмма в руках Киры.

Сначала буквы пляшут, но вот наконец слова, отдельные, рваные.

— На суд. Серия преступлений... Солнцев. Эдуард. Вызываетесь как свидетель... по просьбе подсудимого.

Служебная телеграмма.

Эдик? Серия преступлений? Этого быть не может.

Он повторяет вслух:

— Этого быть не может!

В пустом коридоре они стоят совсем одни, не глядя друг на друга, с дрожащими губами.

— Что он сделал? — спросил Павел.

— Я не знаю. Написано «серия преступлений», видишь?

— Этого не может быть, — повторяет Павел. — Я должен верить Эдику. Этого просто не может быть! Иначе... — он не смог объяснить, что же иначе, с отчаянием прошептал: — Этого не может быть.

В тот же вечер он выехал в Бобруйск.

Уля не сразу открыла ему дверь. Она оказалась вовсе не такой, какая была на любительской фотографии. На фотографии стрижка, и Уля выглядит совсем девочкой. А перед ним взрослая женщина. Боль перекосила лицо, волосы по-взрослому стянуты в узел, чуть выпирает живот. Только кожа — гладкая, молодая. И очень тонкая, девчоночья шея.

Не поздоровавшись, спросил:

— Что он сделал?

Уля механическим голосом перечислила:

— Взломал дверь квартиры, избил пожилого мужчину, потом связал его и устроил в квартире погром, что-то искал. Это было в другом городе, не знаю, где. Потом вернулся сюда, напился пьяный, кого-то ещё прибил.

— Прямо так сразу приехал и прибил? — спросил Павел.

Уля пошла по коридору, он за ней. Уля села на стул прямая, строгая.

— Эдик несколько раз ездил куда-то в другой город, мне не говорил ничего. У меня скоро день рождения, он сильно нервничал. Возвращался злой до невозможности. Мне ничего не говорил. Говорил, мне нельзя волноваться и чтобы я не думала ни о чём таком. Говорил, он мужчина и за всё сам отвечает. И здесь что-то такое было, он скрывал. Но я услышала разговор: ему грозили. Приходил тут один, кажется, Фитиль звать. Эдик тоже не говорил ничего, только был сильно расстроенный. Однажды сказал: «Переехать бы в другой город!» И ещё... вот передали мне. — Уля вынула из кармана скомканную записку.

С трудом удалось расправить жёваный лист бумаги.

«Если хочешь, ты свободна. Мало радости жить с уголовником. Но знай: я не виноват. Я хотел жить по совести. Не дают, такое дело. Тебе я верный буду до гроба, даже если ты бросишь меня. Кроме тебя, Пал Фимыча и Серёги, у меня нет никого. Больше всего боюсь, что ты без меня родишь. За остальное не мучаюсь. Иди в больницу заранее, чтобы не случилось такое ночью, когда ты одна. Или вызывай мою мать. Я, когда приду, не знаю. Хочешь, жди, хочешь, не жди. Тебе верный до гроба. Эдик».

Павел огляделся. Большая свадебная фотография на стене, такую же Эдик прислал ему, только маленькую. Нежилой порядок в комнате.

— Когда расписались-то?

— Как справку принесла из консультации, что ребёнок, так и пошли. Уже, значит, давно, в сентябре.

— А твои родители где? Почему ты одна?

— Они у меня рабочие в геологической партии. Скоро вернутся.

— Их ждёт сюрприз? — Павел показал на живот.

— Знают они. Знают, мне от него не вырваться. Без него всё одно не получится у меня жизни. Со мной жила бабушка, а как я вышла замуж, она перекрестила меня и уехала. «Я тоже в шестнадцать вышла, — сказала на прощанье. — Живи!»

— Когда суд? — спросил Павел.

— Не знаю, — строго сказала Уля. — Не хожу. Ничего не знаю. Вы ночуйте у меня. У меня есть раскладушка.

Свидания с Эдиком Павлу не дали. Велели прибыть на суд первого декабря. А пока живи, Павел, как хочешь.

Павел вернулся в Весногорск. Впервые за всю педагогическую деятельность не пошёл в школу.

Это он виноват в том, что Эдик сорвался. Нужно было помочь ему с Шаром.

Целый день лежать, повернувшись к стене, видеть одни и те же жёлтые квадраты обоев, плотно отгораживающие его от мира, слушать глухие звуки, идущие из детской и кухни, — теперь его жизнь. В школу он больше не пойдёт.

У него поднялась температура, будто он в самом деле заболел.

Ни одного слова больше не сумеет сказать ребятам, не сможет с ними, как прежде, беспечно играть, не сможет даже просто подойти к ним. Он им приносит вред. Всё прошлое и будущее расползлось в жёлтые обои.

Хлопнула дверь — Анка с детьми ушла.

Анка не утешает, не уговаривает. Молча ставит перед ним еду и продолжает заниматься своими бесконечными делами.

В юности у него была встреча с волком в глухом лесу. Потом он провалился в Московский университет и не мог найти ночлег в чужом городе. Но всё это были ситуации, в которых возможно и необходимо конкретное действие. На волка можно заорать изо всех сил и, размахивая палкой, отчаянно пойти на него. Можно устроиться работать и вечерами сидеть за книжками, чтобы сделать ещё одну попытку поступить. Можно всю ночь идти пешком по Москве до вокзала и там переночевать. Он всегда думал: вся его жизнь зависит только от него.

А сейчас оказалось: от него ничего не зависит.

Встал, босиком по холодному полу пошёл к письменному столу.

В середине ноября утро — позднее. Оно уже началось, разлилось по миру, но было серое, мрачное. Снегом присыпало окно. Шла зима.

Дневники Павел хранил в отдельном ящике. Толстые тетради с подробными записями каждого дня.

«Солнцев бросил курить».

«Устроили праздничный волейбол».

«Конференция. Кириенко сказал, что никогда не сумеет так делать себя, как Гуля Королёва. Воли у него не хватит. А Эдик сказал, что для того, чтобы делать себя, надо сильно поверить в цель. Если есть цель, то всё сможешь».

Вырвал листок, смял, бросил на пол. Один листок, второй, третий. Ожесточённо рвал лист за листом, как когда-то Ваня Гринкин — учебник.

— Ты что? Что с тобой?

На пороге Анка. Резко вспыхнул свет.

— Потуши, у меня болят глаза.

Анка послушно потушила.

— Ты что? Ты болен? Ты что? — бессмысленно спрашивала она.

Павел был окружён вырванными листками.

Резко зазвенел звонок.

— Это кого ещё чёрт принёс?

Вошла Кира.

— Мне сказали, ты болен. Что это? — Она пошла к листкам, стала подбирать их, читать.

— Ну, я пойду. Я забыла чертежи. Пришлось с середины дороги вернуться. Там тебе завтрак на сковородке. Вечером возьми у мамы детей. У меня профсоюзное собрание.

Хлопнула дверь.

— Ты что, Павел, ты что? — так же, как Анка, растерянно спрашивала Кира.

— Может, отвернётесь? Я брюки надену.

Уселся на неубранную кровать. Следил, как Кира перебирает листки, читает, шевеля губами, словно безграмотная.

Зимнее мутное утро. Из окна ползёт холод. В углу комнаты башня из кубиков. Когда Каринка только родилась, обе бабушки принесли по набору кубиков. Избыток строительного материала привёл к размаху строительства: дома, башни, столы и стулья возвышались на полтора метра. Конечно, они тут же рушились, но Карина упорно возводила их снова. Сейчас по полу разбросаны жёлтые, зелёные, голубые, красные, розовые «кирпичины» — непривычный хаос.

— Знаешь что, я хочу чаю, — сказала Кира.

В кухне горел торшер, и не чувствовалось темноты и зимы.

Дымили чашки с чаем. Не притронулся ни к чаю, ни к еде.

— Ешь, Паша. Ты застыл. Это пройдёт. Это бывает.

— Я виноват, — сказал он наконец первые слова. — В том, что случилось, виноват только я. Не знаю, как искупить свою вину. То, что ухожу из школы, решено. Поеду на Север или в Сибирь, буду валить лес, рыть землю.

— Сладко хочешь жить? — усмехнулась Кира. — Сон души, и никаких волнений. — Она допила чай, тяжело, долго молчала. — Не ты виноват, я. С первой минуты, как ты к нам пришёл, я поняла: ты — идеалист, жизни не знаешь. Всё делаешь через себя и свои теории. Ребята при тебе хотят быть хорошими. Для тебя. Ты будешь говорить с ними о звёздах, а вокруг грязь, а тебе невдомёк, о чём думают в это время они. Ты не хочешь читать личных дел и не знаешь, с кем и с чем был связан ребёнок до спецшколы. У Солнцева был Фитиль, у Тишко — Ферзь, у Кузьмина мать-пьяница, убила его сестру скалкой по голове. Как можно не знать? Ты говорил, не хочешь излишне жалеть или относиться с пристрастием, а как же с ними работать, если не знать о них ничего. Просто ты не видишь ничего, кроме того, чем одержим в данную минуту ты сам. И детей учишь ничего не видеть. Они привыкают ориентироваться только на тебя и на самих себя. Ты создаёшь им тепличные условия. Когда они выходят из школы, они ждут, что с ними будут носиться точно так, как носился ты. И ребёнок, расслабленный твоим воспитанием, ждущий лишь добра, может легко попасть в лапы подлеца.

Сначала слушал Киру отстранённо, но, чем дольше она говорила, трем тревожнее становилось на сердце.

— Солнцев ждал от посторонних твоего внимания, твоего пристрастия, — горестно говорила Кира, — а люди не смогли этого дать. Вот и взрыв. Виновата я. Если бы не моё личное... не моя беда... я бы помогла тебе. Объяснила бы, что без наказания нельзя. Без жестокости нельзя. Ребята каждую минуту должны ощущать окружающий мир таким, какой он есть на самом деле: дружественным и враждебным одновременно, таящим подлость и предательство. Кроме того, воспитатель должен хорошо усвоить, что в наших ребятах целым рядом лет создан устойчивый стереотип безнравственности. Разрушить его трудно. Для этого нужна специальная система воспитательной работы. Ты думаешь, мне не жалко их, когда они строем идут в столовую и на прогулку? — перескочила совсем на другое. — Жалко. Да, я хорошо знаю, расхлябанному, разболтанному ребёнку только мы поможем организоваться. И, как бы ни жалела его, я вижу впереди цель. Вот ты делаешь их добрыми, отзывчивыми, а ведь ты не воспитываешь в них главного — в любой ситуации подавлять в себе низменные инстинкты.

— Я говорил вам именно об этом! Я знаю это! — воскликнул Павел и сник. Не это он говорил.

— Не узнаем до суда, что произошло на самом деле. Может, Солнцев не так уж и виноват. Но сейчас дело не в нём, в тебе. Нельзя так раскисать. Совсем как баба. Ты — мужик. Ты не должен уходить из школы. Ты должен совсем немного перестроиться: не только гладить по шерсти, но и против. Вставай, нельзя тратить время зря! Его отпущено очень мало. Ты говорил, ребята хотят быть капитанами. Знаешь, что я придумала? Давай сошьём им настоящую морскую форму, давай перестроим комнаты под кубрики, давай включим в игру всю школу, а мы с Семёном Трофимовичем попробуем найти шефов. У Семёна Трофимовича есть интересные соображения. Одевайся, идём в школу, всё обсудим хорошенько.

— Не пойду. — Павел залпом выпил свой остывший чай и налил ещё. — Не хочу никаких капитанов и кубриков. Это всё липа. Признаюсь вам, я считал себя хорошим педагогом, был грех, а теперь считаю, не педагог. Именно потому, что времени нам отпущено мало, нельзя не своё дело делать. Моё дело — тяжёлый физический труд.

Павел пошёл в комнату, Кира за ним. Он присел перед Карининой башней, стал эту башню разбирать.

— Ты поразительно невоспитанный человек. — Кира надела пальто. — Мог бы проводить меня, а потом уже заниматься своими делами. Я считаю наш разговор не оконченным.

Глава восемнадцатая

СЕРЁЖА

«Дорогой мой сыночек! Брось школу и приезжай ко мне. Пропадаю я без тебя. Ночи длинные, утра тёмные, и я не выдержу. Олега надо взять в руки. Он убежал из интерната, сказал «буду слушаться», а сам приходит утром, а то не приходит вообще. Я не умею с ним. Ты теперь стал сознательный, учишься хорошо, поможешь Олегу встать на ноги. Я написала такое письмо вашему директору, что ответит? Ты пишешь, ты командир, ты можешь всё понимать, ты поможешь мне, я пойду учиться, и заживём мы с тобой как люди. Кроме как на тебя, надежды у меня нет ни на кого. Ты в моём доме главный мужик. Приезжай скорее. Я так думаю, раз ты исправился, значит, тебя отпустят. Целую крепко. Твоя мама».

Серёжа прочитал письмо три раза. Совсем серьёзное, и надо идти решать. Вот когда нужен Пал Фимыч, а его уже сколько дней нету. Говорят, болеет. А чем болеет, а когда придёт, не говорят. Серёжа набрался смелости, на совете командиров даже у Киры Софроновны спросил, когда придёт их Пал Фимыч. Она сразу стала мрачная, ничего не объяснила толком, значит, не знает сама. Может, его кто-то взял и убил?

Нет Пал Фимыча, есть урок русского языка. Регина Фёдоровна медленно диктует:

— Аттракцион, пьедестал, атмосфера, во что бы то ни стало. — Обыкновенный орфографический, ежеурочный диктант трудных слов и выражений, которые ему нужно запомнить.

Чего врать? Мамку сильно жалко. Но ещё жальче уезжать. Жалко Валерку и Сашку. Жалко, что не успеет сыграть Колю Колокольчикова в «Тимуре» и не увидит, как Валерка поедет на настоящем мотоцикле по сцене! Валерка всё-таки вынюхал, у кого есть такой мотоцикл. У сына Василия Петровича. Василий Петрович обещал уговорить сына дать на спектакль.

Серёжа вырывает листок из тетради по математике, пишет: «Эдик, мамку жалко, мамка одна. А я уезжать не хочу. Что делать? Срочно скажи».

—Теперь напишите предложения, которые вы должны разобрать самостоятельно. «И, чем ты добрее и чем ты щедрее, чем в общем труде больше доля твоя, тем выше, красивей, сильней и звучнее твоё человечное, гордое «я»».

На литературе Регина Фёдоровна «полезла в печёнки»:

—Серёжа, кем ты хочешь стать?

—Не знаю, — буркнул он сначала, а потом неуверенно сказал: — Я прививку сделал дереву, оно прижилось. Саша Андреевна говорит, из меня получится садовод.

—А тебе-то самому нравится эта профессия?

—Нравится. — Серёжа увидел, он большой и идёт рядом с Сашей Андреевной, говорит её голосом: «Почему же эта лунка над тобой смеётся, а, Карачун?» — Но больше я хочу капитаном.

—Я хочу быть шофёром! — говорит Квитко. — Ездить между городами. Весь мир узнаю! Или капитаном. Капитаны заходят во все порты.

А Сашка, когда Регина Фёдоровна подняла его, сказал неуверенно:

—Я буду исследователем-географом. Хочу исследовать вулканы. Узнаю все страны, все земли. Я хочу, чтобы не было никаких границ, а была одна мирная страна, в которую входили бы все государства, материки, острова.

Надо же, какой Сашка! Мамка зовёт домой. Как же остаться без Сашки? Не хочет он без Сашки. Не хочет он без Регины Фёдоровны, без Саши Андреевны.

А Регина Фёдоровна, как назло, завела разговор о самом больном.

—Сегодня, ребятки, — говорит, — на уроке внеклассного чтения я хочу поговорить с вами о ваших матерях. Думаете ли вы когда-нибудь о них? Понимаете ли вы их?

Регина Фёдоровна прочитала им рассказ о том, как мать в войну помогала своему сыну-партизану, а фашисты узнали и схватили её. Сильно пытали, но она ни звука не издала, не сказала ни про сына, ни про его товарищей. Её повесили на глазах сына. А сын даже заплакать не посмел. И только ночью, рискуя жизнью, пробрался к площади, на которой висела мать, убил часового, с помощью друга снял мать и похоронил в лесу, там, где она пасла до войны корову.

Пигула заревел. Он сидел перед Серёжей. С тех пор, как Серёжа представил себя Пигулой, у них как-то сразу кончилась вражда. Дружить не дружили, но Пигула не приставал к Серёже и не делал ему ничего плохого. Серёжа хотел сейчас сказать что-нибудь хорошее Пигуле да побоялся.

—Случаев таких очень много, — говорит Регина Фёдоровна. — Бескорыстная материнская любовь ведёт матерей на путь детей, и нет помощи преданнее, чем материнская.

—А когда мать выгоняет своего ребёнка под дождь, а сама пьёт с чужим дядькой и валяется с ним на кровати? — громко спросил Гринка.

Лишь на секунду замешкалась Регина Фёдоровна, но тут же сказала убеждённо:

—Мать тоже может быть несчастной. — Подошла к Ваньке, погладила по плечу. — Ты ещё мал, не понимаешь, как тяжело живёт она.

Гринка засмеялся.

—Под дождём и снегом ночью один и не жратый очень даже хорошо понимаю.

—Ванюша, я не хотела говорить при ребятах, но ведь отец бил мать?

—Я и не скрываю. Ещё как бил, костылём! По башке один раз так вдарил, два дня мать в себя не приходила.

—Вот видишь! А ты всегда был внимательный к ней? А ты не обижал её?

Гринка наморщил лоб.

—Я у неё завсегда тащу деньги. Лягу к ней в постель, вроде как замёрз, а сам, только она захрапит, руку под подушку и хвать, сколько схватится.

—Так что же ты судишь её? Ты обижал её, она защищалась от тебя. Мать — женщина, а женщина всегда слабее мужчины. Матерей нужно беречь. Вот послушайте сказку, как мать искала по свету своих сыновей.

У Пигулы красная щека, по ней ползут слёзы. Серёжа привстал, хотел сказать, что скоро их выпустят, и они пожалеют мамок, а увидел лист, на листе мокрые пятна и написано: «Здравствуй, мамуленька!». Читать дальше не стал, потому что Пал Фимыч говорит, нельзя читать чужие письма.

А после урока подошёл к Пигуле.

—Слушай, давай дружить. Я подарю тебе свой рисунок, ты выбери, какой хочешь.

Пигула отвернулся, но Серёжа понял, он согласен.

—Я скажу тебе одну тайну, — вдруг говорит Пигула. — идём. — Схватил за руку, потащил на улицу. И только когда они очутились одни, выпалил: —Я буду «Оводом», вот. Я решил, научусь терпеть боль и никогда не выдам никого, я буду смелым.

Серёжа не понял.

—Каким «оводом»? Который ест коров?

Пигула засмеялся.

— Дурак! Мне Эдик книжку дал. «Овод» — это такой герой. Хочешь, дам? Только ты никому! Эдик подарил мне. Ты не потеряй.

— Ещё чего — потерять!

Пигула как с цепи сорвался. За всё хватается, всё нужно ему.

— Скорее пришёл бы Пал Фимыч. Я скажу ему такое! Я покажу ему кой-чего.

— Чего?

— Письма.

— Какие письма?

Пигула отворачивается.

— Отцу с матерью, какие ещё! Хочешь, покажу?

— Не, — говорит Серёжа, — нельзя читать чужие письма.

— Ты не знаешь, когда придёт Пал Фимыч?

— Не, откуда?

— Айда репетировать «Тимура», — зовёт Кузя.

На эту репетицию Валентина Аристарховна привела Свету, дочку Регины Фёдоровны, и её подругу. Света похожа на мать, такая же красивая, только шрама нет на губе, потому что она не прыгала с парашюта. Глаза у неё такие же яркие, как у Регины Фёдоровн, губы такие же красные, нос короткий.

Все словно набрали в рот воды. Света всё время улыбается и пожимает плечами, будто удивляется, почему они молчат. За неё переживает Валентина Аристарховна:

— Ребята, куда это годится? Давайте репетировать. Девочки не могут приходить к нам каждый день. Что же мы тянем время? И девочкам, и вам нужно учить уроки. Давайте, пожалуйста.

Но репетиции в тот день так и не получилось.

А вечером, когда все улеглись, Пигула сдёрнул с него одеяло.

— Дело есть.

Серёжа нашёл его за туалетом в тёмном тупике.

— Ну?

— Что «ну»? Ты умеешь хранить тайны?

— Ну?

Пигула отвернулся и молчит.

— Ты чего? Втюрился, что ли? — сказал слово, которое обожгло губы. Было холодно на осеннем полу, Серёжа приплясывал.

А Витальке хоть бы хны, красный, как помидор.

— Втюрился, — подтвердил Серёжа.

— Она втюрилась в Короля, — сказал Пигула. — Вылупилась и глазеет. Я убью его!

— Ты чего? — испугался Серёжа. — Он-то при чём? И не смотрела она вовсе. Она смотрела на всех поровну.

И вдруг Пигула заплакал.

— Ты чего? — испугался Серёжа.

— Я — рыжий, вот чего. Я только пришёл в детсад, сразу получил «Рыжий!» Для всех всегда я — «Рыжий», и всё.

Серёжа понял: Рыжий — это значит не как все. Король — красивый, на него всё время смотрела Света, а Пигула — рыжий. «Рыжий» — это значит никогда не посмотрит на него Света. Света будет смотреть на Короля, а Пигула для неё не в счёт, он — рыжий.

— Я жду Пал Фимыча. Я, знаешь, что скажу ему? Чтобы он повёз нас на море, чтобы мы стали на самом деле моряками. Зачем ехать в Москву, когда можно на море?

— Здорово! — сказал Серёжа.

— Ты читал «Капитанскую дочку»? Я сегодня ещё раз читал. Там Гринёв влюбился в дочь коменданта крепости. Так вот... — он замолчал, а сам был очень красный.

— Ну и что? Подумаешь? Всем можно втюриться. Это что, это ерунда, это даже ничего, — бормотал Серёжа.

— Только ты не говори никому... это тайна.

Так Серёжа и уснул в ту ночь, с такой тайной.

Утром проснулся, снова перед ним вопросы: бросить школу, уехать к мамке или остаться в школе и дружить с Пигулой?

Почему Пал Фимыч не идёт? Нужно же играть Колокольчикова! Нужно же дела делать? Столько дел!

С того дня, как Серёжа придумал, что Пал Фимыч — его отец, он не может долго жить без него. Как с отцом, шли искать Тишко, совсем вдвоём. А потом, как с отцом, ехали из художественной школы. Короткое слово «папа» жадно просилось на язык, а в последний месяц после мамкиных писем особенно, как никогда. Мамка зовёт домой. Он должен помочь мамке. Скорее бы пришёл Пал Фимыч!

А Пал Фимыч, как назло, пропал, и Серёжа не может показать ему мамкино письмо.

«Эдик, я не успел дописать тебе на уроке. Не знаю, как дальше жить. Мамка говорит, Олег отбился. Я тебе ещё не писал, я подтягиваюсь двадцать раз. А ещё я отжимаюсь на брусьях тридцать пять раз. А ещё я могу пробежать не запыхавшись пять или даже шесть километров. Пал Фимыч говорит, мало. Я вырос на пять с половиной сантиметров, но до Валерки мне ещё далеко. Я хочу быть большим и сильным, как ты и Валерка. Напиши скорее, что делать. Ехать к мамке или пока остаться? Я дружу с Пигулой. Мы говорим друг другу свои тайны. Я совсем заждался твоего письма.

Ты писал, у тебя должен быть концерт перед зрителями. Был? Уж я знаю, как всем понравился. И Сашка говорит, понравился. И Валерка говорит так же. Отпиши быстрее, чтобы я знал всё наверняка. Твой верный друг Сергей Кириенко. Да, совсем забыл. Гринка первый раз написал диктант на тройку. Регина Фёдоровна говорит, может, она его хоть немного и научит. Она взяла его в новый год условно — если вылезет из двоек! А Валерка лучше всех бросил ядро и лучше всех метнул копьё».

Написал письмо, пошёл умываться. А там что творится! Кто-то сбил кран, и вода заливает умывальню. Уже по щиколотку. Пузырится, пенится то ли от мыла, то ли от брызг, то ли от того, что бьёт с силой прямо в пол. Ребята вопят от восторга, шлёпают босыми ногами по ней, толкаются, брызгаются. Один из старшей группы хотел всунуть кран на место, но кран снова сорвался, и его обдало таким водопадом брызг, что раздался новый взрыв хохота, и никто больше не захотел чинить кран.

— Позови режимников или кого из воспитателей! — толкнул его к двери Тишко. — Серьёзная авария! Через час затопит весь этаж. Нужен слесарь. Я знаю, нужно скорее.

Серёжа сказал режимникам, что авария, побежал обратно и вдруг видит, Пал Фимыч выходит из умывальни. Он словно проснулся, завопил что было сил и бросился к нему.

— Пал Фимыч, мамка письмо… — а встретился со злым, чужим, сощуренным взглядом.

Из спальни вылетел и тут же подскочил Пигула.

— Пал Фимыч, я письмо… нате!

Пал Фимыч письма взял, ничего не сказал Пигуле, а набросился на него:

— Куда смотришь, командир? Какое безобразие развели! Чуть всю школу не затопили. Кто?!

— Что «кто»? — пролепетал растерянно Серёжа.

— Кто это сделал?

— Это не мы! — крикнул Король, но Пал Фимыч не услышал его. Каждому учинил допрос с пристрастием.

Их всех словно пришибло. Да это не Пал Фимыч! Подменили.

— Чего друг на друга смотрите? Языки проглотили? Я научу вас за каждый поступок отвечать. Я научу вас с людьми и с вещами обращаться! Совсем распустились. Без взрослых оставить нельзя. А ну-ка, выворачивайте карманы, небось, и бычков в моё отсутствие набрали, с вас станется. — Он не ждал, когда они сделают это, сам сдёргивал брюки со спинок кроватей, сам выворачивал карманы. — С людьми можно по-людски, а эти… что устроили…

Подменили?!

И вдруг недобрую тишину взорвал Гринка, завопил, будто резали его:

— Какие бычки? Чего это? Мы забыли про них! — Ванька мокрыми ногами зашлёпал к кровати. — Чего вы? Обманываем вас, что ли?

— Гринкин, немедленно покажи брюки, разговорчивый стал. Отставить разговорчики.

Гринка присвистнул.

— Нате! Нету бычков, — зло крикнул он.

Серёжа изо всех сил разглядывал Пал Фимыча. Не он, подменили! Глаза сощурил, рот разинул. Сашка рассказывал сказку, как доброго царя подменили злым, и он наделал много бед. А ещё рассказывал про принца и нищего, тоже они обменялись одеждой, но, что там случилось у них, Сашка не знал, потому что никто не мог достать эту книжку, только слышал от знакомого. Подменили, точно. Пал Фимыч спросил бы, какие у них дела, рассказал бы чего на ночь. Серёжа заплакал.

Он давно уже не плакал, с первого августа. Стал глотать слёзы, а они жгут нутро. Под одеялом душно, а не вылезешь, пристанет Сашка, а то и Гринка. Ещё ему стыдно, а чего, не знает.

— Во даёт! — громко сказал Гринка.

— Может, у него случилось чего?

— Не, подменили его, — сказал Сашка. — Я знаю. Видать сразу.

Сашка подтвердил, Серёжа заплакал ещё сильнее.

Ночь спал плохо. Жёсткий снег барабанил в окно. Вскрикивали, стонали, скрипели зубами ребята, он внезапно просыпался, точно кто-то насильно вытаскивал его из сна, вскидывал голову, таращился в светлый проём коридора и тоже, как и ребята, вскрикивал от неведомого ужаса.

А по коридору взад-вперёд ходили режимники. И их тёмные фигуры казались Серёже железными, огромными, наполняли весь мир страхом.

Утром первым делом Серёжа вытащил из своего стола рисунки, стал складывать их. Мальчиш-Кибальчиш — мальчишка, а всадник на настоящей лошади. Вот был герой! В самый низ положил его. Рисунков оказалось очень много. О некоторых позабыл совсем, когда рисовал? Мышь играет на скрипке, а муравей, медведь и лягушата танцуют. Это было задание маленького учителя. Серёжа всхлипнул. Не позвал его учитель, не приехал за ним. Серёжа ждал, начнётся сентябрь, и учитель приедет за ним обязательно, скажет: «Ты что же, Серёжа, забыл про меня? Пойдём! Ты станешь настоящим художником».

Рисунки Серёжа сложил один к одному, аккуратной стопкой.

С этого дня он затосковал. Всё стало не так. Перестали репетировать «Тимура», перестали читать вслух. Одни уроки. Целый день. Первую половину сиди в классе, вторую учи то, что задали, работай в мастерских, на прогулке дорожки чисти. Вот и весь распорядок. Сашка и тот перестал рассказывать свои сказки. Ванька тоже стал врать редко. Начнёт какую-нибудь историю громким голосом и сразу заткнётся. Подойдёт к Серёже Пигула, постоит и пойдёт. Один раз протянул ему Пигула листок. Серёжа прочитал: «Почему ты, сынок, не пишешь мне? На что обиделся? Напиши мне, сынок, очень прошу тебя. Сынок, я лежу в больнице, у меня очень плохо с сердцем. Напиши скорее, как ты живёшь, как учишься? Я не могу, волнуюсь. Скорее бы нам увидеться. Я всё думаю и думаю, как нам с тобой жить дальше?» У Серёжи защипало в глазах. Как мамка, рвёт душу.

А Пигула сказал:

— Бечь надо, Серый! Нету больше мочи. Хочу к мамке. Бежим вместе?

Серёжа сказал:

— Меня отпустят так. Мать зовёт сильно. Пропадает без меня. Если не отпустят, давай. И Короля с собой!

Серёжа перестал строить ребят. Пал Фимыч сам кричит:

— Становись!

А раз перестал строить, значит и командиром перестал быть. Он ещё числится им, но ему уже всё равно: кто вымоет пол, кто как уберётся в спальне да в столовой. Стал жить машинально, не обращает внимания на то, что происходит вокруг.

Твёрдо решил уходить и пошёл к Кире Софроновне. Она посадила его перед собой, прочитала письмо, стала спрашивать о делах в группе и о том, что интересует.

Сидеть неудобно, совсем близко она. Серёжа встал.

— Ну что ты молчишь? О чём думаешь?

Серёжа замотал головой.

— Хва, — сказал.

Кира Софроновна перестала приставать, сказала, с мамкой надо обождать.

Серёжа решил, что убежит. Найдёт подходящий момент и сам убежит к мамке.

Ляжет спать, а мамка плачет.

«Эдик! — наконец выплеснул на бумагу то, что накопилось внутри и чего не мог понять. — Ты совсем забыл меня. Пал Фимыча подменили. Ты пропал. Всё равно пишу. Последнее письмо отсюда. Решил бечь. Сильно прошу, пиши скорее, что ты сам себе думаешь, сколько ещё мне терпеть. Ты один у меня. Пал Фимыч, то есть тот, кто выдаёт себя за него, сам лично потащил Ваньку в штрафную за то, что Ванька стянул у кого-то из посылки конфеты. Сначала ни у кого не было бычков, ждали целых три дня, что будет, может, подменят обратно. Не подменили, и все сорвались с цепи. Он так, и мы так! Все стали курить. Я держусь из последних сил. Он стал шибко злой, кричит на всех, а когда кричит, весь дёргается. Ребята смеются над ним, а я не знаю, что делать. Он стал читать письма. А Кузов теперь сидит у нас в школе, он, дурак, прямо из магазина повёл велосипед. Эдик, жди меня вместе с Пигулой. Я сначала съезжу к маме, а потом приеду к тебе вместе с ней. Она хочет начать новую жизнь. Я ей написал про тебя. Она будет ждать, что ты ей тоже найдёшь работу. Она знает, что ты можешь всё. И Пигула тоже съездит к своим родителям и тоже приедет к тебе. Тишко предлагает побежать из мастерских. Мы идём из них, когда уже темно. Спрячемся за горку, пока все пройдут, и дёрнем. Ты уж постарайся найти, где спать. Подумай и за учёбу. Какую скажешь работу с учёбой, такую и буду. Ты не думай, я не очень обижаюсь, что ты не пишешь, понимаю, ты учишься и зарабатываешь. Ещё детская комната милиции. Ещё жена. Потому и терплю, что не пишешь долго. Твой стих я выучил. Вот пишу тебе по памяти.

Белые лебеди с летом прощаются,
Белые лебеди здесь не останутся.
Они улетят далеко-далеко.
В ночи бессонные, тёмные-тёмные
Мне нелегко.

Из всех это больше всех понравилось. И ещё одно:

Моя любовь — моя расплата
За совершённые дела.
Моя любовь — моё страданье,
Она как птица без крыла.

Я их повторяю наизусть. Вроде ты рядом. А может, мне, Эдик, больше не учиться, а сразу пойти работать? Тогда я мамке сильно помогу, она пойдёт учиться и кончит институт. Вот тогда мы с ней заживём! А может, мне тоже, как делаешь ты, работать в детской комнате милиции? Эдик! Ты обязательно напиши, пусть совсем немного, два слова, как поступать дальше? Я должен всё решить скорее. Твой верный друг Сергей Кириенко».

Письмо он перебросил через забор, под ноги толстому дядьке и, замирая, ждал: дядька пойдёт к начальству или снесёт письмо в почтовый ящик?

Дядька поднял письмо, повертел его, увидел Серёжу.

— Про хорошее пишешь или про плохое?

Серёжа обрадовался такому разговору, закивал головой:

— Про хорошее! Другу. — Он оглянулся, боясь, что его увидят.

Но воспитатели стояли все вместе в беседке и разговаривали. Беседка — далеко, оттуда не услышишь его разговора с дядькой.

Стал ждать Эдикиного ответа.

День шёл за днём, Эдик не писал. А вместо Эдикиного письма пришло ещё мамкино письмо.

«Почему ты, сыночек, не едешь? — без приветствия начиналось оно. — Когда мы начнём с тобой новую жизнь? Олег совсем уже отбился от рук, не хочет учиться, не хочет ничего делать дома. Дом разваливается. Осенью текла крыша, и заливало кровати. Сейчас дует в щели. Пропаду без тебя. Иди, сынок, к своему воспитателю, объясни ему, какое получается дело».

С материным письмом пошёл к Пал Фимычу.

— Выписывайте меня из школы! — сказал резко.

— Что случилось? Кто обидел тебя? — На мгновение мелькнул прежний Пал Фимыч, но тут же он нахмурился, проглядел письмо, холодно сказал: — Я знаю. Она и директору, и мне написала. Но мы считаем, до весны тебе нужно здесь побыть. Сейчас ни то, ни сё. А если ты не сумеешь привыкнуть к новому классу? Я написал твоей матери, уже не знаю, как она отнесётся к моим доводам.

Серёжа повернулся и пошёл.

Сначала нашёл Виталия.

Тот изо всех сил лупцевал в туалете малого.

— Ты чего? — завопил Серёжа. — Он-то при чём?

— При том! — огрызнулся Виталий. — При том. Ты шагай. Я придумал такое, ты закачаешься.

— Чего придумал?

— Того!

В этот момент вошёл Король. Пигула кинулся к нему, зашептал что-то в ухо.

Тишко отмахнулся.

— Без меня шухари, меня не трожь. — Он пошёл мимо Пигулы к окну, закурил.

Пигула даже рот разинул.

У Серёжи жгло внутри. Стало жалко чего-то, сильно жалко, но злость перехлестнула жалость.

— Дай закурить! — сказал Серёжа.

Тишко присвистнул, но протянул сигарету, не бычок, а настоящую сигарету «Прима».

— Откуда такая красавица? — Но тут же забыл о своём вопросе. — Айда сегодня!

До обеда остаётся пять минут. Это те пять минут, в которые они с последнего урока бегут в свою комнату переодеваться и ждут воспитателя. Единственные пять минут бесконтрольные. Пигула, Тихонов и Квитко раздаёт всем по сигарете «Орбита», пустые пачки швыряют на пол.

— Значит, слушай мою команду, — кричит Пигула. — Переодевайся быстрее. Скрипнет дверь, все дымите! Ясно?

Пигула лохмат, розов, возбуждён.

Ребята сначала отнекивались:

— Я лучше в туалете...

— Ты чего?

— Я вам дам в туалете! Кто доставал «Орбиту»? Ты, что ли? Зазря, что ль, получил?

Даже Кузя в конце концов согласился.

— Пусть, — сказал он.

— Значит, войдёт, ему дым в физию! Ясно? — даёт последние инструкции Квитко.

— Здорово придумано! Так ему и надо! Пусть орёт! Что тогда он сделает? Всех-то в штрафную не посадит, нету мест для всех!

Король тоже не смог устоять.

Спички были у многих, не спички, боковушки от коробки и три спички, чтобы чиркануть.

Переоделись в одну минуту. Только Тадеуш замешкался.

— Быстрее, Сопатый! — крикнул ему Квитко.

Сашка кинулся на место.

— Сейчас придёт, — Пигула сел на место.

Все смотрят на дверь. Все замерли.

Вот сейчас распахнётся дверь, и он войдёт. Вот сейчас.

Серёжа ждал, а сердце щемило. Чего-то ему было жалко, сильно жалко, так жалко, что щипало глаза. Он готов был пустить дым в лицо Пал Фимыча, и готов был убить любого, кто взглянет на Пал Фимыча зло, и готов зареветь.

То же Пигула. Кожа — розовая, как у молодого поросёнка, а глаза бегают, совсем не хочет Пигула пускать дым в Пал Фимыча.

Дверь распахнулась, и многие чиркнули спичками.

Но вместо Пал Фимыча вошла Валентина Аристарховна, бледная, с неподвижным лицом, с остановившимися глазами. Она не заметила ни шороха спичек о боковушки коробок, ни вспыхнувших сигарет, она впилась взглядом в Пигулу.

— Иди сюда, Виталик. Иди сюда, мальчик.

Серёжа отяжелел, точно его позвали таким голосом. Сам не понимая, почему, он, как и Пигула, словно придавлен громадным камнем, не может встать со стула. Он сразу заметил остановившиеся на Пигуле обесцвеченные глаза Валентины Аристарховны и листок в руке.

Валентина Аристарховна подошла сама, взяла Пигулу под локоть, приподняла, обняла за плечи, повела из комнаты. На негнущихся ногах Серёжа пошёл за ними. Это его поддерживает Валентина Аристарховна, а он, как и Пигула, изо всех сил сжимает в руке сигарету.

В коридоре Валентина Аристарховна протянула Пигуле листок.

— Ты — мужчина, Виталий, мужайся.

Серёжа тоже впился в этот печатный листок, как-то сразу вобрал в себя все слова: «У Пигулевского умерла мать. Приехать не могу. Прошу доставить сына на похороны по адресу…»

Виталий одно мгновение, видно, не понимая, разглядывал страшные слова и вдруг вывернулся из рук Валентины Аристарховны и с криком «нет!», «нет!» помчался по коридору. Серёжа бросился за ним. Мимо учителей, мимо ребят, идущих обедать, мимо режимника они выскочили в снег и бросились к проходной.

— Нет! — отчаянно, исступлённо кричал Пигула.

Валентина Аристарховна догнала их в проходной, протянула Пигуле пальто и шапку.

— Может, сможешь поесть? — спросила она. — Путь далёкий.

Пигула уставился на Серёжу, ухватил его за пуговицу куртки.

— Из сада идём, она ревёт. «Я тебе ни в чём не отказываю, что попросишь… — говорит. — Всё возможное и невозможное я для тебя…» Моет меня и плачет «Я тебе… жизнь…»

Слёзы заливают бледное Пигулино лицо. Он дрожит.

Серёжа тоже дрожит. Перед глазами письмо, что давал ему читать Пигула: «Почему же ты не пишешь, сынок? На что ты обиделся? Напиши мне, сынок, очень прошу тебя. Сынок, я лежу в больнице, у меня очень плохо с сердцем».

— Я с тобой, хочешь? Слышишь? Ты это… ты того!

— Серёжа, иди в группу, — говорит Валентина Аристарховна. — Иди, Серёжа, простудишься. Прошу тебя, Виталик, идём. А то опоздаем на поезд.

ПАВЕЛ

Теперь Павел часто заглядывает в туалет. Он припоздал в школу. Давно нужно вести ребят на самоподготовку, по-видимому, они сами пообедали, а Павел по сложившейся привычке зашёл сначала в туалет.

У окна стоит Серёжа и в открытую с наслаждением курит. Рядом с Серёжей Тишко. Прямо в глаза Павлу со всей силы выпустил дым.

— Что за безобразие! — взревел Павел. — Выбрось немедленно.

— Не выброшу! — вызывающе сказал Тишко.

— Это ещё почему? — от растерянности задал нелепый вопрос Павел.

— А за неё деньги плочены, я не привык швыряться деньгами.

— Брось сейчас же!

— А мы репетируем! — снова вызывающе сказал Тишко.

— Я тебя сейчас в штрафную посажу. А ну, иди!

И вдруг Тишко стал шёлковым.

— Ладно уж, ладно, чего поднимать шум? Не сажают за курение.

Серёжа неожиданно показал ему язык.

— Ты что? Как смеешь? Ты — командир, а не подчиняешься.

— Сам подчиняйся! — заорал Серёжа.

Павел в бешенстве схватил его за плечо.

Раньше почувствовал бы хрупкость и худобу этого плеча, сейчас же изо всех сил своими железными пальцами сжал выпирающую острую кость.

— С кем разговариваешь?

И вдруг Серёжа закричал:

— Отпусти! Дурак!

В не рассуждающей злобе и обиде Павел поволок его в штрафную и, только запихнув Серёжу туда, захлопнув тяжёлую дверь со смотровым небольшим окном, ахнул: что он наделал?

В голове и в душе было пусто, разные лица сливались в одно, и это одно лицо, кривилось, ощеривалось, норовило куснуть.

Никогда он не знал, что в нём живёт злоба. Сейчас она переполняла его, вызывала неприязнь и раздражение ко всем детям, даже к Серёже. Эти неприязнь и раздражение, как кашель, неудержимый и хронический, неуправляемые в последние дни, вырвались из Павла и бушевали. Он был сейчас тёмен, дремуч. Глянул на себя в зеркало и отшатнулся: губы поджаты узкими полосками, глаза нехорошо прищурены, лоб съёжен двумя бездумными морщинами. Не он.

Но это был он — его двойник, его второй человек. Этот двойник, значит, жил в нём всегда, но жил тихо и коварно, готовый в любой миг выскочить и задушить дурака-идеалиста, наевшегося под завязку корчаков и макаренок.

Он стоял около штрафной и не мог сделать ни шага. Он удивился, увидев вбежавшую в предбанник штрафных Регину.

— Ты, ты! Да как ты можешь? Серёжу?! У Пигулевского умерла мать, Серёжа утешал. Ты сошёл с ума!

Регина была бледна, смешно мигала, словно хотела прогнать с лица глаза, а глаза не прятались, наоборот, они, в слезах и в мокрых ресницах, выплёскивали на него такое отчаяние, такую боль, что он зажмурился. Но Регина неожиданно властно дёрнула его за рукав.

— Очнись! Ты ненормален сейчас. Ты тяжело болен. — Она повела его прочь от штрафных в проходную, где Федя Звонок читал толстую книгу и даже головы не поднял, когда они вошли. — Тебе нужно немедленно к психиатру. Я понимаю, сколько ты вложил в Солнцева, и вдруг сюрприз. Но эти дети... они же новые!

— Наказывать надо, Кира права. Распустились. Разболтались. Разве можно с ними добром? Они — преступники.

— Замолчи! — крикнула отчаянно Регина. — Я тебя не такого люблю! Не такого! — она с бегу замолчала.

— Как «люблю»?

Но Регина уже выбежала из проходной и по снегу, в лёгких туфельках, под снегом и ветром в лёгком платье медленно пошла в школу.

Павел догнал её.

— Как? Меня? Я думал, директора?

Ничего не ответила Регина, смахнула рукой слёзы. Другой она прижимала к груди стопку тетрадей.

— Причём тут директор? Ты ничего не понимаешь. Ты пришёл к нам, и всё стало особенным. Ты как свет: куда пойдёшь, там и светится.

Они зашли в школу и остановились посреди пустого вестибюля — ребята разошлись по мастерским.

— Ты держишь меня здесь. Я давно убежала бы от Киры. Она продолжает есть меня поедом. Всё делаю не так. Мальчик из восьмого ходил за мной полгода, писал мне стихи, письма, всё спрашивал «Что вам сделать хорошее?», на одни пятёрки учился, а раньше был безграмотный. Кира разнюхала, накричала на меня, оскорбила. О чём я? Мальчик. Коваль его зовут. Выхожу из её кабинета, а Коваль, как всегда, ждёт меня. Я как закричу на него после Кириной выволочки: «Не ходи за мной! Видеть тебя не могу!»

Павел с удивлением заметил, что не так уж Регина и красива: когда плачет, углы губ опускаются, щёки повисают на продольных глубоких складках, и всё лицо покрывается тонкой сеткой морщин.

— Ты меня научил гореть. Иду на урок, радуюсь. С ребятами говорю, радуюсь. Да, что я тебе хотела сказать? Я нарочно, специально провела сочинение для тебя! Ещё давно. Может, подействует на тебя вместо психотерапии. Я читала, ревела. Ты принципиально не изучаешь их личных дел, вот тебе их живые голоса. Если они тебя не вылечат, тогда...

Она не произнесла слов «уходи из школы», он за неё их произнёс.

Он взял из Регининых рук пачку и, не сказав ни слова, пошёл в их комнату.

Комната — грязная и пыльная, валяются бумажки, пустые пачки от сигарет «Орбита», сигареты.

И вдруг он понял. Это бунт. Ему хотели в морду курить.

Сорвалось. Он опоздал сегодня. У Пигулевского умерла мать. Вместо него в комнату зашла Валя.

Поэтому хамил Тишко. Поэтому сорвался Серёжа.

На негнущихся ногах попятился из этой комнаты.

В учительской уселся в углу у окна, открыл первую тетрадь.

«Самый несчастный день в моей жизни был двадцатого октября 1974 года. Отец пришёл домой пьяный, разбушевался, схватил нож и стал бегать за мамой. Не знаю, что у них уж там было. Я был совсем маленький, почти спал. Я проснулся, побежал за ними. Несколько раз отец ударил мать ножом, пошла кровь. Я кричал, но меня никто не услышал. Отец подогнал мать к окну, поднял и выбросил с четвёртого этажа, а сам с четвёртого этажа по балкону спустился вниз и удрал. Я кричал, плакал, с балкона звал кого-нибудь, но ко мне никто не пришёл. Тогда я побежал к соседям. Все спали. Я их разбудил. Соседи вызвали «Скорую», она увезла маму в больницу, и больше я маму не видел, а за мной приехала бабушка. Но я не полюбил бабушку. Она меня била по лицу, я стал убегать из дома, познакомился с весёлыми людьми, стал весело жить, за что попал в эту школу. Вот и всё о моём самом несчастном дне и о том, почему я стал воровать».

Кто же это?

Павел закрыл тетрадь и очень удивился. Квитко. Он ничего не знает о парне. Знает только, что Квитко всегда заодно с Тишко, что он зол, дерзок, силён, а о чём Квитко думает, не знает. Не заглянул в его душу даже в хорошую минуту.

Открыл другую тетрадь.

«Самый несчастный день» — было написано на первой строчке.

«Этот случай был самый ужасный в моей жизни. В декабре 197... года. Примерно восемнадцатого-двадцатого числа, мне кажется, это было воскресенье. Мать куда-то на вечер ушла, а я смотрел кинофильм по телевизору. Вдруг ко мне постучали. Я отпер дверь, на пороге стояли мои друзья. Они вызвали меня на улицу и спросили, хочу ли я «на дело»? Я совсем не хотел идти. Во-первых, фильм интересный. Во-вторых, ко мне пришла Оля, девочка из класса. Я начал отказываться, но они сказали, что я трус. Ради дружбы я был готов на всё, как цыган. Я забежал в квартиру, оделся потеплее и отправился с ними. Ночь — тёмная. Мы идём к кладбищу. Вблизи проходит железная дорога. Когда мы перешли через неё, мой лучший друг шепнул каждому из нас «начинаем». Дорогу освещал бледный фонарь. От станции шла женщина лет двадцати двух, она несла два чемодана, чем-то туго набитые. Мой друг сказал: «Как и прежде, что-то несёт». Меня поставили на шухер смотреть, не пойдёт ли кто-нибудь ещё от станции. Я остался на месте. Все скоро скрылись в темноте. Я стоял и слушал. Вдруг со стороны, куда они ушли, раздался крик. Ужасный, как зов смерти. Я никогда не думал, что в душе человека может быть столько ужаса. Я заткнул уши, но голос этой несчастной звучал и звучал. Я бросился бежать, не разбирая дороги. Я бежал через кладбище, спотыкался о могилы, падал, вскакивал, натыкался на кресты. Потерял шапку. И всё это наводило на меня ещё больше ужаса. Я всё бежал и бежал, не чуя усталости. И непонятно как, оказался в деревне. Всю ночь не спал и думал, каким грязным делом они занимаются. Всю ночь мне казалось, что пришла та женщина и требует у меня чемоданы. «Почему ты забрал всё, что у меня было?» От этого у меня чуть не вставали дыбом волосы, и до конца жизни не забуду этот случай. Потом-то я ко всему привык, я всё потом научился выдерживать. Но почему-то этот день всё время вспоминается. Наверное, тогда я ещё был не испорченный».

Гладкий слог, ни за что не подумаешь, что это воспитанник спецшколы. Тадеуш.

Кузьмин написал всего пол страницы.

«У меня нет самого несчастливого дня. У меня все дни несчастливые. Мать никогда не воспитывала меня, обо мне никогда не заботилась. Никогда со мной не советовалась. Когда я был маленький, она ни разу не приласкала меня ласковым словом. Часто её не бывало дома, и тогда она приходила пьяная. Моя мать убила мою сестру по голове скалкой. Мать была пьяная, а сестра чего-то плакала, мать и вдарила её. Сколько она просидит, не знаю. Отца я тоже не знаю. Бабушка меня очень уважала. Я тоже сначала её уважал. Но потом шофёр дядя Вася дал мне выпить водки. Мне понравилось. Я начал пить. И я уже бабушку совсем перестал уважать и слушать, стал оскорблять, я на полу натягивал петли, чтобы она упала, воровал у неё деньги. Сейчас, особенно когда ложусь спать, не могу совсем уснуть. Как это я мог? Она совсем старая, воду не принесёт. Мне её сильно жалко, жальче всех на свете».

«Кем я хочу быть?»

«Я хочу быть милиционером УГРО. Тогда я буду спасать всех мирных людей и никому не разрешу убивать, мучить мирных жителей. Я хочу приносить людям пользу».

Удивлённый, Павел прочитал: Пигулевский.

У Пигулевского умерла мама, — сказала Регина. Валя повезла на похороны.

Что-то было связано с Пигулевским. О чём-то Пигулевский его просил?

И вспомнил: опустить письма.

Павел раскрыл первое.

«Здравствуй, мамуленька! Мы, мама, ходили в поход на байдарках. Я отвечал за продукты. Перед походом мы ездили в совхоз «Рассвет» и заработали за три дня триста рублей. Мы подымали лён в совхозе. Нам бригадир вручил грамоту за то, что выполнили больше всех работников. Поход у нас прошёл хорошо, просто прелесть. Плывёшь, и вокруг леса, а Друть вся в изгибах, плывёшь и радуешься, особенно когда бобры гуляют, близко к ним не подплывёшь, осторожные. Пели песни. Сторожили палатку по одному человеку. Ночью там очень страшно, потому что там водятся змеи, а место, на котором мы остановились, — болотистое. Мы, мама, играли в прятки, отдыхали, а потом снова плыли. А ещё мы, мама, соревновались, кто лучше нырнёт, кто кого столкнёт с байдарки в воду, кто лучше проплывёт сто метров. Было очень весело».

Павел покрылся испариной. Подлец. Какой же он подлец! Не отправил. Не получила несчастная мать этого первого человеческого письма.

«Мамуленька, как ты себя чувствуешь? Ты, как получишь моё письмо, сразу выздоравливай и не болей больше. Я тебя жду на свидание, ты приезжай ко мне с Геной. Мама, я хочу кончить этот год на четыре и пять. Мне очень хочется домой, к тебе, и кажется, никогда в жизни не сделаю ничего плохого. Когда будешь покупать, купи себе хороший браслет для часов. Ко мне еды привози меньше. На конфеты и на другое деньги не трать, только привези трико и кеды. Если он тебя хоть пальцем тронет, пиши, что просто здоровье слабое, я буду знать. Я ему покажу тогда. Мамуленька, ты прости меня, что я сказал тогда воспитательнице в детском саду. Я тебя лучше всех люблю. Целую тебя, моя дорогая. Твой сын Виталий».

Ещё был третий листок, написанный крупными буквами, крупнее, чем те другие.

«Здравствуй, папа! Чего же ты не заехал ко мне? Ты же ездил в столицу, а дорога ведёт через Весногорск. Или тебе стыдно было? Папа, так знай, если до мамки дотронешься пальцем, считай, нет у тебя сына. Понял? Так ты один такой трудяга, что со всем вместе сто сорок рублей получаешь, а ей за так, за ничегонеделанье платят деньги. Папа, ты как хамелеон. Когда приходишь к чужим, говоришь «У меня жена, она меня в Закарпатье отдыхать отправила». А ещё не успел перейти порог дома, уже полез биться с ней вместо того, чтобы помочь. Если бы я был твоей женой, я бы тебя выкинул, а она тебя жалеет. А ты её бьёшь. Поэтому она и попала в больницу, я знаю. Я всё делаю, чтобы у меня не было замечаний, чтобы, когда она приехала, ей было хорошо. Чтобы ты, когда поедешь к ней, подошёл и попросил у неё прощения. Если ты хочешь правильно жить, если ты и выпил, так, приди, ляжь, выпись и помогай ей. Смотри, какой отец у Геночки, он может гордиться своим отцом. А я могу гордиться тобой? Напиши обязательно ответ, что ты себе думаешь? Целую. Виталий».

Холодный пот покрыл лицо и спину.

Раз иголка, два иголка —
будет ёлочка!
Раз дощечка, два дощечка —
будет песенка.
Раз берёзка, два берёзка —
будет рощица.
Раз дождинка, два дождинка —
будет радуга.
Раз словечко, два словечка —
будет песенка!

Сидели у костра, смотрели в огонь и пели. Все вместе. Лица были светлые от огня.

И ещё пели:

Чайки, успокойтесь,
Ну, довольно,
Чайки, не кричите,
Сердцу больно.

Все вместе сидели.

Резко, оглушая, зазвонил звонок. И, не успел даже Павел собрать тетрадки и спрятать Виталины письма, учительская стала заполняться учителями.

— Товарищи, прощу внимания. Объявляю внеочередной короткий педсовет. Вопроса два. Первый касается преподавателя нашей школы Регины Фёдоровны. — Кира говорила очень тихо, но, несмотря на шум перемены и присутствие в учительской двух десятков людей, каждое её слово было слышно. — Только что отец привёз убежавшего из школы Коваля. По лицам вижу, многие даже не знали, что мальчик убежал. Когда отец спросил мальчика, почему тот убежал, Коваль рассказал следующее: «У нас есть учительница русского языка и литературы. Я её спросил, кто ей нравился из бывших учеников. Она сказала: «Был один мальчик, очень весёлый, он часто убегал и из каждого побега приносил интересные Анекдоты». Вот я и убежал, чтобы ей понравиться, чтобы она обратила на меня внимание». Сейчас с ним целый час говорила. Он признался, что писал Регине Фёдоровне стихи и письма. И только подумайте: она отвечала! Придётся отправлять его в спец ГПТУ. Я сказала об этом Ковалю, а он как закричит: «Я не верю взрослым. Не верю, что взрослые могут понять детей!» Вот такое ЧП. Мне думается, постоянное заигрывание Регины Фёдоровны с учениками, её кокетство чреваты более страшными последствиями, чем видится на первый взгляд. Администрация школы вынуждена объявить Регине Фёдоровне выговор с занесением в личное дело или предложить ей немедленно уйти из школы по собственному желанию.

В учительской стояла глухая, настороженная тишина.

Если бы не его собственный срыв, Павел восстал бы сейчас против Киры, заступился бы за Регину, но он, наполненный только что прочитанными ребячьими сочинениями и письмами, был словно парализован, сидел неподвижно, от стыда и боли не смея глаз ни на кого поднять.

Молчали все. И Регина молчала, безучастно смотрела в окно, словно не о ней шла речь.

— Второй вопрос нашего педсовета заключается в следующем. Наверное, все вы помните мой спор с некоторыми нашими преподавателями и воспитателями: читать или не читать ребячьи письма? Я зачитаю вам одно письмо, только что пришедшее на имя воспитанника Тишко. «Здравствуй, Валера. Пишет тебе твоя кошечка Галла. Я, можно сказать, без тебя пропадаю. Конечно, кое-кто меня развлекает. Вернулся Костик. Он порассказал всякого и говорит: «Давай развлекаться». Ну, мы и начали развлекаться. Кирнули, как полагается. Потом он говорит: «Кто тебя обижал? Я буду мстить». А у меня была подруга, она мне сказала, что я стерва. Разве я такое стерплю? Я вызвала бывшую подругу, и мы с Костиком погнали её к речке. Костик поигрывает ножичком, знаешь, как он умеет это делать. А я только приказываю: «Ползи по берегу!» Надо тебе сказать, мы вызвали её в платье. Она по снегу ползёт. Только голову поднимет, я ей тихонечко так и говорю: «Значит, я стерва? Ползи, миленькая, ползи. Поднимешь голову, пощекочу ножиком». Я у Костика взяла ножичек. В общем, поигрались в своё удовольствие. И в водичке она поплавала, и догола разделась. И Костик получил удовольствие. Ты, Валера, выходи быстрей. Дел много. Одно серьёзное. Мы тебя все ждём. Наши спрашивают меня, когда срок кончается. А я особенно жду тебя. Вспоминаю наши с тобой забавы. Готовься к весёлой жизни. Твоя кошечка Галла».

И снова ни один человек не проронил ни слова. Только голос Киры тревожно и бессонно бредёт от человека к человеку. Даже когда она замолчала, повторяются страшные слова письма.

Пока смутно, но уже ощутил глубокую связь этого письма с Солнцевым. «И здесь что-то такое было, он тоже скрывал, но я услышал разговор: ему грозили. Приходил тут один, кажется, Фитиль звать» — Улин голос заглушил тишину. Не сразу сквозь него услышал Павел Киру.

— Как говорится, комментарии излишни. С воли дружки втягивают Тишко обратно в преступную жизнь. Ни на минуту мы не должны забывать, откуда пришли к нам дети и куда они вернутся. Мы должны постараться обезопасить их.

— Как? — громко, по-детски спросила новенькая молоденькая воспитательница.

«Ни на минуту», «ни на минуту» — звучит голос Киры.

— В этом и вопрос: как? Мы должны знать каждый штрих, каждую деталь прошлой жизни наших детей. Прочитав такое письмо, ребёнок может выдать рецидив, захочет убежать, захочет здесь показать себя, даже если он сильно изменился. Его потянет к себе пошлое. Вот почему я попрошу вас, дорогие товарищи, не пропускать ни одного письма. Вас должно интересовать всё, касающееся души доверенного нам ребёнка. И вот почему я прошу подробно изучать все личные дела и расспрашивать самих ребят об их прошлой жизни. Прежде всего мы должны знать замыслы, настроения, увлечения ребёнка. Возьмите письмо, — протянула Кира листок Павлу, — и решите, что с ним делать.

Звенит звонок.

Вот о чём говорил Тишко. Снова и снова читает Павел письмо. Мелкая неприятная дрожь бьёт его. Лавиной валит на него жизнь больного слоя общества, которой он, оказывается, не знал и не предполагал. Хрупкий, слабый ребёнок без помощи и защиты один перед жестокостью и властностью её.

«Фитиль звать». Что делать?

Павел раскрыл следующую тетрадь.

«У меня мать не пьющая, а отчим пьёт, и, когда напьётся, избивает меня и мать. Я был совсем маленький, а случай запомнил. Отчим ударил мать, тогда мой дедушка ударил отчима по голове, и у него пошла кровь. Мне стало его жалко. Но маму, которая плакала, мне было ещё жальче. Потом я перестал жалеть отчима, потому что крики и драки всё продолжались. Чтобы этого не видеть, я стал уходить из дома. Когда отчима посадили на пятнадцать суток, у меня стало легче на душе. Я тогда ходил с мамой на ферму, помогал ей доить коров, раздавал им корм. Но отчим снова пришёл домой. Я начал воровать. Скрал подшипники из склада МТС. Лазил в гаражи по машинам и тракторам. Перестал учиться. Стащил у одного охотника ружьё с патронами, учился стрелять. Мать однажды попросила меня ей помочь. Я пошёл с ней на ферму. Вдруг пришёл пьяный отчим, разлил ведро с молоком, которое мы надоили. Мать оттолкнула отчима, а он схватил пустое ведро, со всего размаха ударил другую женщину, разбил ей голову. Кем я хочу быть? Когда я выйду из школы, кончу десять классов и пойду в МТС работать комбайнёром. Едешь в кабине, в кругом колосья».

Оказывается, Кулёмов может связно написать то, что чувствует и о чём думает.

«Когда собирались мы все вместе, мне всегда хотелось поскорее напиться, потому что пьяному море по колено. Я, когда напьюсь, перестаю бояться своих друзей и всё могу. Воровать могу. Много раз, напившись, мы избивали похожих, отнимали у них деньги, часы, кольца. Делали ещё чего похуже».

От страницы к странице раскрываются судьбы ребят. Нельзя не знать, как они жили, каким влияниям подвергались.

Медленно рассеивался туман в голове. А вместе с туманом уходили его попутчики — раздражение и злоба.

— Серё-ё-жа! — раздался знакомый, истошный крик.

— Серёжа, сынок! Серё-ёжа!

— Пал Фимыч, не найду... к вам... зовут... — вошёл в учительскую Кинстинтиныч. — Дамочка... вы знаете. Говорит, вы ждёте её?

— Кинстинтиныч, милый, — Павел вскочил. — Умоляю, скажи, меня нет, ушёл. Напусти на неё директора, скажи, я завтра работаю. Я, скажи, тяжело болен. Я, скажи, умер. — А сам готов был волосы рвать на себе: не ответил Маше на то письмо, денег не послал, Серёжу запихнул в штрафную. Сытый, равнодушный, погубил человека! — Нет, очень прошу тебя, покорми её, если у тебя что есть. Возьми в столовой мой обед. Скажи Марии Сергеевне... поговори с ней... она несчастная женщина... ты с ней поласковее.

— Можно, — усмехнулся Кинстинтиныч, снова взялся за ручку двери.

— Погоди! Значит, ты с ней по-человечески, как с сестрой!

— Она мне в дочки годился, али в племянницы приходится. — Он погладил кустики на голове. — Ты не темни, скажи, чего хочешь.

— На, отдай! — Павел вытащил две десятки. — Скажи, от фонда школы.

Павел сел, потёр висок, висок болел, словно нарывал. Не глядя на Кинстинтиныча, тихо сказал:

— Я виноват перед ней. Я ей всю жизнь испортил. Она просила, я не помог. Ничем не помог, понимаешь? Прошу, накорми, чаю дай, поговори ласково, а меня нет, слышишь? Я умер, скажи. Совсем умер.

Как мальчишка, крадучись, Павел побежал к лесному забору — когда-то с Эдиком наперегонки, как мальчишка, подпрыгнул, подтянулся, перебросил тело, спрыгнул в лес.

Снегу было ещё не густо, не по-зимнему, нога ступала на твёрдое, но следы всё-таки получались глубокие.

Под мокрым снегом бродил возле обугленных деревьев. Были стволы деревьями, была у этих деревьев жизнь, теперь нет жизни. Только зимой, усыпанные снегом, они ещё могут показаться деревьями, а так столбы.

Что делать дальше? Как жить? Как помочь Марии Сергеевне? Как вернуть ребят? Как исправить то, что своими руками сломал?

Он шёл к ребятам со страхом: как посмотрит им в глаза, что скажет? Пульсировала кровь в голове, больно ударялась в виски. Он приложил ладони к вискам, виски болели.

Перед дверью мгновение промедлил, а дверь распахнулась сама.

— Милости просим! — расшаркался перед ним Тишко. И, нагло глядя на него равнодушными глазами, пустил ему прямо в лицо дым.

— В штрафную! Скажи режимникам, чтобы отвели... — крикнул Павел. И прикусил язык.

Он хотел взять свои слова назад, хотел сказать Тишко, что всё будет хорошо, что просто у него случилась беда, и он потерял голову.

Но дверь хлопнула, Тишко исчез.

Павел увидел одиннадцать горящих сигарет, развалившихся в пренебрежительной позе ребят, нагло смотрящих на него.

— Простите меня. У меня беда, — сказал Павел тихо. — У меня большая беда. Я виноват перед вами. Я обижал вас.

С лиц стали уходить раздражение и злоба. Кто-то уже затушил сигарету, кто-то ещё курил по инерции, но наглость из глаз ушла.

— Делайте, ребята, уроки, а потом устроим репетицию «Тимура». После ужина пойду освобождать ребят из штрафной.

После ужина прежде он пошёл к Кире, сел напротив. Кира была хмура, на него не смотрела.

Прийти пришёл, а что говорить, не знает. Все вопросы остались вопросами. Солнцеву отдал душу, Солнцев вернулся к прежнему. Зачем тогда спецшкола? Или неправильно воспитывал? Кира говорит: наказывай. Стал наказывать, ребята снова озлобились, они несчастны, он несчастен, коллектив развалился.

— Я боюсь. Я в самом деле не умею с ребятами, — выдавил из себя.

Кира подняла наконец на него яркие фиолетовые глаза.

— И тогда ты перегибал палку. И сейчас перегибаешь. Ты человек крайностей. Но жизнь не кончена, Паша.

Не успела договорить фразу до конца, раздался телефонный звонок.

— Слушаю, — сказала Кира в трубку. — Как так? Кто их туда насажал? Почему я ничего не знаю? Когда это случилось? Иду. — Она положила трубку, удивлённо уставилась на него. — Опять художества? Ты явно болен.

— Что случилось? — спросил Павел.

— Тишко убежал. Кириенко убежал.

— Как? Из штрафной?

— Сама не понимаю. Сказали, через пол. Уже давно, оказывается, были проделаны лазы.

— Что делать, Кира Софроновна? Что мне делать?

Кира потушила свет лампы, пошла мимо него к двери.

— Сейчас искать ребят и вернуть их, а потом не знаю, Павел. Не знаю. Будем думать. Наверное, нужно начинать всё сначала, с нуля. Только теперь вместе, обязательно вместе.

Глава девятнадцатая

Серёжа

Несколько поколений штрафников «поработало» над полом — легко открывались доски, прорыт был «ход на волю», из поколения в поколение «передавали» инструмент и инструкции, что делать дальше.

Серёжа выбрался из-под здания, долго бежал следом за Тишко, а потом бежать не захотел, уселся на землю и заревел.

Никакими словами он не мог бы объяснить, что с ним происходит. Рядом отдышивался Тишко. Был враг, стал друг. Тишко за него голову сложит. И он за Тишко сложит голову. А покоя нет.

Эдик был друг. Предал его, исчез навсегда. И Сашка слинял, мычит вместо разговоров. Есть он, нет его. Слов никаких даже от Ваньки нету. Почему? У Ваньки глаза красивые.

Стоит рядом Валерка, не утешает. Стряхивает с веток снег и ломает ветку за веткой. Ветки ломаются хрустко, как сухие, потому что их прихватил мороз. И его прихватил мороз — зуб на зуб не попадает.

—Куда пойдём?—спрашивает Валерка. —Бечь надо, а то превратимся в сосульки.

Серёжа перестал реветь.

—К мамке надо, робить надо, —сказал Серёжа. —Но там сцапают. К Эдику хотел, адреса нет, одно востребование. А если он утёк куда, так и стоять около этого востребования?

—Айда к морю, там тепло, польт не надо, —сказал неожиданно Валера. —И мы всё знаем, как драить палубу, как крутить руль. Про дельфинов и про акул. И про шторм. Напросимся на корабль моряками. Форму дадут. Геночке можно, а нам нет, что ли?

Серёжа, застыв, слушал. Это да! Форму?! Это получше всего. Только деньги нужны на билет.

—Зайцами махнём. Больно хорошо зайцами. Я знаю места, из которых меня не вытащишь.

—Здравствуйте!—раздался голос, от которого оба вздрогнули. Перед ними Пал Фимыч. Без пальто, без шапки, а взмок, словно не ноябрь на дворе, а июль.

— Следы? — не то сказал, не то спросил Валера.

Пал Фимыч смотрит на них.

От снега свет, от яркой луны свет.

— Простите меня, ребята. Беда у меня большая, вот и сорвался.

Пот заледенел на его лице, лицо бледное.

— Ну, идём, что ли? — не то сказал, не то спросил Валерка. Повернулся и пошёл к школе.

И Пал Фимыч, и Сергей тоже пошли. Они снова шли рядом, как тогда, после работы в зеленхозе.

За дорогу слов больше не было. Был снег. Он, мягкий и нехолодный, падал на них, щекотал.

А потом все трое совсем замёрзли и побежали. Только в вестибюле Пал Фимыч сказал весело:

— Дураки мы с вами. Воспаление лёгких, верняк, вы раздетые, я раздетый. Бежать вздумали, одёжу нужно запасать.

— Мы не вздумали, мы вовсе не хочим, — сказал Валерка.

И Серёжа облегчённо кивнул.

— Мы не хочим.

— Давайте разотрёмся, чтобы не заболеть.

В группе их встретили как героев. Но Пал Фимыч не дал долго шуметь.

Он вовсе прежний, смотрит на тебя.

Молчал, молчал, сказал:

— Виноват я перед вами, ребята, простите меня.

Серёжа заёрзал, совсем не по себе ему стало, чего травит?

Заговорил Пал Фимыч прежним голосом:

— У меня для вас много новостей. Во-первых, Кира Софроновна обещала найти шефов, чтобы руководили вами в обучении морскому делу. У нас есть бывший воспитанник в Одессе. Во-вторых, нам разрешили делать катамаран. Это двухкорпусное судно. Обещаю достать чертежи. А со стройматериалами попросим помочь Семёна Трофимовича. Должны мы построить судно за зиму. И самая главная новость: испытывать будем в настоящем море.

— А как же мы попадём на это море? — Ванька вскочил с места и пошёл к Пал Фимычу.

И Сашка пошёл. И Квитко. Все повскакали, окружили Пал Фимыча.

У Серёжи захватило дух от всех новостей, но он не мог встать — словно оттаял. Его разморило. Кружилась голова. И слова Пал Фимыча доходили, как через стенку, издалека:

— Мы там будем проходить практику. А пока наша задача — превратить школу в корабль. Палубу сделаем. Кире Софроновне очень нравится такая идея. На палубе будет проходить линейка.

Ещё Кира Софроновна предложила вместо школьных форм заказать морские.

Валера тоже не пошёл к Пал Фимычу, сидел красный, осоловелый, но довольный.

Подошёл Сашка, наклонился к Серёже.

— Я буду на воздушном шаре, и моряком, и исследователем. Моряки часто исследуют, я знаю. — Сашка говорил громко, и Пал Фимыч услышал.

— Конечно, Саша, все великие мореплаватели — исследователи. Ты, главное, учись, и всё сбудется.

Хоть бы этот день не кончался!

Но только он так подумал, Пал Фимыч сказал:

— Спать пора, ребятки. Спокойных вам снов! Хороших вам снов. Пусть каждому из вас приснится то, что он задумал.

Серёжа уснул сразу, как убитый. В ту ночь ему ничего не снилось. А со следующего утра началась такая жизнь!

На репетиции «Тимура» приходила Регина Фёдоровна с дочкой Светой и Светиной подругой. В мастерских теперь работали с особым рвением — зарабатывали на материалы для катамарана.

Серёжа забыл про письмо мамке.

Напомнил Пал Фимыч. Подошёл как-то во время самоподготовки, спросил:

— Маме давно писал?

Серёжа вспомнил мамин плач: «Возвращайся скорее!» Но мамка отошла далеко-далеко, а ему хотелось строить катамаран, играть Колю Колокольчикова, рисовать корабли, плыть в море на настоящем корабле.

— Я хочу посоветоваться с тобой, как со взрослым человеком, — сказал Пал Фимыч вовсе непонятное. Он увёл Серёжу в угол комнатам, чтобы ребятам не мешать учить уроки. — Мой друг вылечил её, но мы с ним не ликвидировали причин, заставлявших маму пить, — сказал ещё более непонятное. — Дело такое. Я хотел бы помочь твоей маме, да не знаю, как. — Пал Фимыч был подавлен. — Стройматериалы для ремонта дома я достать не могу. Денег у меня самого нет, двое детей, такое дело. Думал, тебя отправить к маме. Но ведь это только лишний рот и всё. Ты ничем не поможешь.

Мамка приезжала к нему красивая. Косы вокруг головы. Жаркое дыхание. Ласковые руки. Мамка просила: «Едем домой. Помоги с Олегом. Почини дом!»

Лёгкость последних дней пропала.

«Как со взрослым», — сказал Пал Фимыч.

Взрослый — это значит должен решать главные дела.

Серёже стало не по себе.

Первое, что пришло в голову: немедленно ехать домой к мамке. Подумаешь, лишний рот. Он будет совсем немного есть. Зато он будет работать!

Но как же он бросит тут всё? Директор, говорит Пал Фимыч, выбил стройматериалы для их катамарана и для палубы. Привезут доски, и можно начинать обшивать пол. Кто, кроме него, будет разрисовывать стенки? Он хочет, как в художественной школе, все стенки в рисунках!

Как же без него? Он не хочет уезжать.

Слёзы подошли к глазам, но неожиданная мысль переменила Серёжино настроение.

— Я придумал! Я напишу Олегу письмо, что мы делаем катамаран, что мы учимся на капитанов. Олег захочет приехать ко мне. Вы его примете в школу. Тогда мамка пусть идёт учиться. Она будет учиться, мы с Олегом будем строить катамаран и пока вырастем. Вернёмся и отремонтируем дом.

Как он хорошо придумал! Счастливый, успокоенный, он удивлённо вытаращил глаза — Пал Фимыч совсем смазался.

— Чего я не так сказал?

А Пал Фимыч, словно рыба без воды: застыл истуканом. Спросил:

— Сколько времени ты думаешь жить здесь?

— Построим катамаран, сплаваем в море и домой!

— Вот то-то и оно, меньше года, больше не пробудешь. К следующему сентябрю придёшь домой. А маме учиться нужно пять лет, а то и больше, если она поступит на вечерний или заочный. В вашем доме, как я понял из письма, нельзя жить совсем. А на ремонт нужны большие деньги.

В голове путаница. Серёжа никак не может понять, куда клонит Пал Фимыч и что делать ему, чтобы помочь маме. Ехать домой или не ехать? Звать Олега или не звать Олега?

— Зачем ремонтировать дом? — вдруг придумал он. — Пусть мама приезжает сюда. Мы с Олегом будем здесь, а вы её устройте на работу и дайте ей комнату. Я ведь знаю, когда человек приезжает в другой город, ему дают комнату. Мне Гор говорил.

— Кто? — спросил Пал Фимыч.

— Игорь это, — поправился Серёжа. — Вот и не надо ремонтировать. В Весногорске ей будет хорошо. Мы здесь, а она пусть учится.

Пал Фимыч смотрел в окно, и Серёжа не мог понять, понравился ему или не понравился такой выход.

— Ну, иди учи уроки, — сказал Пал Фимыч.

— Так, Олегу пишу или не пишу? — Серёже очень понравилось то, что он придумал: Олег здесь, мамка рядом, куда как хорошо.

— Не знаю пока. Олегу всё равно напиши. Строго накажи, чтобы отошёл от плохих ребят на улице, чтобы помогал маме.

— Там не плохие ребята, там Гор, то есть Игорь, — поправился он.

— Иди, Серёжа, нужно учить уроки. Придумаем с тобой что-нибудь путное. Вон сколько нас, двое!

И, как уже было однажды, когда ехали с Пал Фимычем из Художественной школы, Серёжа представил себе, Пал Фимыч — его отец. Серёжа прижал обе руки к груди, чтобы на подольше задержать горячую надежду.

А в один из холодных бесснежных дней на прогулке, когда Серёжа с клюшкой гонялся по полю за шайбой, в игру ворвался Тишко, ухватил за руку.

— А ну, выйдь! — глаза выпучил Валерка, задыхался. Потащил Серёжу от ребят, и Серёжа почувствовал беду. — Эдик сидит, вот что! — выдыхнул он.

Хотел сказать «врёшь», да язык затвердел, сердце забухало. Вот чего Пал Фимыч взбесился. От такого известия взбесишься.

Валерка в ухо стал вбивать слова:

— Сам слышал, своими ушами. Иду, значит, мимо воспитателей, несу лопату снег чистить, Пал Фимыч и сказал Василь Петровичу: «Эдик сел». Я лопату вроде уронил, наклонился, слушаю дальше, Василь Перович спрашивает, за что. А Пал Фимыч и сказал: Эдька двух каких-то убил. А за мокрое дело... знаешь, концы Эдьке!

— Врёшь! — завопил Серёжа.

— Молчи, дура! — Валерка зажал ему рот. — Сдурел? Такое дело... Голова пошла кругом. Эдька убил? Враки!

— Я знаю, — вдруг сказал Валерка. Круглыми глазами он смотрит на Серёжу, и у Серёжи от страха дрожат коленки. — Он Шара убил!

— А вы чего не играете? — подошёл к ним Пал Фимыч.

И вдруг Серёжа, сам от себя не ожидая такого, захлёбываясь, заикаясь, зашептал:

— Это он отомстил Шару! Он писал мне, Шар не отдал приёмник, Эдик для Ули... в подарок к дню рождения! За это нельзя убивать Эдика! Защитите! Спасите!

Так бывало с ним редко, когда он сам себя не помнил, когда слова выпрыгивали без спросу, когда в голове шумело, и страх или злость перехватывали горло. Но даже сквозь красные, мельтешащие перед глазами мухи Серёжа увидел, как побелел Пал Фимыч.

— Ты уверен, что не отдал?

— Не отдал! Эдик писал, несколько раз ездил к нему! Просил, умолял, а он не отдал!

Валерка тоже был белый.

— Я знаю, он не виноват. Его заставили. Я вам говорил, от них не уйти. Я знаю, никуда не уйти.

Никогда не видел столько страху в Валерке, и Серёже стало ещё страшнее. Он не понимал, чего так испугался Валерка, ведь Валерка никого не убил, вот он стоит рядом. Серёжа вцепился в руку Пал Фимыча.

— Мокрое дело. Убьют Эдика! Спасите! — лепетал беспомощно, ощущая эту беспомощность. И тут же исступлённо: — Не виноват, не виноват! Спасите!

— Вот что, прекрати истерику. — Наконец Пал Фимыч пришёл в себя. — Оба имейте выдержку. Никому ни слова. Чтобы без меня ни одного нарушения. Чтобы без меня порядок!

Валерка кивнул.

— Выиграли! — заорал Ванька, налетая сзади на Серёжу. — Ты слинял, мы без тебя... выиграли! — Ванька смеялся, был розов. И снова бросился на поле. — Наша группа, ура!

— Колумб плыл на настоящем корабле. — Сашка подошёл и сразу стал рассказывать, как Колумб открывал Америку.

Красные мухи мельтешили перед Серёжиными глазами, сердце бухало. Серёжа смотрел вслед Пал Фимычу. Спасёт он или не спасёт его Эдика?

А вечером напился Валерка. Он не дождался отбоя, напился прямо при Валентине Аристарховне. И она повела его в туалет умывать. Шла и приговаривала:

— Вот не ожидала. Вот не ожидала. Что же это ты?

Серёжа шёл сзади, канючил:

— Он больше не будет.

Не буянил Валерка, Валерка говорил страшные слова:

— Как пить дать, убьют. Мокрое дело. И меня убьют. Не выпустят. Весь век проведу в колониях.

Серёжа боялся, Валентина Аристарховна поведёт Валерку к Кире Софроновне и в штрафную, но никуда не повела, зашептала Валерке в ухо:

— Потише, Валера, ребята услышат, начнётся такое! Они не знают. Ты потише, Валера, ты, Валера, давай пойдём снег чистить, я дам тебе лопату. Чисти дорожки, приходи в себя. Обойдётся, Валера, успокойся. Всё будет хорошо.

— Не хочу чистить! — вскрикивал Валера и снова повторял: — Убьют. Убьют. Эдика убьют. Меня убьют. Я знаю. От них не вырваться.

— Убила бы того, кто приносит вам вино! — сказала Валентина Аристарховна.

Неожиданно Валерка рассмеялся.

— Его уже, кажись, убили хорошие люди. Шар приносил. С тех пор это. Лежало. Я не всё отдал, спрятал. На тяжёлый случай. — Он ударил себя в грудь. — Меня тоже убьют, как отсюда выйду. Мокрое дело.

А потом они с Валеркой всё-таки чистили снег во дворе, залитом электрическим светом. Никто не понукал их, никто не стоял над ними, и они старательно возили лопатами взад-вперёд, взад-вперёд.

Скоро Валерка немного протрезвел и принялся размахивать лопатой, как палкой.

— Лучше бы я его пристукнул, чем Эдька. Жена ведь есть!

ПАВЕЛ

Всё время Павлу мнилось, что дело не простое и не ясное. Ребята глаза открыли. Не виноват Эдик. Нужно только во всём хорошо разобраться.

Почему Тишко талдычит о мокром деле? Убийства-то вроде нет. Испорченный телефон.

Павел был уверен, Шар в больнице, но всё-таки решил сначала зайти к нему домой. Должна же быть у него жена! Да ещё у Шара имеется дочь! Да ещё внук. Те-то ведь будут дома!

А кто был у него дома, когда из Бобруйска приезжал к нему Эдик?

Павел звонил долго. И уже решил, что дома никого нет, но вот послышался стук палок и тяжёлое шарканье. К удивлению Павла, дверь открыл Шар.

С первого взгляда Павлу стало ясно: Эдик отделал Шара прилично. Наверняка использовал все приёмы, которым научил его Павел. Нога в гипсе, лицо перекошено на сторону. И всё равно Шар улыбался. Он сиял. Казалось, вовсе не замечает мрачности Павла.

— Пить будешь? — спросил буднично, словно предлагал чай.

— Где приёмник? — Павел продолжал стоять в приёмной, не желая принимать гостеприимство Шара.

— Порядок не соблюдаешь, — сказал Шар. — Хочешь говорить, пройди сядь. Да и мне стоять тяжело, на одной ноге! — Шар запрыгал в комнату.

Павлу ничего не оставалось, как последовать за ним.

Комната Шара поразила Павла. Она была странно пуста. К окну придвинут квадратный стол без скатерти, у стены диван. И всё. Не комната — камера.

У вас есть ещё комната? — спросил Павел, недоумённо озираясь, жить в этой комнате невозможно.

— Зачем ещё?

— А где живёт ваша жена?

— У меня нет жены.

— А где живёт ваша дочка с внуком?

— У меня нет дочки с внуком.

— Вы же говорили, есть, и внуку пять лет.

Шар ослепительно улыбался.

— Обижаешь, начальник. Зачем мне внук? Сам подумай.

— Как же вы один живёте? — потрясённо спросил Павел. — Что едите?

— Весело живу. — Шар ослепительно улыбался. — Ем много. Пью много. А вот что делаю вечерами — моё дело.

— А где приёмник?

— Какой приёмник?

Если бы Павел в течение двух месяцев сам, своими глазами не видел красавца-приёмника в руках у ребят, если бы сам лично не слышал передач, он решил бы, что спятил.

А Шар улыбался.

— Хватит дурака валять, — сказал Павел. — Я вот этими руками держал Эдикин приёмник. И собран он был Солнцевым.

— Кем? — удивился Шар. — Не знаю такого.

Павел вытаращил глаза.

— Эдик Солнцев сам на моих глазах собирал приёмник.

Шар засмеялся.

— Подумаешь, собирал. Детали-то мои!

— Как это ваши, когда Эдик за них заплатил? Я сам лично деньги давал ему.

Ничто не могло смутить Шара. Он смотрел сияющими глазами на Павла и, казалось, не замечал его смятения.

— Может, и заплатил, а может, и не заплатил, кто докажет? Я скажу, он врёт. Он скажет, я вру. Свидетелей не было.

Павел встал. Он понял, что пришёл сюда зря, что перед ним, по-видимому, человек ненормальный.

До суда остаётся неделя. Нужно успеть разобраться.

Первое и главное он выяснил: Шар жив. Эдик не убил его, как говорили, и, значит, дело вовсе не мокрое.

Ни слова больше не сказав, Павел вышел из комнаты и из квартиры. А когда резко захлопнулась дверь, остановился. Он ведь так и не узнал, где приёмник, что совершил Эдик, как арест Эдика связан с Шаром. Он не может отсюда уйти, ничего не узнав.

Стояла тишина за дверью квартиры.

Так и уйти — ничем не помочь Эдику? Да он сам, взрослый человек, готов броситься на Шара и избить его, чтобы тот хоть на минуту перестал улыбаться.

Павел решительно нажал кнопку звонка соседей. Дверь открылась почти мгновенно, словно кто-то ждал, когда он позвонит.

В двери стояла благообразная старушка, щёчки розовые, пух седых волос.

Павел обрадовался, увидев старушку.

— Разрешите с вами поговорить по очень серьёзному делу, — попросил он.

А старушка словно чего-то испугалась — переминалась с ноги на ногу, как ребёнок, захотевший в туалет.

— Кто вы? — спросила дрожащим голосом.

— Я воспитатель из спецшколы. Ваш сосед хочет посадить моего любимого воспитанника.

— Заходите, — поспешно пригласила старушка. А когда он вошёл и дверь закрылась, сказала: — Мало тут ходит всяких?!

Павел ухватился за эту фразу.

— К соседу?

Старушка кивнула.

Она была словно из другого века — одетая в длинную юбку, строгая, чопорная. Села, уложила руки на коленях.

Павел доверчиво рассказал ей всё, что произошло с Эдиком. Старушка слушала очень внимательно.

— Скажу так, ходят к нему нехорошие люди. Чем он занимается, не знаю, но занимается чем-то нехорошим. Вечерами пьют. Шуметь не шумят. Выходят по одному и выносят бутылки.

Пока старушка говорила, Павел лихорадочно соображал, как схватить за глотку Шара. Но он привык действовать открыто, дипломатиям не обучался, хитрить не умел, поэтому решил самым обыкновенным образом заявить в милицию. Мелькнула, правда, мысль — посоветоваться с Тишко, он-то всё прекрасно знает!, но сразу же этой мысли испугался: зачем вкручивать парня во взрослые дела? Нет уж, разбираться нужно самому.

— Понимаете, Эдик просил меня достать детали, а я не смог.

— Это, по-моему, не имеет значения, он всё равно забрал бы приёмник. Вот недавно меняли плиты. У нас стояла очень хорошая плита, но почему-то и её заменили, на худшую, конечно! Мы хотели на другой день частным путём переставить себе старую, а он забрал!

— Зачем ему плита? — удивился Павел.

Старушка пожала плечами.

— Я сама долго думала, зачем. Хотите, из моей квартиры повести наблюдение? — вдруг спросила она. — Я недавно поставила глазок.

Вот тебе и старомодная старушка. Не так проста! Старушка словно услышала то, что он подумал.

— Я боюсь за внука, — объяснила она. — Ему пятнадцать лет, самый переходный возраст. Боюсь, перехватит его как-нибудь, начнёт использовать в своих целях, потом не спасёшь. Завязнет. Так и стою целый день, сторожу, когда он пойдёт из школы. Как он на двор, я — к глазку. Потому и знаю, что ходят к нему сомнительные люди.

В Бобруйск он попал в день суда, и сразу — к Уле.

— Можешь описать внешность Фитиля, ты говорила? — спросил он, как только распахнулась перед ним дверь. — Свидание дали? Нет? Одевайся, идём.

Несмотря на то, что Павел сделал всё возможное и невозможное, на суде он чувствовал себя неуверенно — страх обливал его потом, покрывал испариной, кружил голову.

Павел уговорил ехать на суд Киру и Семёна Трофимовича.

— Смотри, совсем мужик, — сказала Кира, увидев Эдика.

Да, Эдик сильно изменился: раздался вширь и вверх, на лбу появились морщины. Во время свидания в полутёмном помещении эти изменения не очень сильно бросались в глаза, а теперь очевидным стало, что Эдик много пережил со дня выхода из школы.

Семён Трофимович поддакнул:

— Да, я бы не узнал его.

Первое слово дали Эдику. Он тихим голосом, без волнения и эмоций рассказал, как было дело. Лишних слов не говорил, на Шара не жаловался.

— К дню рождения хотел сделать жене подарок. Ездил, просил вернуть. Сколько я терпел! Больше полугода. Деньги на детали дал воспитатель Пал Фимыч.

— Вы по делу, — перебила Эдика судья. — Что у вас произошло с Вениамином Авивовичем Серебровым?

— А я разве не по делу? — удивился Эдик. — Я приезжал за своим приёмником, а мне не отдают его. Один раз приезжаю, три. Меня не пускают дальше порога. Что бы вы сделали? У меня оставался единственный выход — взять приёмник силой. А оказалось, нет никакого приёмника. Ничего нет. — Эдик замолчал.

— Вы лучше скажите, какие увечья вы нанесли товарищу Сереброву?

Шар поднял костыль.

Павел даже не взглянул в его сторону, он знал, что Шар по обыкновению улыбается.

Эдик ответил не сразу. Словно тяжелы были для него эти слова, он выдавил их с трудом:

— Я хотел по-хорошему. А он вздумал издеваться. Он первый толкнул меня. И тут кровь хлынула мне в голову. Я его бить не собирался, я хотел связать его и поискать, где может быть приёмник? Он меня толкнул, потом я его толкнул, а потом не помню, что было. — Эдик замолчал, после долгой паузы сказал: — Комната голая, ничего нет. Шкафа нет, книг нет, полок нет. Стол и кровать.

Слово предоставили обвинителю.

— Солнцев Эдуард, 1963 года рождения, имеет приводы в милицию с десяти лет. Угон велосипедов, взломы киосков, кража вина и водки. В конце концов изнасиловал девушку.

— Не изнасиловал! — крикнула Уля. — У нас была любовь. Это моя мать заявила. Она его не знала. Я сама хотела. Это мой муж!

Обвинитель сделал вид, что не расслышал надрывного Улиного голоса, холодно продолжал:

— Спецшкола для трудновоспитуемых. Преступление состоит из покушения на жизнь двух людей. Одна жертва находится на пути выздоровления — присутствующий здесь товарищ Серебров, почтенный человек, преподаватель, ему нанесены, как вы все видите, телесные повреждения, а вторая жертва — в больнице, на грани жизни и смерти. После расправы с Серебровым напился, вернулся в Бобруйск и накинулся на ни в чём не повинного человека.

Похоже, Эдик не слышит обвинителя, положил тяжёлые руки на барьер, подался вперёд, жадно смотрит на них с Улей.

Защитником оказалась полная высокая женщина с выпуклыми светлыми глазами.

— Положительным фактором поведения Солнцева является его учёба в училище, — начала она тихо. — Никаких нарушений дисциплины не зафиксировано. Три благодарности записаны в личном деле: за работу в лагере, за организацию вечера и за помощь отстающему Сидораку. О том, что Солнцев в течение длительного времени собирал приёмник, известно и преподавателям, и воспитателям, и руководству школы. Солнцев обладает общественным характером, делится своими интересами с окружающими людьми. Мною опрошены все знакомые Солнцева и дают о нём самые положительные характеристики. Работники детской комнаты милиции говорили о том, какую роль сыграл Солнцев в формировании общественного сознания в трудных подростках. Этого тоже нельзя сбрасывать со счетов. Случаев хулиганства в районе за последнее время не наблюдается. Но, дорогие товарищи, нельзя сбросить со счетов и серьёзности обвинения. Добрые дела — вещь прекрасная, однако «изувеченный при смерти» говори само за себя.

— Они оба передо мной виноваты! — крикнул Эдик.

— Подсудимый, вам не давали слова! — одёрнул Эдика судья.

— Пострадали они, а не вы, — строго сказала защитница.

Тут и вышел Павел.

— Я воспитатель Солнцева, — сказал.

Голова — ясная. На него смотрит Семён Трофимович. Сидит встревоженный, красный, ясно написано на его лице: он жалеет, что присутствует здесь. Кира, наоборот, готовится к бою, крепко сжала губы, черта вместо губ. Павел не знает, что она собирается сказать, но он слепо, всей душой доверяет этой женщине. И Уля смотрит на него. Исчезло равнодушие, Уля не застывшая, не обречённая, Уля вся вот она — из глаз выплёскивается такая любовь к Эдику, такая вера в него, что Павел наконец полностью успокаивается.

— Я обвиняю Сереброва в преступлении по отношению к моим воспитанникам и лично по отношению к Солнцеву. Мало того, что Серебров малолетним преступникам, трудным подросткам приносил вино и водку, причём, я собрал показания воспитанников, оказывается, это делалось регулярно. Мало того, что он обманным путём отобрал у Сонцева собранный им на его и на мои деньги приёмник, из достоверных источников известно, — Павел поднял вверх сколотые листки, — что Серебров связан, и связан много лет, с уголовным миром города Весногорска, является одним из главарей. Только имя его в том мире совсем не то, какое знаем мы с вами, он Варенцов Семён. С помощью милиции и соседей (все бумаги заверены в ЖЭКе, в милиции) мне удалось установить несколько личностей, являвшихся к Варенцову. Некоторые из них тщетно разыскиваются милицией в течение нескольких лет. Сейчас эти люди взяты. Таким образом, дело принимает совсем другой оборот. Интуитивно Солнцев почувствовал, что дело здесь не чисто, но по неопытности, по причине большой любви к жене и по причине большой занятости (он работал в детской комнате милиции и поступал в училище) он не сумел разобраться в этом трудном деле. Что касается второй жертвы Солнцева, находящейся на грани жизни и смерти, дело ещё более сложное. Эта жертва — так называемый Фитиль. Уля, жена Солнцева, была у этого Фитиля в больнице и опознала его. Фитиль — глава шайки, в которую до спецшколы входил Эдик и в которую он после школы обязан был вернуться. Но он не захотел вернуться, более того, стал вытягивать молодняк из этой шайки. Он пытался договориться с Фитилём, просил отпустить его подобру-поздорову, а когда Фитиль категорически отказался отпустить его и пригрозил ему смертью, Солнцеву ничего не оставалось, как начать бороться против Фитиля. Конечно, наиболее простой способ был передать шайку в руки Закона, но Солнцев никогда не пошёл бы на это, он не смог бы стать предателем своих бывших друзей. Солнцев избрал путь страшный: вступить в единоборство с Фитилём и в честном бою решить свою судьбу. Ему фактически грозила смерть. Но физическая подготовка, полученная в спецшколе, желание жить по-людски, нравственная чистота помогли победить именно Солнцеву. Путь — страшный. Нужно иметь большое мужество, чтобы вступить в единоборство с целой шайкой, и сейчас Солнцеву в любой миг грозит смерть из-за угла. Учтите, все эти сведения я получил не от Солнцева, а от парнишки, с которым Солнцев много возился в этом году. Называть его не могу. В заключение хочу сказать, Солнцев — не преступник, а герой.

Очень тихо в зале. И, когда Павел замолк, тишина стоит.

Прежде всего Павел увидел Шара. Шар не улыбался. Лицо его рыхло и... страшно. Острый, пронзительный, прощупывающий взгляд упёрся в Павла. Если хоть один час Шар пробудет на свободе, Павлу несдобровать. По спине поползли ледяные капли пота. Но рядом с лицом Шара светом и радостью залитое Улино лицо.

Встал с места Семён Трофимович. Мальчишечье лицо.

— Я директор школы, — сказал. — Я счастлив, что в моей школе вырос такой человек. . И я виноват в том, что принял на работу преступника вместо учителя.

А Кира сказала, что каждый день говорит себе Павел:

— Я, как завуч школы, виновата в том, что не распознала Сереброва-Варенцова, в том, что вовремя не оградила от него ребят, в частности, Солнцева.

Суд удаляется.

Эдик смотрит прямо в глаза Павла. Он удивлён.

Прошло полтора года. Давно уехали домой Серёжа и Саша Тадеуш, Тишко и Кулёмов, Ваня Гринкин и Тихонов. Давно у Павла новые ребята, и они, с первых шагов приняв традиции группы прежней, играют в капитанов, и плавают на лодках, и бегают на лыжах, и читают книжки. Лица повёрнуты друг к другу и к Павлу. Только Павел, нет-нет, да, уходя домой, или в перерыв, когда в школе идут уроки, подойдёт к клёнам, посаженным его трудной, экспериментальной группой, и разглядывает, на сколько сантиметров выросло дерево. Выше всех деревце Серёжи. То ли он поливал усерднее, то ли выпросил особое удобрение у Саши Андреевны, то ли это деревце постарше остальных и, выбравшись из тени и тесноты леса, кинулось навёрстывать упущенное, неизвестно, только Серёжино деревце раскинулось широко, а ростом — с Павла.

От Серёжи пришло письмо в самом начале. «Поступил в садовое училище, теперь буду учиться».

Пришло письмо от Тишко в самом начале. «Решил стать шофёром, буду ездить между городами. Поступил в автомеханический».

Гринкин поступил учиться на крановщика, Тихонов пошёл в шофёры, как Тишко.

Новый год они встречают с Анкой вдвоём. За спиной, в их тылу, в глубине квартиры спят их дети, в школе, на опушке леса, освещённые ярким бессонным светом, спят дети обездоленные, обиженные, обойдённые судьбой, искалеченные родителями и учителями.

Шампанское и пироги, радио и телевизор в два разных голоса подгоняют их к Новому году — песнями, музыкой, достижениями нашей промышленности и сельского хозяйства.

Наконец бьют куранты. Один голос по всей стране. Торжественная долгая минута.

Новый, только родившийся год. Чистый лист жизни. Чем заполнится?

Анка в новом платье, с распущенными волосами. Смотрит на него, блестя глазами. Они чокаются.

Голос генерального секретаря. Планы перевыполнены. Все предприятия давно работают в счёт будущего года. Благоденствие, ударный труд. Этот, новый, год — переломный. Надежды, мощные планы. Скорее в будущее. Обогнать. Перегнать. Перевыполнить.

— Я, Анка, счастлив сейчас. Помнишь мои берёзы? Я, Анка, нашёл живую воду, — впервые вслух произносит Павел такие слова. — Я помог им стать людьми.

Звонит телефон.

— Мама, как всегда. — Павел бежит на звонок. — Аллё, мама?!

Далёкий голос, из прошлых лет, канувших в вечность.

— Кто это? Не разберу. — И растерянно Анке: — Плачет кто-то.

Скомканное, невнятное, с прыгающими словами:

— Пал Фимыч, взяли. Крупное дело.

Он уже узнал. Уля. Жена Эдика. На сей раз крупное дело. Значит, виноват.

— Не понимаю, — пытается сопротивляться Павел.

Но он уже понял. Понял больше Ули, потому что Эдик, когда его освободили, сказал: «Выживет Фитиль, мне конец».

— Почему вы молчите? Вы приедете? — пляшущие слова, потерянный голос. Девочке страшно, девочке трудно одной с малышом — с Павлом Эдуардовичем Солнцевым.

— Я не приеду, — наконец выдавливает из себя Павел. — Я болен.

Гремит телевизор праздничным концертом. Радио Анка выключила. Спят дети в глубине квартиры. Бьётся гудками трубка, как язь на его удачливом крючке. Всего две минуты между одним годом и другим.

— Я хочу есть, — говорит Анка. В её лице обида и раздражение. И жалость к нему. — Я не ела целый день, — объясняет Анка.

Они снова за столом.

Холодец, салат из крабов, пироги, Анка готовила целый день. Анка в новом розовом платье с тёмными цветами, волосы распущены.

Танго.

В полутёмном зале института они с Анкой танцевали в первый раз танго. Её волосы щекотали его лицо. Он склонился к ней и едва прикоснулся лицом к её волосам. Пахли волосы сеном, цветами. Они и сейчас так пахнут.

Если бы не звонок, они бы сейчас танцевали танго в полутёмной, просторной красивой кухне. И, как когда-то, Павел окунул бы в Анкины волосы лицо.

Небольшой оказалась передышка.

— Извини, Анка, мне нужно написать Тишко и Серёже.

«Прямо сейчас? Всё-таки Новый год! — Павел договаривает за Анку. — Я готовила целый день!»

Нужно есть, нужно хвалить Анку — хоть одного человека он должен сегодня сделать счастливым.

— Пойдём танцевать. Жизнь не кончена из-за Солнцева.

Танго. Ещё одно. Вся музыка — это танго, не кончающееся.

Сеном пахнут Анкины волосы, цветами. Этот лёгкий запах — его защита, его опора. Не кончена жизнь. Идёт Новый год. Начало. Надежда. Нельзя падать духом. Может быть, Эдик не виноват?

«Виноват» — звучит голос. Павел гонит его, как постылого гуляку-кота, засыпавшего дом блохами, заглушает — начинает подпевать певцу и забывается на какое-то мгновение: только Анка, только запахи лета и свежести, только его дом-крепость, в котором чисто, тепло, в котором спокойно спят его дети.

А когда уснула Анка с улыбкой на лице, Павел на цыпочках вернулся в кухню и стал писать:

«Здравствуй, Валера! Ты прочно молчишь. Сильно занят или забыл обо мне и школе? Очень прошу, ответь на следующие вопросы: как ты учишься, какие предметы нравятся, какие нет, с кем дружишь, с кем из наших ребят переписываешься? Со своей стороны хочу сказать, что часто тебя вспоминаю. Особенно как ты стоял на мостике корабля в Одессе. Желаю тебе удачи во всём. Твой Павел Ефимович».

И сразу написал ещё два письма: Кириенко и Пигулевскому.

Он лёг спать, когда на часах было без четверти четыре. И уснул без сновидений — всё-таки это шёл к нему Новый год, с новыми надеждами, с новыми праздниками.

На другой день Павел отослал запросы в детские комнаты милиции по поводу остальных ребят. Обратный адрес дал свой домашний.

Принялся ждать ответов.

Уля позвонила ещё раз. Не плакала. Голос сух, чужой человек, не жена говорит о любимом муже:

— Не приезжайте. Виноват. Кража со взломом. Нападение на пожилого человека. Фитиль не выпустит. — И ещё отрывочные слова: — В тот раз вы спасли. Вы не знаете, в тот раз он тоже был виноват. Бандит есть бандит.

Гудки.

Без профессии Уля, без средств к существованию, без мужа. С ребёнком на руках — Павлом Эдуардовичем Солнцевым. «Прости меня, Уля, — пишет Павел письмо. — Значит, я не доработал. Значит, я не доделал. Я виноват в том, что Эдик снова на скамье подсудимых. Прошу тебя, держись. Иди жить к родителям или к Эдикиной матери. Обязательно учись. Прошу тебя, будь мужественной. Фитиль может и до тебя добраться. А у тебя на руках сын. Сын не виноват. Сына спаси. Не живи одна».

К Кире пришёл через несколько дней, когда отправил ребят на уроки и набрался сил для разговора.

— Сначала я думал, виноваты родители, матери, такие, как матери Тадеуша, Гринкина, которые выкидывают детей из дома, и дети вынуждены скитаться, искать пропитание. Такие, как Пигулевская, которые губят детей безмерной любовью, выращивают эгоистов. Сейчас говорю, виноват я. Но не понимаю, что не так. Эдику отдал всё, знания, силы.

Кира изменилась за полтора года: волосы утеряли золотистость, глаза выцвели, потускнели, как-то в одночасье она сгорбилась, словно кто плечи её пригнул, в глаза не смотрит.

— Слышал такое имя Карабин? — спросила тихо.

Пытается вспомнить, в самом деле не слышал.

А Кира молчит. И вдруг он понимает — последние минуты она щадит его. Его касается эта кличка «Карабин». Он пытается в её глазах прочитать ответ, она отводит глаза.

— Ну?! — подсознательно вырывается ребячье слово.

— Этот Карабин организовал банду из восемнадцати ребят и в течение года терроризировал город. Несколько человек подходят к мужчине, сбивают его с ног. Ногами добивают. Семьдесят дел. Последний случай — сорокалетнего мужчину, чемпиона по вольной борьбе. Умер, не приходя в сознание, на остановке.

К горлу подступает тошнота. Он видит лежащего человека, струйкой течёт кровь изо рта, запеклась, почернела около уха.

«Звери» — хочет он сказать. Не поворачивается язык. Это он умирает от жестокости своих детей.

— Карабин — твой Тихонов. Он и драться-то по-настоящему не умел. Ты обучил его подтягиваться, приёмам самбо. Ты не полюбил его, почти не замечал. Молчаливая тень обаятельного Тишко. В его банде Квитко. Они из одного города. Я молчала целый месяц. Посмотрю на тебя и не могу сказать.

— Зачем же сейчас? — спросил чужим голосом.

Кира опустила голову.

— Ты же послал запросы.

— Откуда вы знаете? Обратный дал домашний адрес.

— Дал домашний адрес, но при этом написал, в какой школе работаешь и что Тихонов — твой воспитанник. Вот и прислали на школу.

— Ещё про кого ответ пришёл?

— Хватит пока.

Дождь, снег, холод, слякоть... — в природе свой черёд радости, жизни, смерти.

Павел не замечает ничего вокруг. Он погрузился в сон. Кажется, вот-вот проснётся, и рассыплется сон. А во сне родители погибают от рук своих детей. И он, и Василий Петрович погибают под сапогами своих сыновей. Кровь, рваные раны, синие веки. И это он напоил сыновей живой водой, он дал им силу — их ногам, рукам, их духу. Дал, чтобы убивать.

Чёрной паутиной затянуты все они, сегодняшние отцы, жертвы своих сыновей.

Ночь, день. Пуст почтовый ящик.

Лица новых воспитанников повёрнуты к нему. «Пал Фимыч, покажите приёмы самбо!», «Пал Фимыч, я подтянулся пятнадцать раз», «Пал Фимыч, я выжал гирю в двадцать килограммов».

Павел пытается бежать прочь, чтобы не показывать приёмов, не учить подтягиваться, не играть с ребятами в футбол, делающий сильными их ноги. Но бежать не может. Он запелёнут чёрной паутиной, он — жертва. Он не смеет исчезнуть, он будет качать в каждого парня силу, делать их ноги и руки сильными до тех пор, пока эти парни не забьют его.

Кто следующий? Кого будут бить сегодня? Он вскакивает с постели, бежит на кухню.

— Паша, что ты?

Через босые ступни — холод зимы, смертный холод, щупальцами впивается в ноги, и в живот, и в грудь, и вот уже изнутри весь Павел пронизан холодом.

«Спаси!» — хочет крикнуть он. А кому крикнуть? Богу? Небесам? Себе самому? Он виноват — значит, он и должен спасать.

Пришло сразу два письма.

От родителей Тишко. От Пигулевского.

Отец Тишко написал: «Разве можно верить вам, учителям и воспитателям, что вы все можете? Валерий в колонии. Ударил дважды головой кого-то, увёл мопед, взломал и обобрал несколько квартир. Чему вы там учили его? С этим прощаюсь».

Письмо от Пигулевского:

«Павел Ефимыч, пишу из спец ГПТУ. Хотел жить по-человечески, начал учиться на пятёрки. Не смог ужиться с мачехой, она била меня по башке и гнала прочь. Стащил огнестрельное оружие, чтобы застрелить её и всех, кто будет обижать меня. Ваше письмо передал мне отец. Что писать вам, не знаю. Живите, не думайте обо мне, я совсем конченый человек. Кто ко мне подойдёт, того кусаю и бью по башке. Не могу сделать с собой ничего, ходит злость».

У Тишко был Ферзь. У Тишко была «кошечка Галла». Тишко вернулся, хотел учиться, поступил в автомеханический техникум. Хотел стать шофёром, чтобы ездить между городами подальше от Ферзя. Ферзь и Галла захватили его, от них он не смог вырваться, как и говорил.

Хоть всю кровь отдай Павел Валере, Ферзь и Галла затащат его в свои сети и не выпустят.

Хоть не спи все ночи напролёт, хоть сто игр и сто теорий самых гениальных придумай, всё равно погибнет Пигулевский.

«Я виноват» — на весь мир закричи. Бей себя в грудь, об стенку бейся, но как ты сможешь Ферзя, Фитиля, Тихонова убрать из жизни? Они, как клопы, как тараканы, забились в щели, ждут своего часа — когда наступит темнота. Как выведешь их из щелей? Каким ДДТ? Случайно раскрыл Шара. Один случай на тысячу. А сколько таких, не видных никому, сильных Шаров, держащих в своих руках мальчишек и девчонок?! Но и Шар рано или поздно выйдет из тюрьмы. Шар вернётся, убьёт тебя и вытянет из подвалов и свалок, из благоустроенных квартир тех, кто вместе с ним убивает.

— Анка, я уезжаю! Кира Софроновна, я уезжаю!

Он сорвался в одночасье. К Серёже. К Кириенко.

Какая надежда связана с этим мальчиком?

Там не было банды. Там не преступная мать. Несчастная, но не преступная. Любит Серёжу.

Смутная надежда на выход гонит к Серёже.

С Серёжей связано лучшее прошлое, лучшее будущее.

К Серёже, в город Светоч.

Серёжа в своё время так рассказал, где он живёт, что Павел нашёл без труда их окраину и одиночки-дома — на грани города и деревни.

Выбрал он дом самый неказистый, самый обшарпанный и покосившийся.

Дверь раскрыта, несмотря на холод. Тёмный, крошечный тамбур. Из тамбура четырёхметровая кухня с полуразвалившейся печью. Продранная обшарпанная клеёнка на столе, разбитый стакан торчит в пустоту острым углом. Две табуретки со щелями посередине. Из кухни раскрыта дверь в комнату. Точно, как описывал Серёжа, железная, узкая кровать. Ещё ложе. Ложем и не назовёшь — лавка не лавка, сундук не сундук. И диван, измызганный, с торчащими пружинами. Посередине квадратный небольшой стол. И всё.

Как можно здесь жить? Хоть час как можно провести в этом сарае?

Павел стоял посередине этого убожества, и запоздалый стыд скрёбся голодной кошкой — не помог!

А чем он мог помочь? Крышу залатать? Из этого хлама нового жилья не получится.

Мог. Он должен был сюда приехать, увидеть и забить во все колокола. Он должен был выбить для несчастной женщину квартиру.

Где все?

Изморозь на стенах, припорошен снегом пол. В доме, как на улице. Да здесь давным-давно не живут!

Вышел во двор. Шёл снег. Несильный, нехолодный, а стало холодно, будто он стоял раздетый и под ледяным ветром.

Слева дом. Справа дом. Пошёл в левый. Большой висячий замок смотрит на него чёрным глазом дырки.

А может, он расстроился зря? Может, как раз и случилось то, о чём много лет мечтала Мария Сергеевна? Ей дали квартиру, благоустроенную, с горячей водой, с ванной, с балконом? Может, он зря так замёрз?

Павел поспешил к дому справа, постучал в обитую дерматином дверь.

— Кто? — спросил мужской голос.

— Извините за беспокойство, я воспитатель из спецшколы, хотел узнать о судьбе вашего соседа — Сергея Кириенко.

— Какая судьба? — рявкнул голос. — Бандит есть бандит. — Улина фраза. — Сидит ваш воспитанник, хорошо воспитали. — Мужик говорил из-за двери, видимо, вовсе не собирался открывать её.

— А Мария Сергеевна? — спросил Павел.

— Машка, что ли? Машка спилась. Увезли её, куда, не доложили. Я у них сторожем не работал.

Так на казнь идут, как шёл Павел в городе Светоч в детскую комнату милиции. Тело ещё при тебе, и ноги ещё передвигаются, но жизни уже нет, ты себе не принадлежишь, тебя ведёт сила, над которой ты не властен, ведёт, цепко ухватив за шкирку, как нашкодившего щенка.

Марина Петровна обрадовалась, увидев его.

— Я много слышала о вас от Серёжи. Я видела его рисунки. Я помогла Серёже попасть в техникум, его не хотели брать. И следила за его успехами. — Красноречие Марии Петровны быстро иссякло. Жидкими глазами смотрит за окно, как идёт снег.

Павел хотел спросить, что же произошло, и не смог — отдалял минуту, когда он узнает печальную Серёжину повесть.

— Пытаюсь налить воду в решето, вот чем занимаюсь. Жалко ребят, а я не могу помочь никому.

Видно, Марина Петровна в первый раз произносит вслух свои кощунственные слова, потому что как ребёнок показывает всем свою новую игрушку, так и она повторяет про решето ещё и ещё. И он понял, о чём она. Не спасти. Не вытянуть. Если попал в болото, затянет, не выбраться, что бы ни делать.

— Пришёл из спец ГПТУ Долгих.

Павел кивнул, про Долгих-Гора он знает.

— И пришёл конец Серёжиной учёбе. Не сразу, конечно. Серёжа пытался сопротивляться. Пытался убедить Игоря в том, что нужно жить по-другому. Но что может хрупкий мальчик? Долгих много старше, три года сидел в одном классе. И Серёжа сдался. Сдался, в основном, потому, что нужны были деньги. Серёжа очень пытался помочь матери. То вещи с вокзала поднесёт кому-то, то грядки вскопает. Но разве рубль, и ещё рубль дадут возможность несчастной матери залатать все дыры? Я пыталась выбить для неё квартиру, нет! Если бы государство создало возможность для таких неплохих ребят, как Серёжа и Игорь, заработать открыто и получить деньги, скольких ребят мы спасли бы! — По рыхлым щекам Марины Петровны катятся слёзы. — Жалко, — всхлипнула она, отёрла слёзы. — Простите, совсем никуда нервы. Должна уже привыкнуть. Серёжа-то был раздет, разут. Хотел справить куртку, ботинки, хотел матери купить пальто. Хотел одеть Олега. А я чем помогу? Зарплата маленькая. — И снова она замолчала.

Только снег за окном, ленивый, неохотно уходит с небес, неохотно встречается с землёй.

— А тут мать сорвалась, стала потчевать его. Но мать-то, выпивши, не помнит себя. Совсем потеряла обличье. Напьётся, бегает по городу, по тем, кому носит газеты, плачет, кричит, останавливает людей, спасите, мол. Мать довершила то, что начал Долгих, — споила Серёжу. В пьяном состоянии и избили продавца в продуктовом магазине.

— И Серёжа бил? — с ужасом спросил Павел. — Этого не может быть!

Марина Петровна пожала плечами.

— Может, не может. — Она уже не плакала. — Всех троих и взяли.

— Жив продавец?

Марина Петровна кивнула.

— Всё равно срок большой. Долгих сразу в колонию. А Серёжу сначала в спец ГПТУ, потом в колонию.

— Адрес дадите?

Марина Петровна написала адрес на бумажке, но Павел уже знал, не напишет и не поедет, потому что никогда не сможет больше помочь.

Когда он очутился под снегом, он неожиданно понял Тишко, Марию Сергеевну, других пьющих — немедленно, сию минуту нужно вырубиться, а для этого есть один способ — напиться. Надо так напиться, чтобы не осталось ни одной живой клетки памяти: забить, залить все мысли. Желание было столь острым, что Павел машинально достал кошелёк и двинулся к просторному зданию с широким размашистым заголовком «ресторан».

Нужно было сильно встряхнуть себя, нужно было применить к себе силу, какой ещё не применял, чтобы пойти от ресторана прочь.

Прямо с поезда, не заходя домой, ранним утром Павел отправился в школу. К своим ребятам не поднялся, прошёл в пустую учительскую. У него больше часа времени.

На чистом листе вывел: Заявление.

Не задумавшись более ни на минуту, стал писать:

«Я виноват. Я не спас своих ребят. Не могу больше верить в результаты своего труда. Читает пацан стихи, хорошо читает, аж слёзы пробирают, а я вижу, он вышел на волю, напился или не напился, но обязательно попал опять в руки дружков или к плохим учителям, или к пьяным родителям. Чтобы не захотеть учиться, много ли надо? И — конец. Снова избил, обворовал, взломал, а то и убил. И снова срок. Отсюда получается, я делаю бесполезный труд. Я рву себе нервы, не сплю, мучаюсь. Я отдаю им всё, что у меня есть. Чуть не разошёлся с женой. А толку никакого. Я не уничтожу причин, которые губят несчастного пацана. Не создам для них нормальных условий жизни».

1980–2024
Мичуринец, Коктебель—Бостон

www.ingramcontent.com/pod-product-compliance
Lightning Source LLC
Chambersburg PA
CBHW060430310726
48977CB00001B/121